读客® 知识小说文库

读小说，学知识

猎杀档案

《藏地密码》作者何马打磨10年心血之作！

2

灭门疑云

《藏地密码》作者何马著

上海文艺出版社

图书在版编目（CIP）数据

猎杀档案. 2, 灭门疑云 / 何马著. -- 上海：上海文艺出版社, 2020.4
（读客知识小说文库）
ISBN 978-7-5321-7382-2

Ⅰ. ①猎… Ⅱ. ①何… Ⅲ. ①长篇小说－中国－当代
Ⅳ. ①I247.5

中国版本图书馆CIP数据核字（2019）第198934号

责任编辑：毛静彦
特邀编辑：尹舒慧
封面设计：张　妍
插画设计：张　妍

猎杀档案. 2, 灭门疑云
何　马　著
上海文艺出版社出版、发行
地址：上海绍兴路7号
电子信箱：cslcm@publicl.sta.net.cn
网址：www.slcm.com
新華書店经销　三河市龙大印装有限公司印刷
开本 680毫米×990毫米　1/16　20印张　字数 301千字
2020年4月第1版　2020年4月第1次印刷
ISBN 978-7-5321-7382-2/I.5869
定价：48.00元

目　录

第一章

童心无忌善与恶　故伎重演露马脚

1

周迎春，三十六岁，新苹果幼儿园合伙人，挂着副园长的头衔，同时也是幼儿园里的老师，有高级幼师资格。

七年前，她的大女儿进幼儿园时，彻夜不眠地通宵排队等候，给这位母亲留下了深刻的印象，她惊觉其中蕴藏的商机。原本师范毕业的她果断决定，和几位好友合伙开了新苹果私立幼儿园，告别了全职太太的生活，在照顾好自己女儿的同时，也收获了人生的第一桶金。

如今的新苹果幼儿园，拥有六十多名幼师，能同时容纳上千名小朋友入园，和那些公办幼儿园比起来也毫不逊色。

最近这段时间，小女儿田田的举止有些反常，自从上周末去过她奶奶家之后，在幼儿园里便有些心不在焉，以前放学总是最后一个离开教室，帮着妈妈整理收拾玩具，可现在还没到时间，就催着妈妈赶快下课放学，要去奶奶家玩。

凭着多年的幼教经验，周老师清晰地意识到，在她奶奶家，有什么东西正深深地吸引着自己的小女儿，通常孩子们的注意力是涣散的，出于他们自身的认知和体验感，喜好某一个事物的时间不会太长，往往就会被另一件新奇的事物吸引，能让自己的女儿喜欢上一周还念念不忘，而且还有越发加剧的趋势，这种情况以前是从未出现过的。

周老师家的婆媳关系虽不能说十分融洽，但周老师和自己的婆婆也没有过大的争吵。女儿的反常行为，让周老师决定一探究竟。奶奶那里到底有什么东西这样吸引女儿，小猫、小狗、小鸟、小鱼，还是别的什么？

“前进小区”一个很普通的名字，里面的建筑也大多是二十世纪八九十年代的产物，楼高很少有超过七层的，没有电梯。最早这里是一片工业区，后来城市扩建，工厂拆迁外移，那些职工宿舍却保留了下来，海角二中则从更中心的地方改迁至原来的旧工地厂房上，校园面积也比以前大了五倍不止。

周迎春走进小区，大老远就看见一群老头老太太聚在一起，唠嗑聊天，喝茶打牌。

“妈，田田呢？”

“在那边和小朋友玩呢，这么早就来接她回去啦？”

“今天有点事，顺道过来。”

和小朋友玩？难道在幼儿园里还没玩够？周迎春一面想着，一面寻了过去。

拐过一道弯，周迎春停了下来，远远地站在那里，她看到了什么——十余个小孩子，或蹲或坐，围成一圈，在小朋友的中间，有一个怎么看也只像中学生的小青年，站在不知从哪处小朋友家找来的黑板前，拿着根筷子，在那里像模像样地当老师。

围坐在周围的小朋友，一个个全都眼睛直勾勾地望着那个小老师和小黑板，听得入神。那些小朋友，小的四五岁，大的也只有五六岁，都是些学龄前的孩子。周老师当了这么多年幼教，还极少看见这样的情况，小朋友的天性是好动的，而且极为好问，要他们乖乖坐上几分钟还行，时间一长，注意力就分散了，就是听故事，他们也总有各种稀奇古怪的问题。

但是周老师在那里站了好几分钟，发现那些小朋友竟然十分安静，神情专注，像在看动画片一样。不一会儿那位小老师讲完了，小朋友们好像还没有听够，好几个小朋友追问着什么。

接下来，小朋友们开始一个个去圈子中心表演节目，唱歌跳舞说故事，显然这些小朋友来自小区附近两三家不同的幼儿园，还有三名小朋友合演了一个节目。

那些表演在周老师看来，都显得生涩、笨拙，毕竟幼儿园的小朋友只有这样的水准，但他们都能收获鼓励的掌声，每一个都大大方方地上去，开开心心地下来。周老师亲眼看到，一个说故事的小朋友结结巴巴说不下去，眼圈红红的，快哭出来，那个小老师便走过去亲自指导，给那个小朋友做翻译，鼓励他说下去，告诉他该怎么表达，最后那个小朋友也得到了掌声，兴奋得小脸红扑扑的。

表演结束，那位小老师又组织小朋友做起了游戏，孩子们叽叽咯咯地丢手绢，捉小鸡，小老师还拿出糖果奖励表现好的孩子，玩累了又带着小家伙们拼积木。

那些一个个拎着塑料口袋的小朋友，原来是将自家的积木贡献了出来，各种不同款式和类型的积木，在那位小老师的指导下，小朋友们齐动手，搭起了房子、花园、水池、餐厅，不一会儿，一座美轮美奂的花园城市就在小朋友们的共同努力下完成了。

小老师又让所有的小朋友站在那座足有半人高，占地近两平方米的大型花园积木旁，给大家照了合影。

不知不觉天色渐暗，小老师让大家收拾东西，准备散伙，看着那些小家伙们一个个意犹未尽的表情，周老师第一次生出想一起加入到他们中间，和大家一起做游戏的念头。

自我展现、大方、团结、友谊、分享、尊重和鼓舞他人，是幼师们追求的终极目标，每一位幼师都希望自己能教出具备这些优点的小朋友，但目前为止，周老师还没有见过比那位小老师做得更好的幼师。

原来，这就是自己的小女儿不满足于在幼儿园里玩乐的原因啊，在这个僻静的小区里，她能享受到更多的参与感，自我风采得到完全展现，收获到足够多的笑容和欢乐。那位小老师，已经深得这些小朋友的信任，融入他们，引导他们。他的一言一行，无不在潜移默化地影响着他们，这是别的幼教老师很难做到的。

那些小朋友很容易将幼儿园的老师当作阿姨和他们的老师，却无法将他们当作大哥哥大姐姐，当作亲密无间的伙伴。小朋友对老师的态度大多是，老师教大家学，要告状找老师，小秘密则只和自己的小伙伴分享；能获得小朋友袒露心底小秘密的老师，都一定是幼师中的佼佼者。

带着各种思绪，周老师不自觉地靠近了这个小团体。

“妈妈！”田田欢快地扑了过来。周迎春一把将她高高抱起：“我的乖女儿，你天天都在这里玩啊？”

“艾司哥哥带我们玩，艾司哥哥好厉害的。”田田语气中带着强烈的推崇。

“是吗，多厉害？”周老师笑问，朝艾司走过去。

“嗯，反正比张老师，比李老师，比刘老师、王老师他们都厉害。”女儿不知如何形容，只能将新苹果幼儿园四位元老级教师搬出来做比较。

“你好，我是田田的妈妈，我姓周，是新苹果幼儿园的老师。”周老师抱着女儿来到近处，艾司正指挥小朋友将搭建好的城堡分拆。

“周姐姐好。大家叫阿姨好。”“周阿姨好。”“阿姨好。”“周老师好。”

周老师微笑不语，那一声周姐姐仿佛一下就拉近了两个人的距离，眼前这个小青年给人一种纯真的感觉，那双眼睛干净清澈，眼眸黑亮，眼珠瓷白，就像自己小女儿的眼睛一样美丽。

周老师竟然生出一种不敢与之对视的惭愧，在这座城市中，拥有这样眼神的人，已经不多了。

“嗯，田田今天表现很棒，她给大家唱儿歌，如果明天来，就可以教会更多的小朋友唱这首歌。”不是很乖，而是很棒，这种风格的称赞能极大地激励小朋友的自信心。

艾司见周姐姐不说话，有些不知该说什么，面对像周姐姐这样真正的大人时，艾司总觉得不及面对小朋友自在，大人们的眼神是复杂的，你永远不知道他们在想什么。

“我女儿在家很调皮，在幼儿园也不肯乖乖坐好，今天是我第一次，看见她与别的小朋友安静地坐在一起这么长时间。”

“田田很乖啊，她不肯安静地坐好，一定是因为老师讲了她听不懂的东西。大家说是不是啊。”

“就是，有时候老师说的我们都听不懂。”“有时候老师说的我都不想听。”小朋友们纷纷表示支持。

周老师又笑了，怀中的女儿原本嘟着嘴，现在睁着大眼睛拼命点头，本想称赞一下这位小老师，没想到他竟然替田田说话，表示他们是站在同一阵线的。简单的一句话，就能得到大多数小朋友的认同，这个艾司，究竟是何许人？如此深厚的幼教功底，应当不是泛泛之辈。

“你是学幼师专业的吗？”怎么看这个小老师也不像参加工作好多年的样子，周老师估计是某大学的学生，如此优质的资源，若能提前结下友谊，对日后的新苹果幼儿园大有好处。

艾司完全听不懂，只是愣在那里，周老师眉头一皱，怎么，不是学生？“你是幼儿园老师吗？在哪所幼儿园？”

“我不是幼儿园老师。”艾司不好意思地挠头，咧嘴笑。

“艾司哥哥是我们大家选出来的老师。”最早的发起人朵朵骄傲地道。

“是学生？在哪里读书啊，二中吗？”周老师越发好奇起来。

“我不是学生，我没去学校。”艾司摆摆手。

“艾司哥哥，我回家去了哦，艾司哥哥再见。”一名小朋友说。

“瑶瑶再见，明天早上要自己穿衣服哦，你保证过的，你一定能做到。”艾司竖起拇指给予鼓励。

周老师想想也是，五点多学生通常还在学校呢，这就奇怪了，这小伙子既不是老师，也不是学生，年纪也不大，还能天天和小朋友一起玩，难道是无业青年？

“那你是在哪里上班吗？打工？”

“我在忠伯的小店帮忙，刷盘子。”艾司有些小得意，如今他的盘子刷得又快又干净，还学会了切菜。

原来真的是个打工仔，周老师敏锐的商业头脑立刻意识到，自己捡到宝了。“艾司？你叫艾司是吧，不知道你有没有兴趣到我们新苹果幼儿园来？”周老师抛出橄榄枝，在她看来，幼儿园能提供给这位打工仔的待遇，怎么都比刷盘子强，是个聪明人，就没理由拒绝。

“对呀对呀，艾司哥哥，到我妈妈的幼儿园来啊，我们那里好多小朋友，艾司哥哥你带着大家玩，大家一定好高兴的。”真是知母莫若女。

“可是，我很忙啊。”艾司掰着指头数起来，“早上要准备恩恩她们的早餐，打扫卫生，然后就要去忠伯小店帮忙，下午也要去帮忙，回来只能和大家玩一个小时，晚上也要去帮忙。”

周围的小朋友也不乐意了：“就是，艾司哥哥都只能和我们玩一小会儿。”“田田，不要叫你妈妈带走艾司哥哥。”“要是艾司哥哥走了，我们以后就不和你玩了。”“艾司哥哥是我们的老师，是我们选出来的，他不是幼儿园老师。”

周老师对小朋友的反对充耳不闻，继续拿出诱惑：“如果你肯来，我们会先给你见习老师的资格，但享受正式工的待遇，五个月之后，我替你报名参加幼师资格考试，我和教育局的王福新局长也有些关系，我保证，即便你没有大专文凭，也能拿到幼师资格证。”

在周老师看来，这么多重磅炸弹，对一名打工者来说绝对无法抗拒，之所以舍得下这么大本钱，是因为如今的幼师资源以女性为主，小朋友缺乏阳刚之气，男性幼师本就凤毛麟角，而能和小孩子融为一体，让小朋友真心拥戴的优质男幼师更是万中无一。

周老师爱才惜才，决定将这个很有潜力的小伙子发掘出来，使他成为海角市的男幼师楷模，如果有可能，还能将他送上电视台，让他在全国的幼师界风光一把，如果艾司成为幼师界的明星幼师，那么新苹果幼儿园自然也会水涨船高。这就叫一人得道鸡犬升天，没有高投入哪来高回报。只是周老师还不知道，艾司别说什么大专文凭，就连高中文凭、初中文凭、小学文凭，甚至连个幼儿园文凭也拿不出来，那是货真价实的白丁出身。

“周姐姐你说的这些……”艾司迟疑道，“和我没时间有关吗？”

2

周老师为之气结，怎么脑袋这么不开窍，难道自己的眼光看差了？“你说的忠伯，应该是天天见小店里的忠伯吧，我们幼儿园距离忠伯的店也只有两条街距离，距离这小区也不算远，你到我们幼儿园来，就不用去忠伯的小店帮忙啦。”

“那怎么行，我答应忠伯的。忠伯还教我切菜呢。”艾司不高兴了，这位周姐姐心地不好，不让自己去忠伯那里。

周老师没想到这个小伙子还挺讲义气，也有些不满道：“如今幼教市场很火，很多拿着师范院校本科硕士文凭的毕业生都到我们那里找工作，就算再差也比这刷盘子……”周老师适时停下，言下之意很明显，刷盘子这份工作，听上去多少有些让人鄙夷。

“我们有三个人一起刷，每天都洗得很干净，而且还用消毒柜消毒，让客人吃得放心，忠伯说这是生意人的良心。周姐姐你到我们小店去吃一次，吃过你就知道了，忠伯的手艺，那菜的味道是呱呱叫。”艾司根本没觉得有什么好惭愧的，反而替忠伯做起了宣传。

讥讽我没良心吗？周老师心有不甘，最后问道：“忠伯每个月到底给你多少钱？”

艾司愣住了，惊讶道：“刷盘子还要给钱吗？”忠伯叫他去帮忙，他觉得自己有能力可以帮助别人，就已经很满意，干活是要给钱的，艾司还没有这样的概念。恩恩以为他和忠伯谈好了，所以大力支持艾司去打工，谁知道艾司就没想过，忠伯也没提过，艾司只是觉得和大家一起干活比一个人在家里干活更开心而已。

周老师倒吸一口冷气，这小子是免费帮忙？他只是不想告诉自己他的实际收入，以免被自己嘲笑吧？但是看他的眼神，又不像作伪，难道说，他的心智……

“唉，如果你不能来我们幼儿园，我只能表示遗憾了，不过作为一名幼师，我个人很想知道，你是怎么和这些小朋友融到一块儿的，我看到这些孩子这么喜欢你，我很羡慕。”

“融到一块儿？我们没有融到一块儿啊，我们大家就是在一起做游戏，一个人不好玩，玩具拿出来大家一起玩，哪位小朋友学到了新东西，拿出来和大家一起分享，以前恩恩教过我好多东西，我也就教给大家啦。”艾司毫无保留地介绍经验。

周老师算是明白了，什么幼教终极目标，眼前这个小伙子，其心理年龄和自己女儿是相当的，他们不过是在一起玩，他们形成了自己的小团体，和成人世界格格不入，这也是为什么幼儿园的成人老师无法完全融入小朋友之中，而他却可以轻易做到。想明白了这一点，周老师算是摸清艾司的脾胃了，只要顺着他的毛发梳理，要让这个小伙子加入新苹果幼儿园实在是轻而易举，想着想着，周老师不禁露出了笑容。

艾司看得分明，这个周姐姐的笑容，和那天把酱香典范卖给自己的那位姐姐的笑容，简直一模一样。

“艾司啊，你想不想和更多的小朋友一起玩，而且可以玩更多的玩具？”周老师见艾司两眼发亮，就知道自己摸准脉门了。

“可是，没有时间。”艾司面对诱惑，坚守信念。

“因为答应了忠伯，所以信守承诺，对吗？”

艾司点头。

“嗯，这样啊，这样做是对的，田田也要记住艾司哥哥说的哦，一旦你答应过，一定要认真去做，努力地做到，明白吗？我们约好了什么时候吃饭，就要什么时候吃饭，不能再像以前那样子，不然艾司哥哥和其余小朋友就会知道，田田说过的话不算数。”顺带教育了女儿，周老师又对艾司道，“我们幼儿园呢，是从上午九点到下午四点，在这个时间段，只要你能挤出时间，都欢迎你来玩哦。”

上午九点到下午四点，和很多小朋友一起玩啊？艾司觉得心思活泛起来，开始认真思考，自己可以从哪个时间段挤出一点时间来，幼儿园到底好玩还是不好玩，得去过才知道，好想去看看，好想去看看！

有了！艾司抬头道：“每天下午去忠伯那里，不到三点就做完活了，大家在一起喝水聊天，我可以在那个时候去幼儿园吗？”

“当然可以。”周老师露出职业微笑，虽然那个时候不少小朋友已经满脑子想着回家了，不过只要这个大号小朋友去看过之后，一定会喜欢上那里的，周老师对此很有信心。

“去幼儿园，需要身份吗？”艾司犹豫了一下，补充道，“我没有身份。”

身份？周老师笑道：“是我们请你来玩的，不需要身份。如果到时候我不在，看门的老伯问你，你就说是周园长请你来的，许老伯就知道了，会让你进去的。”

第二天，艾司在忠伯那里干完活，早早地说了自己要出去玩，便循路来到了新苹果幼儿园，有几名家长已经在门外等着接孩子放学了。

“大叔，大叔。”

大爷耳朵不太好，艾司又叫了两遍才有反应：“小伙子，我们还有一个小时才放学，是家里有事吗？”

“是周园长请我来玩的。”

“嗯？噢，好像是有这么回事儿，你是叫……”

“我叫艾司，艾草的艾，司令员的司。”

“哦，对对，你进来吧。”

大爷给艾司开了门，见艾司进去了，另几位家长不乐意了：“为什么他可以进去？我要去看我们家丁丁。”“大伯，开开门，让我也进去吧。”

“人家不是来接孩子的，是找园长有事，你们还是耐心地再等等吧，若家长们一个个都进去，里面还不乱套了。若随便什么人都可以随意进，你们做家长的也不放心不是？”

艾司没有听到家长们的询问，进了门就好奇地往里走，绕过了屏风墙，顿时眼前一亮，没承想在这闹市街区的中央，仅一道铁门之隔，居然别有洞天。

园子的中央是一个四四方方的大操场，操场正中是纯绿色的软塑胶地板，好几个班的老师正带着小朋友在塑胶地板上做游戏，怎么翻怎么滚都可以。大操场的四个角则放了许多玩具，这边有秋千、跷跷板、摇摇木马、滑板！那边有攀爬彩管球、充气城堡！另一边有大沙滩，还有供小朋友随意涂鸦的巨大白板墙。

围着操场的四边有五六栋各具童话色彩的建筑，每一栋都是那么独特新颖，艾司还没见过类似的建筑。

那边的房子都是蘑菇形状，高低错落，这边好似《白雪公主》里的城堡，那边是《蓝精灵》的森林小树屋，还有那边是有着尖尖圆屋顶的蛋糕小房；还有大风车屋、《阿拉丁神灯》中的火炬圆顶小屋、《猫和老鼠》里面的奶酪屋、巨人城堡，以及艾司叫不出名字的奇异风格建筑。

这可真是天堂一样的地方啊，艾司瞬间便陷入了幸福的重围，这也是周老师笃定只要艾司来到这里，就一定会被吸引住的底气所在。

幸福来得太快，艾司一时有些手足无措，到处都有小朋友在玩，艾司只犹豫了一下，迅速冲向充气城堡，将鞋一脱，在那名幼儿园老师的制止声中，一头扑了进去，开心地打起滚来。

“嘿，你，哪儿来的，快出来！那是小孩子玩的地方……”在旁边的一位年轻老师，还没有应付这种事情的经验，尖叫起来。

“由他去吧。好好看着，他是怎么与那些孩子接触并融入他们的。”一个熟悉的声音在年轻女教师耳边响起，同时拉住了女教师伸出去的那只手。

“周……周园长。”女教师有些吃惊地回过头来，正是接到消息赶来的周迎春副园长。

小朋友们对这个贸然闯入的大家伙还是抱有一定戒心的，不少小朋友有些惊惶地看向老师，却发现他们的老师在一旁没有制止，小朋友更加好奇这个大家伙的来历了。

艾司可不是先礼让后邀请的贵族儿童，见周围的小朋友都纷纷避开，自然要先玩过瘾，上次在公园看到有充气城堡，可是恩恩她们死活不让自己去玩。

打几个滚，高高地蹦起；东歪西倒，一步一陷地蹒跚行走；朝那些充气蜡烛扑过去，扑倒这支蜡烛，反过来又去扑倒那支蜡烛，这支蜡烛又冒了起来，再扑；还有充气的滑板，一个鱼跃冲顶头朝下滑下去，再翻过身来，仰着滑下去，再来，打着翻跟头，滚着滑下去。哈哈，充气城堡就是好玩，怎么翻滚都不会摔着。艾司就像冲进沙丁鱼池的鲨鱼，肆无忌惮地翻滚跳跃，所到之处小朋友纷纷避让。

过了一会儿，或许是艾司总把最好玩的地段霸占了，又或许是看他只长得个头大，却一脸人畜无害的表情，也有见他玩得新奇，想跟着学的，总之，小朋友们开始对艾司有意见了。

“我先来的，该我先下。”在充气滑梯前端，一名大胆的小朋友拦住了艾司的去路。

艾司也不一味霸道，而是看了看，指着其余小朋友道：“他们都没有排队。”

“你是大人，大人不能和我们小孩子抢玩具。”这位小朋友显然经过了深思熟虑。

的确，以艾司的个头和小朋友们一起抢地皮，未免太不公平。

“可是，可是我也想玩啊！我不是大人！”艾司不忘更正一句。

一听那对话口气，就知道他们绝对属于一个年龄段，周老师和那位女教师都会心一笑。

“你长那么大，你就是大人，你就是你就是，你看，城门你都钻不过去。”

艾司往充气地板上一扑，以一个游泳运动员标准的入水姿势，在充气地板上滑过，一下就钻过了城堡的城门，挑衅似的回望小朋友：“我钻过来了，我不是大人吧。谁说个子大就一定是大人的，那边那个小胖，比你高一个头，他怎么不是大人？”

小朋友确实高矮不均，那个拦住艾司的小朋友无话可说了，转身就从充气滑板上滑下去了：“反正我先来，我要先滑。”

艾司三两步又抢了上去，这次是个小姑娘挡在前面，稚嫩道：“你要在我后面，我在你前面！”

艾司看了看，还有不少小朋友要从自己腿旁挤过去，这样可不行，那自己就没的玩了，眼珠一转，对那个排在最前面的小姑娘道：“我们可以一起滑吗？我可以把你举起来，举得高高的哦。”

这种滑充气滑梯的玩法，小姑娘显然没玩过，咬着小指头，犹豫了片刻，艾司做了个托举的动作：“举得高高的哦。”

“好吧，但是如果你把我扔出去了，我会哭哦，汪老师，我爸爸妈妈，爷爷奶奶，都会一起来打你，打得你屁股开花。”小姑娘不忘先威胁一番。

“走喽，举高高，呜……”艾司将小姑娘举起来滑了下去，着陆的时候没控制好，两人滚作一团，小姑娘发出了咯咯的笑声。

艾司尝到甜头，又登上充气城堡的高处，询问道：“还有谁要举高高！”

有了尝试者，自然不乏雀跃的跟风小朋友，艾司一下成了炙手可热的大哥哥。

“举高高喽。”“我们出发！”“赛洛号出发！”“我是深水潜艇，咻咻！”

“艾司哥哥，艾司哥哥。”“我要举高高！”“该我了，他已经举过了，艾司哥哥，该我了！”

在一旁看着的周老师和汪老师都感慨不已，和小朋友打成一片，让大家记住了自己的名字，艾司轻易地便在这群孩子中树立了自己的地位，看他们玩得如此开心，会让人有一种渴望参与其中的感觉。

这一切，似乎都非常容易，不过仅限于艾司，周老师也知道，许多家长以为，由于成人自身的视觉和体型，所以无法参与到孩子的活动之中，但真正导致他们无法与孩子们开心娱乐的，只怕还是那颗被染为世俗的心。

每当看到孩子们在娱乐，生出一股想要参与的冲动时，内心就会告诉自己，自己已经是成人了，那是小孩子们的玩意儿，那种游戏，或许根本就没有自己想象中好玩；或者又会想，旁边还有很多人看着呢，会被当作神经病的。

成年人的内心世界，会以各种理由去克制压抑自己内心的原始意愿，因为成人懂得了一种叫礼俗的东西，知道哪些事是孩子们才会做的，哪些事是只有成人才可以做的，一旦超出礼俗的范围，即便内心很想做，他们也会强行克制。

而艾司的独特之处就在于，他并未受到世俗礼法的约束，对这一套他懵懵懂懂，似是而非，而且某些礼法是没有道理可言的，只能解释为大家都那样做，你不那样做，就是没礼貌，不讲道德。

一玩起兴就忘记了时间，直到汪老师招呼小朋友们集合准备放学回家了，大家才依依不舍地从充气城堡里走下来。小朋友们都觉得，以前也玩充气城堡，但是没有今天这样好玩，有了艾司哥哥的加入，小朋友都玩得不想走。

“周姐姐好。”小朋友都下了城堡，艾司也不好意思赖在上面不下来。

“艾司，这位是汪华汪老师。”“汪姐姐好。”“艾司你好。”

“我明天还能再来玩吗？”时间太短了，艾司只玩了充气城堡，还有好多没玩过。

“当然可以，明天，你能带着别的小朋友一起玩吗？我们这里有很多小朋友，他们都希望和艾司哥哥玩。”

“好啊。”

“周园长，你让这么一个大孩子来带小朋友玩，有什么用意吗？”送走艾司后，汪老师不解地问。

“从他身上，我们可以发掘到很多可贵的东西，对于我们的育幼教育会很有帮助，以后你会看到的。”周迎春高深莫测地微笑着。

3

开学之后，恩恩她们的生活渐渐变得云淡风轻，接着就被扑面而来的题海淹没，老师的拖堂和作业的增量成了同学们抱怨的主题，文风为陶慧颖的事情向恩恩道了歉，那事本就恩恩她们有错在先，能接受文风道歉的机会实在少之又少，恩恩自然接受了。

至于艾司的身世之谜，在题海重压面前，恩恩她们只能暂时放弃寻找了，或者说实在没有精力再去考虑。

上一次带艾司找心理医生进行了催眠，结果只进行到一半，艾司就自己从催眠状态中醒了过来，抱着脑袋大喊头痛，看他在助眠椅上抱头打滚的痛苦模样，连那心理医生都被吓了一跳！

最终艾司还是什么都没能想起，恩恩抱怨雅欣预约的心理医生不靠谱，看到艾司那么痛苦，她们也于心不忍起来，这事就此告一段落。

相较恩恩她们，艾司如今的生活可谓过得风生水起，不仅在幼儿园找到了梦中的天堂，还得到了忠伯的重用。

几天苦练下来，艾司的刀功已能达到忠伯八九成的水准，“艾司，你的刀功这么好，没几年的苦练绝对做不到，你就别瞒着忠伯了。”这是忠伯对艾司的评价。

“真的没有，我一点都不记得……”艾司住口，恩恩明确地告诫过艾司，哪些事情是绝不能说的。

忠伯见艾司的刀功如此了得，在厨艺一道的天赋惊人，忍不住想教艾司两手。

“艾司，你听好，这女人啊，都是感性的动物，视觉、听觉、嗅觉、味觉，任何一处能吸引到她，她们都会为你加分，要想留住她们的心，就得留住她们的胃。想当年，你忠伯就是凭借这一手神鬼莫测的厨艺，才彻底征服了你忠嫂的芳心。你看我把她养得白白胖胖的，还有我们的儿子，也是吃得健健康康，从小就没得过什么大病，全靠忠伯我浸淫厨道，苦心钻研。切菜切得好，刀功过人不算什么，做菜才是关键，就算能做出色香味俱全的佳肴，也不算什么。你做的菜，要能顺应天气四季，调理人体五脏六腑，民以食为天，以食养生，才是厨之大道。掌火！下油！翻勺！点料！蒸、煮、炖、炒、煸、炝，随心应手，翻乾坤于掌间，百变无穷！”

忠伯允许艾司看自己炒菜，他还时不时玩两个花活儿，只看得艾司不住发出“哇！哇”的赞叹。

做菜的绝招忠伯还没打算倾囊相授，不过允许艾司看自己做菜，已经是很难得的传授了，能不能把握住机会，就看艾司自己的悟性。忠伯当然不会知道，艾司最擅长的便是观察，学习，分析，理解，直至掌握，忠伯为他打开了一扇窗，他便能自行体会到这个世界的美妙。

忠伯的手法其实与真正的国际名厨还有差距，做菜的手法只有简单的几招，翻勺，颠勺，有快速小翻和大回环搅拌，下配料的顺序很有讲究，似乎某种配料先下，那种配料的香味就会被油和主菜吸收，顺序一变，整道菜的味道就全变了。

忠伯因人下料，点同一道菜，长得胖的、长得瘦的、年纪大的、年纪小的、男的、女的，忠伯的配料比例都不同。这些全被艾司看在眼里，记在心中，有些不能理解的就问忠伯，忠伯不愿意说的还可以百度搜索，艾司很早就会用百度了，只不过大多是帮恩恩她们挣豆豆，一旦他想认真查找某个资料，他能将人家收费的论文帖子翻找出来。

学而时习之不亦说乎，光记了一肚子理论是不够的，还得有实践的机会，目前忠伯还没有给艾司实践的机会，艾司就自己实践。

恩恩她们上学很忙，通常都是中午和晚餐在外面小炒吃，要不然就吃泡面，学校的食堂她们坚决不去，难吃且分量少，唯一的优点就是价格便宜。

所以出租屋的厨房几乎没被动用，除了烧点开水，其余厨具更是可以扔进储藏室，尽管艾司每天都将它们擦得闪闪发亮，却是毫无用武之地。

今天要派上用场了，艾司从忠伯那里赊了菜回来，番茄炒鸡蛋，滋补养颜，富含维生素，抗衰老，缓解视觉疲劳，恩恩她们吃了肯定好。

番茄焯水去皮，切块，码糖，码糖很重要，不仅可以提味，让番茄去酸增甜，还能让维生素汁都渗出来，起锅时浇在菜的表面，让菜色更艳，也更富营养。

鸡蛋搅匀，放盐，要搅拌出很多泡泡才好，下油锅后蛋才会疏松软滑，忠伯说搅拌得好的鸡蛋下油锅后，会立刻膨胀成一个面包。

下锅很快就要将面包蛋铲起，切丁，再用微油小炒番茄，再下蛋，放适量盐和鸡精起锅，浇汁，艾司深深地吸了口气，嗯……好香啊。赶紧拿个盖子盖上，待会儿香气就跑掉了。

再炒个素青菜，这个简单多了，择菜洗菜，少许油，爆炒一下，放点盐，放点鸡精，好了，恩恩她们差不多也该回来了。

“开门开门！”正想着，外面就响起了雅欣那好似土匪进村的叫喊声。

“恩恩、雅欣、婉儿你们回来啦！”艾司会一面大声惊喜地叫着，一面开门。

“嗯，好香啊，什么东西？”

“我亲手做了番茄炒蛋和小炒青菜，专门等你们回来哦。”艾司可得意了。

“哎呀，艾司在忠伯那里已经学会做菜了啊，这下我们有口福了，不用出去吃了！”婉儿欣喜道。

“先别忙着下结论，尝尝味道再说吧。”恩恩持怀疑态度，“你尝过了吗？”她问艾司。

艾司大幅度摇头：“当然是要一起开动，才能吃到最好吃的味道，我去给你们盛饭。”

摆好碗筷，艾司给恩恩她们盛好饭，恩恩她们也洗干净手了，四人围桌坐好，“当当当当！”艾司哼了声，揭开两个盖子，红黄绿，看颜色倒蛮正的。

雅欣按捺不住，抢先夹了一筷子：“嗯……”声音没有高上去，打了个破折号反过来向下走，眉毛渐渐地向中间靠。恩恩也夹了一大块鸡蛋，正放在嘴里，还没咬下去，婉儿斯文地拈了一片青菜叶，三人原本饿得正准备抢食，却被雅欣那一声变调的鼻音震住了，变得小心谨慎，开始细嚼慢咽。

香味是有，味道也不咸不淡刚刚好，只是，吃在嘴里有点古怪的味道，像是肥皂？还是碱盐？原本看色和香都具备了，还打算称赞艾司一番然后大口地开动，只是这味道是怎么回事？三个人相互看看，雅欣又拈了一筷子尝了一下，味道是有点古怪，虽说不至于难以下咽，但是因为这样的品质称赞艾司，似乎也不太好。

“艾司做的菜真好吃，艾司做的菜最好吃了，好好吃啊，吃了还想吃。”见没人夸奖自己，艾司自吹自擂，大口大口地夹菜扒饭。

“第一次能做出这样的水平，应该不错了。”恩恩带头鼓励艾司，以免伤了艾司的心。

“没错没错，快吃吧，吃了还要写作业。”婉儿附和着。

“我第一次做的菜绝对比他这个好吃。”雅欣还是觉得嘴里不是味儿，提出意见。

艾司低着头，眼睛横过来，雅欣的良心大大地坏，还是恩恩和婉儿最好了。

下午首节物理课后，雅欣找到恩恩：“不知怎么的，我肚子一直闹革命，这节课给我上的。”

“是吗？”恩恩杏眼一瞪，“我也觉得不对劲儿，就像有人在肚子里跳踢踏舞一样，一阵一阵地不安分。”

“婉儿，你没哪儿不舒服吧？”

“肚子好像不舒服。”婉儿柳眉轻蹙，宛若西子。

“我们没做什么啊，这是得罪了哪路神仙？”

“是啊，中午就在家吃了顿饭！”

吃饭！三人眼中都是一惊，雅欣拍案怒道：“敢情是艾司给我们下了药！我说今天中午的菜味道怎么那么古怪！”

第二节是李老师的外语课，三人的肚子更是吵着闹着要造反。“老师……我肚子疼，要上个厕所。”开课五分钟，中午吃得最多的雅欣第一个坚持不住。

“下课干什么去了？”李老师怒。

“等等，老师，我，我陪她去。”恩恩狡猾地站起来。

“去吧去吧。”李老师很不耐烦。

这一去就是二十分钟，等恩恩和雅欣面白腿软地走回教室时，李老师又批评了她们一句：“怎么去那么久，你们当这里是自由市场啊？”

恩恩和雅欣各自找座位坐下，看了婉儿一眼，婉儿小脸通红，正局促不安地在座位上不停地腾挪换位，终于忍不住了，小心地举手，悄悄地询问：“老师，我想去下洗手间。”

李老师和颜悦色：“去吧，身体是不是不舒服？要不要找个同学陪你去？要注意身体，身体是学习的本钱。”

恩恩和雅欣鄙夷地看了李老师一眼，这就是好学生和坏学生在老师眼中的差距，她们上厕所就是偷跑，等同无故旷课，婉儿上厕所都是为了更好地学习。

第三节课也不行，她们继续旷课，回到家，“开门开门！”雅欣叫得特别大声。

“恩恩、婉儿、雅欣你们回来啦！”门打开了，艾司喜气洋洋地站在门内，“有香喷喷的蘑菇煲汤哦，谁想先尝一尝？”

雅欣本想将艾司好一番数落，却有气无力地用手指了指，说不出话来，婉儿居然行动最快，第一个冲进了厕所。

恩恩面色灰白，总算还有点精神：“你中午在菜里放什么了？”

“就是盐啊，鸡精啊，都是很简单的菜，忠伯的拿手绝技我还没学会。不过没关系，我多看几天就会了，到时候让你们每天品尝艾司牌小炒菜，上课都会流口水。”

“现在别说那么多，让我看看你的调味罐，”恩恩将艾司推到厨房，“这是什么？盐，嗯，是盐，鸡精呢？这个？”恩恩嗅了嗅，在手里捻了捻，最后不放心地用舌尖舔了舔，立刻尖叫起来：“呸呸，什么鸡精，这是洗衣粉！”

“我洗衣粉放在洗衣机旁边啊。”艾司从洗衣机旁拿出洗衣粉。

恩恩掐住艾司的脖子摇晃：“你这个笨蛋，你放之前不会先尝一尝吗？这洗衣粉不是我们买的，你在哪里找到的？”

“厨房的窗台上。”

“肯定是房东留下的，还不知道放了多久了，肯定已经过期了。艾司啊，你把我们害惨了，给我们吃过期的洗衣粉，吃得我们三个都拉肚子，雅欣都拉得快虚脱了！”

“可是，我怎么没事？”

“你，你已经百毒不侵行了吧！我，我……我们的医药费、青春损失费、精神损失费、名誉损失费、伤痛赔偿金，都要算到你的债务总额里！我、我要是有个什么三长两短，我一定要起诉你，一定不会轻饶你！”

外面传来雅欣的敲门声：“婉儿，你好了没有，快出来啊，救命啊！”

看三位公主拉得不能去上晚自习，纷纷请假，艾司也慌了，赶紧上网百度一下，理胃洗肠汤要怎么做，恩恩雅欣她们哪里还敢做艾司的试验品，打死也不喝。还好拉肚子只是一次性的，清空了肠胃便没有继续，雅欣愤愤地建议该将艾司送到陶慧颖家里去做主厨。

艾司嘟着嘴保证，今后做的一定是香喷喷顶呱呱的菜，作料全部去超市重新买过，绝不会再把洗衣粉放锅里了。

只是恩恩她们吃过亏，心里有了芥蒂，接下来就算艾司做的菜很合胃口，也没人轻易开口称赞艾司，弄得艾司不知道自己做的菜到底可口不可口，一边向忠伯学习，一边拼命查阅资料，无形之中，艾司学会的食材搭配与菜的做法越来越多，就连忠伯那几手招牌菜，他也摸出一点门道。

在厨艺上大有斩获的同时，艾司在幼儿园和小区里的人缘也越来越好了。艾司找恩恩要了个小书包，因为幼儿园的小朋友都有小书包，艾司也要有。恩恩被缠得没法，给艾司找了个她读小学时用过的书包，虽然有点旧，但洗得很干净，还有小熊维尼的图案。

艾司得意扬扬地背在身上，翻来覆去照镜子，臭显摆，好像那不是什么被当作垃圾扔掉的旧书包，而是顶级时尚名牌包包一样。背上就不肯放下，晚上睡觉都要背着，好不容易被恩恩她们劝得放下，说第二天天亮再背，结果半夜艾司就将灯打开去叫恩恩，说天已经亮了，可不可以继续背书包……

后来小书包里就渐渐多了一些什么积木零件啊，字帖啊，形状奇怪的小石子啊，让人看不明白的超现代折纸作品，小铁片、小塑料珠子……

艾司在新苹果幼儿园的时候，周老师先让艾司看看别的姐姐是怎么带小朋友们上课，然后让艾司自由地带小朋友们玩，一开始还需要一位老师在旁边盯着，可没多久就发现完全不需要，艾司就像一块大磁石，小朋友就像铁屑，艾司哥哥走到哪里，小朋友们就跟到哪里。

不到一周的时间，幼儿园内的小朋友间就传遍了艾司哥哥的大名，在传说中艾司哥哥像孙悟空一样会七十二变，艾司哥哥是一个会讲几万种不同故事的机器人，艾司哥哥有蜘蛛侠和超人那样的本领，艾司哥哥像哈利·波特一样会各种魔法，总之，艾司哥哥比幼儿园别的老师好玩，在小朋友中，艾司哥哥是个抢手货。

“今天艾司哥哥会到我们班上来哦！”

“昨天艾司哥哥带我们一起玩，我们做过的游戏，你们听都没听说过，周老师、汪老师、华老师，都没听说过。”

“艾司哥哥今天会来带大班的小朋友，周老师说过的，你们小班的又哭又闹又爱撒尿，艾司哥哥都不喜欢带你们玩。”

“呜……你骗人，艾司哥哥会来的！”

周老师也想看看艾司究竟有些什么本事，让艾司一个班一个班地轮，结果发现，从小小班到大大班，艾司统统能胜任，而且，艾司在看过别的幼儿园老师教小朋友识字、认身体、认亲戚、背古诗、学拼音、学英文之后，他也全都会教，很明显，艾司教的效果，是别的老师强迫小朋友安静下来，死记硬背比不了的。

就拿英文来说，艾司会在小朋友玩得最开心的时候，时不时拿出一个小东西询问：“这个英文怎么说？”

“埃剖！”在别的小朋友羡慕的眼神中，第一个抢答正确的小朋友就能得到这个苹果作为奖励。小朋友会自己认真去记忆，不是为了得到表扬，而得到苹果的那位小朋友，更是很长时间都不会忘记这个单词。

当然，这些方法周老师都会悄悄地记下，整理成册，让其余老师模仿学习。

至于在小区中人缘那么好，那完全是因为艾司严格遵守恩恩为他制定的三大注意八项纪律，坚持以助人为乐为己任，变成一个四处帮忙的滥好人。

“王伯，拿菜啊，我来帮你。”

“秦叔，扛箱子啊，我来帮你。”

“大哥，你一个人扛两桶水上楼啊，要帮忙吗？”

“大叔，这么多纸箱好不好拿下去啊？要不要帮忙啊？”

送水的，收废品的，倒垃圾的，无论贵贱亲疏，统统都在艾司的帮忙范围内，只要得到“谢谢”两个字的赞扬，艾司能高兴小半天，晚上还会向恩恩表功。当然，虽然在帮助别人的时候艾司会真心快乐，但这并不会为他减少一分钱的债务，相反，艾司在恩恩那里欠下的债，每一天都在增长。不过艾司从未想过要为赎身而努力，依然简单且快乐地过着。

不过，也不是每个人都对艾司友好，这天放学，恩恩她们就在小区外的小巷里见到了令她们气愤的一幕！

4

五名看起来像初中部的学生，个子比艾司还矮一头，歪穿着校服，斜挎书包，有两人嘴里还叼着烟，正拿着艾司的小熊书包扔来扔去，耍逗着艾司。

“来拿呀，来拿呀……哈哈，接着！”一个假动作，书包扔给了旁边的学生。

书包在五人手里扔来传去，艾司盯着书包，怎么也抢不到，急得都快哭了：“把我的书包还给我……你们把书包还给我……”

“哎……”一个胖乎乎的小子笑嘻嘻地做出要丢不丢的样子，逗得艾司原地一跳，他再将书包往右边扔去。

啪！书包被一只大手拽停在空中，雅欣走向原本等着接书包的初中生，伸出两根手指，拔掉他嘴里衔着的烟头，弹在地上，拿手背轻轻拍了拍他的脸：“小子，你是哪个班的？”

“恩恩、雅欣，他们抢我的书包。”一看到恩恩她们回来了，艾司含在眼眶里的泪水顿时哗哗地涌出来。

恩恩怒视那几名矮个的初中生，声色俱厉道：“你们找死啊！给我靠墙站好，今天你们家长不来，谁也别想走！”

婉儿则轻轻擦了擦艾司的眼泪，温柔地问道：“你有没有受伤啊？他们有没有打你？”

艾司低头垂泪，摇头：“没有，就是难受，想哭。”

那几名初中生被雅欣的气势给镇住了，等恩恩说话时才反应过来，哪肯老实地站住，顿时作鸟兽散，恩恩也只是吓唬吓唬他们，没想把他们怎么样，等那几个学生一走，立刻怒其不争地教训起艾司来：“你怎么回事啊？几个小孩都敢欺负你！遇到这种坏学生，跟他客气什么，打呀！”

艾司泪眼摩挲地抬起头：“你不是说不许打人吗？”

“我有说过吗？”恩恩一愣，随即想起了自己是在什么时候说过这样的话，立刻更正道，“我是说让你不要下死手，呃……就是不要像对付那个家伙那样对付人，但是，有人欺负到你头上，你就算不反抗，也一定要学会保护自己，知道吗？”

“保护自己？”艾司眨巴着那双湿润的大眼睛，恩恩伸手扶额，这又是一堂额外的教育课程。

“好啦好啦，我们先回去，艾司不哭了。”婉儿温婉劝着，“问清楚经过再说。”

雅欣咧嘴道：“还有什么好问的，肯定是那几个小混混欺负我们艾司，以后看我不见他们一次打一次！”

将艾司带回出租房，三个女生开始七嘴八舌地教艾司如何区分他人的善意和恶意。

不过在怎么对待恶意这件事情上，三个女生的处理方式出现了很大的分歧。

这种事情本来就不是一两句能说清的，这次恩恩站在婉儿的一边，坚决反对雅欣的以暴制暴。最后他们总结出了观察、远离、大声呵斥、打电话、报警等五步自保策略，要让艾司理解并学会如何灵活运用这五个自保策略，又花了一番工夫。四人还在出租屋内排演了好一阵子，雅欣、恩恩两个女恶霸轮番上阵，连婉儿也助演，让艾司高兴得不行。

隔天艾司就拿着新学到的自保方法去向小朋友们传授经验了，同时纠正一些小朋友“人若犯我，我必犯人”的不良恶习。

到了周末，艾司突然接到李婶儿打来的电话：“艾司啊，我们家果果不见了，你有没有看到他？”

“没有啊，”艾司问周围的小朋友，“你们有没有谁看到果果？”

“李婶，您别着急，果果什么时候不见的？好像他说今天要回老家玩啊。”

“是啊是啊，今天果果他爸爸带着一家人回乡下老家，果果和他表弟一起玩的，谁知道玩着玩着就不见了，现在他爸爸妈妈姑姑姑父到处找，急得不得了，如果果果回来了，记得通知我们一声啊，哎呀，这孩子会到哪儿去呢？”

李婶家的果果来之不易，艾司也曾听过一些，李婶的儿子儿媳结婚九年没有生育，夫妻俩去了北京上海，东至澳大利亚，西至德国，可以说跑遍全世界也没能解决问题，以前的大房子也卖了住到了便宜小区。后来不知从哪里寻了灵丹妙药，这才有了果果这个掌中宝，若果果出了什么事情，这一家人可……

“别，别挂李婶，你是说果果他们回老家了？我记得果果说，他老家后院有一间废弃的旧房子，他总想去冒险，还说房子里有一口大箱子，可以通往过去，就像叮当猫的时空机一样，你们有没有去那个房间找过？”

第二天他接到果果爸爸的电话：“艾司是吗？你好你好，我是果果的爸爸，真是谢谢你啊。那两个傻孩子，真的藏在大柜子里面，不知怎么将柜子外的扣销给扣上了，从里面打不开，医生说，要是再晚一会儿，两个小孩都有可能窒息……我真不知道该怎么感谢你，我们一家人都感谢你……”

“果果没事就好了，他现在在哪里？”

“还在儿童医院住院观察。”

“我带小朋友过来看她啊。”

……

第二周的周三，从新苹果幼儿园回家的路上，艾司看到一个小朋友被另一个身材不高，脑袋大大的人堵在一条小巷子里，那个小朋友是朵朵的哥哥，叫容林，读小学三年级，艾司见过。

只听那脑袋大大的家伙威胁道：“小子，别装啊，老子看见你口袋里有钱，不拿出来今天你回不了家！”

容林大声道：“我不怕你，我爸爸是警察，街头拐过去就是派出所，我一叫人你就跑不掉了！”这是艾司教过朵朵的自我保护法，要是对方只有一个人，又想抢东西的话，在周围有人的时候就要大声地叫出来，其实容林的爸爸是卖烟的。

“嘿，小子，你别吓唬我，你杨爷可不是吃素长大的，你交不交！拿来吧你！”说着就要动手去抢。容林马上大叫起来：“抢东西啦，抓小偷啊！大人抢小孩子东西啦！快来看啊！”

“你干什么！”艾司已经走了过来。

那大脑袋的杨爷一慌，容林趁机抓起书包逃走，杨爷却被艾司堵住去路，无处可逃。

“小子，你别多管闲事啊，你爷爷我出来道上混的时候，你还在玩泥巴呢，识相的赶紧闪开，好狗不挡道。”杨爷一双黑豆小眼睛六神无主地乱转，嘴里说着底气不足的威胁的话，眼睛四处打量可以逃走的路线。

“为什么要抢小孩子的钱？”艾司觉得这种行为很不可理解，虽然这位杨爷也不高，但小学三年级的容林不过到他腋下，而且那大大的脑袋说明他已成年，这完全就是欺负人嘛。

“大哥，你就可怜可怜我吧。”那位杨爷翻脸比翻书还快，看到没有逃走的希望，立马双膝跪下，一脸哀怨悲痛之情，哭诉着，“我那可怜的老母亲身患重病，躺在床上动弹不得；我老婆精神有问题，生活无法自理，留下三个孩子，孩子要吃奶，整天哭哇，我也是实在没办法，出来找点奶粉钱，大哥，大哥，我的命好苦哇。”说着跪行两步，假惺惺地抹了抹眼泪。

原本这话搁谁也不信，偏偏艾司睁着他那双大眼睛，仿佛被杨爷的悲戚感染，这个人好可怜，已经走投无路到去抢小学生的钱了。艾司取下他背上的小书包，在里面一阵翻找，找出几张皱巴巴的钞票，他要为恩恩她们做丰盛的午餐和晚餐，身上还有点采买的零花钱，全在这里了。

“喏，孩子吃奶要紧，我也只有这么点钱，给孩子买点鲜奶吧。”

这回轮到杨爷愣住了，他也知道自己这番做作根本没人会信，只求博人一笑，让人家把自己当作一个屁给放了，或是下手的时候打轻点，可是，这小子？杨爷使劲瞪大他的小眼睛，左瞧右瞧，那小子好像真信了？难道老子最近演技有所提高？管他妈的，有钱不拿是王八蛋。

这位杨爷脸色又是一翻，感激涕零地站起来，道：“大哥，你是好人啊，我全家都感谢你。”他捉住艾司的手，撸过手里的钱，蘸点口水，吧唧吧唧数了两下，虽然只得几十块，不过也比那个小学生肥，今天赚了，晚上又能喝两口小酒。嗯，这儿子的奶粉钱是有了，可儿子还没裤子穿，过几天再来找这位好心的小哥。

“恩恩啊，他真的好可怜的，连自己的妈妈、妻子、儿子都拿出来当借口了，不是走投无路肯定不会这么说的。”

“连小学生的钱都要抢，这种人就是社会上的人渣败类，而你明知道他是骗人还给他钱，你就是比白痴还要笨的笨蛋！死远点，不要黏着我，这笔钱，要加到你的债务上！”

“可是他真的很可怜啊，那么大个人了，还要厚着脸皮向小朋友讨钱，一般人谁做得出来啊！”

“那是因为他懒，他不要脸，这种人就是街头地痞混混，他没有羞耻心的，为了钱，他什么都做得出来，以后绝不能和这种人有接触，听明白了吗？”恩恩气得停下。

“他说，他还会来感谢我的。”

“感谢你！他怕是还要来找你要钱，他叫什么名字？”

“杨聪。”

“妈，有个流氓在我们租的小区附近晃悠，很无耻的，连小学生的钱他都要讹，许多租住在小区里的同学都被他骚扰，派人来把他赶走！”

“恩恩啊，妈妈这里不是城管局，人家去哪里有他的自由，叫你不要在外面租房子住啦，住学校哪里不好，婉儿的妈妈和雅欣的妈妈都打过电话给我，你们三个小丫头在这个时候搞什么独立生活嘛，以后上了大学，有的是独立生活时间，还有……”

“好啦好啦，妈，你什么时候变成啰里啰嗦的老太婆了。”

“你这丫头，妈妈不是关心你吗，你怎么和妈妈说话的。”

“我不管，快派人来搞定那个杨聪，不然你女儿在外面住得很危险啦。”

“嘟……嘟……”程英挂上电话，杨聪，这个名字很耳熟啊，司徒！

周五中午，艾司正准备去忠伯那里帮忙，只见一个西装笔挺的男子，戴着文雅的眼镜，在楼下转来转去，小区里很少看到穿得这么光鲜的男子，艾司不由多看了他两眼。那名男子也注意到了艾司，忙道：“同学同学，问你个事儿，你知不知道有位叫苏晓雯的住在这附近？”

“苏晓雯？不认识。”艾司摇头要走。

“她差不多二十七八岁，看起来还要年轻些，脸有点瘦，左边眉毛三分之二的地方有一颗痣，还带着个孩子，今年应该，五岁了吧？”

“你说的是小明的妈妈，苏姐姐？”

“小明，原来他叫小明。”男子有些失神地呢喃了两句，马上清醒道，“对对，就是她，她住哪里，她过得好吗？小孩子怎么样？”

“你找她什么事？”艾司也学会了先问后答，前两天刚受过恩恩的训诫。

“我，我是小明的爸爸，我来接他们娘俩回家。”青年男子有些腼腆起来。

“你是小明的爸爸？”艾司仔细看了看，这眉骨间和小明还真有点像，“那苏姐姐为什么带着小明一个人在外面住，你是不是做了对不起人家的事？”

男子听艾司苏姐姐苏姐姐地叫得很是亲昵，显然关系不一般，赶紧做出了表示，打开皮夹，可里面除了一摞卡，也没多少钱，只将剩下的几张红色钞票一股脑抽出，塞到艾司手中，堆笑道：“帮帮忙，朋友，我很想见到我老婆儿子，这些年我对不起她们，我也不知道怎么说。这点小意思，请你一定收下，告诉我，我老婆在哪里，好吗？”

说实话，艾司还没见过这么多红色钞票，平常恩恩给他的都是零钞，但小小几张钞票，怎么能收买艾司，艾司反问道：“我为什么要告诉你？你又没说你做了什么对不起苏姐姐的事，要是苏姐姐是不愿意见到你才躲起来的呢？”

男子面色一红，竟然被艾司说中了，这些年他去过和晓雯曾一起去过的每一个地方，同学、朋友，能问的人都问过了，苏晓雯明显就是躲着自己，否则早该找到了。

“哦，你不说，肯定是做过亏心事。”艾司明白了，“我不会告诉你苏姐姐住在哪里的。”

“不是这样的，小兄弟，不是你想的那样，我……”男子急了，又将手上的一块表解下，要塞到艾司手里，“无论如何，你一定要让我见见晓雯，只要见到她，一切都可以解释清楚。我和你说也没用是不是？”

艾司看那男子一脸焦急不似伪装，想了想道：“我不要你的东西，这样吧，你把你手机号码告诉我，我可以帮你问问苏姐姐，如果她愿意和你联系，自然会打你的电话。”

男子一听便露出失望的神情，晓雯哪里会不记得自己的手机号码，这么多年，要是她想打，早就打了，但他同时也是一个精明的商人，艾司从哪栋楼里出来他是看见的，既然艾司不肯帮忙，只好自己想办法了。

“苏晓雯！我知道你在这里，苏晓雯！苏晓雯，你不要再躲了！这些年我一直在找你，你还不肯原谅我吗？苏晓雯！苏晓雯！”

等那男子喊累了，艾司才慢悠悠走过来：“苏姐姐不在。我待会儿就打电话，告诉她，她最讨厌的人找来了，叫她躲起来。”

“别！兄弟，哥哥求你了，千万别这样！”

“那为什么苏姐姐要躲着你？”这份与日俱增的八卦好奇心理，不消说，自然是近墨者黑了。

那名男子被艾司迫得没法，只能唉声叹气捡简要的说了。

5

男子叫黄刘夏，是个很奇怪的三姓组合名字，与苏晓雯是大学同窗好友，一来二去有了情愫，但年少轻狂，毕业时吵了一架，不欢而散。后来在父母的撮合下，认识了另外一名女子，与之交往了大半年，机缘巧合下又遇到了苏晓雯，发现她还是那般清丽可人，性情还是那么温婉贴心，顿时觉得与父母介绍的那名女子性情不合，便又分了手，开始重新追求苏晓雯。

时隔一年，黄刘夏好容易重新得到苏晓雯的芳心，可那名女子竟然又出现在他视野中，而且成了工作上的同事，并且主动地追求黄刘夏。

女追男，隔层纱，两人也有过亲密接触，被一个相貌并不难看的美女倒追，黄刘夏还是很有虚荣感的，他性格软弱，既不想放弃苏晓雯，也总狠不下心来拒绝曾经的女友，就夹在两个女子之间，三人的关系一团混乱，最终小黄觉得，自己还是更喜欢晓雯，这才与那名女子彻底断绝往来。

谁想就在两人亲亲密密准备筹办婚礼时，那名女子却领着一个三四岁大的孩子找上门来，说孩子是他的！现在科技很发达，一查便知，一经证实，晓雯便被气跑了，而黄家在海角市也算有头有脸，这个黄大哥的父母亲、爷爷奶奶，都是极为传统保守之人，那苏晓雯已经被气跑了，人家又帮你把儿子养这么大了，老人得孙，孩子又乖巧，哪有不喜欢之理，便要黄刘夏迎娶那位女子。当时听说晓雯漂洋过海，黄刘夏以为佳人芳踪寥寥，再难续缘，对那名女子本不是特别反感，加之本是父母所命，那女子也孝敬公婆，越发温和，于是婚礼照常举行，只是新娘换了人。

黄刘夏以为自己生活从此安稳，晓雯也联系不上，只能祝她幸福，谁料事起突然，他的妻子婚后一年，撒手人寰。那名女子竟是在回心转意后得知自己身患绝症，方才请出孩子回家认父，只是气不过苏晓雯阻她与黄刘夏复合，隐瞒了病情。黄刘夏心灰意冷，本是打算独自带大孩子，不再娶妻，可在一次同学聚会上，却听说苏晓雯一直待在海角未走，还带着一个孩子！黄刘夏立刻意识到，晓雯并未对自己彻底绝望，那另一个小孩子极有可能是自己的另一个儿子，他开始八方打探，四处寻找，可晓雯有意避开他，令黄刘夏越发坚信自己的判断，就这样寻了三年多，终于找到这里。

听着黄刘夏在那夹叙夹议地讲述三角关系，艾司听得头都大了，逻辑怎么那么混乱，黄刘夏如果喜欢苏姐姐，怎么又会和那名女子结婚，他不喜欢那名女子，那名女子又怎么变出一个三岁大的儿子来的？苏姐姐又没和他结婚，苏姐姐又怎么会有他的儿子？这关系到底是怎么回事？

见那黄大哥神情悲戚，脸上写满了伤心后悔与痛心疾首，艾司决定给他个机会，告诉了他苏姐姐家在哪里。下午艾司又不是很放心，便提前从幼儿园赶回来，因为苏姐姐会晚一点下班，通常是小区里的陈婆婆会将小明从幼儿园接回小区，小明会在陈婆婆家一直等到妈妈回来。

反正艾司回来后，那些小朋友都归他管，便带了小明去见他爸爸，告诉还在门口苦候的黄刘夏这是苏姐姐的儿子，暗示他先和小明搞好关系。

黄刘夏见自己另一个儿子长得如此壮实，心中悲喜交加，自然做了一次父爱泛滥的好心叔叔，只恨不能替这个儿子上天摘星，下海捞月，小胖墩想要什么绝对是无条件满足。

见苏姐姐快下班了，艾司又带小明去和小朋友玩，给他们俩单独偶遇的机会。

带小明离开黄刘夏之后，小胖突然问道："艾司哥哥，那个家伙是不是我老爸？"

艾司一愣，反问："为什么这么问？"

小明一脸深沉地分析着："他什么都肯给我买，又很舍不得我离开的样子，感觉那家伙就像是我老爸。虽然每次问妈妈，妈妈都说我老爸去了很远的地方做生意，她骗我们小孩子不懂，哼，其实我知道，我老爸是和别的臭女人跑掉了！"

艾司又是大惊："你怎么会这样认为呢？"

小明一脸当然如此的表情，然后道："我们幼儿园里像我这样的小朋友可多了，小莉的老爸和别的臭女人跑掉了，平平的妈妈和别的臭男人跑掉了，还有安安的奶奶也是和别的臭男人跑掉了的。"

艾司一阵汗颜，好像听恩恩她们感叹过：现在的离婚率好高啊！

"那，如果他真的是你的老爸，来找你和你妈妈，你愿不愿意和他在一起呢？"

"那要看他对我好不好了，不过看样子好像还不错，我要他给我买遥控小汽车。"小胖子嘿嘿傻笑起来。

"那如果他是想把你从你妈妈身边带走呢？"艾司开始好奇小明的反应。

"那我就和他拼命！"小胖子扬起小拳头。

等艾司带着小明再次回到家门口时，苏姐姐和那位黄大哥已经在执手相看泪眼，见小明回来，苏姐姐擦拭了眼泪，小心地隐藏起微红的鼻尖，向小明又介绍了一次黄叔叔，还颇为担心儿子不会接受这个陌生叔叔，却不知那个小机灵鬼早就打定主意，在想着如何才能从这个新鲜出炉的老爸身上敲诈更多好处。

恩恩她们回家之后，艾司将这事说了出来，说那个大哥的名字好奇怪，雅欣听了之后惊诧大叫："你说他叫黄刘夏？你确定没听错？竟然是他，哈哈，原来还有这么件事儿。”

听口气好像雅欣也认得黄刘夏，雅欣这才神秘地告诉他们，那黄家是海角市有名的富户，黄庭华夫妇常和雅欣的父亲一起吃饭，他们的儿子是三个姓式组合的，黄刘夏这个名字很少见，基本错不了。

黄家从事食品行业，具体做什么雅欣不太清楚，和雅欣的父亲结识则是在一次慈善义拍晚会上，大概是觉得对方很对脾胃，后来便成了好朋友。雅欣年纪小，不怎么参与大人的事，她只知道黄刘夏的妻子的确死了好多年了，留有一个儿子，现在有八九岁大了，是个小霸王，被他的爷爷奶奶宠得无法无天。

“你们知道黄刘夏这个名字是怎么来的吗？”雅欣也听说过关于黄刘夏的一些趣闻，他父亲姓黄，妈妈姓夏，中间这个刘字却是来历很奇特。

据说当年他妈妈有了身孕，十月临盆，快生产了，晚上赶着去医院，偏偏遇到台风天气，被刮断的树阻挡了视线，小车在滨海大桥冲出了护栏，直接掉进了海里。

在那种恶劣的天气里，根本没有人敢下海救人，一位指挥交通的警官二话没说，就跳进了海里，首先将夏时盈救上岸，然后返回去救黄庭华，结果这一家人是脱险获救了，那名警官却被冲入海中，再没回来。

黄家人不知道该如何表达自己的感激之情，索性将那名警官的姓氏加入刚刚出生的婴儿姓名之中，要黄刘夏记住，他们全家人的命，是那位刘姓警官用自己的命换回来的。

不过这个名字委实难听了点，听说黄刘夏小时候，常被别的小朋友把中间和最后一个字倒过来念。说着，雅欣嘿嘿地笑了起来，恩恩也笑，婉儿也莞尔，只有艾司不明白，黄刘夏，黄夏刘，这两个名字又哪里好笑了？

也不知苏姐姐有没有原谅黄刘夏，不过黄大哥倒是来得越来越勤了，三天两头往小区跑。艾司隐约觉得，某一天，苏姐姐会带着小明离开这里，或许他们的生活会过得更好吧，但不知为什么，艾司每想到这里，总觉得有点淡淡的失意。

艾司炒菜的技艺是日益娴熟，而恩恩她们的功课也日益繁重，老师留堂和堆积如山的作业让她们不敢将太多时间花费在走路上，虽说租住屋比她们各自的家距离学校近多了，可还是要走近十分钟路程，中午时间尚可，到了晚上，时间就显得有点紧。

终于，一日晚餐时间，雅欣再一次抱怨作业太多，抄都抄不过来之后，恩恩提议："要不，晚上艾司做好了给我们送过来吧？"

雅欣道："送学校里来？门卫放不放人啊？"

恩恩胸有成竹："放学了，门卫哪里管得了。"

婉儿道："可同学看到怎么解释啊？"

"我们叫外卖啊。"恩恩马上有了主意。

三人琢磨了一番，最后一致通过，恩恩告诉艾司，每晚六点将做好的菜送到学校教室里，但是要保证菜的口味，至于怎么送，就靠艾司自己想办法了。

领导只是发句话，艾司可是大忙活，恩恩说要当作外卖来送，艾司得买一次性饭盒、一次性小碗、一次性卫生筷、保温煲，菜冷了就不好吃了，艾司还自己动手做了个保温的泡沫箱子，第二天就看着时间给恩恩她们送菜去了。

门卫果然拦下这个背泡沫箱子的小子："干什么的？这里是学校，不能随便进。"

"送外卖。"

"哦，是些什么，打开看看？"门卫大叔揭开盖子，顿时香味扑鼻，"好香啊，是些什么菜？"

"小煎鸡、跳水兔、无骨虾柳、紫菜汤。"艾司报了菜名。

"不错不错，闻着都流口水，明天我也要一份，你们是哪家餐馆的？"

"天天见。"

"什么剑？没听过，明天中午我也要一份，有些什么菜色？"

"只送晚上，菜……不知道，有什么菜做什么菜。"

"这样啊，那好吧，晚上也来一份，多少钱一份？"

这个问题艾司还没想过，他赶紧在脑子里计算起来，食材的价格，一次性用品的价格："嗯，二十。"

"二十！你怎么不去抢，也太贵了，有没有便宜点的？"

艾司皱起眉头，没有贵啊，菜都是在批发市场买的，算下来已经很便宜了，在忠伯店里一份都吃不到，这里可是三菜一汤啊。但他在忠伯小店帮忙时已经学会了不轻易拒绝顾客："那你想吃什么价位的盒饭啊？"

"嗯，十块左右的有没有？"

艾司笑了笑，这个好办："饭菜减半，十块。"

"唉，算了算了，这么贵。"门卫大叔不耐烦地挥挥手。

艾司不是第一次到学校，所以他很快就找到了恩恩她们的教室，教室里除了放学要回家的同学，那些住校的和晚上不回家的同学都在那里埋头苦写作业，也有去食堂打了盒饭，边吃边复习功课的，好一派刻苦学习的景象。

"四班的冯恩恩、赵雅欣、郑婉儿，你们的外卖！"恩恩早就警告过艾司，要有送外卖的样子，还在家里演习过一遍，艾司表演得很好，没有露出破绽。

"今天有些什么？"雅欣迫不及待地掀开盖子，一股浓香弥散开来，很多同学不由被吸引过来。

"哇，好大块的肉！""好丰盛啊！""好香啊。"

"我要一块。""我要一块！""给我给我！"顿时和恩恩她们有交往的一群吃食堂的女生，拿着刀叉瓢盆就冲了上来，雅欣挡都挡不住。

艾司摆好一次性小碗，将保温煲里的汤倒出来，有菜有汤，这一餐算是丰盛了。

菜香诱人，肉入口即化，抢到菜品尝的同学顿时赞不绝口，和学校食堂比起来，简直就是天上地下，艾司还是第一次收到这样多赞扬，高兴得都不知道手该往哪儿放。

连陶慧颖也忍不住询问："送外卖的，你们的外卖在哪里订啊？"

"这是贵宾级外卖特送，不是想订就能订得到的，先成为贵宾会员再说吧。"恩恩信口胡诌，原本还打算给个一十二块钱做做样子，一看陶慧颖感兴趣，立刻拍出一张百元大钞，递到艾司手上："给，不用找了。"

艾司一愣，干吗给我这么多钱啊，难道是让我明天做一百块钱的菜？不是还欠许多外债吗？恩恩又有钱了？

见陶慧颖还想再问，恩恩赶紧道："你可以走了。"艾司应了一声，赶紧收拾东西走人，陶慧颖在后面询问他也当作没听到，要是这些同学都向他订购外卖，艾司还真不知道该怎么办。

恩恩挑衅似的看了陶慧颖一眼，陶慧颖自然也没好脸色给她。

到晚上恩恩她们回来后，艾司才问起："这一百块钱，是明天要做很丰盛的大餐吗？"

"什么呀，难道我们很有钱吗？把钱给我。"

艾司这才弄明白，原来这钱还要还回去的啊！

恩恩和雅欣她们已经兴致勃勃地讨论开来，同学们对艾司做的小炒菜这么称赞有加，要不要让艾司多做点，挣点额外收入，如果资金充裕，那中秋国庆的活动就好安排了。

听恩恩她们说起，艾司这才知道，在学校食堂里，大概花十块钱可以吃到两菜一汤的午餐和晚餐，但是难吃得要死，很多同学喜欢三五成群地在学校外的小餐馆点菜吃，但是平均算下来大概每人十五块，也不是每个同学都有这样的消费能力。

后来恩恩她们讨论一阵，觉得这个利润太薄，而且艾司一个人也做不了多少，算来算去不划算，最终只得作罢。可是用什么理由来搪塞只有她们才能订到外卖这个事实呢？想来想去很是矛盾，最终还是艾司自己建议："要不，我去建议忠伯做外卖吧？"

大家一合计，忠伯炒的小菜确实好吃，只是巷子太深，价格过高，若忠伯的小店能做外卖，应该在同学间有市场，便鼓励艾司去试试。没有人会想到，天天见饮食王朝的第一块基石，便是从这小小的外卖盒饭开始的。

6

司徒笑最近有点烦，先是杨聪那家伙，不知为何惹到了英姐头上，好不容易寻着这四处浪荡的无业游民，警告他不许在二中附近晃悠骚扰；接着就是伍文俊三天两头地闹，说什么警察不作为，还扬言要在媒体曝光，不知怎么把老刘同志给惊动了："这才多久时间，又破了一个案子，你真行啊。不过，我怎么听说伍文斌车祸案你没继续查了？人家还特意找了你。"

"伍文斌的案子我们已经反复查证过了，所有线索都证实，这就是一起普通醉驾，致人死亡，证据确凿，肇事司机也已经身亡，接下来是保险公司和法院的事情，那我还要继续查什么呢？”

“你可知道，伍文斌是我们海角市的名人？被特邀点名侦办是多大的荣耀？报案人指明了要我们重案二组来查这件案子，作为二组组长，我就要对这个案子负起责任来。你从拿到资料，到你所谓的调查清楚，才过多久？两天！哪有像你这么不负责任的人！”

“组长，这个案子线索清晰明朗，没有疑点，还有什么可查，继续查下去只是浪费警力！”

“是吗？那我问你，肇事司机吴鹏死前在哪家酒店喝酒？和哪些人喝酒？和他喝酒的那些人与伍文斌有没有生意上的往来？他们有没有可能成为吴鹏动机不纯的导火索？这几个月伍文斌公司的财务状况如何？他在外面有多少借贷，又放了多少款，与他人或其他公司有多少经济纠葛，有没有可能成为他意外死亡的诱因？他死前在做什么，和哪些人在一起，出事前是想从哪里到哪里？这些你都清楚吗？”

“你……”刘显和摆明了找碴儿，司徒笑还没有反驳的理由。

老刘同志扬扬得意道：“这说明什么，说明不是线索清晰明了，而是作案人员手段高明，连你都一时看不出其中的破绽，我是二组组长，我命令你继续彻查这个案子，没有查清楚之前，你暂时都不用接别的案子了。”

“那么请问刘显和同志，怎么才算查清楚了？”

“委托人表示满意，不再找我反映情况，同意我们警方的处理方案。”

司徒笑愤愤地点头，眼神凶狠地怒视刘显和，摔门而去。

刘显和稳坐办公椅，轻飘飘地让转椅转了一圈，心道：浪费警力？笨蛋，你破案破得再多，又不给你加津贴，那么卖命干什么，做得越多，错得越多，做与不做都照样发工资，这么好的案子，不查一两个月怎么向委托人交代。哼，算起来，我还有六个月就要退休了，退休了，就轻松了啊。喝点茶，看看今天有什么大事发生没有，嗯？哎哎呀，南美发现一只老鼠吃掉了猫！

“咦？司徒，怎么臭着一张脸，谁又惹你了？”高风打着哈欠路过办公室。

“你脸色怎么这么难看，你又怎么了？”司徒笑反问。

“唉，还不是那个伍文俊，昨天晚上晓玲打电话给我，说伍文俊喝多了酒，在大街上撒酒疯，我和晓玲折腾到半夜，才把他弄回家里去，呵啊……”又打了个哈欠。

“他又怎么了？”司徒笑对那个绣花枕头也越发烦厌。

“好像家里出了点事儿，他说他嫂嫂骗了他们，晓玲也是怕他喝多了做傻事。”

“到底怎么回事，他家里出了什么事情？”司徒笑敏锐地来了精神，将高风拉进办公室让他坐下详说。

“昨晚伍文俊喝得一塌糊涂，具体怎么回事他也没说清楚。好像是和家族股权有关系，你也知道，他们是股份制公司，大概是遗产分配出现了什么问题。”高风也所知不多。

司徒笑听得皱起了眉头，在上次离开丧礼时，他就隐约感到了那个富有家族内部的种种不和，他很担心，原本没有什么大矛盾的家族，会因为伍文斌的死，而导致许多矛盾激化，原本没事的案件，说不定就会变得有事。

想起刘显和那冷嘲热讽的面孔，司徒笑在桌子上擂了一拳，大声道：“朱珠、章明，跟我走一趟。”

“去哪里啊，笑哥？”

“欣雅居山庄！”

“这个案子还有什么好查的？不是都说可以结案了吗？”一路上朱珠都在抱怨。

“听说刘队不同意结案，那我们就继续查下去好了，我们不一定就只查伍文斌的车祸问题，而是要将许多关联问题理清，恒绿公司有无债务纠葛，伍家和卓家有无深层次矛盾，车祸发生当天有没有人蓄谋，或者，去查查那天是不是黄道凶日，与伍文斌八字犯冲，只有这样，才能让报案人和我们的组长彻底死心。”章明听到一些小道消息，讥讽道。

“哦，意思就是说闲着也是闲着，只要我们在干活，一样领工钱哦。”朱珠好似发现了新大陆。

“你们就只能想到这么多吗？”开车的司徒笑诘问道，他不能允许自己的组员滋生这样的消极想法，“我们这次去，的确不只是询问伍文斌的车祸，而是要弄清楚车祸前后伍家的现状，阻止某些可能发生的事情。”

“听不懂啊，笑哥。”

“伍文俊谈起他嫂子的时候，欲言又止，他是否完全说了实话？当所有证据都指向普通车祸之后，他依然一口咬定他哥哥死于他杀，难道你们就没有一点疑问？如果说，一个偏激的报案人坚称自己的亲属死于谋杀，凶手就在他身边，而警方反复调查却得出了凶手无罪的结论，你们觉得那个报案人会怎么想？他又将会如何做？”

章明听出苗头来了，有点紧张地问：“笑哥，你的意思该不是说，伍文俊他会铤而走险，私自报复吧？”

“希望他不会这样做，但我们首先，就得找出他认定哥哥是被他嫂嫂谋杀的原因，否则，我们给他的任何结论，对他进行的任何劝说都是白费力气。英姐说过，警察，并不仅仅是为了打击破获已经发生的罪案，同时还肩负着防范制止将要发生的犯罪。警察警察，警示监察，让偷无所藏，抢不敢抢，骗无可骗，让大小案件消弭于成形之前，如那名医治未病之时，名将不战而屈人之兵，方为上上策。这句话，转赠给你们。”

欣雅居，伍家，丧葬已结束，偌大的门庭显得有些冷清空寂，一个老妈子开了门，伍文俊和卓思琪都不在，家里的主事人是伍文俊的母亲齐敏，齐老夫人。

“俊儿他不在。”老人家痛失爱子，那心上的悲痛不是三五日可以减轻的，家里很多地方留下了被挪移过的痕迹，显然是伍家人怕老太太睹物思人。

“齐老夫人，我们知道，这次来，有点事儿想问问您老人家。”司徒笑酝酿着措辞，朱珠扶老夫人坐下，很细心地握着老人家的手给她安慰，章明坐在司徒笑身旁，学习着这位副组长的一举一动。

“我们是应伍先生的邀请而来，这件事情，齐老夫人知道吧？”司徒笑试探着问。

“唉，俊儿和斌斌感情一向很好，他不能接受他的哥哥这样突然去世的消息，因为现在我们伍家也算有身份的人了，所以他总怀疑，有人要害他哥哥，这事我知道。辛苦你们老是跑来跑去，唉，我很感谢你们。”老夫人微微点头。

“嗯，我们经过查证，那起车祸确实与蓄意谋杀无关，但伍先生却一直坚持他自己的态度，这点让我们感到很困惑，不知老夫人是否有注意到，在您儿子死前，您的儿子和儿媳有没有什么反常行为？”

“反常行为？没有啊，斌斌和思琪的感情同样很好的，两口子要撑起那么大一个公司也不容易。这事儿啊，你们可以不用查了，都是俊儿自己胡思乱想，我家老头子走得早，长兄为父，俊儿从小就听他哥哥的，两兄弟不分你我，所以当斌斌娶媳妇之后，俊儿总觉得他大哥对他关心就少了，曾经很是叛逆，对思琪态度也不是很好，后来才慢慢地接受了。可是他大哥一死……俊儿受不了，我这个老婆子，也没辙啊……”齐老夫人说着，又有些哽咽了。

“听说你的儿媳妇有产后抑郁症？”司徒笑赶紧将老夫人的思路引导开。

“嗯，是的，思琪怀头一个孩子时没经验，生下来便是死胎，第二个孩子也很不容易，当时斌斌在外联系业务，快生产时赶不回来，我又不小心闪了腰，还要别人来照顾，结果思琪生产时，只有她大哥守着，听说生得很艰难。我们家斌斌是在龙儿出生快满月了才回来的，思琪生了孩子没人照顾，又没有奶水，心情很不好，抑郁症就是那时候落下的。当时我们不知道，只道她觉得斌斌没守在身边，所以脾气变大了，后来医生才诊断说是产后抑郁症。坐月子的时候啊，思琪就开始吃不下饭，听说还失眠，她妈是在她生了之后第二天来的，七天后出院，回来之后我就觉得她情绪不好，整天感觉就像坐立不安的，发脾气，等到斌斌回来，她是又哭又闹，我家斌斌脾气好，从不骂她打她，都是哄着她，现在带个孩子难啊，比什么都金贵……”齐老夫人或是太久没和人聊天，回忆起往事絮絮叨叨。

司徒笑安静地听着，章明和朱珠也只能做一个听客，实在搞不懂，什么坐月子，和车祸风马牛不相及，偏偏笑哥还听得那么认真，自己都不好意思插嘴打断。

等齐老夫人说累了要喝茶，朱珠才自告奋勇助人为乐了一把，司徒笑见老夫人情绪稳定，才换了话题：“最近这段时间，就是丧葬之后，家里没发生什么大的事情吧？”

“大的事情？没有啊。”

“我听说，伍文俊先生最近情绪不太好，特别是……昨天？”

“昨天？俊儿什么都没给我说啊，昨晚倒是喝醉了，回来就去睡了，难道是……”齐老夫人似乎想到了什么。

“什么？”司徒笑身体前倾，章明和朱珠也竖起了耳朵。

“这个，要说大事应该算一件大事吧，不过是我们家内部的事情，我不知道能不能说。”

“齐老夫人请放心，我们警察有我们的保密原则，与案件无关的事情绝对不会向公众公开，就算是涉及案件的内容，我们也是有选择地开放。”

“没你说得那么严重，你这位警官，看起来蛮凶的，但为人处世还挺不错，这事恐怕迟早也会公开，其实就是思琪，她收购了我们手里的股份。”

“哦？”

“你们不知道，我一个老太婆，什么都不懂，俊儿呢也是成天游手好闲，在公司挂的就是个虚职，对公司的管理运作什么都不知道，公司一向是斌斌、思琪和她大哥在打理，我和俊儿手里有些股份……”齐老夫人慢慢说起。

原来，她和伍文俊手中的股份是当年伍文斌为了孝敬老人家和照顾弟弟分给他们的，每年分红也有不少，由于伍文斌意外身故之后没有留下遗嘱，其财产分配中又分了一些给他母亲。所以齐老夫人和伍文俊手里总共掌握着恒绿公司13.3%的股份。

伍文斌的葬礼结束之后，公司还要继续运转，但由于董事长的突然离去，公司里许多股东对公司未来的发展走向提出了不同的意见，卓思琪和她大哥独立难支，为了更好地掌握和管理公司，卓思琪提出，用现金收购伍文俊和齐敏手中的股份。

因为公司还没有上市，所以卓思琪还专程请了资产核算公司的人来清点公司资产，然后按照市值，最终签订了接近一亿元人民币的高价收购协议。这个价格是资产评估公司给出净资产评估价的一点五倍，齐老夫人自然认为是思琪看在伍文斌的份上给他们母子俩的额外照料，这么大一笔钱，只要伍文俊不是败到家，也够他花一辈子了。

不过照理说这件事情对伍文俊来说只有好处没有坏处，所以齐老夫人也不清楚是不是这件事引起伍文俊情绪上的波动。

原来是这样，司徒笑心中有了计策，又和齐老夫人聊了几句，问了一下伍文俊和卓思琪在什么地方，起身告辞。

“笑哥，回去了吧？人家家里的财产纷争，和车祸半点关系都没有。”朱珠又想回去休息了。

司徒笑正言道：“既然车祸没查出什么问题，我们就应该想办法，制止车祸之后可能发生的事情。”

7

司徒笑带着两个新人赶到金度律师事务所，结果瞿森和伍文俊两人已经出去了，办事人员不知道他们去了哪里，打电话给黎晓玲，黎晓玲也不知道伍文俊现在在哪里，司徒笑只好又去到恒绿地产有限公司总部。

恒绿大厦造型很像一艘船，高九层，两头翘檐，寓意着靠海恒绿，即将扬帆。

没有预约，要见到董事长还有点麻烦，司徒笑三人等了一会儿，才见到卓思琪。这是司徒笑第二次见到这个妩媚的女人。

清颜素妆发盘髻，带有条纹的黑色西服凸显了女人的线条，看上去多了几分干练，少了些许娇柔。三人进入硕大的办公室时，卓思琪正向身边的女秘书交代着什么，手边一沓厚厚的文件，看起来很是忙碌，似乎她已经从丈夫离世的悲痛中走了出来。

“坐，有什么可以帮忙的？”卓思琪十指交叉放在办公桌上。

“我们是为伍文斌先生的案子来的。”司徒笑平视着她，余光打量着卓思琪身后，桌椅书案，电脑壁画，一切都没变动，应该还保留着她丈夫的风格。

卓思琪忍不住轻笑道：“你们该不会真的信了我那位弟弟的话吧？”

“说实话，我们对车祸这件事已经有了初步的认定，让我们感到困惑的是伍文俊先生坚持谋杀论这种态度的原因。”

“那你们该去问他呀，想从我这里问到什么呢？他哥哥是个敢想敢拼的人，他嘛……”卓思琪摇摇头。

“但是伍文俊先生怀疑的对象却是你，他认为你在外面……有人。”司徒笑毫不忌讳地说了出来，并盯着卓思琪。

卓思琪交叉的十指分开，用力压在两边的文件上，眼珠只是微微转向左下角，马上又看向司徒笑，直视他的目光：“司徒警官，有些事没有证据，不能乱说。我卓思琪还要怎样做才对得起他伍家，这个公司是我和我老公一砖一瓦拼回来的，他伍文俊出过什么力？我一个女人还要出去应酬，他心安理得地做他的公子哥儿，他没有权利来说我，更不应该捏造诬蔑！”卓思琪半立起来，越说越激动，突然又坐了回去，“你们想查文斌的车祸，随便，想怎么查我们都配合。这些天我心力交瘁，很累了，今天恐怕无法继续接待你们，请吧。”

没说两句话便下起了逐客令，司徒笑也带着章明和朱珠起身，然后道：“看得出来，你丈夫是一个实干的人，你也为这一切付出了不少努力，今天来主要是想提醒你，伍文俊先生对那件事始终没有放弃，最近似乎又受到什么刺激，情绪很不稳定，我们当然不希望伍文俊先生做出什么出格的事，不过你出入还是要注意一下安全。”司徒笑人高，眼尖，瞅见刚才卓思琪很郑重签下那份文件的名称《柏铺村地块招投标书》。

“卓思琪最后的反应，你们有没有看出什么问题？”回程路上，司徒笑询问。

“有啊有啊，笑哥你一说她外面有人，她简直就像被蜇了一下，马上就把我们赶出来了呢，肯定心里有鬼。”

“这样的话，本不该当着别人的面说出来的，我这样说，就是为了看她的反应。不知你们有没有注意，我们一进屋，她便十指交叉，这表现了一种强势，一种胸有成竹，同时也是一种自我防御，很显然，从后面的谈话看，她知道我们的来意，问题就是，她在防御什么？换句话说，她明显有不希望我们知道的东西。

“房间里的各种摆设，相片、书柜、电脑、桌椅、盆栽，都没动过，这是她丈夫的办公室，在她丈夫去世之后，她为什么选择保持一切原封不动？睹物思人，徒增伤悲，这样做应该有两重意思：一、她很早就想坐在这个位置了，虽说她的外表很娇媚，但内心很渴望强大的权力；二、她可以想象丈夫还在身边，就像还没走时一样，她要让她丈夫看着，她能做得比他更好。

“然后，我说了不该当着你们的面说的话，她松开十指，双手撑压，半立，若非盘头，只怕可以用怒发冲冠来形容，典型的过激反应，那身体语言几乎就是在告诉我们，她外面有人。她的眼神向左下方斜视，是在思考我们到底掌握了多少信息，但很快反应过来，知道我是在诈她，觉得再和我们谈下去，可能露出马脚，所以下了逐客令，这并不代表她与车祸有关，只是说明她有什么事，是不希望我们警方介入，不希望我们警方知道的。”

“哇，笑哥，你好厉害，我和章明进去就傻乎乎地坐在那里，什么都没看出来耶。”

“哎哎，你没看出来就没看出来呗，你干吗拉上我？”

“你看出什么了，你看出什么啦？”

“好啦，学习，要当一个好警察，也必须不停地学习。”

“笑哥，你说这些和车祸没关系啊，我们还要不要查？”

“查，怎么不查，刘队不是让我们继续查案吗，我们就查下去，这个世界上，每个人都有不可告人的秘密。不过当务之急，是先找到伍文俊，和他谈谈。”

晚上晓玲约了伍文俊、高风和司徒笑，希望他们两人能开导开导伍文俊，没想到伍文俊爽约，手机也关了，不知道人跑去了哪里。

“好啦，不就一天没见到吗，瞧把你急的。”高风带着些许关切，带着一点酸意。

“你不知道，他脾气大得很，做事又不肯动脑子，我是怕他干傻事儿。对了司徒，你问到文俊为什么生气了吗？”

司徒笑淡淡道：“没有明确的答案，不过应该和股份收购协议有关，今天他去找瞿森律师，我看恐怕他们是去对恒绿公司重新做资产评估去了。”

“资产评估？搞不懂。”黎晓玲对这些事情不感兴趣。

司徒笑道：“我专门去查了一下，股份制公司的所有资本由等额股份构成，进行收购时对股份的收购价格由双方协商决定，这里面就涉及每一股的市值问题。比如一家股份公司新成立时，启动资金一百万，分作一百万股，那么一股市值就是一块钱，经营五年后，公司总市值达到了五个亿，那么每一股市值就是五百块。卓思琪在进行股权收购前对公司进行了资产评估，为的是让伍文俊和齐老夫人对公司的整体资产有个概念，也是让他们安心。但我估计这里面有水分，伍文俊觉得自己受骗了，所以才这么生气。”

黎晓玲道：“你是说，卓思琪请的评估公司，让他们公司的资产缩水了？”

司徒笑点头：“如果恒绿公司评估下来总资产为五个亿，那么用一亿元去收购百分之十三的股份，显然是伍文俊占了大好处。可是如果恒绿公司总资产不止五个亿，而要多得多，那伍文俊就亏了，而不管是显性资产评估还是隐性资产，其中都有很大的空子可以钻。齐老夫人自不用说，伍文俊也不关心公司经营，可能他也根本不知道恒绿公司到底值多少钱。”

高风疑惑道：“恒绿公司并不是我们海角市地产行业的大头，五六亿应该不少了吧？再说资产评估都有明细，伍文俊看了之后觉得有异议，他可以不转让手中的股份啊。”

“这个很难说，同样一栋大楼，它的主体造价为每平方米一千多块，而它的售价却能达到每平方米上万元，十倍的差价，你让评估公司来评估，这中间的摆动就太大了。今天我在卓思琪办公室看到他们正进行柏铺村地块的招投标，我让茜姐查了柏铺村招投标的情况，这个项目是今年五月启动的，海角市第二经济开发区三期工程，三十二栋大楼打包招投标，其中有十五栋商业大厦，据内幕消息说总体规划预算超过三十亿，如果恒绿公司能在这个项目中标，他们的利润就不止五个亿。”

“他们中标了？”高风追问。

“还没有，我只是想说，从恒绿公司有实力参与招标竞争来看，卓思琪收购股份时，恒绿公司的资产肯定被严重低估了，严重到足以令伍文俊暴跳如雷。”

“那文俊他可以用协议涉嫌欺诈的理由起诉吧？”黎晓玲提议。

“我国法律适用程序是谁主张谁举证，你执意协议欺诈你得拿出有力的证据来。协议签订双方肯定会写下本着自愿原则，而且中间的价差高低虽然相差十余倍，但公说公有理婆说婆有理，是没法证明的东西，就算你证明了恒绿公司资产很高，你也很难证明是在对方欺诈的情况下与你签订的协议，没录音，没录像，卓思琪也肯定不会让伍文俊保存资产评估的证据，一旦签立协议进行了股权转让，就算打官司，伍文俊也很难胜诉。”

“难道就没有别的办法了吗？”高风也觉得这个亏吃大了。

司徒笑摇头：“商业上的战争很复杂，我们这些外人很难想到他们会用什么手段解决问题。”

黎晓玲又掏出手机：“敢不接我电话，敢关机！浑蛋。”

恒绿大厦，董事长办公室。

漆黑的房间里，电脑却被打开了，伍文俊那张愤怒到近乎变形的脸死死盯着屏幕，这是他哥哥的电脑，显然没人知道他竟然有能力登入这台电脑。

一组组数据和各种文件出现在电脑桌面，伍文俊快速地下载，不时紧张地抬头，稍有声响就停下手中的工作，关掉电脑显示屏，过一会儿再重新打开。

“嗯？”在众多的文件资料中，伍文俊发现一个单独的文档，放在很隐秘的文件夹中，点开文档，上面记载着各种支出，是财务账目表，但从这张表上看，是同一个人在不同时段给出的报账清单。上面有许多记录已经被人改为红色字体，今年七月，去年七月，前年七月……

看着账目的数字，报账人填写的差旅地址和原因，伍文俊似乎想起了什么，暗道：“原来是这样！我就知道一定有问题！我哥他早就注意到了！这个婊子！”

这时候，手机震动起来，伍文俊掏出手机一看，不是自己的手机，自己的手机关机了呀，他注意到被挤在文件中的手机，难道是卓思琪落下的？寂静的办公室，电脑屏幕闪烁，资料复制的进度条一格格往上涨，手机不停地振动、振动……

夜间排档准备收摊了，黎晓玲还是没有拨通伍文俊的手机号码，高风已经提议大家回家睡觉了，司徒笑的手机响了，接到手机一听就蹦了起来：“你说什么！”

8

川流不息的车来车往，霓虹闪烁，尾灯画影，都市的夜有着唯美的气息，但车内的司徒笑三人心情难以平静，刚接到消息，南湾立交再次发生车祸。这一次是三车相撞，头一辆车被后面的小车顶到对侧车道，又被迎面驶来的大拖厢货车拦腰撞上，车内共有司机和乘客三人，司机重伤，两名乘客当场死亡，重伤和死亡者，分别是卓震和他的父母！

从背后撞人的司机是一名年轻小伙子，只受了轻伤，额头和肩部做了处理。

“我是正常行驶，前面那辆车突然急刹车，我想刹车也来不及啊，如果不是我双闪打得及时，也要被后面的车撞上。”

大货车司机没有受伤，是个留有络腮胡的中年人。

“我开得好好的，又没超速又没违章，是那辆小车突然冲过隔离栏，就这么横在我的车面前，我马上刹车，还是撞上了。我怎么可能看见对面车道发生了什么事情，好像是前面那辆车突然停了一下，不知道是爆胎还是司机错踩了急刹，被后面那辆车一顶，直接就冲了过来。”

监控录像显示，宾利车和它身后的途观上了立交桥，似乎途观想超车，宾利有所提速，不让它超，两车在那里别苗头。忽然宾利急刹减速，车头略微偏向路中的隔离栏，后面的途观车也跟着紧急刹车，可是已经来不及了，就像撞台球一般一顶，白球是停住了，红球刺溜就冲过了隔离栏，迎面驶来的大拖厢货车魁梧得跟火车似的，不偏不倚，再顶一次，宾利车腾向空中，翻着跟头就出去了。幸好是掉在桥下隔离带，没有造成更多更大的交通事故。

司徒笑三人赶到现场时，卓震一家人已经被送去医院抢救了，交警在指挥交通，事故车辆尚未移动，在司徒笑的要求下，高风他们科室技术部门的人员已经赶来现场。一次车祸事故可以是意外，在这么短的时间内，又发生一起车祸事故，司徒笑不相信有这么多巧合。

“晓玲，马上联系伍文俊，还联系不上就去他家里找他，我会派两个同事跟你一起去。子成、章明，卓思琪应该已接到通知，去了医院，联系她，去对她进行问询。茜姐、朱珠，你们在附近看一看，有多少天眼，将周围的交通监控录像都调出来。开然去取交警问询记录。”

安排好组员，司徒笑想了想，来到宾利车掉落的现场，车厢已经严重变形，在救出卓震时切开了车顶，不过比上次的卡宴好，没有起火燃烧。高风带着一群人在周围收集物证。

“阿虎，怎么样？”司徒笑问一个穿着机修衣的年轻人，鉴定科机械部的王文虎，相貌敦厚，短发肥唇，浓眉虎眼，身形偏矮，别看那十指胖胖的却十分灵巧，穿着满是油污的机修服正忙得满头大汗。

“没什么发现啊，笑哥。”王文虎抬起头来望了一眼，又钻进车架子里，嘴里嘟哝着，“这种豪车我还没碰过，让我多研究研究。”过了好一会儿他才探头咧嘴笑道：“工具不齐，等拖回维修部我把它彻底解剖了再来看有什么问题没有。”

“司徒，找到伍文俊了，他在家里。”

“走，上车，开然，跟我来。”

“什么事啊？这么晚了。”伍文俊一脸睡眼惺忪的模样。

“我打了你一晚上电话，你为什么关机？”黎晓玲劈头问道。

“正好没电了吧？”伍文俊装模作样打了个哈欠，伸了伸懒腰。

司徒笑拦住黎晓玲，严肃问道：“伍文俊先生，你还没得到消息吗？”

“消息？什么消息？”

“今天晚上，南湾立交桥发生了一起三车相撞的交通事故，你嫂子的哥哥和他的父母在这起车祸中两死一伤。”李开然直接说道。

“真的？哎呀，他们没打电话通知我啊，可能我的手机没电，怎么没打家里的电话呢？”伍文俊装出一副焦虑的样子搓了搓手，嘴角却挂起一丝笑意。

演得太蹩脚了，谁都能看出来，他正暗自欢喜。

“你嫂嫂还住在这里，你会不知道？”李开然揭穿伍文俊的谎言。

“我嫂嫂今晚他们一家人出去喝酒，我没去，我当然不知道。”伍文俊反驳。

“文俊，真的与你无关吗？”黎晓玲忧虑地问。

“晓玲，你什么意思，我是什么样的人你还不知道吗？”伍文俊佯怒，“这是车祸啊，交通事故，很偶然的！说不定是某些人做了伤天害理的事，报应啊！”说到后面，已是咬牙切齿，面容狰狞。他大哥也是死于车祸，他说他大哥是被人谋杀的，没人相信，警方一致认定是偶然事故，这下好了，卓震也出了车祸，当然也是偶然事故。

“是车祸还是谋杀，我们警方会调查清楚的，我们来找你，正是希望你能协助调查这起事故，今晚九点至十一点，你在什么地方？”司徒笑面无表情时，看上去便严肃凶厉。

“你，你有逮捕令吗？我可以选择不回答你吧？”伍文俊抱胸抚下巴。

“文俊！”黎晓玲在一旁着急。

“好，我们是良好市民，满足你的好奇。”伍文俊依旧用调侃的口气，“我知道晓玲约了我，只是我心情很烦闷，大概九点以后，我去了聚缘酒吧喝酒，几个小混混，走路不长眼睛，就和他们杠上了，我们在酒吧里打了一架，又多喝了点酒，被他们打晕在酒吧后面的小巷子里，你看，我这里还是青的。不信可以去聚缘酒吧问问，估计他们还有点印象。”

“大概什么时候晕的，晕了多长时间？”司徒笑追问。

“不，知，道，喝多了嘛，醒了我就回家喽，倒床上就睡了，直到晓玲打我家里的电话。”伍文俊一脸不耐烦。

“在你晕倒之后，没有人来帮助你或是从你旁边经过？”司徒笑却很有耐心。

伍文俊吼道：“我晕了怎么可能知道？”

司徒笑若有所思地说：“换句话说，也就是在你离开聚缘酒吧，到回家之后这段时间，你无法提供你不在车祸现场的证据。”

伍文俊彻底被激怒了：“我哥哥出车祸的时候，我说是谋杀，你们是什么态度！现在他卓震出了车祸，你们就前脚赶后脚地来找我，怀疑我！凭什么？凭什么啊？！”他指着司徒笑的脸破口大骂。

司徒笑不为所动，走到一旁接听手机。

“请不要激动，我们只是例行询问，卓思琪女士那边照样有询问。”李开然老到地拦住了情绪激动的伍文俊，示意黎晓玲去倒点水来。

电话是张子成打来的：“笑哥，卓震还在重症监护室，一时半会儿醒不来。卓思琪情绪很激动，她很后怕，今晚本该是她开车送二老回家的，只是临时有事，才换了她哥，否则，今晚躺在那里的那个人还指不定是谁呢。”

“他们今晚是什么聚会？”

“嗯，好像是为了安抚那些老股东特别召开的一个聚会，本来也邀请了伍文俊和齐老夫人的，只是老夫人腿脚不便，在家里带孙儿，伍文俊推托说与朋友有约。”

司徒笑默然，伍文俊的确有约，但是他却没来，反而去了酒吧喝闷酒，是因为接到电话而心情烦闷的吗？打架，睡觉，没有喝醉，装睡，不像是心情烦闷的样子，除非……

“她觉得这件事很蹊跷吗？”

“是的，她认为是伍文俊要杀她，她还说她要带着她孩子离开伍家。”

“问她原因没有？为什么怀疑伍文俊？”

“她没有直说，只说伍文俊是疯子，我感觉她好像有事瞒着我们，但我没法让她说出来，要不笑哥你什么时候过来一下？”

“子成，你是老警察了，你问不出来，我也未必能问出什么，再试探一下，问一下她最近有没有修车保养的经历，顺便问一问他们公司最近有没有什么大的项目之类，再问问她所了解的伍文俊，以及伍文俊最近的举止。现在她很后怕，正是她心理防线较弱的时候，自己掌握技巧和分寸。”

司徒笑回到客厅，伍文俊捧着一杯水，瞪了司徒笑一眼，双方都没说话，伍文俊埋着头啜着水。“不去看看？”司徒笑打破僵局。

伍文俊讥笑：“可能某些人会以为我是去猫哭耗子呢，这种热脸蛋去贴冷屁股的事情，我才懒得做。”

“怎么说也是一家人，生活了这么多年……”李开然有些看不过去。

“什么一家人！”伍文俊又被激惹到了，“他们是一伙骗子、强盗，骗了我们伍家的财产，抢了我哥哥的公司，就差没把我骗去卖掉，我还和他们一家人。狗屁！反正我哥哥也死了，我们伍家和他们卓家，再无半点瓜葛，爱怎么着怎么着！”

“二叔，你声音太大了。”伍文俊声音太大，吵醒了睡觉的伍永龙，揉着眼睛站在二楼围廊上抱怨。

“滚回去睡觉！”伍文俊呵斥一声，小男孩不知发生了什么事情，有些惊惶地悻悻回屋去了。

“你怎么说话的！”司徒笑也火了，这个伍文俊看起来一表人才，行为处事却真不是个东西。

“警官，没别的问题了吧？没问题我也要睡觉了，睡眠不好会影响皮肤美容的。”伍文俊瘫坐在沙发上，两手排开，一脸痞相，“如果怀疑是我干的，就找到证据来抓我好了；如果没有证据，又没有搜查令，没有拘捕令，什么都没有，那我就要睡觉了。明儿见。”

“我们还会再来的，如果与伍先生无关，还希望你能配合一下我们的工作。”司徒笑起身告辞。黎晓玲看着伍文俊上楼，娇呼了一声：“文俊！”

伍文俊无力地挥挥手：“走吧，都走。”司徒笑等人走到客厅门口，还能听到伍文俊在故意嘟囔，“还什么最牛逼的警察，根本就是个傻帽。”

李开然气不过，被司徒笑拉住。

“笑哥，这家伙阴阳怪气，处处和我们对着干，肯定有问题！”一出门李开然就抱怨起来，揉了揉那头蓬乱的卷发。

“有问题也不代表他就是主谋，没有确凿证据之前，任何主观上的妄下结论都是不科学的，你想做好警察的话，首先就要杜绝这种先入为主的是非观念，否则就我这长相，无论我走到哪里，不都要被人当贼打呀。”司徒笑说了句玩笑话，缓解李开然心中的积怨。李开然忍不住又看了看笑哥后颈那幅饕餮文身，古朴，粗犷，狂野，令人生畏，也令人生羡。

“不过，一个有了作案动机，还要看他是否具备作案的能力，这与他平时的行为和性格有关，晓玲，你和伍文俊很熟啊，你又是心理医生，你觉得以伍文俊的性格和行为特征，他有可能做出不理智的行为来吗？”

黎晓玲不吱声，歇了片刻，司徒笑道：“我知道了。”

又过了许久，黎晓玲才说道：“以前他不是这个样子的，他哥哥死后，他变了好多。我觉得他刚才的表现更像反向心理保护机制，在九型人格中，他本介于第七与第四型格之间，他会坚持自己的直觉，也易于冲动，只是，我觉得他距离偏执和反社会冲动还很远，不会……做这种事情的。”

司徒笑沉声道：“一个人心有愤懑，坚持认为世上对他不平且不公，若不能诉诸法律，又无法强忍着压抑，便会诉诸暴力。”

黎晓玲暗自一惊，盯着司徒笑，怎么突然就说出这么有哲理的话来。

司徒笑握着方向盘，很是淡然："别看着我，英姐说的。"

"不能诉诸法律，便将诉诸暴力，冷处的名言啊。"李开然也听过类似的话，"笑哥，我们现在去哪儿？"

"聚缘酒吧。晓玲手机里有照片吧，传一个过来。"

9

将黎晓玲送回家，司徒笑载着李开然来到聚缘酒吧。昨晚九时许，聚缘酒吧的确发生了小的骚动，不过很快平息了，酒吧里的人也认出了伍文俊的照片，在这一点上，伍文俊没有说谎。

但司徒笑并不会因为这个就排除伍文俊的嫌疑，他取出地图：想伪造不在现场的证据，聚缘酒吧离南湾立交又太远了点，虽说时间充裕，只是……还是得先弄清楚，究竟凶手是如何制造车祸的，如果有凶手的话！嗯，等等！

司徒笑看着地图上的标注，赫然发现，从聚缘酒吧后巷穿过去，就是地铁站口，坐南二环线只两站路，不需十分钟，上去则是恒绿公司，难道说，伍文俊想制造的并非是不在车祸现场，而是不在恒绿公司？昨天一天他都和瞿森律师在一起，他此刻最想查明的应该是公司资产账目，那么，卓震和他的父母又是怎么出了车祸呢？真的只是巧合吗？

司徒笑心想地铁很好查，马上道："开然，联系地铁公司，我们要昨晚九至十点南二环线在十字街站和中邮站的站台监控和出入口监控。哦，现在很晚了，明天去，记住别忘了。"

"接下来又去哪里，笑哥？"

"我们去医院，你……要不你先回家休息，我一个人去就行了。"

"没事儿，我精神着呢。"李开然眼皮直打架，强忍着一个哈欠没打出来，跟着笑哥也好几年了，还是不及笑哥生猛。

司徒笑看表："现在是凌晨一点半，正是一个人意志最薄弱的时候，希望能问出点什么有用的来。"

第一人民医院，虽然不及宜兴人民医院那么贵族化，却是海角市最好的公立医院了，专科方面与宜兴人民医院各有所长。

重症监护室外，卓思琪果然还没走，双亲遗体还在医院里，病房里那个人，是她的亲大哥，她两眼微红，晶莹的泪滴挂在脸颊，梨花带雨，见者犹怜。

见司徒笑走来，卓思琪微讶，刚走一拨，又来一拨，这些警察到底在做什么？她不动声色地抹去眼泪，眼神坚毅起来，换上了冰冷的表情看着司徒笑他们。

司徒笑也有些错愕，没想到这个女人的心理防线如此坚韧，看见自己的第一反应，竟然是连正常的情感流露也隐藏起来，自己难道真的就那么面目可憎吗？

"伍夫人，你好，我是警司司徒笑，这位是我同事李开然。对于你哥哥和你父母的事，我深表同情，你要坚强一点，我们警方会尽全力查明这起事故的原因，若是有人蓄意图谋，我向你保证，不会放过凶手。只希望你的哥哥能度过这一关。"司徒笑三言两语，让卓思琪的鼻尖和眼圈又红了起来。

"我知道，我的同事已经来打扰过你了，我本不该在这个时候又来，只是，我刚从伍家过来，听到一些关于你和伍文俊先生的矛盾，如果这起车祸是有人故意制造的，而那个人又是你心中所想的那位，我希望能从你这里得到更详细的信息，对案件的侦破会很有帮助。"

卓思琪泫然欲泣，心思百结，良久才叹息一声："你想知道什么，该说的，我都已经告诉你那位同事了。"

见卓思琪衣衫单薄，身体语言僵硬，司徒笑示意李开然倒杯热水来。

"我现在最想知道的，就是在你丈夫去世之后这段时间，伍文俊先生的各种反应和行为举止，任何你能回想起来的细节，我会从中甄别有用和无用的信息。"司徒笑知道，若卓思琪认定车祸是人为造成的，她就会绞尽脑汁去回忆。

深秋寒凉夜，捧着热乎乎的水，卓思琪的心似乎进一步软化下来，身体慢慢放松，眼泪又不知不觉滴落在水杯中，她慢慢地喝着水，似乎在一面回忆，一面伤心。

"他平日就是个游手好闲、不务正业的人，只是一直没惹什么大祸，他哥哥也都由着他。自打他哥哥死后，他整个人都变了很多，每次见到我都冷言冷语，在家里也不大说话了，没事就跑出去和他那些狐朋狗友胡吃海喝，夜不归宿。除此之外，也没什么特别的地方，股权转让协议他也签了，我，我以为他心里已经放下了。难道……”卓思琪直起身子，望向司徒笑道，“司徒警官，我这段时间，总觉得被人跟着，我心绪不宁，一直以为是自己心理有问题，我哥他说他没这种感觉，难道是……”

“卓女士，这条线索很重要，请你详细回忆一下，你是在什么时候、哪些地方感到自己被跟踪的？”司徒笑聚精会神，伍文斌在死前也曾告诉过自己的弟弟有被人跟踪的感觉，应该不是巧合。

卓思琪神思不定：“嗯，大多数是我一个人的时候，时间真的记不清了，我老公还没死，应该是三周还是两周前就有那种感觉，我去购物，带永龙出去上街，做头发，美容，总共只有两三次，我也不是很确定，难道那个时候文俊就想……可文斌还没出事啊？”

司徒笑已经不知转了多少个念头，卓思琪没有说谎的话，那就是有人想谋害他们夫妻两人，伍文俊没理由会这样做；另一种可能，卓思琪说谎，那情形又完全不同，可能是一凶双杀的格局，卓思琪雇人用警方一时不能查知的手段杀了自己丈夫，而伍文俊反过来也雇那名凶手用同样手法想杀卓思琪，卓震不过是凶手杀错了目标；还有第三种可能，一个尚未进入警方视线的局外人布置了这场暗杀，并试图以卓思琪和伍文俊的矛盾来掩盖事实真相，那名局外人是谁？他肯定和伍家有某种关联，是生意上的，还是情感上的？卓思琪在外的情人？如是这样，为何不放过卓思琪，怕暴露自己？可是警方并没有伍文斌死于谋杀的线索啊，难道是自己的连续追查惊动了那名主谋？太多的疑问千头万绪，司徒笑一时竟有抓不住重点的失力感。

雇凶杀人，是很棘手的案件，因为所有的线索都与雇主没有直接联系，而杀人凶手又与死者没有直接联系，两头断掉会让警方陷入泥沼，如果凶手是同一个人这个假设成立，那么他接连跟踪伍文斌和卓思琪都被警觉到，说明他的跟踪技巧并不高明，两次都是利用车祸，说不定是在车上做文章，难道他是汽车修理工？

卓思琪并不知道，在这短短一瞬，司徒笑已经想了很多，只见那位警官强制露出让人稍感宽心的面容，尽量平和地问着：“我的同事或许已经问过你了，这里我还想再问一遍，你和你丈夫通常都是各开各车吗？”

“是的，公司里事很多，我和文斌平时都很忙，都是各开各的，一年也很难合坐一次车。”

“那你的车最近有做过保养检修吗？”

“三个月前做的保养，平时也就是洗洗车。警官，你怀疑文俊在我的车上动了手脚？”这个女人反应很敏锐，马上又道，“可是他哥哥呢？他哥哥的车难道也是他动了手脚？不可能啊，他和他哥哥……绝对不会。警官，会不会是因为文斌出了车祸，文俊始终不信你们警方的说辞，所以他……他去我车上做了手脚？”

也不是没有这种可能，但是跟踪又是为了什么？伍文俊若想对车动手脚，他不需要跟踪，他动手的机会有很多。跟踪发生在伍文斌死亡之前，是不是伍文俊和伍文斌找人在调查卓思琪偷情的事呢？那伍文斌被人跟踪又是什么原因？卓思琪发现自己被跟踪，担心奸情暴露，想先发制人，反过来找人跟踪伍文斌？若两个都不是，是同一个凶手，难道是为了寻找替汽车动手脚的机会？那应该守着车啊，不应该跟踪人啊？如果卓思琪真的是设计杀害伍文斌的凶手，那么这个时候她为何主动提出自己被跟踪的事情？是知道凶手的本事，害怕自己死得不明不白？希望利用警方的力量捉住那个受命行凶的人？那能否从她口中多套取些凶手的信息呢？

司徒笑发现，他们的线索太少，而可能性太多，就像电视里常说的那句话：“一切皆有可能。”

“车已送去我们鉴定部了，若被动过手脚，应该查得出来。卓女士，你在感觉到被跟踪的时候，有没有什么可疑的陌生人给你印象比较深的？”

“没有，要那样我早就报警了。”卓思琪没有犹豫。也是，如果是雇凶杀人可能她与凶手没见过面。

“那么，你在最近时间有没有接到过一些陌生电话，或是令你感到莫名奇妙的讯息之类？”司徒笑小心地引导着，如果卓思琪与凶手有关，并怀疑凶手现在准备掉头对付自己，她应该透露一些凶手的信息才对。

卓思琪想了很久，摇头道：“没有。”

“真的一点都没有？比如说，你从来没见过的号码，却发来短信，约你去哪里见面，或是什么你从未去过的酒店俱乐部到了什么东西，让你去取之类的？”

“没有，真没有，你到底想问什么？”卓思琪的语音又开始带着警惕和敌意。

司徒笑反思，自己这句问话有触到她什么地方吗？是了，酒店容易让人联想到偷情和私会，这位卓小姐还真是敏感，小心又小心，都有点欲盖弥彰的味道了。

“可能是我想岔了，”司徒笑投去意味深长的眼神，“那这样说来，卓女士对自己是否被跟踪并不确定，所以就算真的被跟踪了，对那名跟踪者也是毫无所知。不知道卓女士是否认为，那个可能跟踪你的人，可能是伍文俊先生或是伍文俊先生找来的人呢？你觉得……他们可能是因为什么原因而跟踪你呢？”

卓思琪低头不语，稍后放下水杯道：“我该说的、能说的，都已经说了，我不知道是不是有人跟踪我，也不知道是为什么，这不正该是你们去查的吗？”正说着，急匆匆地赶来一个人，是伍文斌的远房亲戚伍彤。

“卓总，卓总经理他……”伍彤不知从哪里赶回来的，气喘吁吁，显然被这个消息吓到了。

卓思琪平静道：“嗯，事情已经发生了，彤彤，先把我父母亲的后事处理好，这些是要联系的人……有什么不懂的，问陈经理……还有……”

卓思琪和伍彤小声地商议了一会儿，才对司徒笑道：“你看，我还有很多事要处理。我知道的确实有限。”

司徒笑起身：“那打扰了，如果卓女士想到什么，请随时打电话与我们联系，我们有了最新进展也会第一时间通知你和你的家人。”

走出医院大门，冷风一吹，原本的些许睡意顿时全无，司徒笑没头没脑地说了一句：“开然，很复杂啊。”

“是啊，笑哥，我到现在还一头雾水，笑哥你说，会不会真的是很巧，伍家接连遇到两起车祸？”

“巧不巧，查下去就知道了。”

10

第二日，司徒笑收到了事故现场的调查报告，根据刹车轮胎印和监控画面，技术鉴定部门做出了三维动画模拟，结论是，事发当时，宾利车出现了四轮同时抱死的急刹，车身漂移滑行，方向完全失控。至于随后追尾和相撞的途观与东风天龙，则是正常行驶，只是限速80公里每小时的环道上，途观开出了100公里的时速，可见当时宾利时速也超了。

拿着这份报告，司徒笑找到了还在解剖宾利车的王文虎。

王文虎看过报告，迟疑道："从刹车印痕和监控分析，四轮同时抱死急刹，这很奇怪，现在普通车都装有ABS防抱死系统，像宾利这么高级的轿车，不可能出现这种故障吧？"

"你查出什么问题来没有？"

"没有。"王文虎回答得很干脆，"底盘、发动机、电控系统我都检查过了，车身损毁比较严重，但是有问题也不该是车身造成的啊。"

"嗯，那么出现四轮抱死的急刹，有没有可能是受到什么干扰或人为操作造成的呢？"

"人为操作？这防抱死系统，制动力分配这些就是为了防止人为操作失误才特意添加的，它……"见司徒笑盯着自己摇头，王文虎反应过来，"你是说不是车上的人操作，而是在别处的人为操控？"

"对，就像以前那些剪断自行车摩托车刹车线，破坏真空泵，放刹车油让刹车失灵的手段，有没有什么手段可以让汽车自行四轮抱死？"

王文虎又看了看车的底盘和制动系统，若有所思道："这样的话，倒不是不可以，现在的车载智能系统越来越高明，就拿前段时间的电子锁来说吧，小偷在远处用电子干扰器，车主关门后用电子钥匙锁车门，车门也叫，也闪灯，但其实根本没关上，小偷拿了东西就跑，或者把车也开跑。而那种电子干扰器做工简单，网上都有售卖。不过要想影响车内的电子辅助系统，就得攻克车载智能系统，而且无线干扰恐怕还没这种技术吧，它只能是进行内部的改修，这个还得找电子系统的人来帮忙。你等等，我去找王克生。"

王克生，这位体长干瘦，戴着高度近视眼镜的电子警察可不仅能抓捕网络黑客，他学的是机电自动化专业，两人齐努力，没多久真找到点线索。

“在这里！”王克生扯出两截被破坏了的接头，看起来就像断掉的电线，“这是数据线，车载智能系统的数据通过它传输，虽然车祸导致断掉的线路很多，但这么中心的线路不应该断掉，通过并联干扰器，再加一个信号发射装置，就能进行远程遥控。比如刹车，或是令刹车失灵，或是改变各轮胎间动力分配，如果干扰器中装载的软件芯片够强大，而这辆车又有电子遥控系统，那他甚至可以进行远程操控，让车上的驾驶员完全失去对车辆的控制。”

司徒笑眉头一皱：“那不是说，凶手想让车怎么出车祸，就能怎么出车祸？”

王克生笑道：“那也不是，我说的那个情况以后可能会发生，现在的车载智能还没那么先进，比亚迪的遥控技术是限速的，而且各汽车生产厂商对自己研发的汽车遥控技术都会严格保密，要破解干扰遥控得在车身动手脚，费很大的劲。像这个数据线，加上接头的话，干扰器大概只有这么大。”他比了个火柴盒大小，“这么小的干扰器，对数据流要分析过滤，还要接收无线信号，顶多也就是刹车或让刹车失灵，不过危害也很大，而且太隐秘了，不是专门寻找谁能想到，一般的汽车修理师傅都不可能会弄这种玩意儿，这得是自动机械化的高手才行。有钱人就是有钱人，连死法都这么高级，这应该是我们海角市第一起高科技杀人案吧？”

“你是说，这玩意儿得遥控？不能设定一个智能程序，让它在某一时刻，或是车速超过多少就自动起效吗？”

“可以是可以，不过一来程序设定要解码加码很麻烦，而且自动起效哪有遥控来得方便，什么时候车况最复杂，什么时候车速最快，干扰器截留数据传输过来，远远地一按，就跟引爆定时炸弹似的，嘣……特效电影都没这么精彩。”

“这遥控范围会有多远？”

“这么小的干扰器，最多传两百米，你知道比亚迪遥控汽车有效距离是多少吗？十米。”

“干得非常好，你们两个这次帮了大忙，回头请你们吃饭。”司徒笑似乎已经有了线索，急匆匆走掉。

王文虎道："要是就是车祸导致这数据线断掉呢？你在那里信口开河。"

"不可能，"王克生拿着数据线道，"这些数据线都是固定住的，你看这里不仅是断掉，而是短这么一截，要想将它们扯……扯在一起，你瞧，我费这么大的劲都扯不拢。"

"茜姐，监控录像，把伍文斌和卓震出车祸的监控录像都调出来，另外和交通系统说一下，当时伍文斌和昨晚卓震经过的路线，沿路的监控我都要。"

遥控事故，不可能是定点观察，要了解路况和车况，捕捉最佳时机，必须一路尾随，就这一点而言，与那个变态凶手跟踪他的被害目标倒是极其相似。不过想尾随性能极佳的豪车，自行车跟不上，摩托车操控不便，只能开车尾随，城内到处都是天眼系统，只需查一下有没有车从伍文斌和卓震出事前，一直跟到出事地点就清楚了，再狡猾的罪犯，也会留下破绽。

又一次全组人员齐发动，大家盯着电脑屏幕两眼通红，不过这一次比找到那位蛤蟆先生要容易多了，大家又有了经验，很快就锁定两辆车，事实上，只有这两辆车是在伍文斌和卓震出事之前一直跟着他们直到出事地点的。

一辆君越，一辆丰田凯美瑞，如果王克生说的属实，那么车上没有发现干扰器，要么是车祸发生时撞掉了，要么，是凶手事后取走了，所以司徒笑还想看看，从这两辆车中出来的是不是同一人。

可惜宾利车被撞到了桥下，那里是监控死角，那辆凯美瑞也消失在监控之外，倒是伍文斌死的时候，监控拍到君越车内走出一名男子，就像其他发现事故的车主一样，一面打着电话，一面靠近翻倒的北京现代，那手机遮住了脸，又是背对着监控，看不出什么有用信息，而且行为也和别人一样，试图救出现代车内的司机，但人有好几个，那人只能绕着车转了一圈。

卡宴当时应该已经起火燃烧，那人没靠近卡宴看起来是人之常情，司徒笑并未想过北京现代有何不妥，他甚至一度认为，那个人并不是他们要找的凶手，因为一切反应都那么自然。

直到章明他们查出那两辆车的信息，两辆车都是在租车行租赁的，分别从神州租车和海角租车租来，电话预约，送车上门，两个不同的号码，两个不同的身份，而身份显然是套用了他人，一个是石家庄的农民，另一个则是查无此人，而反查两辆车的出行线路，最终也只能查到没有天眼监控的死角，线索到此全部中断。

但司徒笑终于吃了一颗定心丸，可以确定，这是一场早有预谋的蓄意谋杀！

案子报上去，刘显和看得唉声叹气，难道这个司徒笑是灾星降世？走一路黑一路？好端端的一起普通车祸，硬是被他查出一个什么高科技车祸谋杀案，这什么乱七八糟的以前听都没听说过，而且这次死的伍家人也算海角贵族，这个案子，未必就比那变态凶杀案小了。

司徒笑找到高风，询问他那里查到什么有用线索没有，却意外发现高风的办公室里多了一个年轻小伙子，一米七不到，浓眉短发，面相憨厚，正在高风的指导下一丝不苟地做着实验。

“嚯，有新人啊？”

“怎么，只许你们组收新队员，我就不能有个新帮手？”高风给两人做了介绍，小伙子叫刘一凡，八月底刚过来，随后两人就聊起了正事。

线索方面，高风说车祸的痕迹学检验和运动模拟不是他负责，而现场当时又有许多人围观，有什么线索都被破坏掉了，普通老百姓哪里会去想车祸与谋杀能扯上什么关系。

司徒笑愁眉不展道：“高风，我们碰上大麻烦了。”

“哦？怎么回事？”高风还不知道司徒笑他们查到些什么。

司徒笑叹道：“雇凶杀人，我怀疑是杀手干的。”

“啊？”高风两眼一瞪，“那，那不就是……”

司徒笑无奈地看着高风，说出高风想说的那个词：“职业杀人案。”

永远位列警界三大疑难罪案之首，职业杀人案。

与变态凶杀案的难点在随机性不同，职业杀人案最大的难处就在于凶手的职业。

这里的职业通常指三种人：第一种，杀手，一枪致命，漂洋远遁，与死者没有直接关联，你找线索找不着，而且那些杀手满世界游荡，根本无迹可寻；第二种，特工，这种更麻烦，他们本身就精通杀人和各种侦查鉴定学知识，有部分甚至是司法鉴定学知识的传授或编撰者，老祖级人物，他们杀了人，想让你没线索，你就找不出线索，想让线索指向哪里，这些学鉴定和侦破的后辈，就只能乖乖地顺着线索找到那里；第三种，相关职业者，包括医生、法医、警察等，他们本身属于这个系统，又具备一定的相关知识，他们若是违法犯罪，那查起来虽然没有前两者那么令人绝望，同样是难上加难。

高风同情地看了看司徒笑，建议道："你最近犯什么冲，要不要去庙里挂个红，烧支香解解签什么的？"前一个月才刚刚碰到那至今也未能侦破的变态凶杀案，转过头来，居然惹上了位列三大疑难榜首的职业杀人案，这倒霉催的。

司徒笑白了高风一眼："你心情好像不错啊？这一次，你的情敌嫌疑很大，真被我给说中了，你在偷着乐吧？"

高风正色道："绝无可能，我们不谈这个，你接下来打算怎么办？"

"只能分两步走，第一，看凶手的目标到底是卓震和他父母呢，还是卓思琪，如果是卓思琪，那么收钱办事，他还会想办法下手，我们就仍有可为；另一方面，就得从雇主下手，我得搞清楚，究竟是谁雇用了这个杀手，是不是一凶两杀，为什么要雇凶杀人，伍文俊、卓思琪，包括卓震，他们三人在这起案件中究竟各自扮演了什么角色。这个案子疑点太多，每个人的背后都藏着秘密，尤其是这些有钱人，或许，杀手的逼迫，是我们打开他们防线的好机会。"

高风疑惑道："这两起车祸都是同一个杀手做的？你们查出来了？"

司徒笑摇头："我只有七成把握，跟踪受害者，尾随汽车，制造车祸，手法是很相似，但不敢确定是同一人，还有太多线索需要查证，好了，我就是路过和你说一下。"

"要不要找晓玲帮忙？"

司徒笑犹豫再三："还是算了吧，避嫌原则。"

高风支吾道："他们的关系，其实，没你想象得那么亲密啦。"

"恰恰相反，我看他们的关系，比我想象得还亲密得多。"司徒笑临走不忘打击高风。

回到电脑旁，又看了一遍监控录像，司徒笑揉着眼内角，一晃一天就过去了。天色渐晚，其余同事都陆续下了班，朱珠收拾着东西抱怨："还有两天就国庆了，中秋国庆八天假啊，该不会又要泡汤了吧？"

李开然则打着电话："喂，老婆啊，去北京的机票取消了吧，我国庆可能加班。要不，你叫上希梅她们一家？我知道，唉，不说了，回来和你说……"

11

李开然拿到了地铁十字街站和中邮站的监控资料，由于伍文俊体型比较容易辨认，李开然没费多大工夫就在人群中将伍文俊给找了出来。

李开然将这条线索反馈给了司徒笑。

"笑哥，真被你说中了，伍文俊那家伙在聚源酒吧惹事打架只是个掩护，他果然搭地铁回公司了。只是地铁监控倒是证明了，卓震出事的时候他不在场，毕竟隔了那么远呢。"

果然是回公司去了吗？司徒笑思索了片刻，对李开然道："联系卓思琪，以查案需要为由调看恒绿内部监控，我要知道昨晚卓震出事时，伍文俊到底在恒绿做什么。"

"知道了。"李开然领命而去，司徒笑陷入沉思。

卓思琪疑有奸情，伍文俊和他大哥似乎有所察觉，随后伍文斌车祸死亡，伍文俊报案，只是凶手手法太过奇特与隐蔽，就现在再看监控录像，也看不出破绽，再后来，是卓思琪收购股权，伍文俊感到被骗，秘密查证，卓震便是在这个时候以与伍文斌极为近似的方式出了事故，他开的是卓思琪的车，车上本该坐着卓思琪。

这个案子的突破口在什么地方呢？有奸情也不至于杀人啊，若说事后伍文俊报复性雇凶杀人，倒是有这个动机和可能性。还有一点奇怪的地方，以更好地掌控公司，加强公司运营和各部门调动为由的股权收购行为，为什么突然有这样的行为？现在看来，这种带有欺诈性质的股权收购，似乎在变相地转移财产，卓思琪为什么要这样做？她丈夫刚刚入土为安，她的儿子还是姓伍的，为何要花一笔巨额现金，将恒绿公司牢牢地控制在自己手中？难道她早就知道要和伍家翻脸？只是没想到伍文俊下手这么快？收购协议刚签两天，卓震就出了车祸，是伍文俊预谋在前，还是后发先至？

司徒笑暂时摒开第三方神秘势力的预谋行为，伍家已经够乱了，还是得先从伍家内部查找原因。杀手没有采用惯用的一枪毙命的方式，而是使用了如此复杂的制造交通事故掩盖杀戮事实的手段，其目的显然只有一个，不想引起警方的注意，而杀手自己不会这样干，通常是雇主的特殊要求，他们差一点就成功了。

凶手的两次跟踪行为，看上去像同一个人的手法，他究竟是受雇于一人，还是分别受雇？

第二起杀戮来得如此快，而且手法如此类似，怎么想也应该是雇主的特殊要求，若不是这第二起车祸，那么第一起车祸暗藏的杀机根本就不会暴露，这样的话，一个凶手受雇于两个雇主的可能性很大。卓思琪和伍文俊都有嫌疑！

还有车祸，司徒笑始终怀疑，车祸并非表面看上去那么简单，不是说拿着个遥控器，按按按钮，就能制造出如此重大的交通事故，四死一重伤，若以成功率来算，那个凶手制造事故的效率可谓相当高。

就算是急速行驶途中，四轮抱死，或是爆胎，对一名有丰富驾驶经验的司机来说，也能做出合理趋避操作，将安全风险降至最低。而且出事路段，从监控画面看，路况绝对谈不上复杂，路况复杂则车速必定慢，车速快肯定路况良好。从监控画面看，事故发生时，本就是夜间，来往车辆并不多，司徒笑再次仔细地查看卡宴和北京现代在出事的一瞬间发生的变故，用电脑定格下来一帧一帧地看。还是没看出端倪，就再看一遍，仍然没有奇特之处，再看一遍……

司徒笑不记得自己到底看了多少遍了，已经看得办公室空无一人，墙上的石英钟嘀嗒嘀嗒地走着，蓦然，他将一帧画面定格，这幅画面他也不知看了多少次了，每次看到这里就觉得有不对劲的地方。

那是北京现代开始画龙的前一帧，在此之前，现代车一直在正常行驶，虽然事后查出吴鹏醉驾，可是他和伍文斌都已经身故，无法告诉警方当时发生了什么，影像资料是警方能拿到的最直接的记录。

到底什么地方不对呢？司徒笑将影像放大，再放大，画面圈定在现代车挡风玻璃上，里面能看见吴鹏模糊的身影，他的姿势不对！醉酒驾驶，大脑意识不能集中，失去对身体的控制，反应迟钝且不够灵敏，所以才酿就无数交通事故。可画面中的吴鹏，右手没在方向盘上，他在换挡，而身体被安全带束缚得笔直，那双眼睛纵然模糊，可仍能看出并非醉酒者那种醉眼蒙眬，反而让人觉得比正常人睁得稍大。

现代车一路开来都保持着高速行驶，前后无车辆，无转弯下坡，这个时候用油门控制车速就好，无须换挡，可联系前后画面帧来看，现代车下一刻就开始画龙，司徒笑再将现代车画龙时每一帧图像都放大，那吴鹏一手紧握方向盘，右手始终没拿上来，这个过程中他还慌张地看了一下路中隔离带。

在车辆突然失控，刹车失灵时，利用减挡制动，控制好方向盘，最终实现平稳停靠，这是每个驾校老师会反复强调的。也就是说，吴鹏在事故发生的一刹那，选择了正确的避祸方式，从每一帧他的反应动作来看，都像驾校老师传授的标准规避动作，作为一个正常人在处理这种突发情况是没有任何疑问的。可吴鹏当时属于醉驾，还能做出这样的动作就有点令人寻味了。

每个人对酒精的耐受性是不同的，血液中酒精含量高，并不代表这个人大脑意识就一定不清醒，胆敢醉驾的司机，都是对自己的酒精耐受能力和驾驶技术颇有信心的人，而且但凡被发现的醉驾者，几乎可以肯定不会是他们第一次醉驾。若先前考虑是吴鹏醉驾导致了交通事故，那么交通事故就较为正常，而若吴鹏虽然血液中酒精含量达到了醉驾标准，而事故发生时他的意识却是清醒的，一系列的避祸处理和后续反应并未完全受到酒精影响，那这事故就有问题。

司徒笑终于明白什么地方不对劲了，若有人醉驾横穿隔离带导致了事故，那么事故的解释是合理的，若两个头脑清醒的正常人在正常行驶途中，突然两辆车都失控导致了事故，那么这种事故的偶然性未免就太高了些。

于是，当司徒笑再看到那名神秘男子走出君越车，靠近北京现代绕它走了一圈才离开时，已经得出这样一个结论：那辆现代车也有问题！他马上打电话查询现代车的下落，同时把王文虎和王克生两人找到，上一次是按交通事故来处理的，那些技术鉴定科的家伙不可能把事故车当作谋杀案一样，将每一个零件都肢解下来查个秋毫毕现。

那辆现代车严重损毁，已经送去废车处理中心了，司徒笑追到处理中心，运气还不错，车还没被处理掉，于是又被拖回技术鉴定部门。

仔细地二遍检查，很快便有了结论，北京现代车的中控系统，包括制动、转向、动力传导都有可能受到影响，方式同宾利车一样！

抽丝剥茧总算找到了事故发生的真实原因，司徒笑却一点也高兴不起来，他从未见过这种杀人方式，全国每天要发生多少起车祸事故？谁能想到这些看似悲惨普通的车祸事故中，有部分是被人蓄意制造用于故意杀人的？若不是伍文俊心有不甘地终日叫嚷着车祸是谋杀，若不是凶手这么猴急地跳出来进行二次杀人，伍文斌的死真有可能就这么被忽略过去了。

雇凶杀人，也可能雇的是街头混混，为钱卖命的亡命徒，可这个案子查出来的种种迹象表明，这个凶手的专业性非常高，杀人方法极为隐蔽，处处透着反侦查的小心，司徒笑几乎可以肯定，这个家伙就是一个以杀人为职业的杀手。

他从何处来？还要在海角市待多久？还有哪些事故是在他的操控下实施的杀人计划呢？职业杀人案五个字，就像一座山向司徒笑压过来，他们精通各种杀人的手段，他们精通各种现场布置，他们知道如何能掐断警方的线索，他们以此为生，是令警方最为头疼的敌人。

司徒笑打开抽屉，取出自己的警员手册，翻开第一页，上面用遒劲的钢笔书写着四行字：

> 无论你身在何处，你在做什么，请不要忘记，你心底的良知。
> 不管敌人多么强大，不要惧怕；
> 不管处境多么艰难，不要放弃；
> 不管结果多么糟糕，不要逃避。

这是他第一天接触警务系统，第一次上课所学到的东西，据说，和自己有同样经历的人，几乎每一个都有类似的格言，他们有的已经牺牲，有的已回不了头。每次看到这几行字，都会马上回忆起英姐在耳边说起这些话的样子，那高楼天台顶上，天那样蓝，云那样白，风吹起她的短发，隔壁楼顶的白鸽正成群地飞翔。

“你考虑清楚了？选这条路，你可能会死。”

“司徒笑，你个反骨仔，你出卖大哥，不得好死！……”

司徒笑仰靠在转椅上，双手抱住了后脑，仿佛还能感受到，刚刚做完文身时，那皮肤微微隆起的刺痛。那样的岁月且熬过来了，一个藏头露尾的杀手，有什么可怕的呢，既然被我查到了，我倒要试试看，警察，到底捉不捉得住杀手！

重新打起精神，司徒笑开始顺着这条线往下捋。

深夜，章明将卓震车祸发生前，伍文俊在恒绿内部被监控拍到的画面传了回来。

李开然那个滑头，觉得这种小事章明去办就可以了，章明也是老实，带齐了手续，一直等着对方按规矩办理，到现在才从监控中发现伍文俊的身影，第一时间就汇报给了笑哥。

监控中，伍文俊像个贼一样，鬼鬼祟祟溜进了董事长办公室。

“看到这些视频时，卓思琪有什么反应？”司徒笑询问章明。

章明显然并未留意身边的人，迟疑了一下，才答复道：“没什么反应，她从头到尾都很冷静。噢，对了，她看到伍文俊之后，就交代员工协助我们提取监控资料，自己就离开了。”

害怕流露出情绪上的波动被章明察觉吗？“对伍文俊的举动你怎么看？”

“嗯，他肯定是在找什么东西，是不是在找资产评估报告什么的？”

司徒笑指证道：“如果想调查评估资产和公司资金情况，应该去会计室，如果怀疑合同上有什么问题，应该去法务室，但是你看监控，他直接到的是董事长办公室。如果说伍文俊对这些方面都不够了解的话，他又知道在聚源酒吧利用假闹事来掩饰自己偷偷潜入恒绿集团的目的，明显有人在背后指点，若是有人指点的话，为什么又不告诉他他该找的东西在哪里呢？还是说他原本找的就不是法律和资产方面的资料呢？你看，他除了董事长办公室还去了一个地方，VP办公室，那也是卓思琪以前办公的地方。”

章明醒悟道：“我明白了，伍文俊可能在查的不是恒绿资产或合同方面的问题，他可能还在查他嫂嫂偷人的证据！他不是一直就怀疑嫂嫂因为奸情败露才雇凶杀了他哥哥吗？”

“偷情的证据吗？”司徒笑觉得还有别的可能，但是这种事情如果伍文俊不亲口承认，猜测缺少依凭，还是得用证据说话。从监控上看，伍文俊出入办公室前后并没有什么大的变化，就此事质问他估计也会装傻充愣，卓思琪会与他对质，看来为今之计，只能加强跟踪监管了：“好，我知道了，你早点休息，明天早点来。”

“北京现代车的车主吴鹏与伍文斌确实没有直接联系，可是凶手怎么会在现代车上做手脚呢？这里面显然涉及一个更为关键的问题，如何才能有效地制造足以杀死人的车祸。”司徒笑在白板上打了个大大的问号，这是他苦思冥想一昼夜的结果，其余组员安静而专注地听着。

“必须满足几个条件，第一，环境，两次事故都发生在立交桥上，立交桥的边缘防护措施不足以抵挡高速行进小车的冲撞力，只要小车开得够快，立交桥够高，那么冲破防护栏，跌落立交桥的致死率也会越高；第二，车速，只需紧紧盯住前面的车，看自己车上的码表就知道对方的车速了；第三，路况，事故车的前后有些什么车辆，当时它们速度有多快？车与车的间隔多少，迎面驶来的是什么车辆，双向通行的道路正中隔离设施如何。当所有条件都满足，便触动了杀机，车祸，死亡，可若条件不满足呢？

“那干扰器听起来神奇无比，但从实际效果看，也就只能令汽车的制动和转向系统失控，虽然在高速运行时，这两大系统失控足以造成极大的交通事故，但如今的汽车安全性能都在不断地提升，想利用制动和转向系统杀死一个人，未必就那么容易。

“所以，凶手在条件不满足时，人为地制造条件来满足杀戮。如何才能制造条件，就不得不提到伍文斌和卓思琪二人都曾有过的被跟踪感，跟踪的意图有两个，一是寻找整改汽车的时机，二是观察两人的生活方式，上下班路线是否固定，在外就餐的地点，有没有定期健身、美容、理发、购物的习惯，生活越有规律，凶手就越容易找到制造事故的时机。

“我们现在兵分两路，张子成、李开然、朱珠，你们三人负责监视伍文俊，他的出入，与哪些人接触，做过些什么，他现在是第二起车祸雇凶杀人的第一嫌疑人。我、茜姐、章明，三人负责调查伍文斌和卓思琪的日常生活，看他们的起居规律，搞清凶手第二次下手的真正目标，如果凶手目标是卓思琪，争取在凶手再次动手之前，将他绳之以法。刘队，还有没有什么要补充的？”

刘显和腆着肚子老气横秋道：“大家，就按司徒组长的安排去做，我只有一个要求，要注意安全。这次，我们要面对的凶手，可能是以杀人为职业的杀手，凶残狡诈，一定要小心再小心，嗯……就这样吧。”

两组成员很快行动起来，该调查的调查，该询问的询问，该掌握的掌握，各种信息向司徒笑脑海里汇总。

很快便出现了一个有趣的现象，朱珠常在通信器里喊：“我看到你啦，章明。”“我看到你了，茜姐。”显然，伍文俊正在用他那拙劣的跟踪技巧跟踪卓思琪，这是怎么回事？

根据司徒笑他们了解到的情况，卓思琪正在忙着处理父母的丧葬和公司的事情，他们公司似乎正在筹备一个大项目，统筹规划，安抚股东，拉关系见客户，一个娇女子，两头忙得焦头烂额，连茜姐都觉得不可思议：“这些有钱人，那么有钱了还想挣更多，家里都已经这样了还去公司，赚那么多钱也不知是为什么。”

不过出了两次事故之后，卓思琪明显谨慎了许多，每次出门必定会仔细地检查车辆，而且身边多了两个肌肉壮实的保镖，也请了安保去医院守护。司徒笑认为，卓思琪和伍文俊的行为，都是有原因的，不合常情，必有其因。

通过对恒绿公司员工的侧面了解，司徒笑他们掌握了伍文斌夫妇的部分生活作息时间。伍文斌生前是个生活很有规律的人，定时上下班，在公司吃午餐，年复一年，都是如此，而且他还有个很特别的习惯，循旧。上下班都是固定路线，堵车时宁愿排队等候也不愿绕道，有时请客吃饭，必定是海富大酒店，虽然那里很高档，但也不用次次都是那里吧；和朋友吃大排档，一定是湾铺第二家；偶尔去酒吧，则必须是常青藤，就连坐的座位，他也喜欢坐第一次坐过的那位置。

在员工眼中，伍总就是这样一个人，他觉得好的，就会一直沿用下去，不会轻易更换，而当初他们公司也正是有了这种坚持，才有今天这样的规模。

卓思琪则要随意许多，不过有些地方则还是受到她丈夫的影响，比如美容，购物，只要她觉得满意，也不会轻易更换商家。

此外，司徒笑还调查了吴鹏的生活方式，果然和他想的一样，吴鹏也是一个生活很有规律的人，司徒笑算是摸清凶手制造第一起事故的方法了。

先是跟踪观察，搞清楚伍文斌的生活习惯，发现他是一个生活很有规律的人之后，凶手开始策划如何让伍文斌死于事故。由于伍文斌平时很少外出，只能在他上下班途中做文章，于是，凶手先选好了易于制造事故的路段，然后在选定的路段进行定点观察，看在伍文斌回家路过这一路段的时间内，有没有别的车和他一样，大概都是在同一时间段经过这一区域，将前后时间误差算进去，就不难找出在同一时间段有规律地经过同一路段的车辆。

这种情况其实并不少见，不少时候，很多人都会发现，在自己上下班途中，会看到一个熟悉的陌生人，从另一路段走过去，虽然双方各不相识，但几乎天天能见。而在路上，除非是特别引人注意的车，人们很难注意到，有哪些车几乎天天与自己前后行驶或在某一路段相向而驰。

吴鹏的车，应该就是这样被选中的。

伍文斌的车和吴鹏的车相向驶来，在凶手预估的时段内各自抵达了被选定的事故路段，先让吴鹏的车失灵，出现小事故，在正常情况下，看到事故发生的司机必定有些慌乱，而这时自己的车也失去控制，这就将大大增加事故发生的可能性，而吴鹏在那晚喝醉了酒，反而倒是巧合了，成了迷惑警方的最重要证据。

照概率说，凶手这种制造事故的杀人方法，不可能百发百中，可不知道究竟是凶手运气好，还是伍文斌和卓震运气太差，两次事故都相当严重，造成了四死一重伤的结局。

掌握了这些信息之后，司徒笑决定开始反击，如果凶手的目标是卓思琪，那么他这次任务算是失败了，他应该会想别的办法再下手。问题是卓家刚刚又死了两人，卓思琪加强了自己的安保，警方也介入了调查，凶手会不会选择避开风头呢?

司徒笑不愿意坐等，他有了想法就要马上行动，他又想请便衣小队同时监视伍文俊和卓思琪，反正这段时间伍文俊也在跟踪卓思琪，正好一块儿监视。

第二章
古道热肠天天见　书城缉凶差一线

1

艾司这几日有点忙，做外卖的事和忠伯提了一下，忠伯兴趣不是很大，他们这里是传统炒菜馆，外卖通常都是连锁快餐店在做，他们小店其实也有送菜的业务，不过不会超过小店周围这五条街，再远菜就凉了，味道大打折扣，而学校显然已经太远。

"我们做盒饭，装在盒子里面，外面用一个大铁盒子，里面用泡沫做个内盒子，盒饭装在里面就可以保温了。忠伯，学校里面的食堂虽然便宜，可是味道难吃极了，晚上还卖中午的剩菜，第二天中午又卖头一天晚上的剩菜，又没营养；学校外面的小炒菜价格都快赶上我们这儿了，同学们不想吃那么难吃的，好吃的又吃不起，我们的盒饭味道好，价格便宜量又足，肯定很多同学都会喜欢，生意好得不得了。"恩恩她们要在学校吃，艾司只能不遗余力地向忠伯鼓吹。

忠伯笑了笑："艾司啊，以前我们没做过学生餐，事情不是你想得那么容易的，保温、配送、配菜、分量、成本以及卖价，都是要考虑的，我们以前都没尝试过，哪儿是那么容易的，忠伯就问你一个问题，我们的盒饭定多少钱一盒？"

作为一款新产品，市场调查，成本核算，推销推广，艾司全无经验，忠伯将他问住了，不过艾司毫不慌张，没有做过才不是什么理由呢，正因为没有做过所以才要去做啊，那些不知道的事情，在做的过程中不就知道了？这就是恩恩言传身教的尝试理论，自己从没有做过但又有了兴趣，那就做做看啊，至于做成了还是失败，做的过程会不会辛苦，考虑那些个干什么，想做就做，艾司学到的东西都要尝试一番，很多东西便是在尝试的过程中彻底掌握了的。

“我现在还不知道，我会去查的，忠伯，是不是我算出来我们的盒饭卖多少钱，我们就开始做啊？”艾司期期说着。

忠伯又笑了笑，本来他看艾司够机敏，而且肯干活，那刀功自不用说，没几年苦练绝不会有这样的刀功，尽管艾司一直否认，忠伯只道他有自己苦处。关键是这小伙子的学习能力，尽管从未让他亲自掌勺，但每次他只需在旁边观摩一遍，便有所领悟的样子，问的问题也直切精髓。

忠伯觉得这个小伙子肯定学过厨艺，他本打算哪天考验一番艾司的厨艺水平，如果还过得去，就直接让他来厨房帮忙，有时候生意忙起来忠伯一人炒菜还是忙不过来，常被堂中催促。忠伯哪里知道，艾司得到自己允许之后，只看自己炒过两次菜就欢天喜地回家实践去了，现在已经成了恩恩她们的御用大厨，翻炒水准还在每日提升。

所以忠伯觉得，现在自己小店的炒菜都忙不过来，还做外卖盒饭，而且又是自己没做过的行当，要是两头都耽搁了，岂不是得不偿失？如今小店生意是平稳运行，虽然谈不上多少，至少利润足够，将儿子从大学培养出来，还能留一笔养老钱，忠伯年纪大了，开拓市场的进取心早就放下了，而大牛、小马二人只会扫地端菜，刷盘子洗碗，他们想要掌勺一方，不知要等到哪年去了。

可是自从艾司来了小店之后，不足一个月时间，他勤快肯干，手脚利索，机敏好学，让忠伯和忠嫂都喜欢上了这个小伙子，早就将他的地位提升到与打工者完全不同的档次看待，看他这一脸拳拳盛意的样子，忠伯也不好拒绝，只好道：“嗯，这样吧，艾司，如果你拿出计划，忠伯看了觉得可行，我们可以先少少地卖，试一试。”

“好啊！”见忠伯同意了，艾司心情大好，恩恩交代的任务算完成一半了。

回到家就向恩恩她们打听，在学校吃饭的有多少同学，他们每月能有多少生活费用，学校食堂的饭菜怎么卖，学校外的小餐馆怎么卖。然后艾司开始成本核算，肉、菜、米各自多少钱一斤，然后能做多少盒，算下来一除，得出的价格和学校食堂差不多，但艾司敢打包票，他们的盒饭味道顶呱呱，学校食堂哪里能比，肯定大卖特卖。艾司拿着成本就找忠伯去了，谁知道忠伯看了摇摇头，你只算肉、菜、米的价格啊？水电气算不算费用？姜、蒜、酱油、味精这些配料要不要钱？人力不要钱，送外卖来回耽搁的时间不算钱，那饭盒总得算钱吧？

艾司一想也对，又赶紧进行重新核算，可这样算下来，和那些小炒菜馆的价格都差不多了，想要有的赚，菜的量就得减下来，学校的食堂怎么能卖到那么便宜的？无论艾司怎么精打细算，最终核定价格也要十块钱一盒，而同学在外面吃小炒菜，四个人三菜一汤，均摊下来每人十五块，若有八个人吃六菜一汤，均摊下来只要十块。艾司的盒饭价格优势并不明显，而且利润很少，每盒饭大概只能挣出五毛钱的利润，艾司拿着成本清单，愁眉苦脸地找忠伯去了，这个价格能不能说服忠伯，艾司一点把握也没有。

忠伯看了艾司的计划书，问道："能卖到一千盒吗？"按这种利润比例，一千盒才五百块，但卖一千盒谈何容易，艾司的计划是一百盒！但这个计划若说出来，一百盒挣五十块，也就是忠伯这里稍微好一点的一盘菜的价格，艾司咬咬牙，吹嘘道："我们的盒饭一天卖两百盒肯定没问题，二中同学很多的！"

这一点艾司打听得很清楚，恩恩她们高三文科班有十个，理科班二十个，加上艺体和复读班，总共三十六个班，多的有八九十人，少的也有六七十人，加上高一、高二，还有初中部，一共得有一万多人呢，虽说走读生占五分之三，仍有三四千人在学校和周边吃饭的。

忠伯笑眯眯地看着艾司："艾司，你觉得做两百份盒饭大概会花多少时间呢？"

艾司皱眉，这个没算过，马上思考起来，炒一份菜分作四份，每一盒装两份菜，就要炒一百份菜！炒一份菜，就算配料都备齐，要加油，热锅，洗锅，再快也得五六分钟吧，那……一百份岂不是要五六百分钟？十个小时？还要装盒！艾司顿时泄了气，自己的想法距离现实这么遥远啊！将自己算出来的结果告诉忠伯，同时疑惑道：“这样，一天不是也只能做几十盒盒饭？那，那些卖盒饭的是怎么做出那么多盒饭来卖的？”

忠伯乐了，艾司的算法还真是简单：“艾司啊，你看到忠伯做的都是一小盘的小炒菜，真正盒饭的菜不是这样做的，那需要用大锅炒菜，一锅下去，至少要做五十人份的菜量，还有大锅烧菜，那些菜就更多了，端出来便是一盆，每一盒饭分一勺。当然，因为是大锅炒菜，所以和小炒菜的味道是不一样的，省去的工时和味道，用量来补足，所以说，做盒饭和做小炒菜是两码事，没你想得那么容易。如果你想做小炒盒饭呢，这个价格就太低了，你卖多少亏多少。”

艾司又有了新问题：“为什么学校食堂里的菜卖那么便宜？”

“那是因为他们的进价不同啊。”忠伯告诉艾司，学校食堂、大酒店，因为需要的菜和肉量很大，所以能以更便宜的价格买到，而普通小餐馆，则要靠个人努力，做饮食的，往往很早就起床买菜，而批发肉类和蔬菜的，也会很早就去农贸市场。凌晨四点的早市，才是农户们与批发经销商交易的时候，忠伯是年纪大了，加上只想维持现状，所以是上午八九点去摊贩那里拿菜，忠伯买来的肉和菜是已经加了一次价的，而艾司用于计算成本的价格，更是农贸市场的均价，也就是居民散户买菜的价格，那成本自然高一大截。

艾司这才明白，原来凌晨四点能买到更便宜的肉和菜，他盘算了一下，这样利润不是更高，忠伯这里卖的小炒菜也会更有钱赚啊，马上毛遂自荐起来：“忠伯，早上我去帮你买菜吧！我能起得来。”

忠伯讶然道：“你还想做盒饭？”

艾司的大眼睛闪亮闪亮的：“嗯，我想试一试。”

“为什么呀？”

“恩恩她们作业好多，下午放学要走很久，如果忠伯这里有盒饭卖，艾司就可以送盒饭过去啦！”

这么傻的理由？忠伯有些感动了，多好的表弟啊，干吗不送人家去读书呢，可惜了，可惜了啊。

姑且试一试吧，忠伯总算勉强同意了，忠伯又告诉艾司，去早市购买时一些交涉的技巧。前些日子，忠伯已经带艾司去过几次菜市场了，教会了艾司如何挑选新鲜的菜和肉，还有一些基本的砍价技巧，比如货问三家，区分忠厚的农民大伯和摊贩，等等。

盒饭的包装也要艾司自己去准备了，忠伯只是告诉艾司哪里有饭盒卖。

忠嫂听说忠伯肯让艾司去买菜，忍不住询问道："老头子，你让艾司去买菜，能放心吗？"

忠伯笑笑："放心吧，我陈福忠也算活了大半辈子，这点识人之明还是有的，他来这么些天，表现怎么样你还没看到？这么让人省心的小伙子，现在很少了，还有什么不放心的。"

恩恩一句话，艾司跑断腿，要买健康环保的饭盒，又要价格能承受，东西南北市，艾司都得跑一遍，他甚至找到制造饭盒的厂商去了，只是数量少人家不愿意。早上还得有计划地早起，第一天采买，忠伯给了自己好多钱，千万小心不能掉了。

艾司还不知道，忠伯肯让自己去采买，那是给予了多大的信任，采买是个很容易滋生腐败的职业，大牛、小马当时嫉妒得眼都红了。

买便宜又新鲜的菜，准备了两千个饭盒，在网上百度一下，怎么做大锅炒菜、大锅烧菜，另外忠伯也只有一辆三轮车，买了菜，得马上洗干净，准备装箱子，还要做一个保温的箱子，用来装盒饭。艾司紧锣密鼓地准备着，不知不觉，便到了中秋。

中秋国庆八天假，恩恩她们高三只放四天，原本雅欣兴致勃勃要自驾车去稻城只能取消，不过只要有恩恩在，就不用担心假期没安排，得知只有四天假之后，恩恩马上给出了计划ABC。

计划A：还是自驾游，不过不去稻城那么远，也不要在近处晃悠，可以开到海南去，海口、三亚听说都还可以，五指山的风光也和莲花山各有不同，还可以参加少数民族的节日联欢。

计划B：回森林天堂看爷爷，然后徒步跋涉莲花山，山里还有许多被标注为未探明地段的，可以去探险，听说在莲花山落霞峰发现有天然水晶溶洞，可以去探秘洞穴挖水晶，野外宿营两日，来回各一日。这个计划雅欣和她弟弟赵磊是很赞成，只是婉儿体力未必足够。

计划C：如果大家有事，哪怕只耽搁一天，那么A、B计划都无法成行，就只能按日安排，恩恩都打听清楚了，国庆当日有送书下乡，救助贫困学生的活动，可以去当志愿者，恩恩一向比较热心公益，然后可以放肆地去欢乐谷疯狂一天，如果欢乐谷腻烦了的话，野外拓展训练营也是个不错的选择，还有两天自由时间，电影、购物、爬山、看海，怎么都可以。

原本为了照顾婉儿，恩恩最中意的是计划A，除了他们五人，还可以邀请文风和学校里的一些同学一起去，谁知道被文风婉拒了。

难得地利用这个假日，文风他们公司要招募新人，文风要亲自主持，而且国庆期间在海角要举办一场国际大学生辩论赛，文风是受邀嘉宾，到时候还要代表中学生与大学生进行友谊辩论。虽然那场辩论赛在四天假日之后举办，但文风却有国庆假日独休八天的特权，不为别的，只因他在高二下学期和假期中，已经自学完成了所有高三课程，在这一点上，婉儿也比不上他。

婉儿也要留出一天时间来完成作业，雅欣和赵磊国庆那天有家族活动，最终只能实施计划C，不过眼下的问题是，人人都要回家过中秋，艾司怎么办？

2

偷偷地将艾司从森林里带到城里来，她们三人没一日同艾司分开过，不过中秋节不回家过，怎么也说不过去，雅欣是一定要回去的，婉儿也想回家看妈妈，恩恩自然也要和妈妈一起过中秋。艾司？说是新来的同学，带回家里去？这长得眉清目秀的，只怕不管搁谁头上，家里人都会生出别样的怀疑来。

三个人将头凑在一起叽叽喳喳商量了半天，雅欣抬头问道："艾司，晚上你一个人在家里害不害怕？"

平时就是艾司一个人在家里，早在森林里他就已不再害怕一个人，但是雅欣这样问，艾司嘟着嘴道："今天晚上你们都不回来啊？"

"我们说过今天是中秋啊，晚上也没自习课，我们陪你到七点，就要回去了，就今晚一晚，好吗？明天恩恩一早就会回来了。”婉儿平静地凝视艾司，她与艾司身高相同。

婉儿不会骗人的，艾司点点头应诺下来。

关于中秋，恩恩她们已经告诉艾司很多，艾司自己也百度过，知道这是个合家团聚的日子，大家坐在一起吃圆圆的月饼，看嫦娥在月宫跳舞，听玉兔捣药，看吴刚砍树，科学的说法，就是一年中月亮最圆最亮最美的时候。

七点还看不到月亮升起，送走恩恩她们，艾司心情有些落寞，为什么自己不能和她们回家？因为自己没身份吗？没身份好像也没有恩恩说的那么可怕嘛。忠伯、李婶、刘婆婆、周姐姐他们对自己还不错啊。

艾司越想越难受，胡乱地按了按遥控器，电视里放的都是合家团圆大联欢，上网刷豆豆，也好生无趣，艾司心情大大地不好，站在阳台上，看着渐渐深沉的夜，似乎想大吼两声才能排解心中的积郁。

对了，去找忠伯，忠伯他们现在一定很忙吧，艾司晚上来帮忙，忠伯一定很高兴！

兴冲冲地赶到忠伯的小店，却发现天天见小店竟然关门了！忠伯和忠嫂中间站着一个高高大大的帅气小伙，正有说有笑准备外出。

“咦，这不是艾司吗？今晚这么有空？”忠嫂最先看到艾司。

艾司结结巴巴地说：“我……我出来，走走。”不知为什么，看到忠伯忠嫂和那个小伙子站在一起，那种有说有笑的温馨场面，艾司就觉得心中那种说不出的难受越发明显。

“锦鳞，这是艾司，我们店里新来的伙计，很能干的。艾司，这是我儿子，锦鳞，在重庆读书，我们一家人正准备出去走一走，你……噢！你看我你看我，真是对不住，艾司。我一直记着这事儿的，儿子回来一高兴，就给忘了。给，艾司，这是你的这个月的薪水，别嫌少，好好干，拿着。”

忠伯好似明白了艾司的来意，从口袋里掏出一个早已准备好的信封，拍到艾司手里，一脸幸福的笑。

艾司打开信封，里面有五张红色的钞票，艾司从未想过，原来洗盘子还有钱拿的。照理应该兴高采烈才对，可是艾司却高兴不起来，他来不是为了这个的。

忠伯见艾司怏怏不乐，以为他嫌少，忙又解释了一番：“艾司啊，因为你是头一个月，在企业里这叫试用期，所以呢，忠伯是给得少了点，不过你也在我们小店学到不少东西不是？只要你好好干，这工钱啊，忠伯不会少给你的。如果你有什么想法呢，都可以告诉忠伯，只要合情合理，忠伯都会考虑的。”

艾司勉强笑道：“我没有嫌少的意思，忠伯给我钱我很开心。”

“那就好，那就好。那忠伯先走了，过节了，拿着这钱去买点好吃的，和恩恩她们好好过一个节。”忠伯笑眯眯地和艾司道别。

“老头子，快点。”“爸，这边。”“哎，来了来了。”

艾司目送忠伯一家出门团聚，忠伯都没邀请自己一起走，艾司只好自己走走。

霓虹初上，都市如孔雀开屏般展露出繁华夜景。闪烁的广告标志，巨大的电视幕墙，商家门口纷纷亮起绚丽柔和的灯光，尾灯如星，数不尽的车来车往，行人如织。人们在路边小摊吆五喝六地聚餐，夜市商铺的喇叭不遗余力地叫嚷着。

艾司穿梭于城市的大街小巷，心情却不见好转，没有了恩恩，这座城市，都显得好陌生。艾司好奇于自己内心的烦闷和不安，以前在森林里也是自己一个啊，为什么没有这种感觉？才到城市一个月，怎么会生出这么多奇怪的情绪？难道人越多，越孤单？看到别人聚集成群，更容易感受到自己空空的心？

去超市看看吧，恩恩说过，过节的时候，超市里面好热闹的。艾司有了这样的想法，便搭上了412路公交车。

超市里面人山人海，较之平日更显拥挤，收银台也排起长长的队伍，艾司没什么要买的，小狗饼干家里还有许多，小新果冻也很多，家里有四只馋猫，艾司买的零食将冰箱一格塞得满满的。

在这样拥挤的环境下，艾司随着人流挪移，似乎内心没有那样空荡荡了，艾司满意地微微笑了。

离开超市，却还是不想回家。

森林里，不管跑多远，玩多久，起码自己知道，参天巨树下有小木屋，小木屋里有恩恩，有花菜，有爷爷，日暮的炊烟袅袅，很远都能看到。今晚回家似乎只有墙壁，冰冷的墙壁，冰冷的电脑，冰冷的电视，冰冷的沙发，都是冰冷的，艾司不想回去。

艾司决定漫无目的地闲逛。

当他走到一座灯光昏暗的立交桥下，却看到一起斗殴，准确地说，是两个青年在打一个人，那人抱着头像虾米一样蜷缩于地，看不清年纪，但看体型似乎还是学生。

“嘿，你们干什么？”

那两个青年似乎已经出完气了，其中一个黄头发呸的一声朝地上那人头上吐了口水：“他妈的，我见你一次打一次。”另一个却用眼瞪着艾司：“小子，少管闲事，滚一边去。”说着就要推艾司一下。

艾司很自然地侧了侧，避开那一推，同时让出路来，那两个青年嚣张地离开了，艾司跑到被打的人那里蹲下询问：“你没事吧？要不要叫医生？”

那人先从指缝里看了看，确定那两个青年已经离开，才松开抱头的手，挥了挥手示意不用叫医生，龇牙咧嘴地坐了起来，艾司一看，这不是孩子没奶吃的杨聪吗？

别看那两个青年拳打脚踢很卖力，其实杨聪的防御姿势摆得非常好，除了背膝等处有瘀青外，并没受多大伤，毕竟经验丰富。杨聪瞥了瞥艾司，觉得这人很面熟，问了句：“你……”

艾司微微一笑：“给孩子买了奶粉了？”杨聪想起来了：“原来是你！”

“他们为什么打你啊？又说孩子没奶吃向人家骗钱啊？”

“狗屁，我杨爷骗钱也是看身份的。妈的，今天运气不好，和那几个小子打牌输了，他们作套坑我，杨爷我吃江湖饭长大的，哪会上那几个愣头青的当，肯定是不会给钱啦，那几个小子翻脸不认人，居然追我十几条街，幸好杨爷我有神功护体，不和他们一般见识。”杨聪就是打牌输光了赖账跑路，不挨打才怪。

不过艾司对这方面接触少，只听了个半懂，依自己的经验，瘀青成这样，应该挺疼的啊，便伸出手指戳了戳。杨聪痛得嗷地叫了一声，立马跳起，艾司好奇道：“你的神功呢？”

杨聪气急败坏地说："你用一指禅戳我，我的神功当然挡不住喽。"

艾司有些失望道："原来是吹牛的。"

"不说这个，兄弟你身上有钱没有？江湖救急，赶明儿杨爷我有了钱一定还你。"杨聪脸色一翻，换上一副讨好的笑容，大大的脑袋，笑得僵硬的宽阔的嘴，乍一看上去，就像猛摇尾巴的哈巴狗。既然已经被艾司戳穿孩子没奶是谎言，干脆也懒得编什么故事，直接要钱。

"恩恩说了，给你钱是害了你，你有手有脚，为什么不自己挣钱，要到处骗呢？"

"嘿，你小子长了几根毛，敢教育我？你杨爷过的桥比你走的路还多，你以为我不会挣钱，告诉你，当年杨爷风光的时候，谁见了不得喊一声大头哥，出入至少七八个小弟跟着。装几百万的箱子，我也拎过好几次。"见艾司对自己好像没威胁性，杨聪胆子渐渐大了起来，吹牛又不需本钱，看这小子傻愣愣的，什么都不懂的样子。

"那你现在怎么这么惨？"艾司对什么事情都好奇。

"唉，英雄不提当年。哥们儿，咱俩也算有缘，这么大的城市都能碰上两次，认识一下，你干什么的？"

"我在忠伯店上打工。"

"打工仔啊？"杨聪不屑地讥笑一声，"别干了，出来跟着杨爷混，保管你每天吃香的喝辣的，要多少小妞都有，随便摸。这样吧，也不多说，收你两百块入会费，你就算我小弟了，你赚大发了，干不干，是爷们儿爽快点，一句话。"

"可是，你刚才挨打耶？"杨聪得意就忘形，吹牛不打草稿，被艾司一言戳穿。

"兄弟，我求求你别提刚才那事儿行吗？我是让着他们，不然一出手把他们打残了，还要赔医药费，我拿什么赔啊，不如让他们打两拳，就当给我杨爷做按摩。"

艾司盯着他身上的伤，反复看："我觉得你这按摩做的，不擦跌打酒，痛你好几天哦。"

"哥，你真是慧眼如炬，我其实也想去看医生，喝点压惊酒什么的，口袋没钱哪。哥，大家都出来混的，不容易，你行行好，随便给点，让兄弟我至少看个医生啊。”

艾司觉得这杨聪挺逗的，大大的脑袋，小小的个子，说三句话就有两句半是骗人的，每说一句都换一种脸色，变脸比魔术师还快。看他这个子，这么大年纪了还被人欺负，艾司觉得蛮可怜的，于是道：“好吧，我带你去看医生。”

杨聪一愣，他只想要钱，看医生什么的纯属浪费，马上又道：“哥，别介，我这身子骨底板硬，喝点压惊酒，明儿就好了，你若真想帮我，请我喝压惊酒好了。”

“什么是压惊酒？”杨聪一解释，艾司明白了，就是酒嘛，家里还放着好几大瓶呢，他不解道：“那有什么好喝？喝了舌头辣乎乎的。”

“哈哈，兄弟你就不明白了吧，一看你就没什么经验，哥哥我告诉你啊，酒可是个好东西，驱困解乏，压惊止痛，开胃健脾，舒筋活脉，喝了飘飘欲仙，什么烦恼都没有。哥哥我也没别的什么爱好，就一个赌，一个喝。”

喝酒有这么好？艾司将信将疑，和这个杨聪说了那么多话，第一次看他样子不像撒谎。

“我家里有酒，去我家里喝吧。”艾司邀请。杨聪又愣了愣，才猛然点头：“行！”

走了一半，杨聪不行了：“还要往里走啊？我，我不能进去了。”

“为什么？”

“这里不知道住着哪位大神，上次碰到你没两天，就被警察找，警告我不能在这片区域出现，我都还不知道我到底做了什么得罪了人家，再过去我会被抓的。”杨聪并不知道，令他遭受警告的这尊大神就在他面前。

“这样啊，那，反正离我家没多远了，我去给你拿。”

分不出酒的优劣，艾司胡乱拿了一瓶，回来时杨聪已经抽了半支烟，正等得不耐烦，看见艾司来，将烟头掐灭，小心翼翼将剩下的半截别在耳朵上，小眼睛陡然一亮：“剑南春？老子以前喝过，还行。走吧，我带你去一个地方喝酒。”

“去哪儿？”

“跟着来就知道了。有一路通卡吗？走，上车。”

这小子看起来好像很精明，对人却没什么防范，要不要把他带去卖了？听说黑五最近在收购器官，一个肾能卖八万，似乎太残忍了点；要不卖去魏麻子那里，不行不行，他只收智障劳工，这小子怎么看也不像智障；狼爷？可是狼爷手下那些乞丐都是很小就被送过去的，这小子恐怕也不行；叮叮猫，老子还欠他好几千的账，如今利滚利怕有好几万了，不行……

艾司不知道，一路走来，这个小眼睛大脑袋，看起来老是被人欺负的男子已经为他安排了十几条出路，坑蒙拐骗、吃喝嫖赌，方方面面都考虑到了。只是不知为何，杨聪一看到艾司那张笑意盈盈，令人感到很是舒心的秀气脸庞，还有那双清澈明亮，似乎永远充满好奇的大眼睛，竟然有些下不去手。同样杨聪也不知道，因为他自己一时心软，让自己捡回一条命来。

杨聪喜欢吹牛，一路上艾司都在询问，他生活的那个世界是怎么样的，杨聪一面算计着，一面有一搭没一搭和艾司聊天。虽然杨聪讲得含糊其词，艾司还是能听出，那是一个与艾司生活截然不同的世界，很难想象，会有这样一群人，以这样一种方式，生活在黑白颠倒的午夜世界当中。

不知不觉，走到一处雄壮巍峨的大厦面前，看似一柄古剑，仿佛要划破苍穹黑夜，升起不久的圆月都只及它的腰处，艾司不禁暗想，要是能爬上去，不是看月亮都在下面？

“怎么带到这里来了？”杨聪看着他们曾经的大本营，不免有些得意地向艾司介绍道，“看见了吧，金威大厦，海角市第一高楼，以前你哥哥我就是混这里的。”

“真的？”艾司的眼中明显带着怀疑。

“还不信了。”杨聪顿时感到受到了侮辱，“走，杨爷今天带你上去喝酒赏月，对了，咱们先去买点吃的，好下酒。”这金威大厦虽然是海角市标志性建筑，却是一栋不对外开放的商业大楼，保安十分严密，能进大厦也是一种身份的象征，杨聪忍不住要在这位新认识的小兄弟面前卖弄一番。

“你早说，我家里还有小狗饼干。”

“狗屁，饼干怎么下酒，跟我来，你带钱了吧？”

3

艾司他们买了煮花生、大份烤卤和火炭，重新回到金威大厦前，想进去，首先得过门前警卫这一关。

虽然已是节假日，大厦内依旧亮着不少灯，时不时有人三五成群进进出出，杨聪将东西都放在艾司手中：“你拿着，等我一会儿。”说着他就朝那些进出大厦的人群靠过去，溜达了一圈回来之后，手里拿着两个类似公交卡一样的牌子，递给艾司一个：“走吧，就这样走进去，进去后不要到处看，你始终盯着我后脑勺就行，跟我来。”

艾司拎着东西，走近大厦才注意到，大厦正门不开，旁边有几道小门，门口都有一个和公交车上刷卡类似的机器，用杨聪给的卡在机器上一过，小门才能打开。

大楼底层富丽堂皇，像皇宫一样，层高六米，艾司忍不住想四处打量一番，但杨聪叮嘱过，只能盯着他后脑勺看，这位仁兄脑袋不是正圆形的，上大下小，像颗栗子。

大楼保安果然没有为难他们，毕竟大厦里近万员工进进出出，杨聪带着艾司左走右拐，不一会儿就到了一条无人小径，不知他从哪里变出两根小铁签，捅呀捅的，打开一扇小门，一条狭窄的楼梯通道便出现在眼前。

“走楼梯上去？不坐电梯？”艾司在楼梯底部抬头仰望，螺旋状的黑色扶梯看不到尽头。

“笨蛋，电梯门口有保安的，要刷指纹，这是紧急疏散通道，连摄像头都没有，九十九层，怎么样，小子，有没有这个劲儿啊？”

“你能爬得上去？”

“哼，当年你大头哥爬这楼，比搭电梯还快呢。”

十层，艾司拎着两个大袋子，看着气喘如牛的杨聪：“你行不行啊？”

“小子，你大头哥还没发力呢，要不要比一比，谁先到顶楼。”

“好啊。”“你先走，让你先爬五层，快点，待会儿你就知道我厉害了。”

看着艾司拎着口袋飞快地爬了上去，杨聪笑道：“蠢啊！就下层防范严密点，哪能每层楼都有保安守电梯的。”

当艾司微微喘息地爬上98层，发现杨聪坐在99层楼梯口等着他，不禁微怒："你，你没走楼梯。"

杨聪有些吃惊道："你属牛的啊，体力这么好，这还不到二十分钟就爬上来了，走走，赏月去。"

推开门，一股劲风袭来，深秋的凉意在高楼顶端格外明显。"哇！"艾司又发现了一处新大陆，没想到站在这高楼顶上，看到的完全是别样的风景。

皎月已升高，孤悬苍穹，下方的城市反而到处都是星星点点，仿若天上星辰都已经堕入地面，道路上奔行穿梭的小车尾灯尤为好看，就像一尾尾发光的鱼儿，在名为城市的海洋里畅游，时而聚集成群，时而分散开来。

那些明昧不定，成行排列的是街灯，光彩变幻，色泽诱人的是霓虹，构成立体马赛克，偶尔变动的是高楼里的写字间灯光。这是一个电子的世界，用光与影勾勒出城市独有的画卷。

夜幕中的灯光甚至映照出远山的浅影，艾司被其吸引，来到天台边缘，努力地辨认着莲花山的样子。

在城市中，从来没有看过这么远，下面的街道车辆都好小，行人更是小得几乎看不见，好奇妙的感觉，眼前一片开阔，星光点点，夜色无边，仿佛心中的积郁也随着视野的开拓而渐渐消散。

杨聪选了个避风的角落，大声招呼道："快过来，没上过这么高的楼吧，看你呆头呆脑那样，一看就是个土包子，来来来，把酒拿出来，咱哥俩好好喝一个。"

碎砖块支起小灶，点燃了火炭，那些烧卤都是熟食，用火炭只是将它们加热，另外烤得微焦脆皮也更有口感，杨聪对这些很有经验。

剥了花生壳，将花生米往天上一扔，张口接住，杨聪得意道："怎么样，没白来吧，这上面风景可好？"

艾司也学着扔出花生米，用嘴去接："嗯，这上面听不到汽车的吵声，好安静，看下面好小。"啪，又是一颗花生米。

"是啊，在这上面吃东西最过瘾了。"杨聪拧开酒瓶，喉头耸动，咕咚咕咚喝了两大口，发出"耶"的称赞："不错，这酒够劲。你也来一口？"将酒瓶塞进艾司手中，一股酒香弥散开来，遁入夜风之中。

艾司皱眉道："这酒好难喝。"他抿了一口，还是辣乎乎的，并没有因为放了一段时间就变得好喝。

杨聪哈哈大笑："笨蛋，酒是要大口喝的，不是用来舔的，再来，要大口喝，直接一口吞下去，过一会儿你就知道爽了。"

艾司半信半疑，也咕咚吞了一大口，顿时那股火辣辣的感觉就从舌尖蔓延至喉咙，最后一直烧到肚子里面，不得不吐出舌头，用手扇风，大口地吐气，怪不得杨聪喝了要耶的叫上一声。"好辣，好辣。"艾司用两个手扇动着，又引得杨聪一阵大笑。

"怎么样，爽吧？"杨聪促狭地抢过酒瓶，自己又灌了一口，搁下酒瓶吃花生米。

艾司也赶紧吃花生，抓起牛肉串嚼牛肉，吃了东西那股烧乎乎的感觉才稍微好转，不过嘴里留着酒的香味，这种感觉好奇怪。

杨聪有感而发，又开始吹嘘，当年他和他大哥在这楼顶天台，喝酒吃肉，唱歌跳舞开party，找美女来作陪，何其逍遥自在，一眨眼物是人非，天台还在，只是冷冷清清，当年的兄弟都劳燕分飞，艾司在一旁听着。

酒过三巡，艾司觉得不对劲儿了，一向清醒的大脑有种说不出的昏沉，原本只是肚子烧乎乎的感觉却化作了一股热量，游走全身，全身暖暖的很舒服，但同时又软绵绵的使不上劲儿来。感觉好像坐在充气沙发上，有人喂自己吃东西，连根手指头都不用动，艾司使劲晃了晃脑袋，那种绵软的感觉却一波接一波地袭来。

杨聪看艾司有了醉意，笑道："兄弟，现在找到喝酒的感觉了吧？爽不爽？"

艾司迟疑道："浑身不得劲儿，感觉好像，好像有点……"

"有点飘，是不是？"

"没错。"

"这就对啦，腾云驾雾，快活似神仙，这就叫飘飘欲仙。来，再来一口，大口点，这才像爷们儿嘛。给我。"

"大头，你说你以前和你的兄弟过得那么潇洒，后来怎么散伙了呢？"

"唉……"杨聪被触痛了心事，遥望圆月，喝了一大口闷酒，也开始有飘飘欲仙的感觉了，"有一次，我跟着大哥去接货，没想到我们兄弟里他妈的出了个叛徒，警察早就等着我们了，大哥被打死了，二哥、三哥都被抓了，一个死刑一个无期，下面的兄弟也都被抓，一个没跑掉，我算运气好的，只判了六年。”

“你们做什么生意的？为什么警察要抓你们呢？”

“……算了，不提以前那些事儿，说了你也未必知道，看你小子傻乎乎的好像什么都不懂，大头哥告诉你，一个人在外面小心点，被人骗去卖掉都不知道。”

“说到骗人，你上次为什么要用你妈妈、老婆和儿子做借口啊，就不怕他们知道了不高兴？”

“哈哈，你真幽默，不高兴？我孤家寡人一个，有什么不高兴的。”

“啊，你也没有妈妈？”

“我在孤儿院长大的，你知道那是什么地方吗？我记忆中印象最深的就是皮鞭，瞧瞧，瞧见没有？”杨聪掀开衣服，让艾司看自己身上，“这些伤疤就是小时候留下的，后来大概八九岁不到十岁的样子，气不过，就跑了，那时候什么都做过，小偷呀，乞丐啊，只要能活下去，后来就碰到了蛇哥，再后来就一起跟着虎哥他们打天下了。”

“孤儿院？孤儿院这么凶啊？”

“你以为那是什么地方，名字叫慈善堂就真做慈善啊？叫福利院就真有福利？长得俊点的，像你这样的，还能卖给有钱人家，长得一般的，但脑瓜子好使听话，又或者身强力壮，将来可以留下来给院里干活创收，像我这样长得没人要，又不肯听话的，就只能做出气筒了。你呢？一个人出来打工啊？看你年纪也不大的样子，有没有十七啊？你爹妈不让你上学了？”

“没有爸爸妈妈。”艾司微微低头。

“他妈的，原来你小子和我一样衰啊，谁他妈这么缺德，生了这样俊俏一个儿子居然不要，怪不得我们臭味相投，来，把它干了，我先喝。”咕噜咕噜……

艾司接过酒瓶，有些犹豫地辩解道：“不是不要吧，是我忘记了。”

“喝！”杨聪打了个饱嗝，仰面躺在天台顶上，月正当空，映入眼帘，突然发了感慨，“吃饱喝足，却只能看他妈的月亮，人生就是这么空虚寂寞啊。”他将耳朵上别着的半支烟取下，点着，深深地吸了一口，满意地向外吐着烟圈。

“给。”杨聪小心地捏着半支烟，敲敲并排躺着的艾司，艾司接过烟，学着杨聪的样子深深一吸，顿时就“吭吭”地咳嗽起来。杨聪生怕浪费似的将半支烟从艾司那里抢回来，又吸了一口：“你小子，喝酒不会，抽烟也不会，像你这样的不去学校里面当三好学生，却跑到外面来打工，还真他娘的稀罕，给。”又将烟递过去，差不多只剩一个烟屁股了。

艾司又吸了一口，这次没有咳嗽了：“我会得不多，但是我可以学的。”烟屁股交还给杨聪。

杨聪吸得快烧到过滤嘴了，才依依不舍地将烟头弹出去，借着酒劲摇摇晃晃地站起来：“走，撒尿。”

翻出围栏，站在九十九层高楼天台边缘，杨聪拉开拉链，对着楼下一阵扫射，得意地对艾司说：“喝足吃饱，迎风撒尿，这是人生的一种境界，懂不？”于是，艾司也境界了一把。

杨聪也不急着拉上拉链，就那么站在边缘，双手拢在嘴边，大吼起来：“喂……哟嗬……老子杨聪，总有一天会出人头地！”吼完了，对艾司叹道：“啊，真他妈过瘾，好久都没这么过瘾了！”

艾司担心道：“不会影响别人休息吗？”

杨聪乐道：“你还真他妈的是三好学生啊？来来来，那今天一定要吼两嗓子，这里这么高，休息个屁啊，下面都没人的，随便你怎么喊，怎么闹，根本没人知道。想说什么都可以！”

“啊——”艾司也跟着大喊起来，声音在风中竟然显得小了许多，不过这一喊出去，心里的些许不愉快也都随着酒精蒸发掉了，“啊——”艾司再次恣意狂放地呼喊，感觉就像回到了大山里，站在山顶上，怎么叫都行，“我，艾司……”

杨聪打断道：“别说我，要说老子！”

“老子艾司，一定会长大！”

这是他妈的什么词？不过脑袋昏昏的杨聪也懒得计较那许多，跟着又吼了起来：“老子杨聪，要泡尽天下美女！”

“老子艾司，要做出最好吃的菜！”

“老子杨聪，要当世界首富！”

“老子艾司，好喜欢恩恩，好喜欢婉儿，好喜欢雅欣！”

“老子杨聪，要去美国当总统，要做世界上最有权势的人！”

“老子艾司，好想花菜啊！花菜你能听到吗？有没有在想艾司啊！”

“老子杨聪，老子杨聪，他妈的，没词儿了！”

“老子艾司，最喜欢恩恩了！”

“哈哈哈哈，兄弟，过瘾吧，以前老哥我心里不痛快的时候，就到这楼上来吼两嗓子，什么狗屁烦恼心事全都没有了。”

“大头，你要掉下去了。”

“老子是走钢丝的高手，我会掉？对了兄弟，哥哥这几天实在活不下去了，你身上还有多少钱，周济一下。”

“喏，只有四百多了，这个月刚发的薪水，都在这里了。”

“那，哥哥就不客气了。”杨聪一把抓过，蘸着口水数数钱，看了看艾司，从里面抽出十块，想了想又放了回去，“你，你有公交一卡通的哦，车费也不用给你了。兄弟，哥哥记住你的情了，以后我杨聪发了财，把鑫利娱乐城包它个三天三夜，你想怎么玩就怎么玩。啊哈哈哈哈！”

第二天，艾司睁开眼，在屋里，自己竟然不记得怎么回来的了，屋子里也乱七八糟的，糟了，今天恩恩要回来，赶紧把屋子打扫干净。糟糕，那身体所有权转让协议里写了，不让自己抽烟喝酒，可昨晚竟然忘得一干二净！恩恩不会发现吧？以后再也不能这样干了！

长假第一日，他们参加送书下乡活动，跟着小货车去看了教室简陋的乡下学校，当了一天搬运工，被那些小学生系上了红领巾，艾司乐得合不拢嘴，果然和恩恩在一起最开心了。

第二天婉儿作业还没做完，原来国庆陪她妈妈逛街购物走亲戚去了，雅欣、赵磊开车送恩恩和艾司回爷爷的小木屋，恩恩他们去看爷爷，艾司径直来到花菜的小屋前。

花菜的小屋还在，艾司很担心爷爷会将花菜的小屋拆掉，蹲下来，艾司对着空空的狗舍说道：“花菜啊，艾司去了城里哟，城里有好多车，好多人，好多高楼，比最高的树都还要高，你没有去过城里吧？等你回来，就带你去哦。”虽然艾司已经渐渐明白死亡的意义，但他心里却有一个执拗的想法：我向流星许过心愿，花菜，应该能回来吧？

第三天大家终于聚齐了，恩恩下令出发，目标直指滨海拓展活动中心。

高空断桥、合力桥、梅花桥、翘板桥、荡木桥、双人绳桥、天梯、滑索单杠、攀岩墙……各种游乐场里不具备的新奇玩法，都要大家一起合作完成。下午则换上了整齐迷彩服，五个人正好一支小队，玩真人CS，由于多了恩恩、雅欣、婉儿这三个拖油瓶，恩恩小组很快就差点全灭，最后只剩下艾司一人挑起大梁，悄无声息地将对方五名队员全部干掉，这一天也很是尽兴。

第四日，恩恩却一反常规安排，带着大家去了书店。与此同时，另一路人马也按部就班地往书店集结。

4

“给，月饼。”

“谁请客？”

“笑哥请你们吃月饼，一人只有一个，不要抢啊。”李开然拿着一包月饼分发给大家。

朱珠不满道：“中秋都过了两三天了，才请吃月饼。我要芙蓉馅的。”

严密监控跟踪伍文俊快一周了，他们却没有什么斩获，尤其是国庆中秋双节期间，队员都精神萎靡，提不起精神来。

司徒笑依然将调查的重点放在恒绿公司和伍卓两家的内部矛盾上，追查到杀手线索的可能性很低，关键还是要搞清雇凶杀人的原因，分析出谁是雇主。但由于卓思琪的原因，恒绿公司自上而下，对于调查都不是很配合，司徒笑想查看公司财务，各个部门相互推诿，甲让找乙，乙让找丙，丙又让找甲。好容易拿到了吧，资料是否已经过期作废，是否完整，是否准确无误，没有员工来解答。对于资料的各种疑问，若不是警方详细问起，公司里的人绝不会主动提及，整个恒绿公司上下都摆出一副非暴力不合作的态度，令司徒笑一时间颇感头痛。

不过饶是如此，还是给司徒笑找到一些蛛丝马迹，在伍文斌被谋杀之前，公司的账务并未查出大的问题，对外业务也很正常，对内人事部署也没异常调动；但伍文斌死后，公司的账务和人事都做出了较大调整。人事变动调查结果是，一批忠于伍文斌的元老被从重要部门调任闲职，而财务上司徒笑自己看不明白，专门请教了经济学的专家才弄清楚，恒绿公司通过各种手法整合融资，在短期内聚集了一大笔资金，所以才能付给伍文俊高达一亿的现款，而那批资金在几个中转银行来回倒腾之后，去向竟然很难查明。

关于这笔巨额资金，卓思琪给出的解释是公司准备竞购一块大型土地招标，那是竞标的准备金，至于资金的去向她目前也在查，因为这笔资金完全是卓震一手操办。

不管是项目还是别的什么原因，这么大笔的资金流动，卓思琪不可能不知道，但她一口咬定自己不知情，司徒笑还真没办法，资金中转涉及了好几家国际银行，司徒笑查不到，这条资金线索就被卡死在这里。

从目前掌握的情况下，伍文斌在世时一切正常，看不出他被杀的诱因，反而是他死了之后，卓思琪的一系列举动都很奇怪，将公司元老调离重要岗位是为了安排自己人，好给秘密转移资金让路，那么资金转移是为了什么，真的是如卓思琪所说只是为了招投标集资吗？收购伍文俊的股份让他们在公司中拥有了更大的权限，可为何要用欺诈的手段？

特别是时间，司徒笑发现，卓思琪、卓震兄妹俩的动作与警方介入调查的时间是吻合的，加上一系列的举动，非暴力不合作态度，刻意的敷衍，她究竟想隐瞒什么？情人？为了情人大可不必这样做。伍文斌的死到底和卓思琪有没有关系呢？如果是她干的，那么伍文斌死前这位伍夫人未免伪装得太好了，一丝破绽也没有。司徒笑反复比对恒绿公司变动和案情发展的时间线，怎么看卓思琪也只像在伍文斌死后才有所动作的。

正在司徒笑面对大堆资料整理不出头绪时，高风来了。

“怎么？我加班你也陪我啊？”

高风苦笑道：“是啊，你这个案子不破，晓玲吃不下睡不着，我的国庆假期也算泡汤了，还不如来帮你解决难题。”

“你懂商务吗？”司徒笑指着大沓的财务清单询问高风。

“得了吧，你司徒都看不懂，我怎么看得懂？”高风挥手笑笑，问，

“有个问题我一直很好奇啊，我们也没直接证据，为什么你总是倾向于卓思琪有情人呢？”

司徒笑活动了一下脖子：“红颜祸水你听说过没有？首先，不否认卓思琪很漂亮吧？”

高风点头，不得不承认，卓思琪比黎晓玲要漂亮很多，完全不像三十多岁的妇女。

“其次，她和丈夫一起打理公司，一个漂亮的女人，频频出入社交场合，你敢说看到她相貌的男人对她会没有想法？”

“想想总可以吧，想想又不犯法。”

“正是这种想法，古人说：万恶淫为首，论迹不论心，论心世上无完人。但是，想的人多了，就总有那么几个胆大的男人，会想将想法进一步变成现实。红颜祸水，并不是说这个女人本身有什么错，而是基于物种间的吸引繁衍论，在种群中太过出众必然引来雄性争斗，这是其二；其三，伍文斌这个人，从我们探听到的消息，他和卓思琪两人，虽然夫妻和谐，但却并不十分亲密，你有见哪对夫妻在同一家公司上班，却各开各车的吗？他每天准时上班下班，前提条件不是他老婆在家里等他，而是他老婆还在出席各种活动应酬，他反而撂挑子回家去了？这算怎么回事？他们结婚这么多年了，以他们的经济条件却只有一个孩子，这不奇怪吗？当真那么爱国，计划生育啊，就算是卓思琪或伍文斌哪一位身体有问题，并不容易怀孕，这么多年也该有个二胎吧。他们的夫妻生活一定有问题。”

高风听得哑口无言，这些信息他也完全知道，但司徒笑却能得出他所想不到的结论：“你牛啊，这也能想到。”

司徒笑依然面无表情地陈述着：“外面的诱惑很大，而且很多诱惑与金钱无关，一个在丈夫那里无法得到心灵慰藉和依靠的有钱女子，又常常参加各种社交活动，再加上伍文俊提供的信息，我有八成把握，卓思琪在外面有情人。但是一个还是几个，这些情人与伍文斌的谋杀案有无关系，我还一点线索都没查到，这个卓思琪防范意识非常强，根本就无法从她那里得到什么有用信息，连她父母的死，哥哥的重伤，也没让她露出破绽。”

“我服了，果然认真起来的司徒笑非常可怕。我是来告诉你一个好消息的，晓玲看了这个案子部分资料后，为制造车祸的凶手做了心理画像。”高风微笑看着司徒笑。

司徒笑懒洋洋地横过一眼：“不是说好了不告诉她的吗？”仿佛早就知道会这样。

高风温和笑道：“我对晓玲的信任，就如你对我的信任。”

司徒笑用手指着高风晃了晃，意思是仅此一次：“说说吧，晓玲怎么说？”

高风拨通电话，说了句：“司徒同意了。”将电话给司徒笑。

“我是司徒笑。”

“司徒，那名凶手以制造事故实施谋杀，除了拥有机电学专业知识外，显然有某种支配和操控欲，我初步怀疑他有表演型人格障碍，或是有类似的倾向。跟踪受害者，近距离引发事故，他将制造事故和谋杀当作一件艺术品，事后亲临现场，取走装置，他的心理素质非常好，因为有观众在场，所以亢奋，在现场驻留时间将显示他的亢奋度和理性之间的参数比。作为一名杀手而言，他离开车门的时候却没有基本的回望安全动作，严重自信，走向事故车辆步态轻松，也从侧面反映了他的亢奋和良好的心理素质。从他出现在监控画面的动作行为，我做出如下心理侧写……

“这是一个行动能力一般，但智商很高，拥有极强控制欲和自尊心的人。他小时候生活优越，学习成绩名列前茅，是人们眼中的天才少年，他追求完美，不接受失败，爱出风头，不能容忍被忽视，对自己想要掌握的事物有着偏执的狂热喜好。他应该是一个外貌俊秀的人，喜欢随意和人打招呼，但没有多少朋友，极为自负，说话喜欢用肯定的强调语气，不满别人打断自己的言论，很乐意成为公众的焦点。他在衣着穿扮上极为讲究和注重，做事谨慎，哪怕在细节方面也不会轻易留下破绽，他甚至有可能，是名女性。”

“你看过监控的，你觉得那像一个女人吗？”

“衣着外貌可以伪装，只要戴上腰垫，穿上硬质的外套，看那模糊的监控很难分辨男女，就算他是男人，也是一个喜欢涂脂抹粉，修饰面容，喷香水的男人。嗯，我能分析出来的大概就这么多，我个人觉得至少有百分之七十以上的准确率。”

“我想问一下，如果他真的像你说的那样，那么假设他杀错了人，而发现自己真正要下手的目标又被警方严密地保护了起来，他会怎么样？”

“他不能够接受失败的，如果真出现了这样的情况，痛苦就会像一粒种子，在他心底深处滋生膨胀，他会度日如年，焦灼难安，他的情绪就像沸水在高压锅里，如果不找到宣泄的出口，过度膨胀，就会十分危险。”

“我知道了，也就是说，他会因为失败而陷入无法原谅自己的痛苦自责当中，他会想方设法，利用一切可能的机会继续向目标实施杀戮直到完成任务，是这样吗？”

“嗯，应该是的。”

“好，谢谢。”司徒笑将手机还给高风，喃喃自语，“如果凶手是这样一个人的话，说不定有机会……逮着他！”

高风和黎晓玲聊了几句，匆匆挂掉电话：“啊，你说什么？”

“一块看得见吃不着的肉，一只饿得快发疯的狼。如果凶手一直在暗中观察跟踪目标，警方盯了好几天一无所获，又是国庆假日期间，我们不少组员早就在抱怨了，这个案子也查了这么久了，是时候让大家休个假了。你说，如果凶手发现警方突然不再调查卓思琪了，他会不会再次下手？”司徒笑两眼开始发亮。

高风想了想道：“摆明了是个圈套，凶手不会这么蠢吧？”

“晓玲说，他肚子里有个高压锅嘛，吭哧吭哧就快爆炸了！如果他真的无法接受失败，那么圈套也可能是机会，或者明知是圈套，也控制不住要往里跳啊，就看晓玲的心理侧写准不准了。便衣小队本来在节假日就要加强巡逻，我也不算浪费警力，赌一把。”司徒笑拿起手机，给英姐打了请示报告，获准可以调用一支便衣小队之后便按捺不住，直接又拨了号码：“喂，陈队啊，呵呵，想要再借你一支人马，上次你们的那出租车小队还在吗？出租车都还啦？能不能再找出租车公司借一次啊，我要六辆车，每辆车里坐一到两个我们的同事不等……”

便衣小队安排妥当，还有最后一个问题没解决：“朱珠，我听说刘队身体不好？”

“是啊，感冒发烧嘛，躺在床上都起不来了，我上午打电话给他正在打点滴呢。”

“这样说，明天他也上不了班啊，太好了，所有条件都齐备了。”

司徒笑搓着手，看着高风，“明天长假第四天，我们抓杀手去。你来不来？”高风笑。

出租车外貌相同，牌号相近，满大街都是，是最难被发现的跟踪利器，司徒笑让六辆出租车轮番吊尾跟踪卓思琪的车，每一辆车最多只跟三段路，其余的车在目标车相隔一两条街道上伴行，轮到它们再抵达目标车的必经之路上等着。

他们的任务当然不只是跟踪目标车，还要尽可能地发现有没有别的跟踪车辆，对目标车身边的车型车牌都记录下来，离开的不管，尤其要注意那些一直尾随在目标车身后的车辆。

司徒笑和目标车保持一公里距离，坐在指挥车里遥控指挥。

“茜姐，问到了吗？她今天去哪里？”

“问到了，今天卓思琪要带她儿子去海角购书城，应该是买点书籍当国庆礼物，这阵子她也忙得够呛，又要处理老人后事还要安抚股东，唉……”

“开然，你那边情况怎么样？”

“伍文俊今天没动作，一直猫在家里，不知在做什么。”

“有看到他人吗？”

“有，在窗户露了面的，我确定他没离开家。”

“好。”司徒笑调出指挥车上GPS导航地图，看着购书城和他们的距离，只等确定消息。

“山猫呼叫猫王，根据小猫们对并流和分流甲虫的筛选，从上南环高架便跟着米奇的现在还剩五辆，你说过进入个位数范畴便通知你的，完毕。”

“山猫报号。”

“车号是……”五个车牌被报了出来。

“朱珠，子成，章明，你们分别负责神舟租车、海角租车、朋友租车三家车行，其余两家我来问，每一个都要问到。”

很快得到答复，五辆车中果真有一辆是来自海角租车行，“每次都用同样的招，真以为我抓不住你。”司徒笑在租车行的车号下面画了两道横线。

子成笑道："一招鲜，吃遍天嘛，估计他也没想到，笑哥这么快就能找到他的破绽。"

司徒笑对马屁同样没有反应，看了高风一眼："晓玲不知道吧？"

高风马上道："当然，毕竟这个事儿比较危险，那可能是杀手啊，什么刀啊，说不定枪啊什么的都有，我可不希望她来冒险。"

当高风说到枪的时候，司徒笑觉得有什么在自己脑中一现，可惜没抓住，再回想那种感觉却已消失不见，只能放弃，他下令道："走，我们先去购书城，卓思琪的车每日出门前都做了严密的检查，在路上应该比较安全。"

"笑哥，不马上抓捕吗？"

"凶手还在车上，狗急跳墙会危害到路人，还可能有枪，不能冒这个险，去购书城布置一下，把握更大。走，海角购书城。"

5

贺柱德，四十二岁了，满脸铁锈色的皱纹让他看起来像个退休的老水手，体格雄奇，手掌骨骼格外粗大，紧绷的T恤露出块状肌肉，外面套了件宽厚的黑色大衣，敞着领口，走路鹰盼狼顾，龙行虎步。

他的身份是菲律宾籍侨民，到海角市的入境理由是商务公干，他要在这里待很长一段时间，也确实是商务公干，到海角市已经有一段时间了，他致力于收集摸清海角的帮派和警方信息，国庆长假，他也给自己放了个假，反正他公干的自由度很大。

组织的少壮派开始排挤我们这些中老年了，否则不会将这种任务派给自己，下一次要执行的任务恐怕会很要命啊，老子倒是活够了，只是，老头子传下来的暗夜行者，就到此为止了吗？贺柱德随意地闲逛着，满腹心事，这日正好也走到了海角购书城附近。

一辆车停下，几个行色匆匆的人跳下车来，和收费处的收银小姐嘀咕了几句，那名小姐脸色微变。警察？贺柱德的一双眼睛以狠、准、厉著称，只看那几人的走路姿势、神态动作便在第一时间得出了警察的结论，很快在几张陌生面孔中找到一位在自己资料中出现过的人物，判断得到了确认。他不慌不忙取出手机，以隐蔽的姿势咔咔咔，将另外几名没见过的警察拍了照。

又一辆车停下，跳下三个人来，又是警察？街对面又停了一辆车，还是警察！

贺柱德一面偷拍，一面欣喜起来，看来警方要在这书城搞什么大动作，是要查书城贪腐还是想设陷阱围捕什么人？有点意思，跟上去看看，贺柱德伸出自己的左手覆盖住自己的脸，往下一抹，水锈色的脸膛顿时白皙了许多，脸上的皱纹也少了几许，原本张扬犀利的眉眼同时往下耷拉，鼻头大了一号，且微微发红，嘴唇看起来也厚了许多，与刚才判若两人。

赶到购书城，高风有些担忧地问："我们有什么证据没有？到时候用什么理由抓他？"

司徒笑道："杀手嘛，我们能有什么证据，抓住了再去问证据。"

"啊？那抓错人怎么办？"

"所以，我们要先确认一下啊，你觉得，从租车公司租的车，从南环高架一直跟到购书城，甚至跟到书城的同一楼层同一片区，但却是毫不相干的巧合，这种可能性有多大？"

"嗯，这个，租车去图书城是比较奇怪。"

"喂，茜姐，查到没有？"司徒笑手机响了，"哦，明白了。"

司徒笑对高风道："再加一条，租车的身份证又是假的。不说百分之百，至少百分之九十的概率有吧。"他戴上通信耳麦："二队、三队的人都准备好了？好的，我们马上过来。"

"他们已经准备好了，开快点。"

蟋蟀是他的代号，源于他手掌虎口上那个文身，但令蟋蟀一直耿耿于怀的是，他虎口上文的可是雷达蝎，一种精于钻地打洞、会喷毒液的蝎目动物。

这次目标本该是卓思琪，可鬼使神差的竟然是卓震上了车，警方不知为何也介入了调查，难道他们发现了什么端倪？不可能，自己制造的事故万无一失，电控阻断器不是因为事故烧毁就是被自己取走了，警方一点线索也没有。

思来想去，应该是恒绿公司在账务上出了什么问题引起了警方注意。

但警方老是纠缠着卓思琪，蟋蟀一直找不到第二次下手的机会，他就像热锅上的蚂蚁，如被蛊虫噬心，对蟋蟀而言，失败便是耻辱的烙印，他制造的每一起事故都是完美无瑕的，绝不能允许失败出现在自己的字典里，而且这个烙印烙得越久，便印得越深。

可那群无能的警察还没查出问题，始终在外围敲敲打打，蟋蟀看着都替他们心急，早点结案，早点滚蛋啊！终于，警方在今天撤离了恒绿公司，那些警察也该休假了。

尽管蟋蟀也担心警察这么突兀地撤离，会不会有什么别的问题，但他等不了了，一刻也等不了了。他穿得如防狗仔的明星一样，压低宽大帽檐，戴了副大墨镜，竖起的衣领将脸也挡住，一路上他尽量小心地观察了环境，确认没有警察在跟踪，这才放心大胆地跟着卓思琪到了购书城。

购书城能制造些什么意外呢？电梯事故？书架倒塌？一本适当厚度的书籍突然从高处滑落，也是能砸死人的。利用环境来制造各种事故，蟋蟀很满意自己拥有的这种本事，让人死得不知不觉，让围观者只能抱怨死者命不好，关键是警方往往会当作事故处理，而不会仔细调查，自己的处境一直很安全。

蟋蟀一面想着，一面紧跟卓思琪母子二人，快迈过书城的防盗栏，进入书区时，防盗栏上的红灯突然亮了，嘀嘀嘀地报起警来。

什么？蟋蟀一头雾水，可眼下从防盗栏经过的人只有自己一个，旁边的收银小姐也一脸错愕，似乎从未见过这等情形。

蟋蟀打算继续前进，无视报警器。“这位先生，请你等一下。”收银小姐叫住了他。

蟋蟀转过身来，摊开手道：“我从外面进来的，你看到了。”

“是的先生，但是图书检测门上的警报响了，你也听到了，你不能进去，会干扰正常购书次序的。”

“什么！我凭什么不能进去？”

另一名收银小姐过来劝道：“先生，你这样进去的确会干扰我们正常工作，你想一下，身上是否有磁铁什么的强磁设备？”

“什么磁铁，没有。”

“那铁制品、金属制品，或是你没留意到的某些东西呢？”

“没有没有，都没有，是不是你们机器坏掉了？”蟋蟀很讨厌计划之外的突发事件，可是其余客人都在正常进出，他再次站到防盗栏那里，果然红灯又亮，警报又响，什么意思！

“先生，你这样我们真的不能放你进去，我们也是打工的，这个责任我们负不起。安工……”收银小姐叫来一名男员工，这位叫安工的男性道：“要不，你把身上的东西都拿出来过一遍，看是什么引起图书检测门报警的，我们这里可以存放，你将它存放到外面，就可以进去了。”

真倒霉，蟋蟀向里张望了一番，卓思琪还在，带着伍永龙已经登上扶手电梯，他将身上的携带物品都取了出来，“这下行了吧。”再过，还响。

“先生，你身上的东西都取出来了吗？”

“取出来了，真没了！”

“可以把眼镜摘下来吗？”

“眼镜有什么问题！这都是塑胶的！”

“皮带，皮带。”

蟋蟀很无语地配合着取下皮带，这次真没报警了，我靠，皮带居然会引起这个防盗器报警？这什么破烂玩意儿。

“好了，先生，您请进去吧。”将皮带寄存起来，其余物品还给了他，蟋蟀顾不上理论，匆匆而去，也没有留意到那名收银小姐朝远处发了隐蔽的信号。

“他没有武器，太好了，二队、三队，准备实施抓捕。”

这一切，贺柱德统统看在眼里，打蟋蟀一进入他的视线他便发现了，所有警察若有若无地都将注意力集中在那个穿灰色棉衣的男子身上，看起来好像是个同行？他在跟踪什么人，真蠢，被警方故意留下的诱饵吊住了，嗯？被拦住了？白痴啊，很显然是在检查你有没有带武器啊，这点警觉都没有，原来是个菜鸟，真是丢我们这一行的脸。

嗯？警察靠上去了，前面三个，后面五个，那个家伙跑不掉了。啧啧，哪里冒出来的菜鸟，这种家伙，真是死有余辜。

说蟋蟀是个菜鸟，也不完全正确，至少当三名警察出现在他眼前时，他已经警觉起来了，尤其是中间个头最高的那人，圆头半寸发，横眉冷眼，钢针般的罗圈胡，只一眼看过去就觉得霸气外露，未战心中便先怯了三分。

这人自己见过，是在哪儿呢？

那三人行走路线径直朝向自己，蟋蟀发现自己和周围的游人已被隔开一段距离，不用回头也能听到身后有声音，自己被包围了？是警方的圈套？警方怎么知道自己要做什么？那人是司徒笑！蟋蟀想起来了！得想办法离开这里，只能从警方没有想到的路线逃。

蟋蟀看着司徒笑，司徒笑也在看着他，果然和黎晓玲说的一般，这家伙衣服干干净净，小分头和皮鞋都抹得油亮，但最让司徒笑留意的是那双眼睛，当自己出现时，那双眼睛第一时间便警觉地盯了过来，锐利中暗藏阴狠，像蛇一样。当自己走近时，那瞳仁竟然自动收缩起来，目光飘忽，游移不定，被这种眼神盯上，浑身都不自在，再走近些，眼睛微微眯了起来，他为什么将视线移开了？他在看什么？他在看逃跑路线！不好，他要逃！

“抓住他！”司徒笑一声暴喝，骤然提速。

几乎是同时，蟋蟀转身就跑，虽然正面只有三个人，但中间那司徒笑看起来战斗力太强，蟋蟀选择了避其锋芒，回过身来，身后是五名警察，蟋蟀反而没有多少顾虑。

两名警察同时伸手要捉住他，蟋蟀闪身避开，滑得像一尾游鱼，刺溜便从两名警察的间隙中穿了过去，同时双手扬起，将两名警察的下颌往上一托，“咔咔”两声牙齿磕碰的声音，如果两名警察在这时候准备呼叫，那么这两下托举就能令他们咬断自己的舌头，这是近乎致命的狠手。

旁边还有三位警察，但是手够不着，蟋蟀动作没有任何阻滞，穿过警察的合围之墙，想朝人堆里钻，只要混入人群，就能制造更大的骚乱，让这群警察首尾失顾，自己可以趁乱而溜。

刚跑两步，蟋蟀心生警觉，赶紧停下，呼的一声，一个垃圾桶从蟋蟀眼前掠过，却是司徒笑见他要跑，顺手抄起旁边一个近一米高，烟囱状的垃圾桶给扔了过来，借这个空当，旁边的警察迅速补上，切断蟋蟀混入人群的线路。

此时他们都在二楼的廊道上，右手边是贴了玻璃的金属栏杆，下面是购书城底层中心广场，有着各式的书架和图书，游人接踵摩肩。蟋蟀一看不能向左，便绕着廊道奔跑起来，八名警察在身后紧追不舍，司徒笑越跑越快，渐渐有脱颖而出之势。

蟋蟀的目标，是那些从楼上垂吊下来的标幅，只要能抵达那里，可上可下，遁入人群，警方就拿自己没办法了。

此时贺柱德，也在二层廊道上，正在看好戏，那小子身手还勉强啊，朝这边跑过来了，是想用条幅逃走吗？也是，下面人太多，如果从二楼跳下去，下面的人没来得及让开的话，就是个两伤的局面，那就逃不掉了。

杀手与杀手间，仿佛像狼一样能嗅到同类的气息，蟋蟀明明在疲于奔命，从贺柱德旁边经过时，却忍不住回过头来看了贺柱德一眼，贺柱德含笑目送他离去，兄弟，好好加油吧。

但跟在蟋蟀身后的司徒笑却没有放过这一细节，顺着蟋蟀的视线望去，一个看上去饱经风霜的中年大叔站在人群里看热闹，似乎只是路人一个，可是那双眼睛，目光飘忽，游移不定，锐利中暗藏阴狠……还有，他在笑什么？

司徒笑将手一挥："那边还有一个，不要放跑了！"

贺柱德心中大叫冤枉，有没有搞错，看热闹也犯法？那位犀利哥怎么看中我了？真是躺着也中枪。这个身份本不惧警察的盘问，但这么多年已养成了习惯，条件反射般，被司徒笑一指，贺柱德跳起来便开跑，同时也带走了本该追蟋蟀的两名警察。

蟋蟀跑到走廊尽头，翻出栏杆，一手挽住垂吊的条幅，试了试能否吃住力，纵身一跃。

司徒笑甩开自己的几名同僚，后发而先至，依然晚了一步，只捞到一片衣角，没有片刻犹豫，他也翻身出栏，向外便是一扑。

令人没想到的是，蟋蟀并未顺着条幅往下滑，而是借力爬绳，反倒朝着第三层廊道爬去，司徒笑这一扑差点扑空，百忙之中将手往上一探，捉住了蟋蟀的脚。

那条幅承受蟋蟀一人的重量尚可，加上司徒笑，顿时有摇摇欲裂之势，蟋蟀双脚连蹬带踹，司徒笑脸上中了一脚，蟋蟀趁机抽出脚来。司徒笑手中一空，顿觉不妙，双手连挥，总算挽住了条幅的下缘，两个人就像一条绳上的蚂蚱，一前一后向上爬去。

其余几名警察赶到栏杆边缘，看着随时都有可能断裂的条幅，也不敢跟着跳过去，司徒笑瞪了他们一眼，昂头道："上面，上面！"

几名警察会意，赶紧分开人群，往第三层挤。

蟋蟀先上第三层，下面的警察还未挤上来，司徒笑还挂在条幅上，他一跳进第三层栏杆内，就拽住条幅往下猛拉，司徒笑见势不妙，赶紧松手，反身攀住了栏杆下缘，与此同时，条幅被扯掉，蟋蟀头也不回地朝另一边奔去，下方因条幅的突然掉落引发一场小骚乱。

司徒笑攀上第三层时，正好与爬楼梯挤上来的警察会合，只说了一句："追！"便又当先冲了出去。

蟋蟀拿出了自己的最快速度，直线奔走，一路上推倒书架和行人，慌不择路，司徒笑避开行人，越追越近，同时疑惑，这小子到底要往哪里跑？下面各个出口都有警察把守，那个杀手非常狡猾，竟然考虑到了这一点，不下反上，可这样绕着环道跑圈子，他又能跑到哪里去？

前方渐渐光明起来，却是到了书城临街的一面，下方车水马龙，玻璃窗外阳光明媚，司徒笑马上明白过来，他要跳窗逃走，直接跳到书城外去。一念及此，司徒笑加快了追击的速度，同时顺手抄起能拿到的架子上的书，呼呼呼，扔了三本出去，每一本都有砖头大小，旋转着虎虎生风。

蟋蟀架起双臂挡住额头，合身扑进，哐啷一声玻璃炸碎，蟋蟀冲了出去，半空中时却听到噗的一声，司徒笑扔出的第三本书正中后背，蟋蟀加速下落。

司徒笑紧随其后，破窗而出，刚跳至半空，顿时发觉不妙，那个杀手跳出去的时候，正好有一辆双层巴士经过，显然在奔跑时经过了观察计算，杀手落入巴士内，而司徒笑跳出来时，下方一片空旷，他这番可就是直落三层楼高度。司徒笑反应极快，发现不对立即抓住裤腰，嗖的一声抽出皮带，挥甩出去，缠住旁边的路灯横杆，手臂差点荡脱臼，总算没有直落三层楼，着地轻轻一个翻滚，一弹跳起，一路狂奔，朝着巴士就追了过去。

蟋蟀也没有片刻停留，落下巴士就马上下楼，看见底层有开着的窗户，嗖地便钻了出去，吓得巴士司机赶紧急刹车。蟋蟀刚一落地，就回头看到司徒笑风风火火地追了过来，顿时大感头痛，迈开双腿，在车流不息的街中间和司徒笑展开一场百米追逐大战。

两人视飞速奔行的车辆如无物，有两辆车因为避让不及已经撞在了一处，书城外交通一片混乱。

显然蟋蟀的百米奔跑能力不及司徒笑，很快司徒笑就将十米左右的差距缩短到不足五米，还在接近中。前方红灯亮起，一排车辆停在路口，蟋蟀自知跑不过身后那人，冲着第一排的一辆小车跑了过去，双手搭住车顶，纵身向内一蹿，双腿并拢一踹，将那位没关车窗也没系安全带的司机，直接从另一侧车门踹了出去。蟋蟀坐上了驾驶位，放手刹，挂挡，加油，顶着红灯就冲了出去。

司徒笑追不上，一扑攀住了后备厢，踩着备胎牢牢地贴在车身后面。

蟋蟀从后视镜看得清清楚楚，加快车速，蛇形前进，急停急冲，都没能将司徒笑甩下车去，司徒笑还抽空将蓝牙耳机塞入耳朵问询："高风你在哪里？"

"车上。""马上开出来，我正沿着齐民路向东。""收到。"

连续多个直角转弯和掉头反向，司徒笑还贴在车上，"我现在拐进了潘家巷子，你在哪儿了？""我就快到了，看到潘家巷子了。""我在一辆红色的吉普后面。""我看到你了。"

又是一个甩尾急停，跟着蟋蟀开始倒行急驰。"他朝我这边倒过来了。""我就在车后面，我会不知道吗，待会儿我叫你停就停。停！"

高风一个急刹，蟋蟀的吉普车不依不饶地朝他撞去，司徒笑返身一跃，趴在了由商务车改造的指挥车前风挡玻璃上，翻身下车，打开车门将高风挤到一旁，此时那辆红色吉普已经冒着尾烟冲出去了。司徒笑轰足油门，丝毫不肯放松地跟着追，同时对高风道："让便衣小队开出租车给我包抄。"

红色吉普车沿着南环线一路朝西，青紫色的商务车紧追不舍，双方时速都达到了一百五十公里，但同时在城内也无法进一步提速了。两辆严重超速车无视任何交通信号，几乎违反了可以违反的所有交通规则，一个只管冲，一个只管追，在出租车小队还未赶来合围之前，一前一后杀进了一个巨大的地下停车场。

如迷宫般复杂的道路，五十米一个直角转弯，吉普的速度不得不放慢下来，两辆车的距离拉近，司徒笑告诉高风："踩着油门。"已经被高速转弯甩得晕头转向的高风还没回过神来，依言踩住了油门，司徒笑一手拉着方向盘，从车窗探出上身，举枪就打。

"哐啷啷"前方吉普玻璃碎了一大片，也不知打中没有，司徒笑又朝着轮胎打了两枪，正看见前面的吉普车慢了下来，准备开车撞上去，却发现自己的车停了！

原来司徒笑突然开枪吓醒了高风，眼看再不停车就要与前面那一排车亲密接触了，可脚尖刚够着踩油门，踩不到刹车，只能松开油门，司徒笑正砰砰砰打得火热，指挥车慢慢减速，最后熄火。两人看着那辆红色吉普平稳地转了一个大弯，可跟着就晃晃悠悠晃晃悠悠，撞上一辆停好的车，它也停了下来。里面的人打开车门，一脸慌张地往前跑。

司徒笑说道："我去追他，你在这里守着。"打开车门，别好枪冲了过去。高风从另一侧打开车门下了车，像醉汉一般摸索着扶到了墙，一张嘴哇地就在一旁吐了起来。

司徒笑跳上车顶，从一辆跨到另一辆，踩得那些有防盗系统的车"呜呜"直叫，此起彼伏的呜呜声就像催命符一般，听得蟋蟀心惊胆战，这司徒笑究竟什么来路，为什么就不肯放过自己呢，一干警察的你干什么这么拼命。

刚跑了不到五十米，就听侧面咔的一声，什么东西被踩塌陷了，跟着受伤汽车"呜呜"的嚎叫响起，蟋蟀侧头一看，一道魁梧的黑色身影如泰山压顶一般朝自己直扑过来。

司徒笑借力跃起，势若猛虎，蟋蟀只看着那条八尺之躯，竟一时有些蒙了。司徒笑自然不会放过这个机会，集全身之力于一点，沉肩挫肘，肘关节在杀手额顶重重一砸，借力反弹，跟着扬起手掌往他颈侧一斩，司徒笑落地，一个旋身侧踢，势大力沉，将蟋蟀踹出去腾空好几米远。

不过蟋蟀的身体简直就像铁打的小强，遭受这样的三连击居然还没晕厥，只猛烈地晃了晃脑袋，意识又恢复了清醒，同时得出一个结论：不可力敌，快跑！

第一次遭遇战，就打得蟋蟀失去了回头张望的勇气，他一声不吭，爬起来辨明方向，朝着既定的出口窜了过去。

虽说直线短跑司徒笑占了上风，短兵相接他在体魄上也大有优势，可要在这停满汽车的停车场上蹿下跳，他竟然有些追不上蟋蟀。“王八蛋！”司徒笑怒极，拔出枪又是一通射击，可那杀手及时地躲入立柱后面，司徒笑追上去，令他惊异的一幕出现了，立柱后面，没人！

司徒笑抬头一望，立柱上竟然有简易的U形嵌墙铁梯，直通楼上的防火夹层，那家伙爬哪儿去了？司徒笑在下方仔细倾听，但收效甚微，他虽然无畏危险，但并不鲁莽，那个杀手拼了命一般要冲进这停车场，又恰恰找到一个有扶梯的立柱躲藏，显然不是巧合，他对这一带很熟悉，说不定还有后手准备，司徒笑的枪一直举过头顶，只要上方稍有异动，便赏他一颗子弹。

上方没有异动传来，倒是身后传来高风的急呼：“司徒！”

司徒笑回身求援，等他跑到高风处，却见高风正从地上爬起来，竟然鼻青脸肿地挂了彩。“哪个方向？”司徒笑忙问。

高风往左指了指，犹豫了片刻，又往右指了指，看来是搞不清方向了，司徒笑气得跺脚：“唉。”收枪扶起高风，“你没事吧？”

高风摇摇头：“那个浑蛋偷袭我。”司徒笑喜欢邀请高风出现场，因为高风不仅是一个白白净净的法医，他在自由搏击擂台上，能陪司徒笑对搏十分钟不落败，这在海角警察系统里也要算一个了不起的成绩了。今天高风状态很不好，估计是司徒笑开车开太狠，高风晕车太厉害。

看样子是追不上那个杀手了，司徒笑无奈叹道：“这也算行动能力很差？晓玲她太坑了，这下报告不好写了。”高风赶紧露出一脸我不认识你的表情，开玩笑，司徒笑一路上不知制造了多少起交通事故，又还兴致勃勃地放了那么多枪，报告够他写的。反正和我没关系，我就是一过路的，这都还被揍了一顿，唉，悲催的路人甲，高风悠悠地想着。

6

长假第四天早些时候，“恩恩，怎么今天想到去购书城呢？”雅欣一脸的不乐意。别说教材了，就连中学生爱看的小说之类也与这位大小姐无缘。

恩恩振振有词道：“我们上课的时间只会越来越紧，艾司一个人在家又没什么事，买点书送给他学习学习。”

“买书让艾司学习？学习什么？不会是语数外政理化吧？”雅欣不太理解。

婉儿掩口轻笑道：“什么给艾司买书啊，只怕是想找点辩论资料，送给某人吧？”

恩恩撇嘴，婉儿什么都好，就是太聪明了这点不好，女子无才才是德，婉儿太缺德了，恩恩跑过去拉着婉儿的手撒娇道：“嗯……你好讨厌，人家不要了啦。”

“好了好了，我鸡皮疙瘩掉一地了。”雅欣也明白过来，“原来我们两个都是陪衬，连艾司也只是你的挡箭牌啊。”

艾司一脸困惑：“什么挡箭牌？我没有挡箭啊。”

进了购书城，艾司眼睛又亮闪闪的：“恩恩啊，好多人啊，为什么放假就会有这么多人呢？”

“艾司，你不是在学做菜吗？待会儿你就去生活区先看看，有什么关于美食的书，你喜欢的，就送给你。不过，最多只能买两本哦。”

“可是我有百度啊。”

“嗯，百度只能找到基本的，专业的东西就搜索不到哦。”

“那，我可不可以买一本美食的，另一本买其他的书？”

“可以，反正一共只能买两本，你自己选。”

路过养生区，看到健康按摩手法一书，恩恩忍不住想，要不要让艾司去学按摩？她想将艾司打造成全方位服务型人才，不过只是想想而已，看着艾司睁着大眼睛东张西望的样子，恩恩就忍不住想笑。

艾司的生活美食区到了，恩恩她们却依然往前：“你们去哪里？”

“我们去找点哲学方面的书。你就在这里，待会儿我们回来找你明白吗？”

“哲学是什么？”

恩恩道：“哲学嘛，就是乱七八糟让你搞不明白的东西。”

雅欣道：“哲学就是天花乱坠说了一大堆，你一听觉得很有道理，仔细想想又觉得什么都没说。”

婉儿道：“哲学往大了说是包罗万象，一切学科的基础，往小了说就是阐述不同思维和想法的学说。就是讲道理。”婉儿还没说完，恩恩不让她讲道理了，拉着她向前走，恩恩对艾司道：“就在这里选哦，选好了打电话。”

她们在三楼廊道，刚走没多远，二楼廊道就发生了骚乱。“怎么回事？”雅欣最喜欢看热闹，第一时间冲到玻璃栏杆旁围观。

恩恩第二个赶到，看了看追逐的双方，突然指着一个人道：“是文风的哥哥，他们在抓什么人？走，下去看看。”说着，便和雅欣一起往二楼赶。

“如果我两本都不买美食书，换成其他书可不可以呢？”艾司带着这样的疑惑过来找恩恩，却只看到跑得最慢的婉儿在下楼，连忙也跟着下楼，跟上婉儿：“恩恩呢？”

婉儿往人堆里一指：“那边有警察抓坏人，恩恩她们追过去了。”

艾司定睛一瞧，果然很多人都在往那边赶：“婉儿你没事吧？”

“我没事，你去看看恩恩，那两个疯丫头不要被误伤了。”

“哦。”

艾司追过来，却只看到四五个人追着一个中年大叔，没有看到恩恩，艾司想了想，跟着人群出了图书城。

妈的，门口有警察！我这样冲出来岂不是给那个小子解了围？贺柱德心情郁闷，趁对方还没注意，他向着警察便冲了过去，矮身出拳，正中小腹，起身扬拳，正中面门，反身肘击，脚靠，膝撞，鞭腿，守这道门的四位警察，还未来得及做出反应就被撂倒在地。

贺柱德闪身跑上大街，正好看到司徒笑破窗而出，在半空中挥皮带缠住路灯的一幕，不由得两眼往外一凸，不是吧，这么生猛，拍电影特技啊？海角市什么时候有了这么不要命的警察，老子不和你们走一路，千万别被他盯上了。

贺柱德拐进一条小巷，双肩一耸，黑色外套滑落，立刻反穿，外套里面竟然是乱蓬蓬的像毛毡子一样，看上去既破且旧，贺柱德往墙角一缩，往地上随便蹭了蹭，一张脸立刻布满污垢，另一只手往唇上一搭，嘴唇立刻像烧伤病人一样外翻，容貌变得丑陋至极，轻轻一抹，额头上的皱纹顿时又深又多，年纪也大了好几十岁。

贺柱德的一双手也变得又黑又脏，指甲里全是泥，整个人蜷缩在街角，像帕金森病人一样抖个不停，浑身上下仿佛都散发出一股烂菜叶的恶臭。

三名警察先后从小巷追过去，没人停下来多看他一眼，第四个警察见冲在前面的三个同伴在巷子口左顾右盼，似乎追丢了嫌犯，向贺柱德询问道："大爷，刚才有没有看见一个穿黑色外套的中年人从这里跑过去啊？"

贺柱德舌头伸得老长，一只颤抖的手极为畸形地向外翻着，似乎很努力地要将手伸出去讨钱，口水不受控制般不停往下流，那名警察忍不住掩住鼻子，向后退了一步，最后还是选择追赶同伴去了。

后面还有一位警察，刚到巷子口，按着耳麦叽里咕噜说了一番，没有进巷子，朝另一个方向追去了。贺柱德松了口气，正准备观察一下环境，没有情况了就离开这里。突然巷子口又过来一个人，看起来像个学生，年纪轻轻，贺柱德赶紧继续歪着头，吐出舌头，流着口水在那里发抖。

那个少年应该是过路人吧，长得倒挺水灵的，在哪儿见过？在哪儿呢？难道真的年纪大了？他过来了，想做什么？

在贺柱德忍不住猜疑时，却见那个学生模样的男孩开始拍打他身上的裤兜，然后又摸了摸衣服口袋，最后掏出一张皱巴巴的十块，一张皱巴巴的一块，两张皱巴巴的五毛和四张皱巴巴的一毛，统统塞到自己手中。

贺柱德冷冷地看着那个热心肠的男孩，心道："老子不缺钱。"不过同时也暗自得意，我的伪装术又有提升了，居然真的有人给钱。

艾司将自己身上的零钱都摸出来后，很认真地告诉这个大叔说："大叔你有手有脚，为什么要装乞丐呢？自己找一份活干岂不是比什么都强。我身上没钱了，这些零钱拿去买几个包子吃，吃饱了才有力气干活，要努力哦，我去找恩恩了，希望下次大叔不要再笑话我了，艾司有很努力地学习在城里生活呢。对了，大叔，你的胶掉了。"

直到那个少年离去，贺柱德还在发愣，他说的那些话是什么意思？什么不要再笑话他？什么胶掉了？努力，努力个屁！嘴唇感觉有点不对，贺柱德伸手一摸，令嘴唇外翻的胶竟然脱落了，这时候他才猛然一个激灵，难道是说我嘴上的胶掉了？难道那个家伙，竟然看穿了我的伪装？不可能！连警察也没看穿我的伪装，那家伙从哪儿冒出来的？揭穿我还他妈的给我钱！好像我真的是装乞丐骗钱的小瘪三一样！想起来了！是那个在公车上拿屁股刷卡的傻子！

此时，艾司友好的举动就变成了另一种意思。

侮辱，这是赤裸裸的侮辱！

贺柱德指关节捏得发白，臭小子，老子要杀了你，再遇到你，一定要杀了你灭口！贺柱德在愤怒的同时也有些困惑，那小子是怎么把自己认出来的？没理由啊？

艾司没能追到恩恩，恩恩自然也没追上司徒笑，电话联系之后，重新在购书城碰头，艾司最终选了一本《好妈妈胜过好老师》，一本《教你一百个推销小诀窍》。恩恩询问艾司为什么尽选些风马牛不相及的书，艾司得意地笑笑，保持神秘。恩恩买了一本《善恶论》和一本《黑格尔学说》，因为她打听到文风他们辩论的辩题是人之初性本善还是性本恶。

后来听说恩恩去送书又和死敌陶慧颖撞车了，两人居然选了同一本《黑格尔学说》，只是陶慧颖送的精装版，恩恩送的简装版，为此恩恩闷闷不乐好几天。

艾司可不想当恩恩的出气筒，小心翼翼地不惹她老人家生气，开始努力钻研快餐盒饭的做法。忠伯的儿子只回来待了一天，第二天便和同学相约去旅游了，大牛、小马放假没回家，忠伯的小店也照常营业，不过小店的生意比平日要差了许多。

恩恩去献宝之际，艾司花了大半天，询问忠伯大锅菜的做法，忠伯不知从哪里捣鼓出一口大锅，显然对艾司的提议也是上心准备过了。

忠伯也很多年没做过大锅菜了，当天下午和艾司一起先炒了一锅素菜，尝了尝，感觉味道差了点，又进行了配料的调整，先后尝试了三次才吃到味道和口感都适宜的大锅炒菜。一老一少在厨房里忙活了大半天，有了忠伯的经验，艾司只试验了一次，便成功了，忠伯这才发现，这个小子的厨艺天赋，只怕比自己预估的还要高。

既然试卖盒饭是艾司的提议，见过艾司炒大锅菜的功力之后，忠伯索性放手，艾司便负责盒饭这块新业务，厨房里无非再添一口大锅，一个天然气灶，反正厨房还有盈余的空间。

第二日恩恩她们就去补课了，艾司做了第一批盒饭，五十人份，他没敢多做，谁知道能有多少补课的同学会买定价十元的盒饭呢。这批盒饭从起锅蒸饭，到大锅炒菜，配上酸菜咸菜，装盒，都是艾司一手包办，甚至放三轮车后面那个加了保温层的大铁盒，都是艾司亲手做的。

但艾司只做出了盒饭，却赶不及去售卖，他还得赶回去做恩恩他们的御用大厨，于是委托大牛代卖，许给他十元一次的出勤费。

看着大牛蹬着三轮前往学校方向，艾司却跑向另一个方向，忠伯不禁摇头："对自己的手艺这么没信心，怎么能做成一个好厨子。"

到了中午，小店依旧生意冷清，只有几个国庆没有外出的附近居民还来小店就餐，都是老顾客。

半小时后，大牛骑着三轮回来了，看着大牛一头热汗的样子，守着店门口的忠伯不禁问道："这么快？出什么事了吗？"

大牛敞开外衣，里面的背心都打湿了，有点兴奋道："卖……卖光了，老板。"

忠伯一脸惊讶，要知道，从这里骑三轮到学校就要十分钟左右，大牛来回也不过半小时，岂不是说，几分钟之内，五十份盒饭就被抢光了？

这都是因为恩恩她们早在放假前几天就享受了艾司的特殊盒饭，在同学中早有了口碑，听说今天校门口就有天天见盒饭卖，四班的同学哪里还肯吃食堂。他们这一买，又带动了其他班的同学，销售速度之快让大牛也吃了一惊。

艾司的盒饭迎来了开门红，第二天，他又做了一百人份的盒饭。这次配上了大锅熬骨汤，艾司从忠伯那里提前支取了部分工资，去买了一个可以加热的豆浆罐，旁边有个水龙头，一拧开，香味浓郁的大骨熬汤就放出来。还准备了许多一次性小碗，买盒饭配送汤。

效果自不用说，一百盒也被抢光了，第三天艾司再加倍，两百五十人份的盒饭，没想到还是不够卖，三千多人的高三补课生，住校生的比例比其余年级高许多，有近八百人住校，还有四五百人在学校附近租房住。第四天五百人份的盒饭同样销售一空，忠伯的三轮车已经有些不够用了。五百人就算排队抢购也要好一阵子，大牛一个人根本忙不过来，第三天就叫上了小马，第四天忠嫂也加入了帮忙的行列，还好下午的盒饭艾司还能帮上忙。

盒饭钱卖到了五千块，这个销售业绩已经超过了天天见小店的主营收入，学生用的大多是一元两元的小钞，忠伯和忠嫂首次体验到了数钱数到手抽筋的幸福，大牛每次回来，围裙上的大口袋都是鼓鼓的。

这显然是一个非常大的市场，依附海角二中这个主体，一万多名学生，三四千的住校学生，哪怕只有十分之一的市场份额，忠伯他们小店的收益就能和卖炒菜持平，关键是忠伯的小炒菜也没停下，等于是艾司卖盒饭令忠伯小店的收益顿时翻番，而且还提高了小店的知名度，来小店吃炒菜的人都多了起来。

艾司做的盒饭口感极佳，米饭软糯适中，粒粒香甜，大锅炒菜每天也都用了不同菜色，市场占有率远远不止十分之一，眼看国庆长假结束，学生的返校潮来临，这盒饭的销量还有进一步提升的空间。忠伯想来想去，与忠嫂一合计，如果这盒饭卖得好，干脆小店以后就做盒饭。

长假最后一天，前进小区里发生了一件大事，果果家起火了。

7

浓烟是下午两点左右被小区居民发现的，当时果果的父母上班去了，果果的奶奶见果果自己在家睡午觉，就和楼下的阿姨们聊天打牌去了。发现浓烟时，火势已经很迅猛了，有人打了火警，果果的奶奶赶紧通知了果果的父母，一家人心急如焚时，果果一脸烟灰地从人群中窜了出来，抱着妈妈哇哇大哭。

据果果说，他是在睡梦中被烟呛醒的，门口的火很大，他想到艾司哥哥教过他们，遇到大火不要慌，要爬低，然后找可以跑的路，他的头能穿过自己卧室窗户的防护栏，窗外就是一株老樟树，果果便是顺着老樟树溜下来捡回一条命的。

这场大火来得蹊跷，火势极猛，消防队员灭火后，没有发现明显的火源，不排除人为纵火的可能，不过小区里外来人都要登记的，而且火是从屋内燃起的……消防队员没有明言，不过大意是小孩子没人看管，玩火引发了火灾。

果果一口咬定不是自己玩火造成的。小区居民议论纷纷，还好大火扑灭及时，没有影响周围住户，但果果家是暂时不能住了，一家人只得搬了出去。

果果受了委屈但没人相信，连自己的爸爸妈妈言语中都带着怀疑，自然跑去和艾司哥哥哭诉了一番，紧跟着，果果家人又来向艾司表达了感谢，没有艾司教果果的火场逃生知识，果果哪里跑得掉，这可是全家人的金疙瘩，艾司已经间接救了果果两次了。但这次果果的父母态度就不怎么好了，感激的同时，老是旁敲侧击地问艾司有没有教过果果类似怎么生火的实验，毕竟他们也知道，艾司是喜欢教小朋友们自己动手的，虽然你教了小朋友怎么从火场逃生，但你有没有教过小朋友怎么放火呢？

对果果父母的这种怀疑态度，艾司也感受到了果果那种愤懑，和大人沟通交流真是一件费劲的事，为什么就不能相信果果说的呢？既然不相信，为什么又不直接明说，拐弯抹角含糊其词，好像根本就不希望你听明白他们究竟想说什么，但又希望你能猜明白他们想说什么。

既然果果说没有玩火，那么起火一定有原因，不过人家专业的消防员叔叔都没能找出原因，艾司也不能找到原因，这事儿艾司并未太过放在心上，他现在主要考虑的，是如何卖好盒饭。

明天就是学生返校潮，现在只卖高三补课的同学都已经让忠伯全店员工手忙脚乱，明天若有大群同学挤过来会是怎样一番场面？

艾司想了想，那些同学大多先问有些什么菜色的盒饭，然后想一阵，指明要某种菜的，有时突然改变主意，在没取出盒饭之前又要换另一种菜，很多人挤在一起，耽误时间又容易造成混乱。

艾司想到肯德基、麦当劳他们都有套餐，盒饭为什么不能有菜品搭配的套餐呢？

他将盒饭分成五种，用一幅废旧挂历写好A、B、C、D、E五种套餐各自的配菜，让同学们提前想好自己要的套餐，成功解决了销售效率不高的问题。

七百份盒饭又被抢购一空，忠伯终于决定，从明天起，小店暂停对外小炒，和艾司一起全力备战盒饭市场。

忠伯做菜功底深厚，炒出来的菜色和口感还在艾司之上，对销售量而言自然又是一个刺激。

学校周边的小炒店一看假期后出现一个卖盒饭的抢了自己生意，也纷纷推出自家盒饭，但艾司他们的盒饭胜在价格低和品质高，这是没法模拟的，仅仅是饭盒一样，能蒙蔽多少消费者。

不过还别说，很多买不到天天见盒饭的同学，不想吃学校食堂和价格昂贵的炒菜，只能转买周边小店的盒饭。

忠伯一看这样不行，赤裸裸地抢生意啊，赶紧找艾司想办法，他已经看出来了，这个小伙子不仅学得快，那脑瓜是相当好使。

对于忠伯的要求艾司有些为难，生意大家做嘛，本来他们来卖盒饭，其实是先抢了周边小炒店的生意，现在人家不过跟随发展，还不许人家竞争吗？

不过忠伯的请求艾司也有认真思考，他在订制的饭盒上印上“天天见”三个字，外面是一朵云，还有个卡通小熊形象，蓝本则来源于艾司背的书包上的小熊维尼。

这是天天见盒饭第一次打出自己的招牌，再加上特色的大骨熬汤，浓郁芬芳，鲜汤的味道就足以保证同学们的忠诚度了，许多同学买不到盒饭也要单买一份汤。

有了忠伯的加盟，天天见盒饭的质和量都有了一个显著提升，每餐五百人份的盒饭始终处于供不应求的状态。

见盒饭销售如此火爆，忠伯又增加了销售人手，一辆小三轮也换成了两辆。

天天见的盒饭事业蒸蒸日上，可同学那里又出了新状况，这问题还是艾司引发的。

艾司中午做了盒饭不负责售卖，跑回家给恩恩三人做御用大厨，到了晚上，艾司还要给恩恩她们送一次盒饭。

原本卖盒饭的初衷只是替这种送盒饭行为做掩护，可现在校门口有盒饭卖了，同学们自然会有疑问，为什么还是只有冯恩恩她们三人享受送盒饭的待遇？而且她们的盒饭为什么比外面卖的，无论是口感品质还是搭配内容上都要好那么多？

这都要怪恩恩她们老给艾司出难题，既懒得跑，又要享受贵宾待遇，还不许艾司暴露和她们之间的关系，这个问题她们还不负责解答。

接连被追问一两次，艾司只能自己想办法解决，终于被他想到一个办法："她们是会员啊，她们是金卡会员，所以才能享受订餐和送餐上门服务。"

于是艾司开始耐心地和其余同学解释，天天见盒饭是有会员制的，每人每月充值消费达到一定额度，就可以成为普通会员、银卡会员、金卡会员、钻石会员等等。

不同会员能享受预订餐，专卖通道，特色盒饭，送餐上门等特色服务。

为此艾司不得不又开始设计和制作天天见自己的会员卡，于是总共还不到一周时间，才刚刚开始起步的天天见外卖盒饭就有了自己的第一批会员。

会员的预订餐制度又让盒饭售卖便捷了一大步，同学们也省下更多的时间，这样一来，天天见的生意便更好了。

忠伯让艾司每天中午无论如何也得做出六份大锅菜，满足三百人份的盒饭才能走，加上自己做的，六百份盒饭才有保障，从来都是卖光收摊。

可每当想起大牛扯着嗓子喊："今天中午盒饭卖完了，没买到的同学下午请早。"后面一大群同学纷纷带着失望的眼神，嘟囔着不满散去。忠伯那个心痛啊，那都是钱啊！

这日艾司再来到忠伯小店，见到忠伯正陪着一个四五十岁的中年人聊天。

"艾司，回来啦，来来来，给你介绍一下，这位是易教授，易教授听说了天天见，专程赶到我们小店来看看。"

头发有些未老早白的易教授笑道："哪里哪里，已经不当教授好多年喽。你们这个天天见啊，很好，很有特色，市场定位也很合适，正好瞅准了家庭餐饮和小店餐饮的空当。卖盒饭的很多，但真正想到开连锁快餐式盒饭配送的，在海角市，你们还是头一家啊。"

忠伯赶紧客套了两句，那易教授又道："我呢，对你们这种餐饮模式的前景很是看好，专程赶来，就是想和你们商量一下，看看有没有合作的可能，你们的小店刚刚起步，应该需要一笔不小的启动资金，这方面我还有点办法。"

原来，这易教授教的是商贸金融，后来辞职经商，做了大公司的风投顾问，这次来，是因为他有个弟子在海角二中当老师，没想到就看到了天天见在海角二中的销售火爆场面。易教授眼光独到，马上发现了其中的商机，再略微一了解其中的销售策略，便更加认定这个刚刚开始起步的餐饮连锁发展壮大指日可待。像这种刚刚起步的小店，就像蹒跚学步的婴儿，缺少的是资金，规模化管理和市场营销渠道，易教授自然不会放过这一机会，所以要赶在这家小店闯出名堂来之前建立合作。

小卖部式的餐馆，只是改了一下经营方式，由等客上门变成拿出去主动推销，竟然能吸引来风投资金，还是人家主动找上门来的，虽然有幸运的成分，但这也是忠伯没敢想过的。

至于商谈的结果艾司不清楚，反正易教授代表的风投公司会解决资金问题，他们将掌控一部分股份，还会派来经验丰富的市场管理和营销人员帮助天天见快餐盒饭外卖做大做强。

易教授提出了一个非常庞大的架构，不仅解决了忠伯心疼的市场供不应求的问题，还为天天见指出一条迅速壮大的发展之路——联营。

只靠天天见自己生产自己销售，永远只是小打小闹，连海角二中的市场都无法满足，但要增加产量却很难，请大厨，一来增加开销成本，二来没有大厨施展的空间，而且还不知道大厨手艺如何。那么，邀请自己本身就有店铺的大厨加盟呢?

易教授建议，先在学校周边选择小店试点，餐馆出场地和人，天天见出技术和品牌，统一的菜蔬原料采购和调配，统一的销售模式和员工管理制度，天天见负责技术培训和宣传推广。

在大的方针政策上有了专业人士的支持，艾司也没闲着，他从小的细节给出许多建议，令易教授大加赞赏。

在一系列推陈出新的改革后，天天见迅速走上轨道，就目前为止，不只是学校，学校周边的写字楼和商务区也频频出现天天见小三轮车的身影。

不过同时又有了新的问题，产量增加之后，销量也得跟上，市场进一步扩大，天天见售卖范围越来越广，但慢腾腾的三轮车已跟不上订餐需求。

艾司向忠伯建议，天天见订餐配送业务也应该换成那种有大铁箱子的摩托车。

学校旁正在商谈试联营的勇哥正好就有摩托，稍加改装就能使用。骑过三轮车之后，艾司又对这种两轮交通工具产生了兴趣，希望勇哥给他试骑。

“慢慢地松离合，哎对，控制好油门，别太用力，脚放上去，厉害啊，第一次骑就学会了！”在勇哥的称赞中，艾司骑着笨重的摩托歪歪斜斜上路了。

事实上，在艾司跨上摩托的那一瞬间，那种奇异的熟悉感便再次涌现，就像第一次触碰刀具一样。

摩托车是艾司掌握的第一种快速骑乘工具，像刚得到新玩具的孩子，艾司爱不释手，一遍遍地骑，换挡、加速、换挡、加速，尽情地享受着那种风驰电掣的自由奔行。

靠坐在摩托车后的车主阿勇被惊出一身冷汗，这小子无证无照，第一次骑摩托，就敢高速穿小巷！要是半道闪出一个人来，两人会死得很难看。

但惊恐很快便被惊诧取代，惊诧又转变为震惊，这小子，真的是第一次骑摩托吗？难道这世上真的有所谓无师自通的天才？以前一定骑过吧？可看他那欣喜的表情又不似作伪。

阿勇只向艾司细说了一遍交通规则，行车路线，艾司就已记得分毫不差，令阿勇啧啧称奇，但最后还是不忘向艾司强调重中之重：你骑得再好，但没驾驶证，属于无证驾驶，若发现有警察在查违章车辆，你能跑多快就跑多快，千万别被抓住了。

艾司对一切未知事物一直抱有强烈的好奇心，海角市究竟有多大，是他来这座城市之后很想知道的事情，只恨腿太短，公交人太多，出租车太贵，现在有了摩托车这么好的交通工具，艾司迫不及待想走遍海角市的大街小巷。

不过艾司的计划还未成行便被打断，却是新苹果的周老师找来了。

8

这些天艾司忙着天天见的扩张工程，没有去幼儿园，周园长以为艾司假日出去旅行了，一天两天还没什么，可时间一长，小朋友们不干了。

自打艾司哥哥来了之后，和艾司哥哥一起玩那种参与感和体验感是无法从其他老师那里获得的。

之前周园长又几乎让艾司将新苹果幼儿园大小班级都轮了一遍，所有小朋友都眼巴巴地等着艾司哥哥再来带大家一起玩，眼看十月份快过去一半了，艾司哥哥还不见踪影，小家伙们开始闹情绪了。

发脾气、摔玩具、掐架、推攘、骂人、哭闹、不吃饭、不睡觉，想要艾司哥哥回来的小朋友们用最直接的表达方式宣泄着自己的不满，甚至周老师自己的女儿也在闹情绪的人群之中。

周老师没法子，只能来搬救兵。

但天天见外卖才刚刚起步，身为忠伯手下头号得力干将，艾司哪里走得开?

不管周姐姐给出什么条件，艾司都不为所动，他答应周老师，等这阵子忙过了，一定回幼儿园看小朋友。

周迎春见这个傻小子铁了心，一根筋，心知多劝无宜，只得悻悻点头同意。

艾司和周姐姐谈好后，才兴致勃勃地借着送外卖的机会，开始了城市探索之旅，一连三天都骑着摩托穿行于城内，第一天绕环城路和几条城市主干道行走，第二天沿着站台骑行各条公交线路，第三天寻找公交无法抵达的各条小巷。

艾司买了一张海角市详尽地图，但凡抵达并记住的地方就点上一点以示标记，晚上回家看着地图上的小点，尽量回忆白天经过那条路的样子和周围的店家，标志性建筑等等，停车场、菜市场、超市、地铁口、医院、学校、游乐场所等地点成为艾司重点记忆的对象。

艾司自己并不知道，干吗要用心地将它们都记下来，只隐隐觉得，这很重要，应该是很有用才对。三天时间，三环以内，那张地图上标注了名称的地方，艾司都已记忆得分毫不差，闭上眼睛，脑中就能形成一幅立体地图。至于那些地图上标不下名字的四通八达的小巷，艾司也记了个七七八八。

艾司很高兴，这下恩恩她们要出门游玩的话，就不用费力地用手机查地址和公交换乘线路，直接用艾司牌人型导航仪就好啊！不过还是有一半以上的不知名小路没有记住，至于那些多如牛毛的小区楼盘更是还没时间去走访，看来还要更加努力才行。

次日，艾司在大街上，被人叫住："艾司？"

艾司回过头来，看见一辆很漂亮的大轿车，车头有个长翅膀的小人儿徽标，里面一人摇下车窗，伸手跟艾司打招呼。

"苏姐姐！"艾司认出来了，开车的可不就是黄大哥吗，艾司张口喊道，"黄下流大哥！"

黄刘夏一阵郁闷，这小子怎么会知道自己小时候的绰号？他对这个帮自己和女友重聚的小伙子自然也是印象深刻，没好气地说了声："我叫黄刘夏，你小子记性不是很好吗，这都记不住。"

艾司吐吐舌头，都怪雅欣在家里叫习惯了，一下喊了出来。

"你是要去哪里啊？"自从黄刘夏来了之后没多长时间，苏姐姐就搬离了前进小区，艾司已有一周多没见到他们了。

"就是瞎转转，我学会骑摩托了，真的很好玩，小明呢？"一段时间不见那小胖墩，艾司还挺想念他的。

"艾司哥哥，艾司哥哥！"小胖墩自然更想念艾司哥哥，搬家后大哭大闹了好几次，这时候早按捺不住，从妈妈腿上挤过来，趴在窗口喊，他穿了件洁白的西服，若再戴副墨镜，就是个标准二世祖形象。艾司目光敏锐，发现车里还坐着一个大号的小明，也是穿得一身周正，将头撇向另一边车窗，让人看不清脸。

此时摩托车和小车都在一条小路上，缓缓前行，数日不见，艾司便和苏姐姐以及小明聊了起来，眼看小路将尽，车要驶上主干道了，苏姐姐询问："艾司，吃过饭没有？"

艾司一窘，傍晚天黑，给恩恩她们送了晚餐，天天见的外卖配送也过了高峰期，艾司骑着摩托车走夜路小道，一时兴起，忘记了自己还没吃饭，这时候听苏姐姐问起，肚子蓦然咕咕叫了起来。

苏姐姐笑道："还没吃过，跟我们一起去啊，小明这些天不见你，天天哭着嚷着要见艾司哥哥呢。"

黄大哥也道："你骑着摩托，跟在我车后面，带你去吃好吃的。"

小车一路东行，出了二环，才在一家大酒店门口停下，艾司停下摩托，看着这灯火通明的酒店惊呆了，酒店门口装潢得跟宫殿大门似的，斗拱雕阁，飞檐翘壁，四根直径数米的大立柱雕龙画凤，大红底色上金光一片，气势恢宏无比，殿门正中一块蓝金匾额，上书三个遒劲大字"云从龙"。

这云从龙大酒店艾司也曾远远见过几次，但因不是周边最高建筑，艾司也没过多留意，这到了晚上，才瞧出其雄壮来。

自有服务员取了车去停放妥当，苏姐姐走下车来，艾司才发现她一身晚装，灯光下映衬得明艳不可方物，不由看得呆了一下，赞道："苏姐姐，你真好看。"

苏姐姐低头微羞："你这小鬼，什么时候也学会哄人了。"黄大哥面有得意之色。

这只是家庭小宴，但虾蟹俱全，海鱼肉嫩鲜美，一多半都是艾司从未尝过的，和忠伯的家常小菜各有特色。艾司忍不住吞着口水，大快朵颐，和小明说话都少了，苏姐姐一直在给那个大号的小明夹菜，呵护备至，黄大哥刚才也介绍了，那是他大儿子，叫黄明荃，艾司早就听雅欣提起过，是黄家娇惯出来的小霸王。

那个八岁多的大明也不客气，有菜就吃，有汤就喝，对这个漂亮的新妈妈不笑不闹，颇有些冷战的味道。

黄大哥也在一旁充当解说，明明最喜欢吃什么菜啦，上次还对哪个菜念念不舍，因为哪次没吃到什么而大哭了一场，苏姐姐就配合地将菜送到黄明荃碗里。

小明有艾司陪着，倒是没有因妈妈和新爸爸的冷落而发脾气，苏姐姐一直给艾司做暗示，艾司显然未能领会苏姐姐邀请自己来吃这次晚餐的真实意图，有吃的就吃，那大明和他又不熟，他不想和大家一起聊天玩耍，当然也就不用理他。

被苏姐姐暗示的次数多了，艾司起初是觉得自己脸上有什么问题，摸了几次之后干脆直接问道："苏姐姐，你的眼睛不舒服吗？"

"没有啊，没事没事。"苏姐姐慌忙解释。

这时候小明提出要求："妈妈，我要撒尿。"

苏姐姐提醒道："你坐在明明哥哥的里面，该怎么说啊？"

"让我。"小明推了推大明。

苏姐姐摇头道："妈妈没有告诉你要懂礼貌吗？怎么能这样和哥哥说话，重说一遍。"

小明扭头看看艾司哥哥，艾司投去鼓励的目光，小明才不太乐意地说道："明明哥哥，我想去厕所，请让一让。"

大明斜睨小明，又扫视了一下周围人，才不情愿地将两条腿并靠往旁挪开一道缝，刚够小明挤出去。

黄大哥擦嘴起身："来，小明，爸爸带你去厕所。"

小明将手一缩："我要和艾司哥哥一起去。"

苏姐姐正好也在一旁道："让艾司带小明去厕所。"说着眼神又飞了过来，艾司努力地睁大眼睛，想看清楚苏姐姐飞过来的是什么东西，到底几个意思。

"我不喜欢那个大胖子。"半道上，小明突然说道，声音老成。

艾司一愣："他不是你哥哥吗？为什么不喜欢他呀？"

"他才不是我哥哥呢，他是我的臭老爸和臭女人生的。"

"这样啊。"艾司想了想，"可是你们是同一个爸爸，所以他还是你哥哥呀。你看你们俩长得多像啊！"

"他不给我玩玩具，他还抢我的东西，他不让我看动画片，只能看他看的动画片，手机、iPad都是他抢着玩，还在爷爷奶奶面前告状，说我坏话，爸爸妈妈爷爷奶奶没看着的时候，他还掐我，掐我脸，他撕我的画，妈妈说过画得最好的那张，张老师都表扬过我的……妈妈还总护着他，都说我不对……呜呜……"小胖子有一肚子委屈，好容易和艾司哥哥单独相处了，立刻竹筒倒豆子似的说个不停，说着说着就开始眼泪汪汪。

这样啊，艾司明白了，难怪苏姐姐对自己眨眼不停，小胖和大胖相处不好，苏姐姐是找自己求援来了，这些大人真是的，悄悄告诉自己不就好了嘛，老是眨眼睛，让艾司怎么猜呀！

艾司想了想，告诉小明："你哥哥欺负你，是因为他怕你。"

"啊——"小明眼里包着泪花，这是什么逻辑，那个大胖小子可坏可坏了，他怕我？明明就是我怕他。

"小明你想啊，你是有妈妈的，你哥哥却没有妈妈，原本爷爷奶奶和爸爸，都只爱他一个的，突然多了一个弟弟还有新妈妈，你会不会很害怕，弟弟会不会抢自己的玩具，爷爷奶奶会不会去爱弟弟而不再爱自己？弟弟的妈妈还有爸爸会不会讨厌自己，如果是你，你怕不怕？"艾司领着小明进了厕所。

小明歪着头想了想："好像有点。"

"所以说啊，很害怕怎么办？你哥哥没有办法，他只能很简单地认为，就是因为多了一个你，所以他不再是家里唯一的乖孩子，所以他讨厌你，不喜欢你，欺负你。"

"可是，我妈妈为什么老护着他，说我不对？"

"因为你哥哥的妈妈走掉了，你哥哥一个人好可怜，如果你妈妈还帮着你一起欺负你哥哥的话，你哥哥不就更可怜了吗？若是哪天你哥哥和你单独在一起，他肯定会狠狠地欺负回来，你妈妈希望你哥哥对你好，所以才会对你哥哥更好一点。"

小明听得一愣一愣的，艾司哥哥说得好乱，为什么我妈妈希望哥哥对我好，所以她会对哥哥更好，艾司哥哥今天说话好奇怪，自己都听不懂。"那……那我不开心怎么办？"

"那，这就需要小明你自己做一个选择了，你是希望与你哥哥和好，让他带着你玩；还是希望打败你哥哥，让他看见你就躲开，不敢欺负你。"小明刚张口，艾司又补充道，"想清楚再回答哦，因为你还要和你哥哥生活很久很久，说不定这次打败了你哥哥，下一次你哥哥又会想办法再打败你，那时候就得靠你自己再想办法去打败你哥哥了。"

小明张了张嘴，半晌才回答："我希望他以后都不要再欺负我，不会抢我的玩具，也不会和爷爷奶奶告状……"

"那就是希望你哥哥对你好喽，像妈妈和艾司哥哥这样对你对吗？"

小明睁大眼睛，有这种可能吗？

"听好了小明。"艾司让小明自己穿好裤子，将他抱起来，"艾司哥哥会教你怎么做，但这是需要很懂事、很听话、很勇敢的小男子汉才能做到的，而且这件事情，只能你一个人去做，爸爸妈妈、爷爷奶奶都帮不上你，而且刚开始，你哥哥还会欺负你欺负得更厉害，但是不要怕，艾司哥哥告诉你受了欺负之后该怎么办。你愿意相信艾司哥哥，并按艾司哥哥说的去做吗？”

“嗯！”感应水龙头喷出恒温水来，小明似乎下定了决心，重重地点头。

“那我们拉钩，记住，这是承诺，如果没做到，就会在森林里迷路，蚂蚁会咬你的小鸡鸡，青蛙要吃掉你的鼻子，蜘蛛钻进耳朵里，再也看不到爸爸妈妈……”

“我做得到啦！”小明听艾司哥哥说起违背诺言的惩罚越来越重，赶紧将小指抽回来。

艾司面授机宜：“其实也不难，你只需要这样……这样……这样……”

9

当艾司牵着小明的小手走回餐桌时，苏姐姐和黄大哥都略有察觉，那小家伙的气场明显不同了，但到底是哪里不一样又说不上来。

但小明开口说话，苏姐姐立刻就知道哪里不同了。“明明哥哥，我想要进去，可不可以让我进去？”

大明还是将两条腿并靠向旁一别，露出条缝来，一脸爱进不进的表情。

不过小明进去之后并未落座，而是捧起双手在大明耳边悄悄道：“谢谢你，哥哥。”

大明一愣，小明口中的热气喷在耳朵上，怪怪的，不由摸了摸耳朵。

黄刘夏问道：“你们上个厕所怎么去了那么久？”

他看向小明，小明答了一句：“不告诉你。”便开始专注于桌上的食物。

黄大哥又看看艾司，艾司眼睛扑闪扑闪，用和小明一样的语气说道：“就不告诉你。”然后看向苏姐姐，苏姐姐温和一笑。

接下来的进餐中，小明变化之大，连黄大哥也愣住了，这小哥俩自打碰面后，连半句话也未曾多说过，每次都是在大人的命令下才半个词半个词地往外吐，今晚小明对大明的态度，明显来了个一百八十度大转弯。每当小明用拙劣的筷子或手筷并用去拿自己喜欢吃的食物时，总要先问一句："明明哥哥吃不吃？"

"这个可好吃啦，小明最喜欢吃。"

"这个味道超级无敌，明明哥哥吃不吃？"

"不吃。""拿开！""你好烦呢，我不吃啊！"尽管大明每次都态度生硬，小明就像中了魔咒一样，下一次照问不误。

黄刘夏惊愕不已，仅仅上了一次厕所而已，小明怎么就变成这样？那个艾司到底跟自己的小儿子说了些什么？这……这简直太不可思议了！

苏姐姐隐约有泪花闪现，她就知道，艾司一定能做得到，艾司拥有小明那个年纪的心智和语言，但他同时又能看懂成人的心思。认识艾司没多久，苏姐姐就发现，小明对他口中的那个艾司哥哥简直是言听计从，艾司说一句顶自己说上十天半月的，在小明口中，那个曾经把自己尿得浑身湿透的艾司哥哥简直无所不能，他就是小朋友心目中的偶像。

虽然小明这时候可能还不明白这样做的意义，但是苏姐姐相信，如果小明能坚持这样做下去，这个家庭将会发生很大的变化。

餐后小歇，艾司打量着这座餐厅，越看越是满意，整座大殿内部呈圆形，几十根方正硕大的立柱不仅撑起二层平台，还将大厅底层一分为二。

中间是可升降的舞台，周遭是星罗棋布的餐桌，外墙是环成一圈的雅间，推开窗户，任何一个房间都能清晰地看到中央舞台。整个结构看上去仿佛不像五星级酒楼，更像一个标准的歌剧院，穹顶是圆的，巨大奢华的水晶吊灯，发出橘黄色的柔光，可转头的五彩射灯被调至极暗，像星辰般忽闪忽现，从地面到立柱顶端，都被厚绒毯子包裹着，以金红二色为主，让人一看上去就很暖和。

若那些小水晶吊灯和壁灯全开，煌煌烨烨，流光溢彩，所谓宫殿，应该就是这样子吧，就连这些金丝绒靠椅，都像极了宫廷样式。艾司悠悠地想着，不知转过了几多念头。

"想什么呢，艾司？"黄大哥见艾司四处举目，又若有所思的样子，忍不住问道，“喜欢这里吗？”

“嗯，高端大气上档次。”艾司由衷地称赞，黄刘夏笑了。

“黄大哥，我们这一桌菜要多少钱啊？”艾司突然问了一个问题。

“你猜看。”

“嗯，恐怕得五六百吧？”艾司估算了一下食材成本的价格，将价格往上翻了一番。

“哼哼，五六百？”黄刘夏笑得更开心了，“三千六！小子，这是什么地方，云从龙大酒店。”

“啊？”艾司张大嘴愕然，苏姐姐嗔怪地恨了黄刘夏一眼，怪他在儿子们面前朝艾司显摆。

“那……那要是把整个云从龙包下来得花多少钱呢？”艾司伸开双臂画了个大大的圆。

“咦？你为什么这样问？”黄刘夏坐直了身子，开始好奇起来。

“我想，如果办个宴席，整个包下来的话，得要不少钱吧？”艾司咬嘴唇，很担心黄大哥说出一个让人望而生畏的价格。

“嗯，倒也不是没人包过，让我算算，就算最低六百八一桌，这场子要全占满，少说两百桌起，也就是十二万，不过真的要包场怎么也不可能点六百八一桌啦，但是我和这里老板熟，如果艾司想包的可以给你打个折，十万怎么样？”黄大哥的笑容里透着得意，他还记得刚遇到这小子时古灵精怪敲诈自己的事儿呢。

苏姐姐又怪了黄大哥一眼，问道：“别听你黄大哥胡说，艾司想替谁办宴席啊？”

艾司摇头，笑得极为羞涩，不停地咬着嘴唇，两手交叉打着小九九，十万块！这个价格足以成为艾司的奢念，但艾司想到了那个流星划过天际的夜晚，那夜清风送来草芽的微香。

“你保证不告诉任何人？”

“我保证。”

“来，拉钩。”

“我希望……”

“能有一次不一样的生日……”

“和喜欢的人坐上豪华的小车……”

“在宫殿一样的酒店里摆上烛光晚宴……”

“玫瑰花雨不歇……”

“燃放焰火……”

十万块，艾司只有一个模糊的概念，只知道好像是离自己和恩恩她们都好遥远的一个数字，而且自己还欠着恩恩一大笔人身债务，也不晓得利滚利已经翻到多少了，不管它，如今忠伯那里有一份钱，周姐姐也说要给自己一份钱，艾司再找找别的活儿干，慢慢攒。如果今年不行就明年给恩恩攒一个超炫的生日，艾司一定能做到，我很棒！

“黄大哥，你是不是答应艾司，只要艾司攒到十万块，你就让我包下整座云从龙大酒店？你不会骗艾司的，对吧？”艾司凝视着黄刘夏，问得无比认真。

黄刘夏被那纯净得不含丝毫杂质的眼神刺得不敢直视，黄刘夏也认真起来，拍着胸脯保证：“没错，黄大哥给你保证，如果你能拿出十万块，就将云从龙包给你一天，不够的钱你黄大哥填。”

苏姐姐的眼神有些古怪，似乎还是在怪黄大哥，但艾司得到了保证，即刻开心不已，感觉自己能为恩恩做点什么，好幸福的样子。

离开云从龙大酒店，苏姐姐邀请艾司有空去他们新家玩，小明也是一个劲地央求，艾司乐意之至，只是今夜已晚，恩恩她们快放晚自习了。而且恩恩也说过，有时候人家的邀请，只是客气的善意，艾司看黄大哥和大明就面无表情，就婉拒了，自己骑着车往家赶。

行至半路，艾司肚子不舒服起来，想来是吃太撑了，好多是艾司从来没有吃到过的海味。要找厕所，恩恩说过，城里不是森林，不能随地大小便。

大城市就这点不好，车水马龙，却很少能找到公共卫生间，这一带又是商务办公区，晚上写字楼都大门紧锁。艾司开始回忆，附近的超市、医院、大餐馆，都没有，唉……美食一条街！

艾司想到一处大排档聚集区，那里肯定有厕所，摩托一拐弯就转进了小巷。

贺柱德剔着牙，好久都没吃到如此正宗的爆炒菜螺，这些小食店虽然不像大餐厅那样有名厨掌勺，但地方小吃还是要来这种地方才能吃到最有当地特色的味道。

“伙计，厕所在哪里？”贺柱德叫过一个服务员。

“我们这里没有，公共厕所在那边，可能要收取一点费用，不过您只要告诉他您是在我们这里吃饭的他就会让您进去。”小伙子微笑指路。

贺柱德走向公厕。

艾司将摩托停稳当，那个大叔的背影好面熟，想起来了，是那个在公交车上笑话自己又在图书城外面扮乞丐的大叔，嗯，公厕五毛？可是艾司没有带零钱呢，艾司摸摸口袋，跟在贺柱德后面十步距离。

“如厕五毛，请先交费，要纸另算。”守公厕的大爷面色严肃。

贺柱德将头往自己来的方向一撇：“我是吃饭的。”

老大爷不再作声，贺柱德走了进去。

艾司在后面一看，咦？这样也行？

“如厕五毛。”大爷把艾司拦下了。

艾司学着贺柱德的样子，也将头往外一撇，眼神和动作都惟妙惟肖，不过艾司没有在这里吃饭，艾司不能撒谎，所以艾司说道：“我是卖饭的。”

大爷往大排档方向看了看，又看看艾司：“又换新伙计啦，没见过啊，进去吧进去吧。”大爷挥手放行。

艾司冲进厕所找了个位置，肚子真的好难受。

贺柱德离开公厕之后，走到半道，越想越不是滋味，两人一前一后，贺柱德听得分明，为什么我说我是吃饭的后面那小子要说他是卖饭的呢？

明明看他骑个摩托过来的，为什么刚才进厕所时感觉有点眼熟的样子？那种感觉，冷风过颈，虽然很微弱，但通常碰到厉害的同行才会这样吧？可那小子的动作破绽百出，根本不像一个同行的样子，贺柱德莫名其妙地停了下来，掉头回走。

一路上，贺柱德越发觉得，那小子就是故意的，占老子便宜，讽刺老子，臭小子，你有种。贺柱德回到公厕附近，看到摩托的尾灯，这次看得更仔细了，那小子的背影，自己在哪里见过！

想起来了！又是他！是那个在图书城拆穿自己伪装的男孩！靠！你妹！难道那小子是故意的？他跟踪我？没理由，不是故意跟踪，但他……

是不是认出我来了呢？卖盒饭的！贺柱德眼角抽动，怒火填膺，下次再让我碰到，绝对不会放过你了！

一身轻松的艾司并不知道，自己已经被一个可怕的大叔狠狠地诅咒了两次，他也从未想到，会在一夜之间遇到这么多事情，刚拐进另一条小巷，就听到数人前呼后喝的：“别让他跑了！”

“砍死他！”

“丫的小屁股，看你往哪儿跑！”

10

昏暗小巷里，冲出一个人来，身后是一片明晃晃的刀光，那人细胳膊短腿儿的，居然翻动非常灵活，后面一片刀光竟然追他不上。

艾司只瞥了一眼，却一下就认出了那标志性的大脑袋：“大头？”

摩托车头一拐，艾司停在小巷门口。杨聪正感绝望，完了居然有摩托车堵路，杨爷我今天要交待在这里，就听到摩托车上宛若仙音传来：“大头，快上车！”

也来不及分辨是谁的声音了，这简直是救命稻草啊，杨聪用力蹬地，跳上摩托车，抱紧了艾司的腰大喊：“快！快开车！”

摩托车突突突冒着尾烟远去，那群拿刀的见追不上了，兀自咒骂。

“大头，怎么老有人追着你打啊？”自从中秋喝醉之后，艾司就再也没见过杨聪，杨聪自打兜里有了几个小钱，也早把艾司忘得一干二净，此番重见，一颗心安稳下来，总算把艾司认出来了。

哦……是那个给自己奶粉钱又在中秋请自己喝酒的小傻瓜！叫什么来着?

“呸——”杨聪狠狠地朝地上吐了口血沫子，又向后比着中指：“想追杨爷我，还嫩了十七八年呢。”此时那些拿刀的，早都不知被甩哪儿去了。

“大头，他们为什么拿刀追你啊？”艾司以为风大杨聪没听见，又问了一遍。

杨聪本着好汉不提当年勇的态度，跟这傻小子费那么多话干吗，直接略过，问道："哥们儿，身上带钱没有？江湖救急，我……你杨大哥还欠你……多少来着？这次凑个整，以后一起还你。"说着就去掏艾司口袋。

"大头，别乱动，在骑车呢，今天我身上没钱。"身后坐了个大活人还扭来扭去的，艾司以前还没尝试过，摩托车也跟着扭来扭去。今天卖盒饭的钱交账了，最近忠伯和顾老先生一直商量天天见的改革问题，采购也有专人负责，所以艾司兜里还真没钱。

杨聪哪里肯信，上次这小子二话没说就摸了几大百出来，难道这次学精了？哼，跟我比精，就一小白痴，还能翻出我杨爷的手心？

见杨聪执意不听，艾司也不敢骑快，索性将车停在一小路旁边，抬起胳膊让杨聪将口袋翻遍。

真没有？唉，今天有够倒霉。杨聪一脸失望，所有口袋都翻了个底儿掉，除了几张皱巴巴的纸巾，啥都没有。

"怎么样，没骗你吧？"艾司扬起眉毛，微微一笑，虽然这个大头哥哥每次见到不是他欺负别人就是被别人欺负，还每次都要钱，不过中秋节他有带艾司去天台喝酒吃烤肉，人还是挺好的。

"唉……怎么今个儿没钱了？能帮哥哥借点吗？我……"

喵——一声猫叫将艾司的注意力吸引了过去，只见一只小黑猫领着一只小黄猫从路旁向黑巷子里走去。

两只小猫肩并肩地靠在一起前行，那只小黑猫趾高气扬，一身黑绸般柔顺的毛发，四只小爪是白色的，脖子下面也有V形的白毛一直延伸到小腹，就像穿了一件黑色的燕尾服，走起路来像只跳宫廷舞步的马，绅士而优雅，一双眼睛大而明亮。

旁边的小黄猫就很普通，黄褐相间的杂毛，瘦巴巴的，紧紧依靠着小黑猫，两只小猫耳鬓厮磨，显得十分亲密。艾司发现，那只小黄猫的两只眼睛一直是紧紧闭着的，它看不见！

小黑猫不紧不慢地走着，让小黄猫能跟上自己，时不时扭头吐出粉红色的小舌头，去舔舔小黄猫额上的毛发，像在替小黄猫梳理，又似耳语。

小黄猫眯着眼睛，嘴角微微翘起，似乎有一种怡然自得的幸福，艾司觉得它肯定是在微笑。不知为什么，艾司觉得好感动，这就是恩恩说过的浪漫的喜欢吗？艾司觉得自己有点想哭，可是为什么会想哭呢？

“大头，你看那两只小猫，它们好幸福的样子。”艾司指着小猫给大头看。

杨聪一听火冒三丈，感情你杨爷在这儿口水都说干了你小子没听见？不屑一顾地讥讽道：“幸福？你小子懂什么叫幸福？告诉你，有钱就有幸福，你有了钱，吃屎都是幸福的；没钱就什么都不是，如果你没钱的话…… 如果没钱的话……”杨聪挠挠头，“那你就只能吃屎了。哼，幸福！”

听说晚上看见黑猫很不吉利，杨聪气不打一处来，抄起路旁半截砖头就要去砸那两只小猫：“幸福是吧？正好捉回去吃猫肉羹。”呼地将砖头扔了出去。

“你干什么！”艾司一探手，一把抓住杨聪扔出去的砖头，瞪大眼睛不解道，“你干吗打小猫咪？”

杨聪愣了一下，这小子出手好快！在他从没见过有人能把刚扔出去的砖头一把抓住。

便在此时，异变突起，只听咪的一声惨叫，黑巷子里蹿出一头庞然大物，一口就将小黄猫叼进嘴里，可怜的小黄猫根本不知道发生了什么事情，只是咪咪地呼唤了半声，就没了声音，仿佛还在询问小黑猫。

小黑猫立刻炸了毛，尾巴直立，冲着黑暗中那庞然大物发出喵的一声凄厉惨嚎。

艾司顾不得再问杨聪，立马赶了过去。

艾司看得分明，黑暗中，一头足有半人高的大狗，四腿如柱，身上没什么毛，颈项鬃毛蓬生，脑袋超大，口裂极开，那只小黄猫被这只大狗放在自己身前，用一只爪子压着，已经一动不动，那獠牙上还沾着猫毛。

小黑猫和那大狗体量相差何止百倍，可小黑猫盯着自己的同伴，一边浑身发着抖，一边奋不顾身地朝那大狗撞去。

杨聪也看见了，他想跑，可是腿发软，逃不掉，那哪是什么大狗，那分明就是一头非洲雄狮！可是，他妈的！他妈的，这里是市区！怎么会有狮子？这是开哪国的玩笑？杨爷我今晚是要一路黑到底了吗？果然看见黑猫没有好兆头！

在艾司眼里，那条大狗狗霸气凛然地站在那里，小黑猫使出全身力气撞上去它也岿然不动，眼里流露出戏谑的神情。故意将小黄猫压在爪子下，就像一只猫压着一只老鼠，等着小黑猫一次又一次地撞过来，有时候冷不丁地挥出一爪，将小黑猫像拍苍蝇一样拍出老远，然后等着小黑猫战战兢兢地再站起来，一瘸一拐地冲过来。

艾司看不下去了，身上的血都往脑子里涌，他的额头开始发烫，蝶状红斑像血一样渗出来，迅速扩散。花菜不是这样的，花菜不会这样做，小黑猫好勇敢，大狗狗太可恶！当小黑猫哀鸣着，颤抖着，再一次不屈不挠地冲向大狗狗，而那大狗狗却狞笑着张开血盆大口时，艾司终于忍不住了，他仿佛再一次重历那头黑熊扑向恩恩的一幕。

周围的一切都忘记了，场景变暗，墙面、路面都消失了，艾司眼中只剩下那头坏狗狗、颤巍巍的小黑猫、一动不动的小黄猫！坏狗狗！艾司在心中默念了一遍。

怎么回事？怎么突然变冷了？不远处的杨聪忽然浑身一个激灵，心底不止念了一万遍老子杨爷不怕，可是怎么全身都发起抖来了？他左手握住右手手腕，不住暗骂：抖什么抖！抖什么抖！可是没用，那双手像患了鸡爪疯一样在风中凌乱。

随后的一刹那，杨聪看见，艾司大吼了一声："坏狗狗！"然后冲了出去。

有那么一瞬间，杨聪惊愕得忘记了颤抖，那是狮子啊，那小子赶着投胎啊？原本只以为是个小白痴，可没想到竟然白痴到这种程度！

说时迟那时快，艾司后发而先至，含背拔胸，握拳如开弓，至缩而反，踏步，前倾，发力肘中，日字冲拳，嘭的一声闷响，那头雄狮下颌中拳，那一脸狞笑都被打回肚子里去，取而代之的是一脸震惊！

一种前所未有的痛楚彻底激怒了这头兽中之王，它发出怒吼般的咆哮，微微一退，跟着往前一扑，抬起两只长满利爪的前肢呈十字划拉。

艾司弓步前冲，上身陡然如折断一般向后仰，狮退人进，狮扑人仰，时间拿捏得刚刚好，配合得好似跳着双人舞步。

狮爪划破艾司上衣，但去势已弱，艾司上半身如压弯的树枝反弹回来，双手合十，居中插入分开，将狮子的两只前爪拨向两旁，跟着双臂一搂，若霸王抱瓮般搂住了狮子的头颅，向下一压，下方是弓步膝盖，狮子下颌又被重重顶了一击，拼命后退，四根爪子在地上蹭出抓痕。

艾司松手，一个弓步侧旋踢，以前腿为支点，后腿如鞭，嘭——重重踢在狮身右侧，雄狮打了个滚，翻身咆哮。

艾司追击过去，雄狮并未立刻爬起，四爪朝天，对着艾司追来的方向张开大嘴，从森然獠牙中喷出腥臭热气，面露凶相，啸声沉闷。

雄狮的四条腿都缩了起来，躺在地上弯腰弓背，仿佛只等艾司靠近，随时准备探出利爪给艾司来上一爪。

艾司大步向前，视雄狮如无物，雄狮一看机会难得，伸出前爪就是狠狠一抓，谁料不知何时艾司已将杨聪扔的那半截砖头又握在了手上，仿若未卜先知一般，对着雄狮伸出来的前爪就是一板砖。

啪的一声脆响，雄狮前爪一缩，大声咆哮，艾司第二板砖从上往下，划了一道弧线，绕到狮子的血盆大口上方，对着狮鼻啪地又是一板砖，两声脆响连贯而有力，就像有人鼓掌一般。

啪啪两声，雄狮的怒吼咆哮顿时变作了小狗般的"嘤呜"之声，又翻身打了个滚，掉头跑出三五步远，扭头一望艾司还站在路中，手里的板砖血迹斑斑，雄狮又惊又惧，一条右前腿蜷缩在腹下，仅用剩下的三条腿一拐一拐地逃进黑暗中，不敢停留。

11

照理说狮子跑了，杨聪该不怕了，可他抖得更厉害了，"燕赵有猛士，力能搏狮虎"，可那应该是小说里才有的东西吧？就算有，也该是长得高大魁梧，一身雄赳赳的肌肉，若铁塔般的壮汉才称得上猛士嘛，这小子明明看上去并没有多雄壮啊，那胳膊腿儿也不比自己粗多少，身高也就比杨爷我高那么一点点，刚才究竟是怎么回事啊？真武大仙附体了？那小子的额头一片殷红是怎么回事？那股寒意从何而来？妈的，为什么老子还在发抖？

艾司心情平复下来，扔掉板砖，调匀呼吸，刚才拍击大狗的一瞬间，有些记忆的碎片出现在艾司脑海，有许多铁笼子，笼子里有许多和自己很像的小伙伴，与他们一同被关在笼子里的，还有棕熊、狮虎、鳄鱼、猩猩等野兽，双方都双目赤红，捉对厮杀，有的小伙伴战胜了野兽，也有小伙伴被野兽压在身下，咬在嘴里，叫声惨烈，刺人耳膜。

那是什么地方？好可怕！赶紧忘掉，不要去想，不要去想！艾司拍拍脑袋，揉揉太阳穴，忘掉了忘掉了，艾司什么都想不起来，艾司自我安慰着走回小黄猫躺的地方。

小黄猫一动不动，连肚腹也没了起伏，艾司蹲下来，伸出食指捋了捋小黄猫的额头，小黄猫还是不动。

小黑猫也一步一跳地挪了过来，不过停在距离艾司三步远的地方不敢靠近，一对比就能看出，谁才是在场最可怕的生物，虽然小黑猫生活在城里，见惯了两条腿的生物，但眼前这个两条腿的不一样，小黑猫本能地感到畏惧。

小黑猫不敢过于靠近，眼巴巴地瞅着小黄猫，喵喵叫个不停，小黄猫没有像往常那样回应，爪子也没有动一下，脑袋也没向这边探，小黑猫的叫声越发焦急，不安地来回走动。

艾司看到小黑猫的样子，仿佛看到了小木屋中等待花菜的自己，焦灼、不安、失落和恐惧占满内心，自己还有恩恩，小黑猫有什么，它什么都没有了……

艾司鼻尖一酸，泪水瞬间充满眼眶，瞅着小黑猫："猫猫啊，你的小伙伴……它死啦！呜哇……"艾司跪坐于地，开始放声号哭。

艾司一开始哭，周围的气温似乎恢复了寻常的温度，空气开始徐徐流动，远处的车鸣和楼灯仿若重回这个世界。小黑猫第一个敏锐地察觉到，那个跪坐于地上，浑身散发出悲伤气息的两腿生物，和刚才那个手持板砖的两腿生物，完全不是同一个东西了。

真的好奇怪，明明外形没有任何改变，为什么突然会散发出完全不同的气息呢？小黑猫的小脑瓜子里想不到那么多东西，它没有感觉到恐惧，却感觉到了一种与自己内心同源的悲伤，它挣扎着靠了过来，探出小爪扒拉自己的小伙伴，小伙伴一动不动，小黑猫很奇怪，小黄不应该这样子的，为什么它不动了呢？

它不解，它迷茫，它无助，小黑猫不停地用小爪轻轻拨动小黄猫瘫软的脑袋，吐出舌头舔它的毛发，发出“喵喵”的亲昵叫声，时不时抬头望望，用那双眼盯着那个伤心痛哭的男孩，艾司回望过来，四目相看泪眼。

过了一会儿，杨聪也感到了变化，好像没刚才那么冷了，不过出了一身冷汗，内衣都湿透了，滑腻腻地贴在身上很不舒服，自己也不发抖了。呼，还好还好，杨爷我的小魂儿都差点给吓掉了。杨聪想喊艾司：“喂……那谁谁……我们走吧……”一张嘴却发现只有气流通过喉部，根本发不出任何声音来。

艾司哭了一会儿，声音小了下来，改为抽泣，小黑猫好勇敢，虽然它好悲伤，但是没有哭啊，艾司也要勇敢起来。艾司想拍拍小黑猫的头以示安慰，小黑猫却受到了惊吓，猛地将头对着艾司，全身一缩，微微发颤，身体斜倾想要避开艾司的手掌。

艾司的手没有落在小黑猫身上，而是掌心向上摊开在小黑猫面前，他抬起左手手背胡乱擦干眼泪鼻涕，温柔道：“哪，猫猫啊，小黄猫它死啦……我们把它埋起来好不好？”

小黑猫有些疑惧又有些好奇，自己眼前的这只手掌并不宽大，却散发出丝丝的热气，在这深秋的夜晚靠近，就能感到那一丝暖意。小黑猫将自己的小爪搭在手掌的指尖，拍了一下，又马上缩了回去，望着自己的小伙伴，喵喵地叫唤着。

艾司蹲了起来，准备将小黄猫埋在不远处的一棵树下，他用两只手去捧起小黄猫。

小黑猫顿时发毛了，喵呜！一声怒吼，跳到艾司腿上就是一通乱抓，用小牙齿咬住艾司的衣服又拖又拽，不许艾司碰小黄猫。

艾司高举双手投降：“好好，我不碰你的小伙伴，对不起，对不起，猫猫。”随后又商量道，“你看，我们把它送到那棵树那边去好不好？”艾司伸手指向远方的那棵树。

这时杨聪也走了过来，总算声音嘶哑地说出了第一句话：“和一头畜生说什么，它哪听得懂。”

艾司扫了他一眼，杨聪忽然回过神来，噤若寒蝉。

艾司站起身来，鼓励小黑猫：“我们过去吧？”他带头走了一步。

杨聪等着看笑话，没想到那只小黑猫竟像似听懂了艾司的话，默默地走过去，轻轻地衔住小黄猫脖子上的皮毛，叼起来，尽量不让小黄猫身体拖在地上，一瘸一拐，吃力地跟了过去。

杨聪瞪大了眼睛，今天晚上他看到了太多奇迹，他开始怀疑自己是否清醒。

短短几十步距离，对小黑猫而言却太过漫长，将小黄猫拖到树下，它已经累得走不动了。艾司本想挖个坑，可他发现树下有个洞，洞里有些枯草，洞口还有些骨头渣子，看着小黑猫费力地将小黄猫拖进洞里去，艾司才明白，原来这里竟然是它们的家！

小黑猫将小黄猫安放在枯草做成的床上，在小黄猫旁边匍匐趴下，显得十分安详，肚腹轻轻有节律地起伏着。艾司就趴在洞口，冲着树洞里说话："猫猫啊，小黄它死啦，今后就只剩下你一个人，该怎么办呢？"

小黑猫抬起头看了看他，一双猫眼在洞穴中发出碧黄色的光。

艾司想了想，问道："要不要去艾司家里啊？艾司家里有恩恩，有雅欣，有婉儿，她们很爱小动物的，肯定会喜欢你的，和你做好朋友好不好？"

小黑猫盯着艾司看了一会儿，将头转过去，枕在小黄猫后腿上，再也没有转过来的意思。

艾司明白了，安慰道："哦，那我明天来看你，猫猫不要太伤心了，一切都会好起来的。"

"走吧，大头。"艾司擦干眼泪，一脸忧伤，忽然问道，"你刚才说你想借钱？"

"别介！"杨聪一愣，随即赔上笑脸，"咱哥俩谁跟谁呀，谈钱多伤感情啊。"看着艾司那张忧郁的脸，杨聪的大脑开始飞速转动，想起来了！"艾司哥……小艾哥是吧！"杨聪脸上洋溢着热情奔放的灿烂微笑，"一看你就是人中之龙，仪表堂堂，气度不凡，一表人才，玉树临风，器宇轩昂，大将之风，不是，大帅之风，威猛无双，雄赳赳，气昂昂，一条飞龙横长江，八方勇士来觐见，不识庐山真霸王……"

"是不识庐山真面目吧?.你这说的什么呢？"艾司骑上摩托，戴好头盔，转头道，"上来啊。送你到哪儿？"

杨聪心头惴惴上了摩托，思索着：这小子是真傻呢还是装傻啊？他要是照刚才那么给杨爷来上一下子，杨爷我可承受不起。

“小艾哥，看不出来您还是个练家子啊，以前也在道上混过吧？”杨聪一脸谄笑。

“什么？我不懂。”

“我是说小艾哥您以前打别人，那还不三拳两脚就打得他们落花流水。”

“不能打人的！”艾司将头摇得像拨浪鼓，“恩恩说过，不能这样对别人，否则她就再也不理我啦。”

“恩恩算个球啊，以小艾哥您这样的身手，那是打遍大江南北也找不到几个对手吧，想当年我大头也……”

“你怎么能这样说恩恩呢？我不搭你啦！”艾司一个急停，杨聪差点被抛飞。

“以后你再说恩恩的坏话，我们就不是朋友了！”艾司严厉地告诉杨聪，“这里应该没人会追你了，我们就在这里分手吧，我要快点赶回去，不然恩恩又要骂我了。”

“小艾哥走好，小艾哥慢走……”杨聪点头哈腰地鞠躬送行，心想：那个叫恩恩的，看来是大哥大！手下都这么厉害了，那在道上还不是横行的角儿，估摸着怎么说也得是洪爷那个级别的，我要不要去拜码头？要是能在恩爷手下混碗饭吃，那我杨爷岂不是又有出头之日了？哈哈哈哈……

街旁的电器商铺内，展示电视机正播报新闻：“紧急通告，紧急通告，动物园一运输车辆在南二环路口发生交通事故，当时车内正搭载一头成年非洲雄狮，目前……”

恩恩、婉儿、雅欣三人拎着沉重的书包回来，往沙发上一扔，就要往沙发上躺。恩恩眼尖，一进门就看见艾司拿着他的外衣一针一线地在那儿补衣服呢，这小子看见自己还眼神惊惶，有猫腻：“艾司，你的衣服怎么搞成这个样子啦？”

雅欣也看到了：“哇，跟人打架啊？被撕烂的耶。”婉儿也投来关注的目光。

“不是不是！”艾司手忙脚乱地比画着解释，“你们听我说，我救了一只小猫咪耶，有只坏狗狗有那么大……”

这一夜，艾司都没睡，满脑子里想的都是那只小黑猫，会不会下雨，会不会刮大风，失去了小黄猫的小黑猫，会不会怕黑……

同样一夜没睡的，还有一个叫杨聪的人，他侧躺在一个无人的角落，努力睁大那双黑豆小眼睛，思索着：那小子的身手真不是盖的，可他的智商好像很有问题，不管别人说什么他都信的样子，得想个什么法子，要是那小子肯帮着自己打架，那我杨爷就……嘿嘿嘿……

12

被艾司打痛的雄师正在二三环间游荡，受了惊吓的它专拣偏僻小巷走，主干道车来车往太可怕了，谁知道小巷里也不安全。

饥肠辘辘的它饿得两眼冒着黄光，它又听到了脚步声，选择了一处利于自己发起攻击的地方，潜伏下来。

司徒笑很烦，很郁闷。

这两周，司徒笑很难过。

追蟋蟀，闯过五条主干道，造成十九起车祸，所幸没有人员伤亡，但司徒笑打空了一整个弹夹，共计十八枚子弹，停车场有十五辆车因直接或间接原因被他损毁，购书城的短暂混乱，造成两人轻伤一人重伤，全都要算在司徒笑头上。

英姐很客气地将司徒笑请进办公室："刚才交通部的长官，就站在你站的这个位置，唾沫横飞地骂了我半个小时，口水都吐到我脸上了，需要我转述一遍他的话吗？"

"不需要，英姐！"司徒笑笔直端立，目不斜视。

"你就不觉得羞愧吗？！"程英一拍桌子站了起来，"你以为是拍警匪片啊！还当自己是街上的小流氓啊！无组织纪律，无视群众性命，你就是这样当警察的？"

司徒笑如雕像一般，心里清楚，若英姐提当年，那就是真的生气了。

接下来就是司徒笑的老程序，写报告、做检讨、交出配枪，半禁闭一般在局内办公，司徒笑也知道这段时间风声紧，自己要乖，虽然他可以不在乎刘显和，但若把英姐惹毛了，可没好果子吃。

但他并没有就此放弃伍家的案子，他在局里遥控指挥。

每天听着手下汇报伍文俊和卓思琪的行程，研究着一些他并不怎么熟悉的法律和财务资料，他毕竟不是专业的，司徒笑确实看不出问题来。但卓思琪最近一段时间的举止有些怪异，她先后去了好几个领事馆，澳大利亚、丹麦、英国、美国等等，若说是生意上的往来也不像，私人交往也谈不上吧？手下没能跟进去，也不知卓思琪在干什么。

而伍文俊则往律师瞿森那里跑得很勤，但似乎又不是太在意他被坑的那笔巨款了。黎晓玲那边旁敲侧击，却也问不出什么端倪，很是担心。

至于那两个疑似杀手的嫌犯，一个只能从租车行查到他用的假身份证，他是从没有监控的郊区开车进城的，在停车场追丢后便不见了踪迹，而在图书城的监控视频里，根本就拍不到那人的面部特征。唯一的收获，就是那人的右手虎口位置，发现一枚像是蟋蟀样的文身，但是那枚文身不大，很好掩藏。

另一个更是离奇，调看了图书城周边所有监控，都没能找到他的任何踪迹！就连图书城里的防盗监控，也没能拍到那个大叔的正面影像。那个大叔好像凭空出现在图书城，离开图书城之后，又凭空消失了！办案人员从未遇到过这种情况，分析了各种可能性，但没能找到半点佐证。

两周时间一晃就过去了，整个案子好像陷入了波澜不惊的平稳期，受到惊吓的两个杀手也销声匿迹。

四条人命，前后一个多月时间，司徒笑还因缉凶心切违反了警务条例，被批评被处罚，这些都能接受，但案件仍然毫无进展，这令司徒笑很烦，很火大。

他缓释压力的方法也很简单，轧马路，他就像一台永远不知疲倦的机器，迈开双腿丈量海角市每一条道路的长短，通过双腿有力地轮替蹬踏，将体内的压力转至脚下的大地。

司徒笑轧马路时还有个习惯，他总会拖上一个人，也不管对方乐不乐意，一路上他会反复地思考回忆，将案情的每一处细节，每一个疑点都说出来，分析其中的可能性，而那个被逼的陪衬，一般都是高风。

司徒笑今晚找上高风时，高风正在陪黎晓玲散步，所以今夜三人行。

“如果伍文俊是报复杀人，那么他是怎么联系到杀手的？如果不是伍文俊那又会是谁？如果这两起车祸都是人为，伍文斌死于谋杀，那么凶手是谁，出于什么原因和理由要杀他？卓思琪和伍文斌的死究竟有没有关系？杀手是与卓思琪和伍文俊两个人都有关呢，还是与他们其中一个人有关，甚至与他们都无关？……”

一路上司徒笑会滔滔不绝地提出问题，高风安静地听着，只有黎晓玲安分不下来，听到路旁电器店摆出的电视上播报着“紧急通报”，还大惊小怪一番：“喂，有只狮子跑出来了耶！”

“不过，从卓思琪在伍文斌死后进行股权收购行为来看，让人不得不产生怀疑，我想把追寻线索的重心放在卓思琪这边，她最近老是往领事馆跑，行为也很古怪。晓玲，根据你对卓思琪的了解，能做个侧写吗？”

黎晓玲偏过头来：“我要收费哟。”

司徒笑沉默，高风不满道：“晓玲。”

黎晓玲道：“好啦好啦，开个玩笑嘛，那么严肃干什么。卓思琪这个人呢，我与她见面的次数也不多，就前一阵子办丧事的时候，看见她的时间多一点。她穿得比较严谨，但打扮化妆这些是比较妩媚的，给人感觉以一种女强人的外衣掩盖了她作为女人的内心。从生活细节看她很有规律，而且都是按程序一丝不苟地进行，有两种情况，一是这种人心思缜密，考虑周详，谋定而后动，可以看出许多她身为上位决策者的痕迹，她会在要做一件事情之前就将所有准备工作都做好，一旦出手就会按既定步骤一步一步地推进，将所有障碍和突发情况都考虑在内，并有相应的应对策略。”

高风思索道：“如果是这样的话，那这次司徒还真碰上个劲敌了，还有一种情况呢？”

“还有一种情况，就是她小心谨慎，掩盖了许多不为人知的秘密，因为一个人身上背负的秘密越多，她要考虑的问题也就越多，生怕一个差错露出什么破绽，不露破绽的最好办法，就是按照生活习俗中的标准礼仪，一丝不苟地规范自身行为。如果是这样的话，她内心积藏的压力会越来越大，需要找一个无人认识的地方彻底发泄。”

司徒笑听懂一部分，反问道：“情绪的堆积会濒临爆发边缘，这种爆发是否会触碰法律的底线？”

黎晓玲笑道："你太小看情绪的爆发了，严重的负面情绪爆发可以达到一种连自己性命都不顾的歇斯底里，别说触碰法律的底线，他们甚至能挑战你对邪恶想象的极限。"

不知不觉，三人已经走进无人的小巷。

高风沉吟道："这样说来，第二种情况比第一种还可怕？"

"那也不一定，只要有发泄的途径，情绪就不会一直堆积下去，我在卓思琪身上没有看到多少情绪失控的征兆。"

那么还是第一种情况吗？高风见司徒笑不语，也不愿去打断他的思路，可是黑暗中那两个黄黄的像小灯泡一样的是什么？

"喂！"高风碰碰司徒笑胳膊，"那是什么东西？"

黎晓玲抬头看了一眼："一只猫嘛，这有什么大惊小怪的。"

司徒笑也看了看，像是某种猫科动物，只是……就一只猫来说，那两只眼睛的间距，是不是大了点？那只猫的脑袋很大呀。

司徒笑感到一丝危险，大脑开始自动分析轧马路时收集到的各种信息，人流声、交谈声、车声、喇叭声，各种场景被一一剥去，最后只剩下一个声音："紧急通报，紧急通报！……"

两只黄色灯泡迅速接近，司徒笑猛一发力，将旁边的高风连同高风旁边的黎晓玲一起推开，刚刚做完这一动作，便是呼的一声，一头体长超过二米五，体重超过二百公斤的非洲雄狮在夜光下舒展四肢，箭射而至，直扑司徒笑。

司徒笑已来不及闪避，他做了一个双腿微分，不丁不八的站姿，捏紧了簸箕大的拳头，暗喝了一声："来得好！"

生死攸关的一瞬间，周围的一切似乎都变得缓慢下来，司徒笑甚至能清楚地看到，那头雄狮在空中将它的头缓缓扭转九十度，以便那锋利的牙齿更好地咬住自己的脖子。

司徒笑轻轻后仰，微微偏头，握拳的手自右下而左上，一记漂亮的勾拳在空中直追闪电，当司徒笑的指骨和雄狮的颊骨进行强强硬碰时，司徒笑就知道，打中了！

雄狮打着旋儿从司徒笑右肩擦过，胡乱挥动的爪子依然给司徒笑留下三道血痕，硕大的身躯被司徒笑一拳打得在空中整整翻转三百六十度，才重重落地。

那一记重拳顿时打得雄狮七荤八素不辨东西，不过司徒笑显然没有就此放过的意思，他清楚自己刚才不过是在雄狮的突袭中捡回一条命来，那一拳若没有打中雄狮，此刻自己的脖子已经在雄狮嘴里了。

司徒笑三步并作两步追上前去，雄狮还在地上翻身尚未站起，司徒笑一个扑抱压在雄狮身上，一手穿过雄狮鬃毛箍住了雄狮脖子，另一只手不停肘击雄狮头部，雄狮好几次想扭过头来咬司徒笑，都被司徒笑狠狠地打了回去。

一旁惊魂未定的两人只能当了看客，高风还好一点，在他心里，他所认识的那个司徒笑一贯就是这么猛烈，旁边的黎晓玲则完全被震惊了，除了无意识地重复着："Oh，My God！"找不到别的表达方式。

司徒笑连续猛击了六七次，那雄狮四肢一松，整个儿瘫在了地上，司徒笑兀自不放心地又打了两下，见雄狮没了反应，这才起身，活动了一下肩颈关节，长出了一口气，仿佛打得很过瘾。

司徒笑扭头看了看，对两位观众道："打电话叫人。"摸了摸雄狮，"它没死，晕了。"

那一刻，清风雅静，黎晓玲听到自己吞咽唾沫的声音，问道："司徒他……他……他真的是人类吗？"

高风答道："我不是很清楚，你去问他吧。"

或许是痛殴雄狮令司徒笑的情绪得到了发泄，又或许是在雄狮身上找回了昔日的自信，司徒笑有些闲不住了，最近风声似乎已经过了，他就像头蛰伏一冬的大棕熊，又准备出来活动活动筋骨了。

老刘同志在办公室里，透过玻璃窗看着晃动脖子，掰动指骨发出咔咔响声的司徒笑，心里都有点发憷，这小子，莫不是又想搞风搞雨了？

司徒笑曾向购书城索要了当日的监控录像，除了分析那个杀手的动作之外，还找到了卓思琪的监控，不过只有一小段，后来场面混乱了，就没找到人了。

那一小段监控，司徒笑也觉得不对劲，就像前段时间看车祸现场监控一样，一开始还是没看出问题来，可他反复看，反复看，最后发现，原来是卓思琪的儿子不对。通常带小朋友在节假日去购书城买书，小朋友应该兴高采烈才对，就算刚死了父亲外公外婆，大舅舅重伤了，可孩子嘛，毕竟不会像成人那样终日郁郁寡欢。

可监控上的伍永龙，好像一点都不高兴的样子，而且拽着妈妈的衣服往前走，但卓思琪却停着没动。

司徒笑透过模糊的监控，得出一个结论，卓思琪停步的地方，并不是儿童书柜，她在自己选书。司徒笑只能看到画面上的大标牌，卓思琪他们当时停在社科书区，监控画面显示，卓思琪在这里停了足足有两分钟，奇怪的是，她并没有抽出其中任何一本书来，末了还有意无意朝监控瞟了一眼。

难道是在这里安排了什么接头暗号？或是她已经发现了自己被杀手跟踪？可是杀手发现自己暴露，引发骚乱已经是十分钟之后的事情了啊？当司徒笑在办公室里看监控时，也会忍不住胡思乱想，现在他想明白了，还是得去现场实地看一看，说不定会有什么发现。

那几个没义气的小子都知道，笑哥现在是戴罪之身，听说要和笑哥一起出去活动，没人愿意，连好学的章明都磕磕巴巴找了个理由尿遁了。

浑蛋，明明就是杀手太厉害了，关我什么事，怎么能都算在我头上呢？司徒笑愤愤地想，一个人去了购书城。

当时卓思琪应该是站在这个位置的吧？司徒笑凭着记忆找到一个地方，顺着看过去，书架上摆着一排社科书，如果是冷门书籍，又没有新书上架，这些书架上的书大概不会有太多变化，司徒笑目光俯视，半蹲下来，尽量让自己与卓思琪的目光保持一个高度。

书架上什么书都有，而且被随手翻阅之后往往会放回在同一排另外的位置，若在书的侧页做什么暗号也太明显了，也很不科学，可卓思琪在这里待了两分钟，究竟在干什么呢？

司徒笑的目光在书架上一排一排地浏览着，同时回忆着卓思琪的眼神、她的举止，蓦然，一本书的名字跳入司徒笑眼帘《移民，你准备好了吗？》。

再联想卓思琪这两周的举动，她想要移民！卓思琪想移民？司徒笑被自己这种突然冒出的想法吓了一跳，那么大的公司，不要了？她哥哥还没死啊，也不管了？她筹措大笔现金流的账目的确没有问题，可是，如果那笔巨款不是用来参加招投标的，那么柏铺村地块招投标只是一个幌子，她要将巨额资产转移国外，那么在账目上做的那些让人眼花缭乱的举动是否会有合理的解释？

通过这些天对恒绿公司的探查，司徒笑已经掌握了一些信息，没错，恒绿公司的确在很早之前就开始关注柏铺村地块的招标竞投，也一直是由卓思琪在负责这件事，而且已经取得了极大进展，可招投标马上就要进行了，这个项目一旦拿到手，他们公司的资产说不定都会翻番，这个时候卓思琪却在积极考虑移民，这里面有很大的问题。

司徒笑不禁想起黎晓玲给卓思琪做的侧写：“考虑周详，谋定而后动！”

她想离开，肯定有原因，那笔消失了的资金，一定还掌握在卓思琪手中，不过让司徒笑有些忧虑的是，自己手中没有直接的证据，无法冻结卓思琪的资金链。招投标，巨额资金去向不明，资金的调动发生在伍文斌死后——招投标的事会不会和伍文斌的死有关？

这起富豪连续被杀案由于杀手的介入，线索扑朔迷离，这种案子司徒笑也是第一次碰到，感觉千头万绪，却没有一条线索足够明确。司徒笑站在书架前想了很久，用手将几近光洁的圆头往后摸，暗想：查吧，沿着时间线往回追溯，总能查到与案子有关的线索。

这时候，负责监视卓思琪的李开然打来一个电话，说卓思琪刚刚怒气冲冲地离开公司，可能有什么事情发生。

司徒笑叮嘱他好好跟紧，开车回警局，他一路上都在想，招投标的事似乎一直摆在明面上，但却被他们忽略了，这么大的招投标，里面涉及的内幕肯定不少，说不定就有伍文斌被杀的真实原因在内。

还没到警局，李开然的电话又来了，原来卓思琪回到伍家，和伍文俊大吵了一架，由于不敢跟近，所以原因不明。

司徒笑让李开然先回恒绿公司，想办法打听清楚卓思琪发火前发生了什么事，李开然这些天和恒绿公司的女职员混得很熟，也探到不少正常办案探不到的消息。

如果是伍文俊打了电话，那么在电话里就骂回去了，定是卓思琪发现伍文俊做了什么对不起她的事情，那件事情不仅碰到了卓思琪的痛处，而且她还不敢张扬，会不会和偷情有关？

司徒笑打电话联系黎晓玲，让她帮忙从伍文俊嘴里套口风，黎晓玲答应下来。

回到警局，司徒笑马上布置了一项任务，让组员们想办法查柏铺村地块招投标的事情。一些公开事件是很容易查的，但司徒笑想知道内幕，这可就难坏了组员们。

“笑哥，你要查的这些信息，好像至少要个调查令吧？”朱珠小心地提醒道。

司徒笑想了想，压低声音问道：“这个调查令，好像到老刘那一级的权限就够了吧？”

朱珠点头：“是啊，可是，老刘会给你签吗？”

司徒笑将声音压得更低，附在朱珠耳边道：“你弄一份调查令来，我替他签。我教你怎么去要……”

朱珠一双眼睛瞪得老大，差点惊呼出来，好半天才平复心情，哭丧着脸：“笑哥，你不要拖我下水啊，人家还没结婚呢，不想这么早死啊。”

13

柏铺村地块招投标计划是今年五月启动的经济区建设工程，目前有意向参与投标的有五家公司，分别是恒绿、钧鸿、乐苑、新东以及帝锦，本来赵氏集团也有意加入，但不知什么原因中途退出，剩下的五家地产公司中，就数恒绿公司实力最为雄厚，不出意外，他们拿下这块地本该十拿九稳，可现在，接连的事故，让这场拍卖走向变得朦胧起来。

以前司徒笑曾让人查过，但仅限于恒绿公司内部，对这块地的招投标工程并未深入调查，如今要细查内幕不是件容易的事，各自分头行动起来。

到了晚些时候，黎晓玲打来电话，说已经探听出吵架的原因了。

“你确定？”

“当然，你也不看是谁去问的。我告诉你啊，赶紧登录网站……”

黎晓玲给出一个网址，似乎是一个较为高端的商务信息网，司徒笑用黎晓玲提供的账号登录了，看到了论坛里那篇让卓思琪勃然大怒的帖子。

那是一封匿名求助帖子，说的是自家嫂子偷人，还讹诈小叔子的家财，下面还给出了一份偷人的证据，那是一份差旅账单报销记录，用红笔标出了嫂子每年的某个时候，都会用各种借口出差私会情人。

这封匿名帖很显然是针对卓思琪的，已经发了有一段时间了，而且每天都会被顶到最显眼的位置，应该是伍文俊搞的把戏。

司徒笑看了看后面同样也是匿名的回帖，发表的意见大多是，该杀、卖非洲、浸猪笼之类的，这好似小孩子般恶作剧的谩骂帖有什么意义？若换了自己，根本就懒得理会，可卓思琪为什么会被激怒？还是说，这帖子里隐藏着什么她不愿意被人知道的信息？

司徒笑将目光重新锁定原帖，看着报销单上的时间数据，七月四日，七月三日，七月六日，七月七日……

七月七日！

司徒笑坐直身子，迅速而完整地浏览了一遍帖子，卓思琪近六年来，每年几乎都是七月头几日出差，十一、十二日左右返回，当然，对一个常常出差的女强者而言这并不显眼，除非有心人特意地调查和寻找，还须是对她行止非常熟悉的人，伍文俊应该不可能查到这一步，难道这是伍文斌暗中查的？这是导致夫妻反目，伍文斌死亡的原因吗？

司徒笑大脑中对七月七日这个时间，有个模糊而强烈的预感，这个时间很关键，如果这个时间出发，那么视与情人距离远近，与情人幽会的时间要么在七月八、九日，或是十、十一日，不对，让自己心生警觉的不是这个时间，七月七日，到底七月七日有什么问题？七夕情人节？那是农历吧，但是自己在哪里有听过这个时间段啊？

情人……龙建！

司徒笑猛地一拍脑门，想起来了！

龙建的死亡时间，七月七日，708变态凶杀案！龙建的妻子说他每年这个时间出门独自旅行，最长不超过三天，时间也吻合！不会这么巧吧？

卓思琪的情人是龙建？那龙建的死与她是否有关？如同被一道闪电击中，司徒笑心中的疑惑接二连三地被解开。

在追捕那个利用事故制造死亡和杀戮的杀手时，高风提到担心凶手有枪，自己曾有个模糊的念头，当时一直没想起是什么来，现在豁然开朗，那个杀手的行为模式和逃亡的剽悍程度，与那名变态凶杀犯何其相似，自己一直想不明白，那个变态凶杀犯为什么能有那么强，难道说，他也是一名杀手？

如果龙建是被卓思琪雇人杀的，那么708凶杀案的其余三名死者是否死于类似的原因，虽说都是普通人，可谁能断定普通人身上没有隐藏大秘密？反过来说，若卓思琪敢雇人杀了自己的小情人，那么她再雇人杀死自己的丈夫也就不足为奇了。

伍文斌起疑自己妻子不忠，卓思琪慌乱下请杀手杀了自己的小情人，企图销毁证据，丈夫还是不依不饶，想查出奸夫并将她逐出家门，索性一不做二不休，雇人把丈夫也杀了，做得都很干净隐秘，不会惹人怀疑。这个假设在逻辑上是说得通的，只是，其中有太多的“为什么”无法解释。

为什么伍文斌会起疑？卓思琪偷会六年都没露出破绽。为什么她的情人会是龙建？两人身份地位相差如此之大。只是私会情人的事情暴露就让卓思琪雇凶杀人？什么事会驱使她做出如此疯狂的决定？

没有证据的假设只能是胡思乱想，司徒笑隐隐觉得，如果解答了那些为什么，说不定就能查出伍家凶案的真相，而同时，708凶杀案也会有关键的线索被抓住。杀手？那个变态的杀手和制造事故的杀手明显是两个人，还有那天在购书城看到的另一个中年大汉，他是不是那个变态，还是另有其人？海角市到底有多少杀手，从哪儿冒出来的，以前怎么没见过？

司徒笑隐约觉得，事情在向不妙的方向发展，自己现在查的，好像只是冰山一角。

卓思琪和龙建的出行时间惊人地吻合，但他们是否有所关联还只是司徒笑的一种直觉，证据，他需要的是证据。当初查龙建之死时，司徒笑他们曾查过龙建的情人，但龙建隐藏得很好，他家里没有任何线索。不过，当时查得未必很细，司徒笑觉得，有必要再查一查龙建和他的情人。

只是龙建的案子已经不在司徒笑的管辖范围之内了，不能找组员去，这事要是被老刘知道了又会参自己一本，不用选，司徒笑首先想到的就是高风。

“高风，还记得龙建吗？”

“708的龙建，怎么会不记得。”高风脱口而出，跟着一愣，惊恐道，“你还在查！”

司徒笑赶紧捂住他的嘴：“你小声点。”四顾张望一番，“跟你说个事儿……”

高风听了司徒笑的分析也是诧异：“不会这么离奇吧，这两个人身份差太多了，怎么能走到一起去？你有几成把握？”

“这个，要查了才知道，孟庆芝没见过你，你出面比较合适。”

“为什么是我，你自己怎么不去？”

“图书城追那个杀手不是把事情搞大了吗，我现在是戴罪之身，别说越权查案，就是走路姿势没有摆正，老刘都会打小报告。你戴着监听设备去，我在警局里告诉你该怎么问。”

“我不干，我又不是刑警，冒名顶替去盘问人家，被揭穿了怎么办？”

“上次兄弟我没拉你下水吧？一个小忙而已。”

“你还好意思说上次？你以为就你一个人写报告？你以为监控不到谁把车开出去的？”

“你自己想清楚，我是在帮你的晓玲查案，帮我就是帮你自己。”

“你……”

第二天。

“孟庆芝女士是吧？我是刑侦处的，关于你丈夫的案子，现在有了些新的进展，不过还有些疑问，所以来打扰了。”

“上次不是问过了吗，还有什么可以帮忙的？”

监听设备将声音清楚地传到司徒笑的耳朵里，而针孔摄像机则将孟庆芝的表情准确地记录下来传到了司徒笑的电脑中。

高风浅浅地微笑，用手扶了扶额前头发，心中暗骂：司徒，你倒是快说话啊，你不说话我怎么问？

“我去给你倒杯水吧。”孟庆芝都看出了这位警官的不安。

司徒笑趁机在无线耳塞里撺掇：“走一圈，看看四周，停，停一下，靠近点，让我看清那张照片。”高风拿起一张四人合照，四个年轻人，似乎在校园里照的，其中一个是龙建。

“那是我丈夫在大学里最好的几个同学。”孟庆芝一面倒水一面说着。

“他们都是医生？”高风随口问了句，放下了照片。

“嗯，去了不同的医院和科室，都是医生。”孟庆芝递过杯子。

“关于你丈夫单独出游的习惯，你还能回忆起准确的时间吗？”高风接过水才又问道。

孟庆芝想了想，说：“应该是十年前吧，当时我们租的老房子拆迁，我没工作，孩子又小，他一个人压力很大，说是一个人旅游可以让人好好思考，他走得又不远，每天都通电话，我本来一开始也有点担心，后来就习惯了，第二年他真的找亲戚借到一笔钱，我们才买了现在这个房子。”

“十年前哪个月，你还记得吗？”

“九月，当时为萍萍读幼儿园的事我们愁了很久，我记得很清楚。”

十年前？司徒笑调出从帖子上复制下来的图片，没有，时间对不上，事实上卓思琪较有规律的七月出行是六年前开始的，十年前她还没结婚呢。

“对了孟女士，你先前说你丈夫每年除了七月，还有别的时间也会选择单独外出旅行，不知都有哪些时间呢？是固定的呢还是随意的？”

“最近几年七月时间比较固定一点，其余的有时候九月，有时候三四月都有，比较随意。”

“都在三月、四月、九月的什么时候，你还能想起来吗？”

“嗯，太远了想不起来，但是去年十一月五号左右，他出去了一周，四月中出去了几天，前年，十二月应该出去了几天，这些和他遇害有关系吗？”

“这还需要进一步查实，不过我们警方掌握的线索越多，对破案就越有帮助，你记得他前年十二月是几号出去的吗？”

“你等等，我找一下。”孟庆芝翻出一个笔记本，看了看道，“应该是十二月八号，十一号回来的。”

“这是什么？你有记录？”

“不是，是账本，我有记账的习惯，如果阿建出门，那几天家里的鲜奶就会少订一盒。”

“能让我看看吗？你们是每天必喝鲜奶？只要少了一盒就是龙建外出的时候？”

“当然不是，萍萍有时候会不喝，不过只要是我记忆中阿建出门的月份对了，连续几天都少鲜奶那就一定是了。比如说这个……前年三月十二号，到十五号才回来，还有这个……”

孟庆芝一页一页地翻查记录，司徒笑在电脑上一个一个地比对。

不对，不对，还是不对，除了七月时间吻合，其余时间都对不上，难道说卓思琪与龙建的时间只是巧合？不过，这龙建每年独自外出的时间未免也太多了点吧？

“孟女士，你觉得龙建是个什么样的人呢？比如说他平日在生活里，或者，你们怎么认识的？”高风将账本还给孟庆芝。

“这个也和案子有关？”孟庆芝有些起疑了，这些问题涉及个人隐私。

“我们是很希望早日抓住杀害你丈夫的凶手，任何细节都有可能成为破案的线索。”高风的亲和力展露无余，他轻扶眼镜，一派书生气息。

“阿建他，对我很好，也很爱我们的女儿，原本我在超市工作，自从有了萍萍之后，阿建就让我回家休养，说生活来源不用我操心。家里的事他做主多一些，嗯，有时候也不是什么事都告诉我，但也只是不想我操心，家里条件困难时他也一个人扛下来。只是……我不知道是不是女人的天性，有时候他独自外出时间太多了，我……我竟然有些怀疑他在外面有人……他很爱这个家的，我不该怀疑他啊……”似乎触及了龙太太的伤心处，她掩面哭泣起来。

司徒笑又问了一个问题，高风有些不忍，司徒笑在耳塞里催促：“快问，快问。”

“龙太太，你为什么会怀疑你丈夫出轨呢？就因为他常常独自外出吗？”高风换了称谓，以唤起孟庆芝的某些回忆。

“不是。”孟庆芝抽吸了一下，止住伤痛，“他……他每次外出都会打电话回来的，而且我随时打过去他都会接，在外面有女人的男人不会这样。只是……只是我有几次听到别人说，他和别的女人在一起，他回来不会怎么提起的，我有时候会问他，他也总是开玩笑一样转移话题，我感觉他就算在外面没女人，似乎也不是什么光彩的事。警官，这和他的死有没有关系？我知道他是爱我的，或许我早点劝他就不会这样了。”

“上次我们同事来询问的时候你为什么没说这事？”

“当时我乱极了，我很害怕，我不知道我一个人带着萍萍，要怎么活下去，我……”龙太太又哽咽了。

“龙太太不要太过伤心了，你……你都是什么时候听到别人提起你先生在外面和别的女人在一起的？你有没有打听过那女人长什么样？”高风跳过一个问题，自己加了一个上去。

“没有，这种事情他们怎么会当着我说，都是在背后议论。”

“你……能不能给我们一份在背后议论这种事情的人的名单啊？”高风在心里暗骂：司徒笑，我下次绝不会帮你问这么缺德的问题。

“为什么要这个？你们也怀疑阿建在外面有人？”

“我们不会放过任何一个细微的线索，说不定里面会有破案的关键。”

“可是，你们这样去问，那我……”

“孟女士，我知道这样会让你难做，但你要考虑清楚了，这关系到你丈夫的真实死因，我们不会强求你，你可以仔细考虑一下。”高风决定不用司徒笑的说辞，自己做主。

孟庆芝低头沉默片刻，找来纸笔写下人名和地址，高风起身告辞：“打扰了，一有新的进展我们会第一时间通知你的。”

一出门高风就发狠话：“不陪你玩儿了，这些人要问你自己问。”

“都是左邻右舍，你多几步路，要问就一口气问完啊。”

“你让我提的都是什么问题？你倒是躲得远远的，我要和人家面对面，你让我一个男的，去问人家夫妻一周过几次夫妻生活，叫我怎么问？”

“所以说你和尸体相处时间太长了，都不会和人相处了，就说是破案需要嘛，夫妻生活的质量和数量与男人在外面有没有情人是有直接关系的。”

“放屁，我要回去了，我那边还有一个肝毒分析没做呢。”

“不知道晓玲听到你对她‘男朋友’的案子是这个态度，会是怎样一种心情啊？”司徒笑在另一头威胁着。

“龙建的案子和卓思琪的案子，有毛的关系，我看你是在胡扯，就想支我当枪使，替你背黑锅。”

“唉，晓玲啊，晓玲。”

“司徒笑，我看你最近很不正常，你该去看医生了，是不是因为两起案子都没破获，两个凶手都在你眼皮下跑掉了，所以才拉我来陪你发疯？

妈的，第一个先问谁。”

“这才是好兄弟嘛。”

……

高风将零星的记录扔到司徒笑面前：“你觉得他们说的是同一个人吗？根本就是看龙建常一个人出去，大家闲得无聊，编些闲言闲语打发时间。”

高风的每次问询司徒笑都等于亲身参与，自然知道结果，在孟庆芝提供的名单中，有些人纯属以讹传讹，但也有些人言之凿凿，说得有鼻子有眼，但他们说的女子各不相同，甚至还说龙建将有些女的肚子都搞大了，怎么听怎么像江湖传言、八卦新闻。除非龙建是一个情场老手，可从照片看人家长着一张老实脸，又不是什么大富大贵之人，能有老婆就不错了。

司徒笑淡然自若：“恰恰相反，我觉得这正好解释了龙建每年都有几个月不定期独自出行的原因。”

“什么原因？”

“非法行医。”

高风一愣，在大型医院的医生确实常有利用休息时间出诊下级医院增加自己额外收入的做法，若是外科大夫被称为走刀，若距离远就是走飞刀，但若超出了自己的行医职权范围，那就是非法行医了。

“这方面你应该比我懂，你说有这种可能性吗？”

“可是医生通常有违法阻却约束，说他揽私活我没意见，你说他非法行医可能性不大吧？他是有执业医师证的。”

“嗯，不对，揽私活不用瞒着太太，我估计里面有违法的成分，所以龙建每次单独出行这么小心，他是妇科医生，以你的专业，妇科医生哪些行为会构成违法？”

“超范围行医，比如干麻醉或主刀胸外什么的。”

“不对，如果邻居传言是真的，那么和他在一起的应该是不同女性，估计他还是在从事妇科的本行，在这个行当里面有什么是不能被人知道的，或是触犯法律的？”

“这个……利用职务之便性侵患者？非法堕胎？替有案底的通缉犯进行妇科手术？”

“非法堕胎。”司徒笑想起那些邻居说的大肚子，微微点头。

“这个和卓思琪有什么关系，难道卓思琪每年七月去堕胎一次？”

“你的思维迟钝了，如果龙建每年单独出游是为了揽私活，那么他每年固定时间出游则是为了会情人，二者并不矛盾。”

“问题是证据，你还是没找到你想要的证据，你只有一个巧合和一个假说。”

“证据会有的，只要我们不断地挖下去。如果两个人真的有关联，假设成立，那么这就是一个典型的时间回溯交叉案件，他们为什么会认识，他们是怎么认识的，在过去时间的某一点，一定会相交。”

“就算他们真的是情人，我还是不觉得，龙建和伍文斌的死会有什么关系。我的任务完成了，接下来就是你的事了。”

“我也该回过头来，看看柏铺村地块招投标的事情内幕了，看它到底与伍文斌的死有没有关系。”

14

金威大厦，八十层，大会议厅。

亚联堂会。

这一次，人来得特别齐，除了金鹰堂的手下，许多久不露面的爷叔也出现了。

拜关二爷，上头香，落座。

会议厅正中是巨型椭圆桌，主座金龙太师椅空悬，左手第一位是陈孝康，他大档头的身份不仅是洪胜天身边第一保镖，同时也是整个亚联的武装总头目。

坐在右侧第一位的则是麦德龙，他仅花了不到两年便坐上了亚联智脑的位置。

陈孝康往下是徐元朗，亚联在海角市设的金鹰堂堂主，尽管道上的人都说徐元朗是靠吹捧舔拍上位，但这金鹰公司已成为海角市经济支柱型企业之一，却是不争的事实。

徐元朗对面就是洪泽屾，虽然他是亚联赤蛇堂堂主，但跟着龙头洪胜天已有大半年了，许多人暗中猜测，这是龙头洪胜天准备传位给这个名义上的侄子。

徐元朗再往下是远道而来的巨鹿堂堂主千岛太郎，再往下金鹰堂的坐馆没来，空了一位。

后面是金鹰堂六位道头中的四位，来了千头莫建雄、刀头毛一波、蛇头沈毅和神头罗志强，鸦头与包头两人没来。

对面洪泽屾身边只带了坐馆红枪保镖，没有带坐馆和堂下道头，他的下手方是天涯市龙象堂堂主徐振业，说起来徐振业还是徐元朗的叔叔，徐元朗的爷爷徐胜地在世时徐振业管他叫叔。

徐振业旁边坐着他儿子，同时也是龙象堂的坐馆徐威，年轻人二十出头，端坐自若，毫不怯场。在徐威下方，龙象堂六位道头悉数到齐。

在椭圆桌两侧座位后面，各有两排座位，便是各堂道头下面的街馆、头马、舵手等小头目，再往后站着的则是有资格参加堂会的精英帮众。

在龙头太师椅后方同样设三排座位，第一排是执事位，后两排都是爷叔位。

整个会议厅被百来人挤得满满当当。

虽说是金鹰堂的堂会，但有大档头陈孝康在，堂会就轮不到徐元朗主持。

“洪爷交代了，今天的堂会，由我代他主持。”陈孝康不咸不淡地说出这句话，立马就有人发声质问：“我不是怀疑你，孝康，但是胜天到底怎么样，今天当着这么多爷叔，你总该跟我们交个底吧？”

说话的人坐在爷叔座上，鹤发豪眉，老而弥坚，正是在中国养老的一众爷叔中，资历最老的洪兴安，严格算起来，洪胜天也要叫他一声叔。

一石激起千层浪，立刻另一名爷叔也附和道：“是啊，孝康，连雄哥出殡这么大的事情，洪爷也没出面，到底是怎么回事？现在道上其余帮派都传开了，我们亚联群龙无首可不行啊，振业啊，太郎啊，他们多半也是为这事儿赶过来的吧。”

陈孝康当然知道这些爷叔和堂主的心思，如果龙头洪爷确定死亡，那么亚联就要改选龙头，亚联分布在全世界二十几个堂口的堂主和数百名有财力有实力的爷叔，都想争一争这个位置，还有洪爷留下的那笔基金也会启动，恐怕就算那些实力不够、争不了龙头位置的人，也想从基金里分一杯羹。

但这可不是今天堂会的主要内容！陈孝康看了看麦德龙几人，他们几人都是当天在场的，消息有可能从任何一人嘴里走漏出去，不过洪爷目前的情况嘛……

“我知道你们想问什么！我可以明确地告诉你们！洪爷他老人家，还活得好好的！”陈孝康掷地有声，“洪爷只是偶感小恙，医生说，他需要静养，不能过度用脑，所以洪爷才让我暂时替他处理亚联事务。至于你们道听途说，那些有的没的消息，趁早收起心思。”

陈孝康说得斩钉截铁，但心里想到的却是那日医生的话：“真是好险哪！幸亏洪爷是镜像心脏，子弹擦着心包膜飞过去，否则神仙都救不回来。”

而堂上当日亲眼看到洪胜天中弹的其余三人，都愕然地互相打望，不太明白陈孝康为什么要这样说。

“既然这样，那他该露个面，这些流言，自然就没有了嘛。”洪兴安淡淡地提了一句，敢当面质问陈孝康的，本来也没几人。

“安爷，”陈孝康不卑不亢，“让洪爷休息是医生的决定，至于洪爷想见什么人，不想见什么人，不是我们能替他决定的，因为几句流言，洪爷就要站出来证明自己吗？这才是笑话吧？”

洪兴安也不过分紧逼，默认了陈孝康的话，不再追问，但堂下却又有人质问：“那为什么华叔死了，洪爷也不出来？华叔可是一直挺洪爷的，想当年——”

“大胆！”陈孝康拍案而起，“你是什么人？有什么资格在这里说话？咆哮香堂，来人！拉下去，杖刑！”

说话的人坐在徐元朗这一排后面，不知道是哪个道头下面的小头目，徐元朗很尴尬，若出言制止吧，会让人觉得是自己唆使手下挑事，若不制止吧，怎么维持他在金鹰堂的威望？

正想着，突然瞥见对面徐威露出戏谑的表情，徐元朗恍然大悟，这一定是徐振业父子安插在他金鹰内部的探子，这时候跳出来，就是要让自己难堪！王八蛋！别以为洪爷出事了，就一定轮到你徐振业来扛头！

就这么一愣神犹豫，那名手下已经被两名维持秩序的人拖走了，那些人都是陈孝康一手培训出来的档徒，算是洪胜天的亲卫军，一身黑色特战服，据说他们的实力和部队里的特种兵不相上下，至于真相如何，没人愿意以身试法。

那吵闹的人却依然不知死活地吼着："我听说洪爷中枪了，洪爷到底死没死，我们要知道真相！我们要真相……"

陈孝康慢慢坐下，轻描淡写地吐出两个字："杖毙！"

"唉……"徐威似乎有话要说，但他的父亲徐振业不动声色地转头望过来，让徐威将后面的话都咽了回去。

外面传来几声惨叫，先是高亢，而后转弱，没多久就没了声息，至此，堂会才恢复了安静。

陈孝康见恢复了秩序，这才道："今日堂会，主要有两件事，其一是华叔的死，毛一波你是当事人，你来说。"

毛一波看了看坐在前头的诸位大佬，这才期期艾艾道："我们和青龙帮的梁子，早在香港就已经结下了，上次柏铺村搞拆迁，它是城中村嘛，这种拆迁的利润大家都是知道啦，我搞得好不比你们卖粉的差啊，拆迁补偿费已经开到三十块一平方米了，而且很多都是当地农户自己盖的小二层，还有一些老宅，里面的钢筋和木料都不少啦，我本身就是搞基建的，我当然要争取啦，不就是有几家钉子户想要高价拆迁赔偿嘛，这种事情我们最拿手啦，随便剁他两只手，没有人敢不搬的啦……"

"说重点！"陈孝康不耐烦了。

毛一波赶紧道："就是说这里面的利润大家都知道，他青龙帮肯定也不会放过这块肥肉，他商红兵先去钻的路子这我承认，但是没有我们亚联的关系硬这不怪谁吧？这种事情各凭本事，谁拿到是个人的本事，他凭什么不满？只是没想到他妈的下黑手啊，我们伤了十几个负责拆迁的兄弟，我手下的阿连和光头陈都伤得不轻！"

"哼，"徐振业的一名手下轻声道，"听说光头陈是为了保手下自残两指？"

说话的人坐在徐威身后，又是一名不在椭圆桌旁的中下层，长得豹头环眼，莽气十足。陈孝康眉毛一挑，还未发话，徐威先开口了：“鲁超，这里没你说话的份，给我闭嘴！”

陈孝康也就不再发话，毛一波解释道：“是，我们当时收到消息，青龙帮的人要玩儿阴的，结果那几个放哨的家伙居然失职，不然我们的伤亡也不会那么大，事后总要追责嘛，光头陈这才断指把事情揽下，他也受了很重的伤。我们亚联人什么时候吃过这种亏，我当然要找商红兵要说法，他估计也知道自己理亏，所以想找华叔帮他摆平这件事情，但是我真的没有想到，他们竟然敢对华叔下手……”

“你等等，”这次说话的是龙头座椅后方的一名执事，他大腹便便，魁实霸气，声如洪钟，“你说是商红兵的人杀了华叔？事情发生的时候你在什么位置？你哪个手下看到商红兵的人动手了？有没有确凿的证据？”

“这个……当时很乱……”毛一波心虚了，那名叫杨星的执事有些实权，是大元老陈胜海当年的干将，和陈孝康关系也不错，华叔当年照拂过许多中下层新人，这个人称叼佬的杨星就是其中之一。

毛一波赶紧解释：“但是我敢赌咒发誓，绝不会是我的手下对华叔动的手！”

“那就是没证据喽？”杨星靠坐在太师椅上，将事情点明，“商红兵来找过我，他的手下亲眼看到，是一个脸盘很大，眉毛很淡，烫着卷发的人下的手，是从你带去的人里先冲出去的，你对这个人有没有印象？”

脸很大？眉毛很淡？卷发？难道是他？毛一波对那个人有印象，好像是一个偷儿，叫什么记不起来了，陈梁葆应该知道，他下意识就想朝身后张望，但是忍住了。

只听徐元朗反问道：“杨执事不应只听信外人的一面之词吧？”

杨星道：“没错，所以事后我也做了些调查，正好小毛的手下也有人看到了，侯勇，你来说。”

毛一波一脸错愕地望向身后，徐元朗也看了过来，脸色非常难看。

侯勇站起来道：“是，那天，我看到马小波冲出去，和华叔撞了一下，当时我并没有警觉，后来执事调查华叔的死因，我才想起这件事。”

毛一波寒声道：“你当时怎么不说？你只是看到马小波和华叔撞了一下，但是并没看到他摸刀子，对不对！”

侯勇道："是的，但是我们这边的人都给华叔留出了距离，当时大家向前挤的时候，只有马小波不知为什么要撞一下华叔，而且也没有别的人靠近华叔。"

徐元朗厉声道："当时那么乱！你怎么就看到了？"

"我……我就在旁边，所以，真的，看到了。"侯勇明显怯了。

徐元朗继续问："你是真的看到了还是……"

杨星打断道："哎，你逼问侯勇有什么用，既然双方各有一人说看到那个叫什么小波的撞了华叔，把他叫出来问清楚不就行了吗？"

陈孝康发话了："马小波在哪里？"

毛一波额头开始出汗，望向身后的小头目，问道："马小波在哪里？"

陈梁葆就坐在毛一波身后："他……他和陈杰他们几个躲起来了。"

毛一波："为什么躲起来？"

身上还打着绷带的陈梁葆也是一脸无辜："我不知道他还做了这事儿，上次和青龙帮火并时，那马小波、陈杰他们几个放哨失职，阿连重伤，阿连手下的几个兄弟情绪很差，把过错都推到陈杰他们几个身上，我不希望兄弟们因这事自相残杀，所以叫他们先避避风头，暂时消失一段时间，为什么马小波会跟毛刀头一起出去了呢？"

杨星："现在不是追究他为什么会出去，我们只是要知道，他到底躲到哪儿了？"

"我真不知道，这段时间我一直住在医院里，都是听兄弟说才知道华叔出事了，我记得当时给了他们几个建议，要么离开中国，去别的堂口避避，要么去内地旅行一圈，过了风头再回来，那之后就联系不上了。"

毛一波："连你都联系不上？"

"这不就是怕帮中熟人找到嘛，他们自己换了手机号，谁都不联系……"

陈孝康不想让堂会太过喧嚣，于是道："好了，那么当务之急，就是找到马小波，华叔对洪爷一直鼎力支持，对帮中兄弟也多有照拂，华叔的死，不能就这样算了，商红兵不带人去找华叔，就不会有这件事发生，青龙帮必须给我们个交代，至于究竟是谁动的手，查出来确实是帮中人干的话，施夤刑，诛三族！"

堂下鸦雀无声，这个刑法，在亚联天刑里也算极重了，为了缓和一下气氛，陈孝康不希望授人以柄，转头道："德龙，你有什么建议吗？"

麦德龙推了推狭长的眼镜，淡淡道："马小波找不到，那天和他在一起的人不可能没有，谁叫的他我不信查不出来，怎么找到他的这不就一目了然了吗？"

"是谁？来了没有？"毛一波立刻询问，执事爷叔和其余中高层交头接耳，不过没人站出来。

麦德龙的双眸扫过全场，被那双不同瞳色眼睛盯住的人都觉得浑身不自在，麦德龙摇头道："估计没资格参加堂会，下去查一下就好了，另外警方也在查这起案子，不知道他们能不能提供帮助。"

"哎，我们自己都查不出来，警察能查出个什么鬼？"一名爷叔不以为然道。

"我联系过肖局，他们重案一组对华叔的死还是很重视的，怕我们亚联的人发疯嘛，但是只从刀口判断出凶器的形状，那公园又没监控，连参与殴斗的人他们都查不出来有哪些，更不要说查到马小波他们了。"另一名执事也对警方办案效率十分不屑。

"这样看来，华叔的事情只能加大力度清查我们内部和给青龙帮施压了，毛一波带人去查，徐元朗堂主总负责，洪堂主与杨执事共同监督，大家看这样如何？大档头你的意思呢？"

不愧是亚联智脑，三言两语就将事情分配处理好了，一番商议后，众人都表示接受，陈孝康又谈起第二件事，那就是他们亚联的毒品生意，最近被人挖了墙脚，足以提炼两吨冰毒的原料在公海被劫，原本以为对方会藏个三五年才敢冒头，但是现在道上已经有隐秘渠道销售新制冰毒，货色品质超过亚联以前在金三角和东南亚制造的产品。

这可不是坏了道上规矩那么简单，抢了别人的货，还敢大张旗鼓地卖到别人的地盘上，这是在向亚联发起挑战！由于在海角和天涯两市都有新型冰毒出现，所以陈孝康决定给予反击，查出货源，灭杀供货商！

这可不是小事，对方有底气吃掉亚联的货，还返销亚联的市场，人数和势力只怕不比亚联小，至少不会惧怕亚联的金鹰和龙象两个堂口，陈孝康的意思很坚决，那就是开战。以往这种大事，龙头老大洪爷至少得表个态，现在陈孝康一人就做了决断，其余人都有所猜疑，这陈孝康该不会想慢慢将亚联吃进自己的肚子吧？

尤其是徐元朗，他不停地给麦德龙递眼色，当天洪爷被送走急救时，只有他最亲信的陈孝康跟着去了，其余人都被拦在车外，他到底去了什么地方，现在是死是活，也只有陈孝康一人知道。今天陈孝康当着所有人的面瞎说一通，让徐元朗很是怀疑，古代有个挟天子什么来着，什么秘不发丧，慢慢夺权，这电视剧里都演过，这陈孝康不是也想来这么一出吧？

虽说陈孝康平时更像洪爷的影子或保镖，没表现出什么野心，但这人心谁知道，亚联的龙头啊，谁不想当？

还有，洪爷若真死了，可是有个复仇基金的，这个不仅徐元朗清楚，亚联乃至道上消息稍微灵通点的高层都知道。

世界上的黑帮大佬哪个不怕死？谁不知道他们的位子有多少人惦记，为了在自己的位置坐得更久，更稳一点，他们一面加强自己的安全防护，一面成立复仇基金，想杀他们，你就得掂量一下，自己是否承受得起复仇基金的反杀。

那可不是一笔小数，传说洪爷一半的家底都投到了复仇基金里面，那到底有多少钱没人知道，不过徐元朗觉得，他们金鹰堂的全部资产加在一起，估计还不够，还差得远！

但是复仇基金是会向道上公开的，那条复仇赏金的消息迟迟没有发出，也从侧面说明了洪爷确实没死。

但是从那天的现场情况看，洪爷绝对伤得不轻，就算没死，也只是吊着一条命而已——不过已经过去三个月了，现在洪爷到底是个什么情况很不好说，要是他真的被救活了而且还在恢复中，为什么至今为止，一个人都没召见，是被陈孝康软禁起来了？还是说洪爷的命，一直只是半死不活地吊着？还是说洪爷想看看，自己不在亚联时，下面的人会跳出什么花样来，如果是后者……那……

外面的传言自然不是空穴来风，虽然未必是他们四人中的某人将消息透露了出去，不过有心人从他们的反应就能猜到。

像徐元朗自己，在事发当天就做了许多准备，陈孝康有没有做准备他不敢说，但是他相信，对面的麦德龙和洪泽屾绝对也做了准备！那些为了巩固势力，为了即将到来的夺权大战所做的准备，稍微有点眼力见的人，都能看出亚联高层马上就要有大动荡了。

现在徐元朗有些后悔了，当时不应该表现得太激动，如果洪爷真的活过来了，这些小动作肯定瞒不过他老人家。

所以堂会说的什么华叔的死，什么毒品市场被抢，徐元朗都不关心，他唯一关心的是他的叔爷到底怎么样了。

后面的安排和布置徐元朗心不在焉地听完了，在嘈杂的散会声中他举目四望，麦德龙应该是最清楚整件事的人，可是他肯定会帮洪泽屾，那千岛太郎不用理会，倒是天涯市的徐振业、徐威父子要格外留意，今天金鹰堂出的丑，就是他们两父子在搞鬼，毛一波倒是不关自己的事，那是洪爷亲手提拔的人选，若是毛一波因为华博雄的事倒下了，正好可以安插自己的人手，只是不知道洪爷究竟是个什么情况，不管做什么都不敢放手去做啊……

就在此时，徐元朗看到麦德龙用手指架着眼镜，向自己递了个眼神，徐元朗会意，暗中朝他点点头。

15

另一边，徐振业和徐威父子步出会议厅，徐振业低声提点自己的儿子：“陈孝康在撒谎，洪爷的身体状况十分糟糕，只是糟糕到什么程度不得而知，我们要早做准备。在大陆就只有我们天涯市的龙象和海角市的金鹰两个堂，洪爷又是在这里出的事，他徐元朗怎么也脱不了干系，我们得争取机会，如果龙象和金鹰两个堂并为一个，我们就是亚联里最大的一个堂口，我们就有筹码去争取爷叔的支持，要有足够的话语权，才能更进一步。”

“洪泽屾呢？”

“洪泽屾不足为虑，别看他这些年跟在洪爷身边，顶多是个质子的身份，不然他台湾的赤蛇堂根本保不住，倒是徐元朗这个本家侄儿，你别看他整天笑呵呵的，阴毒得很，不过以我们龙象堂的底蕴，倒也不用觑他。

现在我怀疑洪爷知道自己快不行了，在做某些布置，像这次冰毒的事……”

“你是说……”

“回去要彻查，我们至少要保证天涯市的毒品市场仍在我们的掌控之中，陈孝康这家伙油盐不进，不然倒是可以考虑走他的路子。”

“我们不是和朴和关系不错吗？如果他上位的话，我们是不是……”

“蠢货！”不等徐威说完，徐振业喝止道，“我们不说朴和那个贪得无厌的家伙能不能扶上位，陈孝康的位置谁能扳得动？”

徐威眼中泛起精光：“这可不好说，我还没试过海豹突击队的成色呢。”

“你太狂妄了！”徐振业倒吸一口冷气，“趁早收起你的想法，别以为大档头是谁都能当的，你以为世界各国的特战部队实力都差不多？我早就警告过你，不要整天和猴子那群人混，天天听他们吹捧，你真以为你天下无敌了！”

徐威还打算反驳，却瞥见一人朝他们走来，徐振业一愣，有些不解地问道：“泽岫？”

洪泽岫微笑，点头。

另一边，徐元朗和麦德龙在暗处碰头了。

“麦大军师，有何指教？”徐元朗满脸堆笑。

“指教谈不上，”麦德龙低声道，“我们都知道洪爷到底是什么情况，现在可以确定的是洪爷没死，孝康这么说无外乎两种情况，一是洪爷恢复得不错，打算在幕后看戏，清洗一批人；二就是洪爷身体格外糟糕，随时可能改选龙头，陈孝康打算提前引爆矛盾，等改选时好收拾烂摊子。而且，从孝康的反应看，我更倾向于后者，他越是镇静，就说明洪爷的情况越糟糕，相反，若他表现得有些焦虑，与平常一贯的稳健不符，反倒是有可能洪爷的情况比预想中好。”

“你为什么告诉我这些？”徐元朗警惕道。

“同样的话我也告诉了洪泽岫。”麦德龙倒是并不避讳，直言道，“你也知道我只负责谋划，在亚联并没有自己的势力，正因为如此，洪爷才放心让我往高处走，如果我一开始就表现得热衷于权势，想扶持自己的势力，根本不可能走到今天这一步。我和洪泽岫只是师生关系，他不会对我言听计从，我也从没处处为他谋利，洪爷正是看清了这一点，才敢放心大胆地用我。所以，我不会对你们任何人构成威胁，我的兴趣只是想将亚联做强做大，成为一个可以施展我才华和抱负的平台，洪爷对我有知遇之恩，我自问对亚联可以做到问心无愧。”

哄鬼吧你？徐元朗对此只想竖起中指，你不想发财，不想有权势，混什么黑帮，但却不能否认，这麦德龙在亚联这些年确实做了很多事，的确没有哪一件是让他自己得到多少好处的。

说起来最倒霉地就数这麦德龙了，洪爷出事前，还能对他欣赏重用，这洪爷一出事，麦德龙就像个回不了娘家的受气小媳妇，在亚联里没有自己的根基和嫡系人马，到处都得看人脸色。古代帝王身边有所谓的不党孤臣，因其不党而受帝王们重用，不过一旦失势，下场往往无比凄惨。

“所以亚联不能乱。”麦德龙又习惯性地扶了扶眼镜，语气诚恳，“尤其在洪爷安危未卜的情况下。如今我们亚联全球二十七个堂口的堂主，多少都已经得到了一些不准确的消息，你等着看吧，这次堂会别有用心的真的只有龙象堂的徐振业吗？千岛太郎明着是说巨鹿堂在日本被山口组打压得太厉害，暗地里未尝不是抱着求证实情的态度，其余堂主之所以没动，不过是洪爷余威犹在，不想当出头鸟罢了，但是他们的试探一定会升级，华叔的死不过是一个引子……”

“你是说华叔的死？”徐元朗听出些味道来。

“你想想，华叔死了对亚联到底有什么好处？只会让事情变得更糟更乱，我怀疑是有别的势力勾结我们帮派里的人共同演了这出好戏，调查马小波可能不会有什么结果，他要么是真的失踪了，要么就是死了，而这个势力，可能与在公海抢我们那批货的人有关，货被劫，毒皇派人来杀，在亚联颇有威望而且早就不过问江湖事的华叔被杀，这一切都像早计划好了似的，就是想让我们亚联乱起来。”

“那你觉得，什么人有胆量做这种事？”

“体量比我们亚联小的不敢这么猖狂，而排在我们前头，又有这种实力的，不是日本山口组，就是俄罗斯战斧，这些年亚联的高速扩张已经侵犯到他们的利益，尤其在毒品这一块。最可疑的当数山口组，毕竟我们在亚洲开拓的市场有许多原本都属于他们，更别说我们在日本建了四个分堂，山口组能忍到今天才翻脸，已经很给亚联面子了。”

“山口组？”徐元朗眼皮跳了一下，这确实是一个连亚联也不愿与之正面交锋的强劲对手。

“所以我们真的不能乱。”麦德龙第二次提到，“洪爷一倒下，亚联就面临着内忧外患，如果各个堂主都为了争龙头老大而大打出手，像四十年前那样，那山口组就能趁机而入，甚至将我们赶出亚洲。如今亚联最具实力的四个堂，金鹰、龙象、鬣蜥、因哈；印度的因哈堂虽然人数最多，但成分驳杂，经济实力和底蕴都不够雄厚，较其余三堂逊色一筹；鬣蜥堂的雷辉雷扬父子同为三大元老之后，比起徐振业父子更为强势，但他们远在澳大利亚，估计舍不得拿命拼下来的三分自留地，就算想和你们打擂台也只能隔空交战，不会伤筋动骨。现在唯一剩下的两个堂口……”

徐元朗斜睨麦德龙：“那陈孝康呢？你怎么漏算了他？”

麦德龙轻笑道：“孝康和我一样志不在此，如果他真的要争，你们四个堂加在一起也不够看啊，只有他退出，你们才有机会，他本人应该很清楚，他的性格，守成有余，进取不足，所以他愿意为亚联守门户，而没有野心去争取那个所谓的至尊之位。洪爷也正是看中孝康这一点，对孝康的信任才远超我等。”

徐元朗哼了一声，不置可否，麦德龙继续分析道：“龙象与金鹰，都依托于中国大陆市场足够大足够繁荣，你们才能做大，就连正当生意，只怕也比其余小堂口的全部收益更高吧？其余堂口想要来争这个位置，除非他们联合，日本四堂合一，才有你金鹰或龙象一半的体量，本土的狼牙、拉杜、蒙脱三堂合一，也是一样，至于越老柬缅泰等国堂口，加在一起也没什么话语权，在龙头大战中他们唯一能提供的就是票数，所以，归根结底，只要你的金鹰和徐振业的龙象不乱，我们亚联就不会乱。”

徐元朗嘿嘿笑道：“你把我捧得那么高，却把洪泽屾藏起来不说？他的赤蛇堂没有那么弱吧？而且他那个地方，要是和日本四堂联合起来，说不定我和徐振业一不留神，还要吃个暗亏不是吗？而且本土三国为什么只说狼牙、拉杜、蒙脱三个堂口？泰和、满和、大屋、围坑、大港这些堂口怎么不说？他们全部联合在一起的话，一样不比我们金鹰龙象弱。”

“你觉得他们可能联合在一起吗？各自为战这么多年了，抢地盘，抢干部，抢市场，若不是帮规和洪爷双重震慑，他们只怕早就成死仇了。至于洪泽岫，没错，我承认，赤蛇堂得到洪爷支持之后，这些年发展得不错，而且确实和日本四堂走得很近，但你也知道，当年洪勇康作为战败方，他留给赤蛇堂的就是个烂摊子，无论洪泉怎么励精图治，没有总部支持，赤蛇堂这些年在台湾举步维艰。现在虽然洪泽岫做了堂主，一来他威望不足，他待在台湾的时间还没有留在洪爷身边的时间多，二来唯一的大元老陈胜海还在台湾坐镇，所以说，赤蛇堂不可能加入这场龙头之争。”

“算了算了。”徐元朗不耐烦道，“我听不懂你这些分析，你就说你找我到底想做什么吧。”

麦德龙的食指顶在眼镜鼻梁上，一抹精光闪过：“我想和你合作，助你上位！”

“哈？”徐元朗像听到一个笑话，乐道，“哈哈？太阳打西边出来了？你放着洪泽岫不帮，你想帮我？你觉得我会信？”

“我说过，我对你们任何人都不构成威胁，用你们中国古代的话来说，我只是个谋士，我只希望亚联能安稳地度过这一劫，不会因为洪爷的变故而分崩离析。”

“那你为什么不选徐振业那个老狐狸？如果照你说的，跟谁出主意都是出的话。”

“我前面说了，这场争斗中，最有可能胜出的，就是你们金鹰龙象两个堂口，龙象和你金鹰不太一样，徐振业徐威父子野心不小，你看徐振业将徐威从小送到少年泰拳营，长大后又送到特战部队中去，一退伍就提拔为龙象坐馆，这分明是想复制洪爷和陈孝康的关系，而且他们有血缘相连，关系应该更为亲密信赖。我可以投诚过去，但他们自有一套内部的班底，我的谋略对他们而言不过是锦上添花，但你不同，你虽然是名义上的金鹰堂堂主，但这些年洪爷一直安居大陆，坐镇海角市，所以你这个金鹰堂堂主，只是执行洪爷的命令而已，而那些方针策略，都是出自我手，我选择帮你，也不过是希望我的那些方针能得到彻底贯彻执行。”

徐元朗不说话，麦德龙看得很透彻，他旗下的六位道头，就有三名是洪爷亲自提拔，跟他徐元朗没啥关系，这次堂会都有两人没来，这可是金鹰堂的堂会，那两名道头显然没把他这个堂主放在眼里。

“那洪泽屾呢？”徐元朗从不相信天上掉馅饼的好事。

“我说过了，他跟在洪爷身边有着历史原因，现在洪爷的情况不明，洪泽屾最好是返回赤蛇堂，先整合权力，统一内部声音，等他做完这些，下任龙头早就选出来了。我不是不想帮他，实在有心无力，他还没有资格参与这场角逐。你也不需要摆出一副拒人千里之外的态度，姑且就当多了一个消息渠道来源，先听听我的建议，再做决定。”

“你说。”

“我给你的建议是，高筑墙，广积粮，缓称王。”

徐元朗眉毛一挑，露出轻蔑的表情：“嗯？就是叫我别动喽？”

“先别急着下结论啊，听完我的分析再说，首先，你的金鹰有着和赤蛇相同的问题，你需要将金鹰内部整合为一个声音，否则的话，今天堂会上发生的事情就还会发生，你根本别想和徐振业父子斗，但你的情况又和赤蛇略有不同，起码你自己的人你还是能控制的，不像洪泽屾，他根底太薄，手下有许多在他父亲手上干事的叔叔辈，他想要整合困难很大。其次，在洪爷身体状况并不确定的情况下，你敢放开手脚，和徐振业搞内斗吗？斗不斗得赢先两说，这样一来，你们金鹰龙象两堂，就是这次亚联内斗的挑起者，相信其余堂主都很高兴可以坐山观虎斗，而且，万一洪爷身体好转，你们俩到底斗个什么劲儿呢？到头来只是两败俱伤，说不定两个堂主都要换人。

“这是其二，其三，我们要看环境大势，你们金鹰和龙象两堂为什么能够做大？因为你们背靠中国，大陆的改革开放让你们抓住了这个机遇，有钱，有人，有商机，有市场，可以说这些年在天涯、海角两市，你们做什么都是暴利，做什么都赚，你们是搭上了中国经济发展的快车，所以中国这个国家的国策，对你们的发展至关重要。今年要召开人代会，新一届政府，新的政策，如果不出意外的话，惩处贪污腐败将是下一阶段的工作重心，除此之外，打黑除恶，扫黄清赌，禁毒查私，会迎来一个小高潮。别说你金鹰堂，我们亚联在中国的所有势力这个时候都应该龟缩起来，那些非法利益链条尽量割裂，一些利润不高的走私渠道该舍弃就要舍弃，断尾求生，至于你们在政府机关中认识的什么肖局郝局、邢队张队，要渐渐减少过于密切的往来，能不见面就不见面，别看他们现在威风八面，说不定哪天就被纪检委请进去喝茶了，如果被他们牵扯出来，那个时候原本该保护你的人都进去了，谁来保你？”

徐元朗沉默不语，麦德龙的头脑他是佩服的，像什么国家大势，他就从没考虑过，现在经麦德龙这么一提醒，倒觉得很有几分道理，后天还约了邢队去会所，是不是找个借口推掉？

麦德龙继续道：“这就是所谓的内忧外患，在这个当口，谁出头谁倒霉，所以我的建议，不妨暂时隐忍，徐振业想做大就让他做，他做得越大，被抓的可能性就越高，而且不管洪爷的情况是好转还是危重，在没有确切消息之前，做得多就错得多，不做，就不错。当然，一些隐蔽性较强的新型谋利模式还是可以继续的，比如我们在本岛开设的电信咨询服务和产品直销模式，一来在中国境外进行，二来参与人数众多，不好定罪，不知你最近有没有关注过一种新型电子货币，叫比特币，它会成为一个暴利行业，我们可以以此为原型，开发一种新型直销产品，比如叫太极币，我们可以生产一些实物，然后按拉人头收费的方式，进行直销返利，这其中有大利润可图，具体是这样的……”

大楼的另一端，陈孝康独自一人，确认身边没有闲杂人等后，他拨通了电话：“我是陈孝康，斯威特教授在吗？教授你好，我是安迪陈，对，今天温斯莱洪的身体状况怎样？嗯，依然没有醒来的迹象吗？那么，他现在的身体条件，可以接受第二次手术了吗？嗯，嗯嗯，这个不用担心，我会做好准备的，嗯，好的。”

别墅二楼，黑暗中。

有人向别墅阴影汇报：“龙建挨不住了。”

“那不行。”别墅阴影淡淡道，“他给出的名字远远不够，我要的是全部，吊住他的命，要让他知道，落在我们手里，想死，那是一件很奢侈的事情。”

“可是……他身上已经没有完好的地方了，如果仅是保命的话……”

“当然不能够停止用刑，肢端神经的刺激已经无法对他造成痛苦的话，就直接破坏中枢神经吧，但是要保证他的意识清醒。”

手下领命而去，阴影点开屏幕：“蟋蟀失手了，还差点被司徒笑捉住，警方显然想利用卓思琪来抓住我们，所以换人，小梦去。眼镜那边有什么新的消息？”

眼镜道：“司徒笑已经咬饵了，他们准备调查恒绿，一旦展开调查，柏铺村就是他们绕不过去的一个坎儿，我们的蠕虫计划就可以打包送出。”

“很好，计划的每一步都很关键，不容有失，我们必须掌握重案二组乃至整个警方对这个案子的每一步反应，及时做好应对，这方面你和小刀要加大侦察力度，像蟋蟀这样的事情，不能再发生了。另外，警方对我们介入案件的反应是怎样的？”

眼镜道：“目前他们怀疑伍家人雇凶杀人，基本是跟着我们的思路在走，对我们的计划一无所知，不过如果小梦再出手的话，我不确定会不会引起他们的警觉。”

别墅阴影单手扶额，似乎陷入了沉思，片刻后道：“嗯，司徒笑肯定有所警觉，但是伍家这件案子牵涉很大，我们可以用移花接木的办法将伍家凶杀和柏铺村招投标案捆紧密一点，连替罪羊我都已经准备好了，一旦和柏铺村案搅在一起，后面的事情司徒笑也没办法插手。虽然这次蟋蟀失手了，但他首尾还是做得很干净，警方如果想追查蟋蟀这条线，只能是断头路。嗯，让他们定义为雇凶杀人很合适，到时候小枪记得帮忙煽风点火，把事情炒大，一旦引起上层关注，这个案子就不是哪个警察或哪个部门可以左右的了，这就叫作政治。我们唯一的优势就是海角市警方并不知道，他们的对手，究竟是谁，到底想干什么！”

第三章

初赛黑拳为筹钱　再添新魂非一般

1

自从小黄猫死后，此后三天，艾司天天都会到小黑猫栖身的树洞看望它，每天特意精心烹饪一些艾司觉得小猫咪会喜欢吃的食物。

虽然小黑猫哀伤地躺在树洞里，对艾司送去的食物一动不动，艾司还是一日三餐地送，每次待一小会儿，绞尽脑汁讲一些安慰的话。

也不知道小黑猫听不听得懂，艾司很努力地想让小黑猫摆脱失去挚爱的悲伤，他告诉小黑猫要坚强，要勇敢，要像以前的艾司一样，向流星许愿，让小黄猫回到身边。

三天后，小黑猫和小黄猫都不见了，艾司向路过的大叔大妈打听，才知道是因为树洞里发出了臭味，环卫工人将小黄猫的尸体拿去处理掉了，小黑猫也不知道去了哪里。

艾司自是伤心地大哭了一场，接下来的日子，他又开始忙碌起来。

恩恩她们就要召开校运会了，恩恩给艾司解释，运动会就是一种锻炼身体，使人健康向上，在比赛中使人获得友谊的活动。

除了婉儿，恩恩和雅欣都是积极分子，恩恩参加比赛是为了好玩儿，雅欣则是要拿名次的。学校人太多，运动场过小，往往租用大型综合体育竞技场，这时候校外人员可以参与，各种小商小贩喜欢在这时候向学生兜售各种吃的、玩的。所以恩恩她们也准备让艾司混入其中，专业服务，特殊照顾。

艾司自己也去百度运动会，没想到人们发明了这么多新奇好玩的运动项目，艾司很快就陷入各种猎奇运动比赛之中，什么鼻子拉火车，耳朵拖大卡，眼睛喷水能喷多远，眼球能有多突出，有各种稀奇古怪的挑战赛。

恩恩郑重其事地警告艾司，看清楚这些比赛最末强调的那几个字，专业！有风险！请勿模仿！

他们之所以没有向艾司透露过太多竞技运动方面的信息，就是怕这家伙看见什么学什么，看到人家吃铁钉，不用说，这小子铁定拿一把铁钉就往嘴里塞，那还了得！

果不出恩恩她们所料，艾司一看到什么一分钟内亲吻眼镜蛇次数最多，同时嘴里含最多响尾蛇，最短时间吃最多的活虫，就一脸跃跃欲试的表情。

“你忘啦你上次去吻癞蛤蟆拉肚子？还想吻眼镜蛇，你死都不知道怎么死的，笨死你啊！”

“艾司，不是雅欣姐姐说你，你的胆量颇有我当年的风采，不过你如果不想去医院里让护士姐姐天天打针开刀的话，最好别看见什么东西都想放嘴里去。”

“那些虫子多恶心啊，艾司你要是吃虫子，我们就再也不理你了。”

……

三个女生轮番上阵，威逼加恐吓，才让艾司理解，这些活动到底有多可怕。

经过三人的不懈努力，艾司的好奇心总算回到正轨。“玩玩球，篮球足球什么的，可好玩了。”这是恩恩的推荐。

“那么多人抢一个球有什么好玩的啊？他们在打架！”

“切，不信就算了，回头问问你的小伙伴去。”艾司在幼儿园当孩子王，恩恩她们都知道。

“艾司，三千米和跳高，你要来给我加油哦。”这是雅欣的优势项目，腿长、人瘦、精干。

艾司同婉儿一样，都是恩恩和雅欣亲友团的中坚力量，不过艾司的活儿要重一些，他得负责犒劳运动员。

富有营养的饮料必不可少，恩恩和雅欣还要分开喝，所以艾司胸前得斜挎着两个子弹头水壶，如今秋高气爽的，衣物的加减也很重要，不能把恩恩和雅欣的衣服弄脏了，弄脏了虽然也都是艾司洗，但是免不了要被责骂的。

还有，既然是运动会，免不了要多多携带零食，要满足三个丫头的嘴，艾司就得准备足够大的口袋。

所以运动会期间，就常看见一个挎两个水壶，抱一大堆衣服，背着个大背包的男生，在同学间穿插挤行，像一个忙碌的剧务，脚不沾地地连水都顾不上喝一口。

为此艾司还特意向忠伯请了假，不过现在有了专业的投行顾问，天天见连锁快餐业已步入正轨，投行顾问找来许多职业厨师，艾司从主厨退居二线，以送外卖为主，忠伯也就没过多苛求艾司。

天天见本来就是靠二中发的家，这次运动会自然少不了天天见的身影，只看那专业餐车前排的长队和运动场上一地的饭盒就知道忠嫂为何笑得那么甜了。

不过艾司还是引起了少数有心人的注意，那是在篮球赛场上，恩恩和陶慧颖是篮球赛的狂热分子，不为别的，只因为司徒文风是校队主力前锋，在以班级为单位的篮球对抗赛上，更是绝对主力。

“嗯？那小子是谁？”陶慧颖远远地看着观礼台对面，那个背着大包，端茶递水的小伙子，“无缘无故，怎么可能有人对那个矮矬子那么殷勤？”

“我过去侦察一下。”姚菁自告奋勇。

“高三四班加油！……”

“文风！好样的！”

“好球！”

“抢篮板！漂亮！”

“恩恩，喝水。”艾司把握好节奏，恩恩每喊四五声，就递一杯水过去，给她润润嗓子，因为恩恩正和球场正对面看台上的陶慧颖比嗓门儿呢。

“恩恩，有人在看我们。”艾司虽然只服务一人，但在人群中却能不自觉地眼观六路耳听八方，雅欣在准备跳高，婉儿去照顾那头了。

“嗯？哪儿呢？”恩恩目不转睛地盯着场上，那挥洒汗水的人，就和流川枫一样帅。

“是妖精！”早在送快餐的时候，恩恩她们就特意叮嘱过艾司要留意陶慧颖和她的死党们，并告诫艾司，那是世仇，一定要将仇人的面目深深地印在脑海中。

“纳尼？专叮臭大粪的苍蝇怎么能出现在人类的视线中，简直是侮辱我的眼睛，艾司，去把她晃点开。”

艾司为难地挠挠头，晃点，可是一个高难度的技术活儿，再说了，恩恩也没教过艾司怎么晃点别人啊。

姚菁看到了艾司和恩恩的背影，只看到两眼，还未看清，又被人流挤开，人头攒动，一晃眼就看不见了，正向前挤去，艾司已经满脸无奈地靠了上来。

“那个，同学，请问……厕所在哪里？”艾司说了几句，已是满脸通红，骗人好像是不对的。

“咦？”姚菁停下了，打量了艾司两眼，想起来了，“你是那个送外卖的！”再看艾司这身衣着，和远远看到的那小子一样啊，“你们天天见不只送盒饭，还端茶送水呢？”

“那……”艾司嘟着嘴，感觉不妙，秘密好像被揭穿了，心里很紧张，“她们是会员！”

“哦？我也是会员，怎么不给我们送水？还一对一地服务。”姚菁看着艾司的表情，觉得有戏，调侃道，“我说送外卖的，你该不会是……看上我们班冯恩恩了吧？”说着，她开始不怀好意地笑了起来。

“哪有！”艾司争辩道，“她们……她们是超级钻石金会员，我，我不和你说了，我要上厕所。”

重大收获！姚菁也不追问了，赶紧将这一情况汇报给陶慧颖。

“你说什么？你说那矮矬子和送外卖的搞在一起？”陶慧颖眼前一亮，当机立断道，“不要声张，悄悄地观察，让我们看看究竟是怎么回事。”陶慧颖嘴角浮起一抹笑意，“如果是真的，这就叫‘自作孽，不可活’呀，哼哼哼哼哼……”

周围响起附和的笑声：“嘿嘿嘿嘿嘿……”

“嘻嘻嘻嘻嘻……”

“恩恩，不好啦。”艾司绕了一圈，回到恩恩身边。

“怎么啦？那妖精还没被轰走？”

“不是不是，她……她走了，可是……可是她好像看到我们了，我看她笑得好坏哦。”

“怎么回事？说清楚。”恩恩不得不将目光从球场上挪开。

“她，她看到我拿水给你喝，她问我为什么只拿水给你喝。不知怎么的，看到她笑的样子，我就觉得心里头七跳八跳的。恩恩啊，是不是我做错什么了？”艾司小心惴惴，一脸紧张。

“不好！”恩恩开动自老妈那里遗传的侦破性思维，立刻将事件始末串联起来，艾司最先是给自己送盒饭，现在又端茶递水，旁人不觉得啥，落入陶慧颖眼里，肯定会想歪，有她在暗里使绊子，艾司的事儿，可就说不清楚了。

别看只是送饭送水，这事儿可小可大啊！恩恩不禁瞟了一眼球场里挥汗如雨的司徒文风，他正好又投了一个漂亮的定投三分。

看来做人不能太嚣张，特殊照顾迟早会暴露，虽然自己心知肚明没啥，可别人不会这样想，得想个什么法子，或许运动会期间不能让艾司过于频繁地出现在自己身边了。“好球！文风好样的！”恩恩这样想着，又努力地喊了一嗓子，力图用高亢的嗓音压过在对面尖叫的陶慧颖。

恩恩决定，让艾司去雅欣那边走动走动，但凡与陶慧颖她们照面的场合都让艾司尽量少露面，殊不知，陶慧颖那边早就盯上了艾司。

艾司找到婉儿，婉儿正好要上洗手间，让艾司看着衣服，并告诉艾司雅欣的三千米赛跑就快开始了，她将雅欣的位置指给艾司看了之后便离开了。

艾司答应过要给雅欣加油的，可是隔着这么远，大喊加油雅欣也听不见啊。艾司看到跑道旁边，足球场外的中间地带，有许多同学没有跑步，却在旁边摇旗呐喊，艾司想了想，觉得自己也可以去旁边给雅欣加油。

可衣服咋办？婉儿叫自己看着衣服的，还有那折叠小凳，是恩恩她们带来在没座位的时候用的，一起带上。艾司抱着衣服，拎着小凳子就跑人堆里去了。

“雅欣，雅欣，在这里！”艾司高举手臂，摇晃着小凳子，雅欣冲艾司扬扬眉毛，表示看见了。

“预备，跑！”一声令响，选手们如赛马出栏，纷纷抢先近弯道，抢占最内圈，艾司也抱着衣服小凳，在跑道的内圈跟跑，别的班的同学也都在跟跑加油助威。

不过两三圈后，别的跟跑带跑同学纷纷停下变成慢走，就艾司还抱着大堆东西，一边领跑一边不停地给雅欣鼓劲：“雅欣，加油……应该可以再快几步，赶上第二的……调整呼吸，别乱了……好的，马上就超过第二了……甩开她……”

从头跑到尾，在艾司一刻不停地鼓励下，雅欣跑出了最好成绩，跑了个第二，体育老师过来恭喜了雅欣，但明显更多的是对艾司好奇：“这位同学，你是哪个班的？”

艾司掂了掂手里的衣服：“我拿衣服的。”

雅欣解围：“我表弟，带他来玩。”

“哦，不是我们学校的啊。”老师也知道雅欣家亲戚多，他有点失望，这男孩手里抱着的东西少说也得有两三公斤吧，三千米全程说话，跑下来还气不喘脸不红的，一棵好苗子啊，可惜不是我们学校的。

这一切，都被远远盯梢的姚菁看在眼里：“哼，我就知道有鬼，这个送外卖的，和矮矬子那一伙肯定有关系！”

2

自从在忠伯那里退居二线之后，艾司不仅没有清闲，反而比以前更忙了，恩恩她们的运动会还没开完呢，周老师和苏姐姐先后找上门来，周老师那事儿是早就说好了的，艾司每天去幼儿园带一个小时的小朋友。

苏姐姐则让艾司有些意外。

原来，自从艾司教育了小明之后，小明开始忠实地执行艾司哥哥的教条，无论自己喜欢什么，都给哥哥大明分享，被哥哥扔掉了食物，摔坏了玩具，也毫不客气地大哭。

一开始还只是自个儿伤心，可没几天工夫，这就初见成效了，黄家全家人对小明和大明的态度都大为改观，尤其是爷爷奶奶。

在爷爷奶奶眼里，那小明就是懂事儿，好东西都知道与哥哥分享，给爷爷奶奶，这也是人家妈妈教育得好，当初苏晓雯就是一好姑娘，模样就挺清秀的。而这大明呢……唉，这孩子他妈妈的心机真是太深了，让二老完全没想到，如今这大明已经又大又胖，一点也找不到小时候可爱乖巧的模样了。

以前小明没进家门还不觉得，总觉得是自个儿惯坏了，如今两个孙子一比较，立马显出差距来，这小明越发变得乖巧听话懂事，越看越顺眼，那大孙子则变得越来越蛮横，撒泼，无理取闹，稍加责骂立刻就满地打滚，爷爷奶奶渐渐地不再与他妥协，而是越发严厉，大明呢，不知悔改，越发变本加厉地耍无赖。

在学校里也发狠称霸，撕咬、抓扯、殴打同学成了常事儿，一周时间，黄大哥就被老师请过去三次，黄刘夏一次气不过，下了狠手，用扫帚狠狠地打了大明屁股，这小子哭天抢地地喊妈，哭得几乎背过气去，回头就玩绝食，啥都不吃，两天就进了医院，跟着整个人都瘦了一圈。

爷爷血压增高了，奶奶的心脏病也差点犯了，对这个小霸王，黄家人还真有点束手无策了。

黄家不是没钱，心理医生也请了，家庭教师也请了，青少年教育专家一天就换俩，来时都是慈祥和善的温柔女教师，离开的时候脸也被抓破了，衣服也被撕烂了，一个哭着走的，一个直摇头："你们这孩子，根本不是接不接受教育的问题，他发疯，是个小疯子，你们还是另请高明吧。"

万般无奈下，爷爷的一句话提醒了苏姐姐："这明明怎么会变成这样呢？越大越不懂事，小明刚回来的时候不乖还能理解，现在小明越来越乖。"

苏姐姐一下就想起了那次晚餐，对呀，可以让艾司来试试，艾司对付小朋友真的很有办法，小明以前不也说过吗，艾司哥哥刚开始也是和小朋友们一起打架抢玩具，弄哭不少小朋友，后来大家慢慢地都很听艾司哥哥的话了。

艾司很为难，苏姐姐是艾司和恩恩她们进城后的第一个好邻居，自己和小明又是好朋友，小明的哥哥变坏了，艾司理应去帮忙，可是艾司真的好忙好忙。

运动会期间，忠伯那边天天见的外卖送餐业务并未落下，现在又已经答应了周老师去幼儿园和小朋友们玩，此外就是恩恩她们上下学的时间，艾司哪里还有时间去帮苏姐姐呢？

听到艾司的难处，苏姐姐倒不觉得有多困难，送外卖和去幼儿园陪小朋友乃至照顾恩恩，在苏姐姐看来都是可调整的："艾司啊，如果你能让小明的哥哥变得听话懂事呢，你的黄大哥会给你好多好多奖励哦，艾司不是想攒够十万块钱包下云从龙大酒店吗？你如果同时打三份工，距离十万块的目标不是更接近吗？"

苏姐姐的话点到艾司死穴，艾司犹豫良久，反复地思索，才期期艾艾地问道："那……那，黄大哥会给艾司多少奖励？"

苏姐姐笑了，她熟知艾司的性情，看起来已经成年，心性绝对和自家小明没多大差别，肯问奖励这事儿就成了一多半："如果艾司你真能让我们家大明听话，黄大哥会给你市场最高价，现在我们海角市最优质的私人家庭幼教收费，每小时一百五十元。"

"啊！"艾司眼睛立刻瞪得又圆又大，还有按小时收费的工作？不都是按月的吗？那如果是这样子的话，让艾司好好算算，艾司开始掐指计算起来，简单加减乘除一番，艾司立刻得出结论，一个月能拿到的总金额是十万零八千！正好够包下云从龙大酒店，只需要一个月就能做到？艾司乐得合不拢嘴。

"不过，"苏姐姐可不希望艾司被钱冲昏了头脑，决定给他提个醒，"艾司你一定要听清楚哦，前提是我们家大明得有明显的改变，如果没啥变化的话，你黄大哥可不会付钱奖励你的哦。"

"嗯。"艾司被激发起了斗志，为了十万块，艾司决定试一试。

"那好，大明呢白天要上学，晚上九点睡觉，你可以在下午五点到晚上九点之间选一个时间过来，你看怎么样？"

"啊？"艾司又一愣，刚才自己好像算错了，不能够一天二十四小时进行教育啊？显然自己被十万块这个数字给迷惑住了，艾司冷静下来，细细一算，大明放学时自己也刚从周老师那里回来，接着马上是为恩恩她们准备晚餐的时间，六七八点都是忠伯那里的送餐高峰，那大明九点就要睡觉了，那……那岂不是说每天只有一个小时？等等，还要除去来回路上的时间，一个月能上到三十个小时就不错了，而且大明变乖巧听话了，应该就不用自己天天去了吧？那么总共算下来，只有不到五千块！

艾司眉毛马上耷拉下来，实际所得，与理想状态下的奖励，缩水了二十倍，不过苏姐姐说得对，十万块需要慢慢攒的，五千块对于以前的艾司来说，不就是一个超级豪华大数字吗？今年实现目标不太可能了，不过明年一定能攒够十万块！

艾司又重新燃起了斗志，对苏姐姐道："那我只有八点之后才有时间，路上还要耽搁一会儿，摩托车是勇哥的，送完外卖我要还回去。"

"这没有关系，你可以稍微提前一点，黄大哥会让司机来接你，我们那儿，开车也就不到十分钟吧。不过艾司，你真的有办法让大明变得听话懂事吗？"苏姐姐最关心的还是艾司去不去、行不行的问题。

"不知道啊，刚才只是听苏姐姐你说了大明的情况，我还要问问小明、黄大哥和大明的爷爷奶奶才行。"艾司在幼儿园里见过各种各样的小朋友，每个小朋友都是独一无二的，艾司发现，每个小朋友的表现和他身处的家庭环境有很大的关系。

"那好，今晚能来吗？"苏姐姐有些急不可待，只听艾司说出这样的话就知道，这才是专业人士，深入了解才方便对症下药。

"今天……今天恩恩她们开运动会最后一天，要不明晚吧。对了！我还没有问恩恩呢！"艾司清醒过来，还有一个最重要的问题没解决，得恩恩同意才行啊，恩恩不同意，艾司身为身体权出让方，可没有资格擅自做决定的。

这一点苏姐姐倒是毫不担心，她和蔼地笑道："恩恩一定会同意的，那姐姐就等你明天过来哦，电话联系。"

晚上艾司同恩恩她们一商议，果然没有被拒绝，"调教那个小霸王啊？嗯……艾司你打算用什么办法？"看恩恩、雅欣那兴奋闪烁的目光，艾司就知道她们其实很想亲自操刀，艾司并不知道，这正是在自己身上，让恩恩她们享受到了极大的教书育人的乐趣。

艾司说了一个大略的方案，无外乎动之以情晓之以理，不过都是小朋友们最容易接受和理解的方式。但这个提议遭到了恩恩和雅欣的一致反对。

“没用。”

“你那个方法，只能对普通的小朋友使用，对那个小霸王铁定不管用。”

“乱世用重典，沉疴得下猛药。”

“你听着，你得这样……这样……”

“我再补充两点，最好是这样……这样……”

“啊！恩恩，可是，可是，你不是说，不许我这样对其他人吗？而且还是小朋友呢。”

“嗯，这次特许你使用点小暴力。”

“恩恩、雅欣，你们这样不好吧，让艾司很难做的。”

“这有什么难做的，我还有个点子，艾司，到时候你还可以这样……这样……还不信了，一个小屁孩，见过什么世面，还制服不了他。”

“嘻嘻嘻嘻嘻……”

第二日，艾司还是决定先了解一下情况，下午抽了个时间询问了小霸王黄明荃的爷爷奶奶和黄大哥，最后问了小明，结果大人们说的和苏姐姐说的都差不多，倒是小明道出了一点实情。

“他们哪舍得啊，臭老爹就轻轻拍了他两下，就哭得比我大声多了，我打针时都没他哭得凶。后来我妈妈一劝，老爸就舍不得了，爷爷奶奶都来安慰，他不吃东西，全家都围着他转，不过我也有把鸡腿送给他吃……艾司哥哥，你说为什么我哥他不肯和我好呢？我已经没惹他生气了呀！”

艾司拍拍小明的头，表扬了他，让他继续努力，说晚上再来。

找到问题了，那个小霸王依然是没有遭受到挫折，依然觉得大哭和不吃东西是自己最有力的武器，家里人依然着急自己！

有办法了，恩恩她们的办法太过火了，不过可以委婉一点，恩恩不是也说，男孩子要有自己的想法，艾司有自己的想法了。艾司将他的想法转告给黄大哥，并请黄大哥说服家里人配合自己，黄明荃已经九岁了，壮得像头小猪，哪里还有不懂事的道理，关键在于他不听。

晚上七点多，艾司提前跟忠伯请了假，黄家来了位专职司机接艾司，这次不是黄大哥开的小飞人儿车，而是一个圈，三个尖，艾司认识，叫大奔。

八点刚过，艾司来到黄家，在艾司的安排下，苏姐姐带着小明和家里的保姆都事先离开了，就剩爷爷奶奶和黄大哥在家陪小霸王黄明荃。

八点十分，艾司敲开黄家大门，黄大哥亲自来开门，这会儿正是小霸王娱乐的时间，看电视玩游戏或者听故事，任何人不得干预，否则就撒泼耍横。

“明明，这位是艾司哥哥，你还记得吗？我们一起吃过饭的。”黄大哥热情介绍。

原本对谁都不理不睬的黄明荃扭过头来，何止是认得！那个小胖子，就是那次吃了饭之后性情大变，害得自己多次挨骂，思前想后，就是那次和小胖子口中的艾司哥哥吃过饭，才变成这样的。黄明荃用仇视的目光瞪着艾司：“你来干什么？这是我的家，我不欢迎你来！”

黄大哥正准备训斥，艾司制止，微笑道：“你说错了哦，明明，这是你爷爷奶奶家，不是你的，也不是你爸爸的。”

黄明荃一愣，从来没有人敢用这样的口气和自己说话，立刻大声道：“我爷爷奶奶的就是我的！你滚，你滚！我不想看到你！”

艾司继续微笑：“哎呀，这可就难办了啊，我是你爸爸专门为你请来的家庭教师，从今天起，我得辅导你做一个真正的男孩子。你叫我滚，这一来呢，我是你爸爸请来的，你没有资格叫我滚；二来呢，该怎么滚，我还真不太会，要不，你滚给我看看？”

黄大哥本想怒斥，但想起艾司事前叮嘱过他，他只好强按下心头火气，让黄明荃自由表演，爷爷奶奶也被小霸王的咆哮惊动了，黄爷爷这个群众演员还是挺配合的，刚从里屋出来便明知故问：“明明呀，谁又惹你生气啦？”

言语间，艾司已经走到小霸王跟前，两人相距不过一步，别看黄明荃只有九岁，个头蹿得挺高的，已经到艾司胸口了。

小霸王一看家里直系亲属都在，底气顿时足了起来，捏着小拳头就朝艾司扑过去，嘴里嚷着：“你滚，滚！”

“打死你！”

这小鬼明显练过，身高虽然够不着，拳头对着要害而去，艾司自然不会让他得逞，轻轻避开。小霸王冲过了头，又折返回来，如是三次，状若疯虎，颇有不死不休的架势，难怪别的老师骂他小疯子。

黄家客厅很大，避开一个小鬼艾司还是游刃有余的，黄明荃见碰不到艾司，改变了策略，一屁股坐下，号啕大哭起来：“爷爷，让他滚！我不要见着他！让他滚，让他滚！呜……”

不过这次，却没有出现他预料中的温言相劝和呵护，爷爷奶奶和黄大哥都克制着，尽量冷眼旁观。艾司早就给他们强调过，这第一次见面最是关键，若这第一次不行，那以后就真不行了。

小霸王坐地上号了一会儿，见没有反应，不禁把手拿开，想看看爸爸和爷爷奶奶都在做什么，却看到艾司那张人畜无害的脸，近在眼前。小霸王只是干号，没有眼泪，所以看得格外清楚，艾司眼里流露出厌恶，脸上却始终带着那种阳光般的微笑，好像一张面具，格外诡异。

随后，黄明荃看见艾司抬起一只手来，优雅地挥动，啪！一记响亮的耳光，把小霸王给打蒙了。

3

黄明荃脑子里一片空白，小心灵受到前所未有的冲击，好一会儿，面颊上一丝丝火辣的痛感，才传到大脑深处。自己，被打耳光了？被那个陌生的，自称是自己家庭教师的，浑蛋？

小霸王的奶奶心里一疼，就要上前抱孙子，却被爷爷制止住了，黄大哥也是深吸一口气，久久不能吐出。

房间里顿时安静了，艾司那一巴掌，仿佛不只是打在黄明荃的脸上，更是打在整个黄家人的心上。

黄明荃从未遇到过这种情况，从小到大，溺爱有加，就是亲生老爸打自己，也顶多在屁股上拍两下，他不敢下重手的。掌掴，从来都只有自己掌掴别人，从家长到老师，从小朋友到同学，哪有敢掌掴自己的？

其实艾司下手并不重，只不过声音清脆，大明脸上连红印都没有，但那感觉却格外清晰，掌心和面颊的触碰，刺痛，微麻，脆响。艾司这一巴掌，带给小霸王的可不只是肉体的疼痛，更多的是一种前所未有的屈辱感。

小霸王愣在那里，足有好几秒不能回过神来，他第一次感到内心的愤怒，那股怒火从心底一直冲上脑门，你谁呀？凭什么扇我耳光？他正考虑是该放声大哭呢，还是要歇斯底里地反击……

艾司却没给他多想的机会，那只还举在半空中的手，画完一道优美的弧线之后，再度折返回来，啪！又是一声脆响。

"这是要给你上的第一课，尊重别人就会获得别人的尊重；你怎么对别人，那么别人也就能怎么对你。你刚才想要打我，是三次！"

艾司的左手比出三个指头，跟着再度扬起。

小霸王被彻底打醒了，不再歇斯底里地大哭，连搬救兵的机会都没有了。

"哇……爷爷，奶奶……"

"杀人啦！"

"杀人啦！"

"爷爷！——"

"奶奶！——"

杀猪般的号哭声在黄家大宅里来回震荡，这一次，黄家人出奇一致地保持了缄默，反常的安静和异常凄厉的哭喊在空中交锋，仿佛一场不见硝烟的拉锯战。

小霸王每哭喊一句，他奶奶的手就不自主地微微一颤，好几次想迈步上前，都生生忍了下来。

艾司高举着巴掌，迟迟不落下，脸上的微笑不变，但在小霸王黄明荃眼里却仿佛看到了别样的恐怖。

偌大的客厅，似乎只有黄明荃一人在哭，周围的一切都成了静止不动的。

这样的情形，让艾司产生了一丝恍惚，类似的场景好像在哪里见过。同样的微笑，同样稚嫩的脸庞，毫不留情的拳头，撕心裂肺的疼痛，被打的人好像是艾司自己，那张模糊的脸是谁呢？看，看起来笑容是那么亲切，可是下手时却有着残忍的果决，究竟是在什么地方，发生过这样的事情？

艾司出神的那一瞬间，原本凝固静止的环境，气温开始陡降，首当其冲的便是黄明荃，这位天不怕地不怕的小霸王，在痛哭中没来由地一哆嗦，蒙眬泪眼里，对眼前那少年一成不变的和善笑意，从心底感到恐惧。

紧接着黄家其余人也感到了，就像一阵无形的风掠过，浑身的汗毛立刻竖了起来，一股寒意从脚底直蹿脑门，仿佛吸入肺里的空气都变得沁人起来。

黄奶奶首先抵受不住，失声叫道："明明……"

已经被恐惧吓呆，完全被艾司那带着笑意的眼神所震慑的黄明荃，听到奶奶如天籁的一声呼唤，终于找到了救命稻草，但在寒意的迫力下竟不敢大声地呼叫奶奶，只能掉着眼泪，铆足了劲儿往奶奶的方向爬。

小霸王一动，艾司的心神便收了回来，几乎是本能地用脚轻轻一钩，一抬，小霸王四肢离地，没法爬行，艾司伸出右手，捉住了他的衣领。

艾司很有礼貌很绅士地向黄大哥和爷爷奶奶微微鞠躬："我带明明去里面，好好地开导开导他。"

他不需要黄家人的同意，将小霸王反拖着，往里间走，黄明荃脚乱蹬，手乱舞，哭喊着："救命……奶奶，救我……救命呀！"

砰！黄爷爷书房的门被重重地关上，小霸王和自己的家人被隔绝开来。

书房内，没开灯，一团漆黑，窗外朦胧的星光投射进来，只能看到人影模糊的轮廓，黄明荃吓得手脚冰凉，书房大门关闭时的巨响令他浑身一颤。紧接着，黄明荃在黑暗里，发现有两处偶尔闪烁的光源，随着光源靠近，他才惊恐地发现，那竟然是那个少年的双眸，人的眼睛怎么可能发出闪烁的光来？那个自称是自己家庭教师的少年，肯定不是人，他是妖怪！他会不会吃了自己！为什么爷爷奶奶和爸爸都不管我了？

在这昏暗的环境中，艾司却仿佛看得很清楚，他走到黄明荃身前，席地而坐，让自己与黄明荃平等地对视。

要风要雨，不可一世的小霸王，竟被吓得不敢哭，房间里，只有他的呼吸声。

"把手伸出来。"艾司开始给小霸王讲道理，他的声音还是那么平淡，没有提高音量，也不带半分威胁，但黄明荃不敢反抗，颤抖着将小手伸了出来，掌心向上。

艾司从下面捉住了黄明荃的手，黄明荃怕得一缩，艾司的手却根本没有用力，任黄明荃将手抽了回去，只是双目平视，直勾勾地看着他。黄明荃将手抽回来之后，被目光所迫，浑身发抖地又将手放了回去，放在那只大手上，好热，黄明荃的手背感觉到从艾司手心传来的温度。

艾司抬起另一只手，轻轻地拍在黄明荃的手上，啪——，其实他打得很轻，但声音很响，在这黑暗安静的环境里尤为突兀。

黄明荃惊恐地又想缩回去，终究忍住，想哭不敢哭，只是小身板很有节奏地一抽一抽。

艾司以一种既定的节奏轻轻拍打黄明荃的手心，同时一字一顿地告诉他："在这个世界上，没有人会无缘无故地爱你，除了你妈妈。"

啪啪……

"在这个世界上，没有人会一直喜欢你，除了你妈妈。"

啪啪啪……

"你妈妈已经死了。"

啪啪……

"死了，就是不见了。"

啪啪……

"化作了灰，升上了天，你再也看不到，摸不着，也听不到她的声音。

"所以，你现在都没有妈妈。

"所以，你欺负同学，只是为了不被同学欺负；你欺负弟弟，只是害怕爷爷奶奶不再爱你，不再疼你。但是我要告诉你，没，有，用！"

黄家的三位家长，此时都站在书房门前，耳朵贴在门上，想听听这个被苏晓雯称赞的幼教专家是怎么开导自家的小霸王的。

但他们只能听到很有节奏的啪啪声，听不到屋里的人是否说话。

黄家奶奶听得那叫一个心疼啊，拉着黄爷爷的衣袖，哀求道："老头子，进去吧，别再打了，再打孩子就给打坏了。"

黄爷爷想到艾司事前的叮嘱，强忍着，狠心道："老婆子你懂什么，再等等，这时候进去，先前的打不都白挨啦？"

黄大哥心中很郁闷，心想艾司不是在幼儿园带小朋友的吗？怎么搞得这么暴力？

“你的弟弟，他愿意听我的话，他会从正面向你发起挑战。”

啪啪啪啪……

“如果你只会撒泼似的胡闹，以为靠不吃东西，就能赢回爷爷奶奶的喜欢，那你注定会输，输得很惨很惨。”

啪啪啪……

“到最后，没有一个同学愿意跟你玩，爷爷奶奶看着你就离得远远的，你老爸也不会管你，说不定，他们把你送到外面去读书，你谁也看不着，自生自灭……”

啪啪……

“你还想睡家里舒适的大床吗？你还想拥有你的玩具和游戏机吗？你还想缠着爷爷奶奶给你买什么，他们就会给你买吗？你觉得为什么你赶跑了那么多个老师，他们还要找我过来呢？你如果够聪明，就一定能听懂我说的话，听懂了吗？听懂了就点头。”

啪！

“如果你还是个男子汉，就别逃避。”

啪！

虽然艾司下手很轻，但在这黑暗的环境中，惊恐的黄明荃触觉非常敏感，艾司的话，连同每一次落下的拍打，就像那掌掴一样，每一记，都扇在他脸上，烙在他心底，这个夜晚，他终生难忘。

又听了片刻，黄家奶奶实在忍不住了：“怎么没听到那孩子哭啊？哎呀，那孩子给打没声儿了，老头子，老头子。”

“妈，您就别咋呼了，艾司有分寸的。”黄刘夏忍不住嫌母亲过度忧心。

就在这时，房门吱呀被拉开，艾司出现在门口，还是那副笑容，和善可亲，平易近人。

“明明想明白了，他愿意接受我的指导，是不是这样啊，明明？”面对表情各异的黄家人，艾司从容不迫。

黄明荃从艾司身后现身，却是一直在无声地哭泣，脸上泪痕交错，那眼睛红肿得跟桃儿似的，黄奶奶心疼得一下就抱住了自己的孙子："好啦，奶奶在这里，明明别哭了，乖，哦。艾司哥哥都是为了你好，明明以后要听话，还是奶奶的乖孙，哦，哦……不哭了，不哭了……"

黄大哥敏锐地注意到，原本一向只以自我为中心的大明，这次竟然点了点头，对他奶奶说的话表示认可，这不得不说已是有了不小的进步。

"今晚我还有点事，黄大哥我就先走了，明天这时候我再来。"艾司告辞，"明明，再见。"

黄明荃一直将头埋在他奶奶的怀里，在他奶奶衣襟上擦眼泪，听到艾司的话本不想搭理，但不知怎么，猛然想起黑暗中那双闪烁着光亮的眸子，心底一寒，虽不情愿，还是扭过头来，无比艰难地说了一句："老师，再见……"

黄家人大惊，第一次听到小霸王如此有礼貌地回应，艾司微微一笑，至少今晚的教育目标达到了。

黄大哥想让司机送艾司回去，艾司不让，恩恩说过，吃人家的嘴短，拿人家的手软，虽说是苏姐姐请来的救兵，但苏姐姐也说过要开工资算工钱的，如果老是从黄大哥这里得好处，以后就不好意思找苏姐姐和黄大哥要钱了，而艾司需要这笔钱，做一件生命中很重要很重要的事情。

在艾司的坚持下，黄大哥只能作罢，艾司自己赶了地铁回家。这还是刚来海角市时，陪恩恩她们坐过几次地铁，平日艾司都走地面，很少走地下。

到靠近忠伯天天见总店附近的一个站点下车，临近家时，艾司才觉得好累哦，教黄明荃一个人比带一个班的小朋友还累，明天应该会好一点吧。艾司悠悠地想着，循着地下通道往地面走，就在这时，他听到一阵婉约的琴声，音乐缥缈、轻快，就像一只蝴蝶在花间一扑一扑地扇动翅膀。

艾司放慢脚步，仿佛心中的烦恼和累的感觉都随着音乐变得轻快起来。

那琴声却似乎还嫌不够，越发灵动，好几个蜻蜓点水一般的促音，像精灵舞动在月下林间，像鱼儿跃出山涧清泉。

好好听的音乐，艾司从未听过这么好听的音乐，在地下空寂的走廊里回响，宛若仙音，拨人心弦。

艾司循着琴声就拐了过去，伴着音乐，走路都是一蹦一跳的，音乐的源头有一个长头发的姐姐，她手里拿的应该是小提琴，那个姐姐非常专注地将脸枕在小提琴上，拿弓的手上下翻飞，令人迷醉的音乐声就从弓和弦的交接处蹦跳出来。

艾司完全沉浸在美妙的音乐声中，一曲完了，赶紧鼓掌致谢，恩恩说过，看到好看的，听到好听的，一定要用鼓掌来表达感谢。

不过艾司发现，那个姐姐穿着好怪异，一件灰色的牛仔服到处都是口子，里面是一件被各种墨团染色的白背心，也满是破洞，露出肉色，而且姐姐的胸和恩恩她们看上去完全不一样，好平整哦。下半身是一条深蓝色牛仔裤，不过裤腿明显被剪掉了，刚够遮住膝盖，这位姐姐的腿毛也好浓密哦，再往下，就是露出脚丫的鳄鱼牌拖鞋，拖鞋前面放了一大块破布，布上摆了一个很干净的塑料盆子，里面有几枚硬币和一些稀稀拉拉的零钱。

或许是听到掌声，那个拉琴的人别过头来看了一眼。艾司眼尖，瞥见他唇上有淡淡的青色，原来是个哥哥，这位哥哥的头发好长，还烫得卷卷的。

拉琴人沉浸在自己的音乐世界之中，停下来瞟了艾司一眼，又闭上眼睛，自顾自地拉起琴来，这次却是曲风一变，慷慨激昂，铁角铿锵，刀剑如林，铮铮有声。

4

艾司听得热血沸腾，就好像地平线上，一位将军铁甲铁马，缓缓登上山坡，坡下一望无际的平原上，万千铁军阵列在前，旌旗随风而动，将军拔剑指天，军人齐声呼喝。

度过初始的雄壮，琴声愈显高亢嘹亮，节拍加快，艾司仿佛听见战鼓擂响，号角连营，大军起寨，拔营，万人万马，步调一致；然后是整齐地上马，拉缰，踢击马腹。

加速，再加速，俯冲，钢铁的洪流，以摧枯拉朽之势冲进了敌方阵营，刀剑交击，火光四溅，喊杀声震天。

琴声正行进到激烈处，风格再转，风暴一般的断杀戛然而止，仿若一根钢丝被抛向高空，渐行渐远，余音消散；几丝微不可察的颤音，从无到有，再将曲风拉回战场。

艾司从琴声中仿佛能看到这样的画面，好像镜头从战场转向高空，一只猎鹰当空盘旋，画面迅速拉近，猎鹰发出厉鸣，清远悠长，跟着镜头切换为猎鹰的视角，俯瞰大地，原野在燃烧，战旗在飞扬，到处都是血与火的碰撞，撕裂文明的疯狂，鲜红在黑色的大地上凝集成触目惊心的伤。

最后曲音渐渐缓和，略有缠绵，蛰伏呜咽。

似那夕阳西下，硝烟弥散，这是一场势均力敌的较量，败军固然全亡，胜者也只剩几名伤兵，杵着染血的战旗，朝着故土的方向，搀扶前行。落日的余晖，在满目苍夷的大地上，投射下他们被拉长的残破剪影，孑然，孤独，无所依从，不知前路在何方……

这曲终了，艾司也是鼓掌，同时叫道："好。"

那位大哥扭过头来，鄙夷地看了艾司一眼，或许是好几个人从旁经过，都没往他的塑料盆里投币，心情正不爽，见艾司戳在面前听了这么久，也不给钱，顿时翻了个白眼："好个屁呀好，你懂个屁，一边儿玩去。"

艾司却觉得这位大哥哥在向自己询问这曲子究竟好在哪里，马上作答道："这位哥哥你拉的前半部分激情那个……澎湃，听得我……全身的血都煮开了，就像大将军要出征打仗了一样，只是后面，为什么和敌人打了个两败俱伤呢？后面听得好凄惨哦，就像赢了的人也一败……一败？一败涂地一样！虽然还有不甘心，好像想东山再起，但真的好惨。"

一听艾司管自己叫"哥哥"，这位拉琴人就竖眉怒视艾司，可听到艾司后面的分析，仿佛勾起了心事，最后的不甘蛰伏，想东山再起也被艾司说了出来，拉琴人顿时对艾司刮目相看。

"你真能听懂我拉的这调子？"拉琴人兀自不信。

艾司点头，这位哥哥的嗓音未免也太尖细了些，如果只听声音，肯定以为是位姐姐。

见艾司点头，拉琴人也不质问，只是道："那你再听这首。"说罢，他优雅地将长卷发一甩，用腮托住了琴，弓放琴上，缓缓拉动。

琴声铮琮，泉水叮咚。

艾司听到了青青的草原上，莺飞草长，小鹿在跳跃，小鸟在鸣吟，他仿佛回到了莲花山，回到了和花菜一起坐看星月，且听风吟的日子。

可是渐渐地阴云密布，森林枯萎，鸟兽散尽，人踪绝灭，整个世界都是灰色的，花菜虚弱地躺在枯死的草甸上，只用那双大而无辜的眼睛看着艾司，眼中满是岁月沉淀的温情。

艾司不知道为什么，为什么听到琴声后会出现这样的画面，只觉得花菜孤零零地躺在那里好可怜，艾司什么都做不了，也不能帮它，好想搂着花菜再说会儿话……艾司好想花菜，好想好想。

艾司从不掩饰自己内心的情感，听到伤心处，顿时心酸泪涌。

可这还不是结束，凄婉的琴音在如诉如泣地低回两遍之后，一个漫长的断音，跟着就是列缺霹雳，丘峦崩摧，那仿佛不是琴弦能拉出来的音调，更像钢琴键盘上敲击出来的音符。

天裂缺口，大坝决堤，滔天的洪水席卷了一切，那当真是天崩地陷，无底深渊。

在毁天灭地的力量面前，一切反抗都是徒劳，只能随波沉浮，不知是生是死，将漂向何方。这一段音乐起起伏伏，端的是黑夜闪电，风浪滔天，其中暗含的巨大恐惧、不安、彷徨、茫然，无力抗争，艾司完全体会到了。

最后一段，是洪水散尽，一片狼藉，家园不再，亲人离散，父不见子，妻不见夫，哀号惨呼，声声泣血。若有若无的断续琴声，仿佛神魂迷离，幽思如风，罄南山之竹，难书离别之痛。

拉琴人自是知道这首曲子背后的故事，忆昔思今，不免深有感触，拉着拉着，就有两行清泪顺着眼角滑至脸颊，后面的曲调由于太过伤悲，没办法继续拉下去了。

可当他抬头，却震惊地发现，那个听琴的小伙子，竟然早已泪流满面，那悲恸伤心之情，比自己绝对是有过之而无不及。

见琴声停下，艾司再也抑制不住心中的悲痛，哇的一声大哭道："哥哥你拉得太惨啦，真是好惨啊，哇……"

原本拉琴人还在为艾司的感同身受而备感欣慰，可一听艾司这声哥哥，顿时不乐意了，鼻孔一翻，怒斥道："哥哥？你哪只眼睛看见老娘是哥哥了？”

啊？艾司也被震住，一时忘记了伤悲，再仔细看看，这位……站在自己面前的人类同胞，长着一张颇为中性的脸，稍加修饰，既可以显得更阳刚霸气，也可以显得温婉可人，不过那唇上两撇淡淡的青须总不是假的吧。

艾司看看同胞的上半身，再看看下半身，这位姐姐，你自己不出声，艾司很难分辨你的性别的。

艾司试探着问了一句：“对不起，姐姐？”

拉琴人歪着嘴角“切”了一声：“小子，你给老娘听好了，我赛夕诗是个正宗的娘儿们。你看不出，我有多么雌性化吗？”

完全看不出来啊，姐姐，艾司不安地搅动手指，小声嘀咕：“听恩恩说，西施是个大美人来着？”

艾司这是典型的哪壶不开提哪壶，赛夕诗大怒：“臭小子，你给老娘听好了，老娘的名字是夕阳的夕，诗歌的诗，赛！夕！诗！你到底有没有文化啊！”

这时又一趟地铁到站，从地铁里走出来的人群三三两两，好几人从艾司与赛夕诗的中间插过，从口袋里掏出皱巴巴的一元、五毛的零钱，扔进赛夕诗的塑料盆里。

艾司若有所悟，一面感慨：“姐姐也是乞丐啊。”一面替姐姐感到不值，拉琴拉得这么好，这位夕诗姐姐怎么会是乞丐呢？

赛夕诗火冒三丈，气得嘴角哆嗦：“乞你老母！老娘这叫街头艺术，在欧美很流行的，你没文化就不要装懂！真是晦气，还以为找到个知音来着。”

赛夕诗姐姐怒骂时，更是毫无形象，指手画脚，一会儿指天，一会儿指地，唾沫更是呈喷发状，喷到艾司脸上，艾司赶紧擦去，这位姐姐口臭好严重的。

赛夕诗还不解气，指着艾司道：“你走，不要出现在老娘面前，信不信我拿琴扁你！”

那双眼瞪得又大又圆，一只手已经握住了琴颈，作势要打。

艾司退了几步，心想不是说喜欢音乐的人都会视琴如命吗，这位姐姐好暴力哦，她的性格肯定和雅欣很合得来，这么暴力，以后不好嫁人啦。

艾司想着，就嘟哝了出来。

赛夕诗虽然听不太清楚，但听到嫁人什么的格外敏感，一听就知道这小子嘴里绝对没冒好词儿，腿一蹬，脚一甩，一只鳄鱼牌拖鞋就飞了出去。

艾司正边走边想，忽然觉得背后有什么东西高速靠近，完全出于本能的反应，头一偏，手一探，将那东西拿在手里，一看，不是夕诗姐姐的拖鞋吗?

艾司噔噔噔又跑了回来，恭恭敬敬地将拖鞋递上去："姐姐，你的鞋掉了。"

赛夕诗一愣，怒目圆睁："要你管！你滚！"

艾司将拖鞋放在地上，悻悻地离去，在他心里，虽然这位夕诗姐姐性格古怪了点，脾气大了些，但能拉出那么动听的音乐，肯定是好人啦。走了两步，艾司觉得不对，艾司听到了那么好听的音乐，却没给钱耶，那些路过的人都没听到也给钱了。

赛夕诗正胡乱地套上拖鞋，发现那混小子走了没多远，又噔噔噔跑回来了，这小子不到黄河不死心是吧，丫的当老娘说话是放屁呢！她双手握紧琴颈，像握棒球杆那样正准备来个大力挥击，却见艾司明明看到自己手里的琴，还是壮着胆子靠了过来，从口袋里捧出一大把零钱，往破布上一放，跟着就像怕被蛇噬一般赶紧缩手跑开了。

这把皱巴巴的破碎零钱里，居然还有一毛两毛这种罕见的小钞，一看那小鬼就不是什么有钱人，学生？他那个年纪这个点应该还在上晚自习，那么就只剩另一种可能了，外来务工人员，看样子，也不是觊觎老娘的美色。

同是天涯沦落人，相逢何必曾相识。赛夕诗忽然生起这样的感慨，这小子能听出自己的挣扎和不甘，也能听出小惠谱的曲子里的伤悲，遥想当年，子期伯牙相遇，也莫过于此。

不知明天，他会不会还从这里经过啊？哼，是自己想多了，在这个有上千万人口的沿海城市里，哪有那么巧还能一而再再而三地遇到。

不过那小子也说得没错，什么街头艺术，不过是自我贴金，哪有人会停下来认真地听自己拉的是什么，这座城市里的人，都很忙的。

想到这里，这位夕诗姐姐将手指伸进鼻孔里，嘴角一扬，又发出一声一声“切”自嘲似的冷笑。

殊不知艾司离开地下通道，心里想的也是明天从黄大哥家回来，我还从这儿过，看夕诗姐姐是否还在这里拉琴。

刚出地铁口没走多远，就看见路边有一位乞丐，这次可是真乞丐，他裹着条破毡子，好像双腿自膝下就没了，匍匐在地，身子显得很短小，一颗头奇大，戴着一副盲人墨镜，看来不仅没了双腿，还是个盲人。

真是可怜，艾司很想接济一下，一摸口袋却摸了个空，方想起口袋里的零钱都给了夕诗姐姐，艾司很不好意思，只能轻轻地从这名大头乞丐身边走过去。

那乞丐虽然看不见，但听力似乎特别好，听到艾司走过，双手捧着的破搪瓷杯子上下抖动，有几枚硬币在杯子里撞得丁零哐啷直响。

艾司停下来歉疚道：“我身上真的没有钱了，对不起啊。”

岂料，那大头乞丐一听到艾司说话的声音，腾的一下就站了起来，那伪装的断膝下立刻长出了一双小腿，跟变魔术似的，跟着将墨镜一摘，一双小眼睛贼亮贼亮地熠熠发光。他一把就拽住了艾司的手腕，惊喜叫道：“那谁谁！”

艾司也将这大头乞丐认出来了：“大头！”

这个伪装乞丐骗人钱财的，不是大头杨聪又是谁。

话说这大头杨聪，自从看见艾司空手搏狮之后，就夜不能寐，经过几日的冥思苦想，终于想到一条发财大计，那小子人傻好忽悠，力气又大，身手灵活，简直就是天上掉馅饼。可见老天垂怜，终于给我杨聪杨爷指明了一条发财大道。

大头杨聪经过深思熟虑，越想越觉得这就是为他量身打造的金光大道，做梦都梦到自己被成堆的钞票和金币给掩埋起来，身边比基尼美女如云，点烟都是用百元大钞。

不过，这发财大计有个前提，就是必须先找到艾司，虽说这小子很好忽悠，但找不着他一切都白搭。由于艾司活动的区域被人家划定了警戒区，杨聪不知道违反规定会有什么下场，他也不敢去尝试，只能在警戒区外围周边碰碰运气，接连好几日都没什么斩获，杨聪杨大爷手里的资金紧张起来。

看着人来人往，反正闲着也是闲着，杨爷脑筋一转，就拿出了自个儿行走江湖的必备武器，破毛毡和墨镜，一面继续守株待兔搜寻艾司的身影，一面给自己找点外快。

可又过了几天，那艾司还没踪影，我们的杨爷已经沦落到连泡面都快吃不上的地步了，一般人见他长得肥头大耳，不怎么乐意接济他。所以杨聪的观察范围，就从艾司必经的几条路段，渐渐转移到了公交车站或地铁口这些人流密集的地方，没想到在这儿都能碰到艾司，看来果然是连老天爷都在帮着自己。

杨聪越想，底气越足，踮着脚尖大力拍着艾司的背："哥们儿，闲话少说，哥哥我有一条发财大计，好兄弟，讲义气，特意来通知你。"

艾司将大头上下打量了一番，想起了那位在图书馆外面要钱的大叔，神秘问道："你这样……能要到很多钱吗？"

大头差点一窒，干笑了两声，以无比猥琐的腔调抑扬顿挫地反问道："靠——，你看哥哥我像靠这点儿小钱过日子的人吗？"

艾司的优点就是不撒谎："像！"

杨聪显然已经习惯了艾司的直白，没脸没皮地拍着艾司的背让他跟自己走，临走前故作大方地将破毡子一脚踢到路边："其实我是专门在这儿等你的，这个嘛，反正闲着也没事儿，俺们不偷不抢，这钱也算挣得正大光明对吧。好啦，咱不说这个，哥哥问你啊，青瓦街龙场听过吗？没听过是吧，就知道你没听过，听哥哥说，那地方，简直就是专门为你这种人而修建的，到了那里，哥哥保证你能赚到一大笔钱，要是打上个十几二十场，你下半辈子都不用为吃穿发愁了。"

"什么打上个十几二十场？你究竟在说什么，我怎么听不懂？"

"跟哥哥来就是了嘛，难道你大头哥哥还会害你，真是的。"

"恩恩她们要放学啦，我要回家去了，改天吧。"

"哎，你别走啊，那谁，艾哥，艾哥，你听我说嘛，今天晚上正好就有一场，我先带你去看看嘛，看看再说嘛是不是。真的能发大财啊！对你来说小菜一碟的！"

"我真的要回去啦，恩恩她看不见我，要生气的。"

"那你这么晚在外面闲逛什么？"

“没有闲逛啦，我去给小朋友补课。”

“当家教啊？那能挣几个钱啊，你就说今天补课补晚了不就得了？艾哥，艾哥哥，艾爷，算我求您了，耽误不了你几分钟时间的，去看一眼，就看一眼。你难道不想发财？”

艾司停下，思索，问：“能挣很多钱啊？”

“多。”大头拼命点头。

“好几千？”

“比这多得多。”

“要不要身份？”

“要什么身份？不要不要不要，那里每个人都想方设法把身份藏起来的。”

“什么事情能挣这么多钱啊？不会是坏事吧？”

“我以人格向你保证，这事儿跟坏事没有半毛钱的关系。”

“走吧，艾爷，您再等一会儿就散场啦。”

5

青瓦街紧邻南宁路，却是一条地道的步行街，街道两边都被搭帐篷的路边摊给占据了，中间仅留下不足两米的行人通道，沿街混杂了各种叫卖声。

杨聪领着艾司穿过人流密集的摊位，拐进青瓦街边一条小巷，巷子里早有一人在那儿等着，瘦得跟猴似的，大头管他叫竹竿，那名字倒也贴切。

“就这小子？”瘦高个儿竹竿看了艾司一眼，表示怀疑。

大头将竹竿拉到一旁，小声嘀咕：“就他，你别看他个子不高，你看他那身形，那肌肉，爆发力超强的，我大头什么时候看走过眼？”

“也没看出什么肌肉来啊，到底行不行啊？入场券很贵的！”竹竿还是不信，精神萎靡地打了个大大的哈欠。

“我操！”大头发了狠，“前几天有头狮子在市区被人用拳头打昏了你知道不？”

竹竿道："知道啊，听说是一个警察干的。"

"干他娘，就是这小子，我就在旁边，亲眼看到的，这小子发起狠来，我怕得想尿啊！"

"有没有这么夸张，真的假的？"

"我以人格担保啊！"

"你的人格不值钱啊。"竹竿又打了个哈欠。

"我操！你想想，我全部家当都押在这小子身上去了，他要是不行，我还不如上吊抹脖子死了算了。少废话，走吧，赚了钱买一斤粉，爽死你啊。"

见竹竿点头在前面带路，大头喜滋滋地跑过来，对艾司恭敬道："可以啦，我们跟他走就是，艾哥。"

艾司看着黑漆漆的小巷，小心道："我不想去啦。到底在哪里啊？"

大头无比亲昵地搂着艾司的胳膊："走过这条小巷就到啦，这几步路呢，里面很好玩儿的，来来来……"

"你们刚才说什么粉啊？"

"爽身粉，爽身粉。"

走到一半，小巷中间有两个体重在三百斤以上的肉墩型壮汉守着，那竹竿有气无力地摸出一张黑色的卡片晃了晃，壮汉们才放行，其中一个还提醒他们："火龙正在里面，你们运气不错。"看起来竹竿大头都是这里的熟面孔。

另一个则调侃艾司道："带了个鸡蛋啊？"

"你才是鸡蛋，大哥看清楚了，岩石来的。"大头也不怎么怕那胖汉，两人说的是当地小混混的黑话，鸡蛋的意思就是很不经打，一碰就碎，比鸡蛋好一点的叫沙袋，不仅能扛打，还能偶尔获胜的叫小刀，最后擂台常胜的才叫岩石。

走到小巷另一头，里面渐渐传来震耳欲聋的重金属摇滚乐，艾司大老远就闻到一股刺鼻的气味，是烟火味夹杂汗味和排泄物的气味，十分难闻。

小巷尽头，空间豁然开朗，四面都是高楼，在中间正好围成一个小广场。

这原本是小区垃圾场，后来被一群小混混占据了改为篮球场或足球场，再后来不知从什么时候开始，这里成为街头打架斗殴、帮派厮杀的极佳场所，最后被北区的大佬整合起来，有了龙场的名头，是海角市较为知名的地下黑拳市场。

声嘶力竭的疯狂音乐，狂欢般尖叫的人群，随处丢弃的易拉罐和啤酒瓶，熊熊燃烧的汽油桶。在广场中央立着四面锈迹斑斑的铁围栏，围栏四角被熊熊烈焰映照如白昼，围栏中央有两个赤裸上身的猛男正像野兽一般搏斗着。

其中一个身高一米八几，肌肉结实得像钢铁，一头火红的头发，脸上用油彩画上青面獠牙，看起来格外凶狠，这就是龙场近几月声势正旺的台柱子之一——火龙！

青瓦街龙场的幕后老板黑道出身，对中国武术有着近乎狂热的爱好，这地方既然被命名为龙场，那么里面最能打的人自然被冠以龙的称谓。

龙场里有九条龙，每一个都是黑道上叫得出名的响当当的人物，平日难得一见，不过偶尔也会出来透透气，像今晚就是。

火龙的对手是一个代号蜥蜴的人，身高比火龙稍矮，体型看起来却比火龙还魁梧，原本也是岩石级的好手，但在火龙面前，却像被逗的猴。

龙场的观众不只是黑道上的混混，也有些有钱人，它除了提供令人感到刺激的肉搏之外，最主要的是赌博，龙场胜负不计分数，只算输、赢、平，一方把另一方打倒在地，让他爬不起来，就算赢了。如果时间到，双方都还在场上站着，就是平。

简单的规则加上激烈的搏斗，特殊的环境有着别样的刺激。

没看两分钟，艾司就看见那个红头发的转身一钩，将对手绊倒，跟着反手肘击，那手肘贴着对手的脸，两人一起往地上倒。立刻就有鲜红的血飞溅，围栏外的观众反响热烈，那鲜红的颜色就像毒品刺激着他们的神经。

大头兴致勃勃地给艾司介绍，现在都不行了，以前打得那才叫一个激烈，动则生死见真章，十个里面就有九个要被抬出去。

艾司很讨厌这里，讨厌这里的气味，讨厌这里的音乐，讨厌这些人如痴如醉的疯狂模样，最讨厌的却还是那四面铁网围成的擂台，就像个金属笼子，里面的人仿佛已不再是人，只是保留原始本性的野物。

那个笼子……艾司不知为何，总会联想到那天与大狗狗战斗时出现的铁笼子，虽然外形差异很大，但似乎作用都是一样的。艾司的手指不自觉地抖了两下，全身的肌肉开始收缩，紧绷，脑袋里的血管似乎随着那狂暴的重金属音乐震颤，一阵一阵地刺痛。

与艾司相反，杨聪回到这里，就像游子终于归家，鱼儿回到了水里，贪婪地呼吸着那夹杂各种味道的气息，全身都放松下来。

“打呀！”

“夹爆他的头！”

“踢他裆，踢爆他！”

多么熟悉的尖叫声，杨聪不禁思绪飘远，遥想当年，第一次遇见司徒，也是在这里，当年他就和身边这名少年差不多的年纪，那时候的青春，年少且轻狂，充满了激情与梦想，谁知道风云突变，一切都成了过眼云烟。

“大头，他们在做什么？为什么要这样做？”

“这个啊，他们在做运动。”大头开始忽悠。

“运动？就像运动会那样？”

“对呀！就是你想的那样！”环境嘈杂，两人都需要大声说话，前面的竹竿回头，好奇地瞅了艾司一眼，大头给他做了个不可说破的暗示。

“小子你乡下来的啊？”竹竿还是忍不住问了句。

“我是海角市纳凉镇石桥村人。”艾司对自己的来历背得很熟。

杨聪警告地瞪了竹竿一眼，竹竿无所谓地撇撇嘴：“还真是乡下来的。”

“怎么样，你看里面那两个人，个大、人傻，肯定不是你的对手，你要上去，哈哈，嘿哈嘿哈，三拳两脚就把他们打趴下了。”杨聪比画出拳击姿势想激励艾司的斗志。

“不好，不喜欢这里。头疼。”艾司却一点兴趣都没有，看了一下场内，“他们那么壮，看着就好可怕的。”

“别呀，哥。”见艾司想走，大头赶紧把他拉住，“你还记得那天打那狮……就是那大狗，你只要拿出十分之一的力气，打趴他们完全没有问题啊！”

艾司摇摇头：“恩恩不让我打人的，打人是坏孩子。”

大头一时张口结舌，不能打人？只能打动物？他不知道该怎么诱惑艾司了。

小眼珠子一转："这是比赛嘛，运动会，这不算打人的。我问你，你打别人，打了之后有好处吗？"

艾司想了想，摇头。

"那不就得了！"杨聪张开双臂，五指仿佛抓着大把的钞票，激情地捉住艾司手腕，"这是比赛，叫竞技，和你说的打人完全是两回事，你要是把对手打倒在地，有钱的！好多好多钱啊！"见艾司愣着，又强调一遍，"有奖金的！赢了的人有好多奖励的！"

"有多少？"艾司皱着眉头随意问了一下。

大头马上对竹竿说："去问问火龙的盘口和今晚大概能得的赌金。"

竹竿蔑视一眼，大头讨好道："帮帮忙嘛，哥。"

这时场内的火龙和蜥蜴正好分开，蜥蜴一个抱扑摔俯身抢火龙下盘，火龙稍稍一退，双手像铁钳一样卡住了蜥蜴的脑袋，将对手的头往自己膝盖上摁，顶了一记之后，感觉没吃上力，身体又前倾下压，几乎将蜥蜴的头夹在自己裤裆下，双手抱住蜥蜴的腰，如旱地拔葱一般将他整个人倒举了起来，再狠狠地往地上砸。

就像屠宰场的人捉住兔子耳朵杀兔子一般，猛力地往地上那么一摔。

人群中再次迸发出尖声惊叫，欢呼如潮，艾司倒吸一口冷气，指着场内问大头："这样不疼吗？"

大头还想接着忽悠："这怎么会疼，这是比赛嘛，比赛肯定不会疼的。"

"你骗人，摔一跤都很疼的！"艾司戳穿大头的谎言。

这时候竹竿带着消息回来了："火龙一赔一点五，蜥蜴一赔五，今晚大概火龙能拿一两万吧。"

一两万？艾司心思纠结起来，他在心里盘算着，要是这样能拿一两万，那么只需要参加六七次比赛就能凑够十万了；可是，那个被打得好惨，肯定很疼的，而且恩恩有说过，不许那样子对别人，恩恩又没有说比赛时可不可以这样做，那就是都不许喽。

但是，艾司真的好需要钱，十万块耶。

“那我也能拿那么多吗？”艾司惴惴不安地问了问。

“你能拿的比他多多了，要是你能打赢他的话。”杨聪大声地吼出前半句，刻意压低声量说了后半句。竹竿鄙视地嘲笑大头。

但艾司听力很好，追问：“怎么算是打赢他呢？”

“就是把他打趴在地上，让他爬不起来。”大头一看有戏，这方面有问必答。

艾司皱皱眉头：“要是我是趴地上那个人呢？”

“这不可能，你当你大头哥哥这么没眼光？就拿出那天你打那……那大狗的力气，一拳就搞定了！”

“那趴地上的人是不是就没钱拿了？”艾司依旧在发问，有点难以舍弃。

“那……”大头本想说那当然，只能赢不能输，可看艾司好像准备放弃的样子，赶紧改口说了，“那哪儿能呢，那不上去白挨一顿揍，趴地上那个要拿得少一点，怎么也有好几千吧。”

其实龙场并不是什么规矩的大型地下黑拳，更倾向于临时赌斗，只不过有人组织，有人押注，有人抽头，这种简单赌斗，拳手是没有出场费的，全靠押注多少，双方后台各有一个经纪人给自己的拳手押重注，其余围观者押小注，赢了全得，输了没有。

至于参加外围赌场的群众筹码分配，由组织者负责，获胜拳手在组织方支付了获胜群众的赌资后，给予三成利润奖励，而与对方经纪人赌斗赢得的筹码，则与他的经纪人协商分配；而输了一方的拳手，他的伤残费和出场费什么的，由他和经纪人自行解决，但是组织方面同样会提供一成的利润分给拳手，以示公平或是抚恤。若是时间到了，双方还能同时站在场上，那么算平局，双方经纪人赌资各自归还，组织方给每位拳手分两成利润。

因此大头也不能算欺骗，只是将数额尽量往高了提，艾司却觉得不划算，被打成那个模样，才几千，恩恩她们说大病一场都要好几千的。

一看艾司皱起眉头，大头赶紧补充：“如果说打到最后，你们两个人都还能站在那儿，都没倒下，那就不算输也不算赢，算平局，这场上的钱你们两人平分。”

“嗯？”艾司看了竹竿一眼，这次竹竿也点了点头，看来是真的，“那也就是说，比赛完了之后，我只要还能站着，也能拿一万左右？”

“嗯，对，没错，就是这样子的。”大头的大脑袋点得比打夯机还快。

“打一场比赛要多长时间啊？”

“这个，是双方开打前自行约定的，不过如果时间越长，就越容易把一方打趴下，那奖金也就越高。”大头耐心地解释着，扭头问竹竿，“这次火龙他们打了多久？”

“十分钟。不休。”

大头给艾司一个“你听到了”的眼神，伸出手指比画了一下：“十分钟，两万。”他自然不会提，要在火龙面前坚持十分钟，那需要多大的勇气。“十分钟之后，不倒地，一万。”

“那半个小时呢？是不是就有三万？”艾司像发现新大陆一样叫了起来。

“这个，倒不一定有那么多，但肯定比一万多。”大头打马虎眼。

艾司声音很大，这次不仅是竹竿，连周围的人都投来怜悯的目光，想在火龙面前坚持三十分钟？小子你很想投胎啊！

“那……我可不可以躲？”

“你傻呀，人家打你，你当然要躲，躲了之后再还击，谁让你傻乎乎站在那里让人家打，你看他那拳头，你真敢站那儿不动让他打？别说三十分钟，三秒钟你都坚持不下来啊！”大头被艾司的问题吓了一跳，还好这小子提前问出来，否则自己真的要输得脱了裤子上吊。

“我没身份，这真的不要身份？”艾司心中有了计较，恩恩不让我打人家，但是我可以让人家打不着我啊，在里面躲十分钟就有一万哎，那要是我在那里面躲十分钟、二十分钟、三十分钟……艾司伸出双手，屈指数了起来。

“要啥身份啊。还要我说多少遍你才信啊？”大头口音都变成东北味儿了，“我搂这样告诉你，身份搁这儿，它搂不好使。”

竹竿不禁微微摇头，这大头不知从哪儿找来一个傻小子，连身份证都没有，死了都没人收尸，听说被打死在台上，这龙场有笔善后资金？难道这大头打的就是发死人财的主意，难怪他说稳赚不赔，哼——

“我可以试试？”艾司意有所动。

“马上就可以试啊。”大头早就迫不及待了，“跟我来。”他要带艾司去找一个拳手经纪人和对方对赌，刚走没两步，脸色大变，第一反应竟是扭头想跑。

人群中有人大喝一声：“站住！想往哪儿跑你！看到你啦，小屁股，过来！”

大头的趾高气昂顿时变作霜打茄子，灰溜溜地低着头小跑过去，赔笑道：“琛爷，您也来玩啊？”

“少屁话。”叫琛爷的四五十岁年纪，干瘦，花白头发，对着大头屁股就一脚踹了过去，大头一个趔趄，嘿嘿干笑。

琛爷叼着棵大雪茄，大马金刀地坐在一张沙滩椅上：“上个月你和我手下的阿坤打牌，输了借了五百块，说好的七出十五归，日息五分，现在利滚利，你欠我三千，啥时候还啊？”

“哎呀琛爷，您老就高抬贵手吧，当时说好了是朋友借，不是向公司借钱啊。”大头哭丧着脸，四面作揖，“您老身上拔一根毫毛，也比小的大腿粗，小的是真的没钱，在哪儿找三千啊，就算您老把小的卖了，这一身几两肉，也值不了三千啊；小的一直肾亏，萎缩到快没了，肺也因为吸烟吸坏了，肝也是烂的，心脏也不好，这小眼睛还近视，您老卖器官也卖不了几个钱啊，我全身上下就没一地儿是好的，您老就当放了个屁，放过小的吧。”

琛爷和他周围的伙计哈哈大笑，五百根本就不是个数，那七出十五归，日息五分，在黑道上也没高得那么离谱的高利贷，不过就想看看这小丑顶着大脑袋，扭动着小屁股，图个乐子。

杨聪也清楚对方的想法，竭力让自己的肢体语言看起来足够滑稽搞笑，希望对方一乐，就撒手让自己走人。谁知道这次琛爷笑够了之后，脸色一沉：“不行！你小子有钱来龙场看打斗，会没钱还我？五百虽是毛毛雨，但蚊子再小也是肉，你今儿个要是还不出钱来，可别怪琛爷我真把你给剁碎了卖掉。”

杨聪脸色大变，膝盖一软就跪地上了，一双小眼睛四下张望，心中只能祈祷琛爷是在跟自己开玩笑，眼睛却在看逃亡的出路在哪里。

这时候，艾司从后面抢上前来，大声质问："你们为什么欺负大头，你们没看到他都快哭了吗？"

琛爷和他的手下都是一愣，这又从哪儿冒出个愣头青？

6

杨聪却是眼前一亮，救兵啊，赶着琛爷还没有卖我，我先把这小子给卖掉吧。他骨碌爬了起来，抱住艾司胳膊，挤出笑容："琛爷，这是我乡下表弟，我这次来呢，其实是带这小表弟来打拳的。"

"表弟？打拳的？就这小身板？跟小鸡崽似的，哈哈哈哈哈……"琛爷和他的伙计哄然大笑，琛爷补充问了一句，"他能和谁打？和你呀？哈哈哈哈……"一行人笑得前仰后合。

大头不敢笑，抱着艾司的胳膊瑟瑟发抖，艾司往场上一指："我要和那个红头发的打，十分钟，不倒下，就有一万，我两个小时不倒下，就有十万了。"

"噗……哈哈哈……你们听到没有，他……哈哈，他要和火龙打，还十分钟不倒下……哈哈哈，大头，你这表弟太搞笑了，比你逗多了，你哪儿找来的啊？这都是极品啊！哈哈哈哈……"琛爷笑得雪茄都掉了，拍着大腿，眼泪流了出来。

琛爷擦去眼泪，往旁边指了指："听着，小子，你和我手下阿彪打，你赢了，你表哥大头欠我的钱，一笔勾销，你要是输了……"琛爷笑意渐渐收敛，变色阴沉，"我就把你们两个，一块儿卖掉！"

"可是，我站着不倒，不赢也不输呢？"艾司问道。

"行，只要你能在阿彪手下，过十分钟不倒，也，算，你，赢！"琛爷发了狠话，叫过一个伙计，嘀咕了两句，自然有人去与龙场组织者联系。

大头赶紧趁这空当，给艾司介绍一下他对手的情况，那阿彪个子不算太高大，一米七三，但在龙场也算是岩石级好手，他的鞭腿和左后勾拳是两大撒手锏，艾司哪儿知道什么叫勾拳什么叫鞭腿，只是嗯嗯答道："我不让他碰到我就是了。"

“大头，这次有没有钱拿？”

“嗯，这个，可能，应该有一点儿吧，但是，因为……所以……我也不是很清楚。”大头支吾起来，顾左右而言他，“额，对了，你还要特别小心，这阿彪很阴险的，动不动就猴子偷桃、插眼睛什么的，千万不要让他近身。”

这时候组织方已经做出反应了，一个瘦得跟竹竿有一拼的年轻人，拿着小商贩叫卖用的大喇叭高声喊着：“下一场下注开始啦，下一场下注开始啦，一个新人小鸡崽想要挑战温妮阿彪，灯光注意一下，灯光注意一下。”

几道强烈光柱顿时照在了艾司身上，让艾司都睁不开眼睛，周围未散场的人一看，这差异也太大了，温妮阿彪这些人都算了解，温妮是一间夜总会的名字，琛爷他们就在那一带收保护费的，这新人小鸡崽明显就不是个儿，根本看不出有任何身体优势。

盘口很快开了出来，组织方还新增了盘口，赌的是小鸡崽能在阿彪手下坚持几分钟，最低是一分钟之内，最高自然是打满十分钟。

刚看完火龙大战蜥蜴，就好比吃完正餐后来点餐后水果，帮助一下消化，那些赢了的自然又纷纷投注，看看这小鸡仔能给大家带来点什么乐子。

艾司向大头抱怨：“为什么要叫我小鸡崽，我不喜欢这个名字，我叫艾司。”

“行了吧，你打赢陈彪再说，以后我们再取个威风点的名字，这里不会有人用真名的。”

“哦。”

进了铁围栏，艾司发现，这里面的空间比外面看上去要大一点，对面的阿彪赤裸上身，肌肉板结如牛筋，双手戴了副皮手套，以拳击掌，啪啪作响。

艾司打定主意，绕着铁围栏和他转圈圈，绝对不让他碰到自己。

陈彪向艾司靠近，艾司不朝场中央走，贴着铁围栏挪移，周围的观众不乐意了，这到底是来打拳的还是来干什么的，胆子这么小，还上场打个球啊。

艾司有些紧张，又有些茫然，大头给自己的解释是这铁围栏里面什么规矩都没有，你想怎么打就怎么打，想咋躲就咋躲。艾司心绪不安，外面那些人太吵了，艾司一会儿想到恩恩不许自己和别人动手，一会儿又想到要是赢了有好多好多钱拿，拿到钱就可以完成自己的心愿了……

一些极度不满的观众隔着铁网猛推艾司，艾司心神都在面前的对手身上，脑子里想的都是有的没的，没想到背后发力，顿时向前一扑，陈彪看这架势，顺手就给了艾司一拳。

艾司看着拳头在眼前放大，身体却一时忘了该做何反应，用脸贴了上去，头一歪，干脆倒地！全场一片嘘声，这餐后小点还没放到嘴里就没了?

组织方拿大喇叭的青年也不知该如何解说了："这……这这这，这也太夸张了吧，这是零点零一秒的新KO纪录吗?我们的新兴选手小鸡崽显然是不行啦，嗯，嗝屁了，那么，现场又有多少人为你们手中的票而欢呼呢?又有多少人失望没有买一分钟内结束战斗呢?"周围立刻附和似的响起一片欢呼和各种咒骂。

大头急得满头大汗，挤到艾司倒下的地方，拼命地吹气，大喊："喂，喂！蠢货，笨蛋！大白痴！快给我醒过来！你不能这样就倒下了！你这样我们就全完了！告诉你要注意他的后手勾拳的！"一看艾司睁开眼睛，大头不遗余力地喊着，"快爬起来，赶快爬起来。"

艾司觉得半边脸是麻木的，脑袋里面嗡嗡作响，这是怎么啦?自己在哪儿?一会儿才回过神来，听到大头焦虑的吼叫声，是了，我在铁围栏里面，有个大个子刚才打了我一拳，糟了，回去怎么给恩恩解释啊?

周围的欢呼和咒骂声都小了下来，陈彪一看那小子还能动，还想爬起来，走上前去，一只脚高高抬起，一个大力劈踩就下来了。

不能再被他打到了！艾司一个激灵，刚刚爬起一半，忽然一个侧滚，贴着铁丝网避开了那一记脚刀。

那些买了坚持时间更久的观众没想到事情还有转机，顿时欢呼起来，也有人为艾司加油，于是人群中形成了泾渭分明的两派。

"撑下去，撑下去……"

"可以死了，去死吧，去死吧……"

艾司不为所动，扶着铁丝网站了起来，麻木的脸已经变成了一种火辣辣的疼，艾司摸了摸伤处，疼的部位不大，那一拳是贴着脸侧滑过去的。

陈彪冷笑，让这小子在擂台上站着超过一分钟都是对自己实力的侮辱，他提起钵大的拳头，跟着就是一套左右连环勾拳，但冷静下来的艾司脖子顿时就像泥鳅一样左右弯曲，让陈彪的拳尽数落空，整个身子还往右斜，企图逃离陈彪的攻击范围。

陈彪毫不客气地一脚踹过去，若艾司想从这里逃走，势必吃上这势大力沉的一脚，谁知道艾司一缩腹，双腿一蹬，双手前伸，像一只跨栏的猎豹舒展四肢，落地一个翻滚后站起，逃出了陈彪的攻击范围。

陈彪稍微皱眉，这小子躲避动作干脆利落，看起来还有两把刷子。

接下来的几分钟，艾司彻底激怒了观众。

“打呀！躲什么躲啊，孬种！”

“我呸！上啊！你他妈的上啊，反击啊！”

更多的人则在狂呼：“打死他，踢死他，干死他！”

艾司也不会有什么羞耻心，钻裤裆、绕腋下，怎么好躲就怎么躲，看上去狼狈不堪，却能有效避开陈彪的重拳攻击。

陈彪越打越火大，这小子跟泥鳅似的滑不溜秋，明明只需要补上一拳或一脚就能让他趴下，却老是碰不到他，有好几次都因用力过猛让自己出现了破绽。刚开始陈彪还打算防御一下，以免对方乘机反击，后来一看，得，这小子压根就没出手的欲望，索性放开了防御，抡圆了膀子尽情攻击。

场地就那么大，艾司再能躲也没法避开陈彪的所有拳脚，七分钟后背脊吃了一拳，跟着小腹又吃了一拳，八分钟屁股被踢了一脚，但他都咬牙坚持了下来。

十分钟说长不长，说短不短，眼看时间就要到了，琛爷面子上挂不住了，派个伙计去场边喊：“阿彪，琛爷说了，你要收拾不下这小子，这个月可没钱拿。”

陈彪怒火中烧，出拳的速度再快一倍，艾司架起的胳膊上立刻就吃了好几拳，胸窝又中了一脚，打得他差点回不过气来，但是好歹咬牙坚持了下来，依然站着没倒地。

眼看时间就要到了，这小鸡崽还跟小强似的兀自屹立不倒，陈彪怒吼一声，左手晃一记直拳，右手一记后勾拳，艾司后仰，陈彪返身扫堂腿，艾司应声倒地。

只听刺啦一声，却是铁围栏的铁丝网上有许多铁丝脱线，像小刺一样横在网中央，艾司的衣服被划出一道口子。

一直在苦苦忍耐等候时间的艾司忽然按捺不住自己的情绪，这衣服是恩恩买的，杀了你!

艾司额心泛起一抹微红，气温陡然降了下来。

场下观众正热情高涨，虽然那小子躲得狼狈，但陈彪发挥稳定，那一拳一脚都力量感十足，尤其在最后关头击倒对手，也算值回票价。

但在场上的陈彪却感觉明显，浑身就像过电一般起了一层鸡皮疙瘩，原本只需要再补上一脚就结束了这场赌斗，偏偏他身体僵了一下，这一脚没能及时递出，眼睁睁地看着艾司龇牙咧嘴地又从地上爬了起来。

陈彪一愣神马上又反应过来，自己在做什么呢，妈的刚才怎么回事?居然给吓了一跳，再补一拳，马上就结束了。

这时候拿大喇叭的青年却叫了起来："时间到！时间到！这一场是——平局！"

顿时民怨沸腾，也不怪大家不满，谁都看得出来，再补一拳这小鸡崽都完了，这场赌斗根本就没有人下注平局好不好，这种行为分明就是要将大家的赌金通吃，但时间的指针确实指向了十分钟，前后相差也就那么一两秒，没办法。

"哼，大头，这次算你运气好，看不出你那小表弟还挺能挨的。我琛爷一向说话算话，你和我的债，就一笔勾销了，但是，你要再敢出现在我的场子里，莫怪我打断你的狗腿！"琛爷明显一脸怒意，拂袖而去。

杨聪赔着笑脸聆听教诲，嘴里不停发出配合的声音："那是，那是……应该的，应该的。"直到琛爷走远消失了，才收起笑意，扭头，"我呸，什么玩意儿！想当年，给我杨爷拎鞋都不够格的货色！"

不满归不满，但当大头从龙场组织者那里领到两千元的分红时，还是乐得合不拢嘴，虽说这场赌斗只是余兴节目，下注的人少，但禁不住庄家通吃。所以分到大头手上的钱，竟然有两千元之巨，杨聪已经很久很久没有触碰到这个数额的钱了。

他用手指蘸了口水，一遍一遍地数着，感觉简直像做梦一样，将钱折好，塞进裤兜里，过一会儿又拿了出来，捻出其中一张红色钞票，再想想，又捻出一张，最后估计觉得要细水长流，一狠心，数出足足五张钞票，其余的钱像防贼一样，左右张望着插回裤兜里去了。

找到艾司时，艾司正心疼地看着自己那件划了口子的T恤，要是在上面补个疤就不好看了，恩恩一定会问的，怎么办怎么办？

“嘿！”杨聪的大头出现在艾司视野里，他喜滋滋地将五张红色钞票展成扇形，在艾司眼前抖了抖，“这是你的。”说着，将钞票塞进艾司手里，又从里面抽回一张，得意地扬扬手，“这归我。”

“才五百块啊？”艾司对这金额很不满意，恩恩送的衣服都划破了，才这么点钱，跟大头先前说的一两万差好远。

“你这是刚刚开始嘛，只要不输，你每多打一场，都会拿得更多。我们两兄弟一条心，发财的日子马上就要来啦！”杨聪甚是满意。

“那……什么时候才能拿到十分钟一两万啊？”

“这个，再打个三五场，就差不多够这个数了。”反正忽悠只需费点口水，大头趁热打铁，“你如果能把对手干趴下，今天拿到手里的就不止这个数了。”

“嗯……”艾司看了看手里可怜的四张钞票，又抽出两张，“要不我们一人一半吧。”

大头欢喜得想流口水，不是，是感动得想掉眼泪，到底还是忍住了，郑重其事地将这钱退回去，表情肃穆地拍着艾司的肩：“收下吧，这是，你该得的。好兄弟，讲义气！”

艾司觉得大头这人真不错，点头“嗯”道：“好兄弟，讲义气！”

和大头约定了再见面的时间和地点，艾司惴惴不安地回到家里，路上已经和恩恩通过电话，按照大头教的，说自己刚刚家教完，这是第一次对恩恩撒谎，艾司的小心肝扑通扑通直颤。艾司从未想过，自己有一天会向恩恩撒谎，不过一想到自己将要做的事情，艾司就觉得恩恩一定会好开心的，恩恩一开心就会原谅自己啦。

在路上艾司还做了件事，就是在路边摊买了一个大大的金猪扑满，艾司想到，自己今后会有好多好多钱，口袋里都不够放，不知道该放在哪里才好呢，正好路边摊有卖扑满的，艾司看见金黄色穿小红袄的小金猪好可爱，就问了一下价格，最后忍不住买了一个。几乎和真实小乳猪差不多大，艾司觉得，这个小金猪用来放十万块，差不多够了。

等艾司小心翼翼地抱着金猪扑满回到家，恩恩她们正在商量着什么，雅欣最先看到艾司，惊呼："哇，艾司你买这么大个存钱罐做什么？"

艾司高兴地道："我很快就会有钱啦，钱会多到放不下，所以买个小猪来放钱啊。"

"这么大个小猪放哪儿啊？"恩恩被小猪扑满的体积吓了一跳。

艾司看了看，还真没地方放，想了想，指着放书和酒的书架最上层："就放那里好了。"

恩恩接着道："当个家教能拿多少钱啊？不要跟黄大哥狮子大开口哦，我说艾司，你要是有钱了，是不是先把我这个债权人的债还一点啊，我们已经整整两个星期没有买新衣服啦！"

"啊？"提到债权这事儿吧，艾司还没想到那里去。

婉儿轻笑道："是啊，艾司，恩恩她们正为万圣节晚会服装的事发愁呢。"

虽然高三学业繁重，可冯恩恩向来就是个不务正业的主儿，这不万圣节快到了，恩恩给万圣节的社团活动准备了一出舞台剧，更重要的是，这次舞台剧恩恩成功游说到了司徒文风参与，而且把世仇陶慧颖排除在外。

恩恩对这场舞台剧的重视程度前所未有地高，从服装舞美设计开始就亲力亲为，力求完美无瑕，可是将陶慧颖排除在外，就意味着最大的资金供应商被排除在外，不愿意让雅欣借助家族润泽的恩恩颇有些捉襟见肘，巧妇难为无米之炊的感觉。

这缺钱的问题吧，归根结底还是艾司不好，他不刷爆恩恩的卡就不会让雅欣和赵磊提前支取零花钱份额，现在雅欣的零花钱也被提前消耗了，连做服装的钱三人都凑不出来。租服装的店也都去看过了，找不到合适且满意的道具服装，特需订制贵得要死。

"万圣节是什么啊？"艾司打算过会儿去问问度娘，他将小金猪放在书架顶端，划破的衣服穿在里面，还好没被发现。

"万圣节是西方节日啦，那天可以穿得奇怪一点，大家要做南瓜灯……"雅欣给艾司介绍起来。

"艾司，你的脸怎么啦？"细心的婉儿却发现艾司脸上不对。

“撞……撞了一下下啦，我在拐角捡东西，一个骑自行车的没看到，骑得飞快，握车把的手撞我脸了。”这是大头提供的版本，无论是力道、速度、撞击面积和发生碰撞的可能性都无懈可击，不愧为个中高手。

“真是的，你怎么那么不小心呢？”

“疼吗？下次在转角捡东西要小心一点。”

“哪个王八蛋，你没和他理论啊？当时就该一脚把他踹下来。”

婉儿去给艾司拿药去了，看着三个女孩，用不同的语言表达着同样的关切，艾司心里满满的温暖，不由自主挺起了胸膛。

当婉儿的小手给艾司均匀地抹上祛斑霜，艾司闭上眼睛，这特效药果然有效，一点都不疼了，婉儿的手指在脸蛋上画着圈圈，痒酥酥的。

可是享受的时光总是短暂的，跟着恩恩就一脚踢在艾司腿弯处：“好了没有，还闭着眼睛在这儿享受呢。”

艾司嘴一咧，恩恩正好踢到另一处伤，他睁开眼睛，恩恩那标致的瓜子脸就在自己眼前不足二十厘米的地方。

呼！向上吹了吹额上的刘海，恩恩嘴角拉长，上扬：“艾司，会不会做衣服啊？”

“做？做衣服？”艾司好像又听到一个新名词，“我会补衣服啦，恩恩你教过我的啊。”

眉眼弯弯，恩恩笑得像只小狐狸：“艾司啊，我来教你做衣服好不好啊？”

一看恩恩露出这种略带谄媚的笑，艾司就不知道该欢喜还是忧虑，很显然，恩恩又有新的任务交给自己了，可是，艾司的时间已经很紧了啊，恩恩！

7

调查进行了好几天，总算有了些眉目，第二经济区三期工程，柏铺村地块公开招投标项目是五月立项的，但有心人早在一年多以前就已经探听到风声了，这种大型政府工程要反复讨论，慎之又慎。

后来项目成立时，在公开招投标的基础上添加了附加条件，多了诸如必须是在海角市登记注册的地产公司，公司注册资本不能低于五亿元等限制，才将许多如鲨鱼嗅到腥的地产公司拒之门外。

剩下的五家公司中，恒绿地产实力尤为雄厚，钧鸿、乐苑、帝景三家也是海角市老牌地产劲旅，只有新东是刚成立还不到一年的公司，做了几个小项目，但背后的老板神秘且财力雄厚，竟然也达到了竞标资质。

“我们海角市发展这么些年，拥有的地产公司不止这五家吧？”司徒笑拿着资料问张子成。

“是，公司是有很多，达到条件的也不少，但都因为各种各样的原因退出了，连赵氏集团不也退出了吗，这个政府工程有一招很毒的，你看这里，要求中标的地产公司垫资修建，能一下子拿出这么多现金流的公司，还真没几个。”张子成翻到材料的一页告诉司徒笑。

司徒笑看了看，分析道：“这五家公司也拿不出修建工程的全部款项，他们会将巨额的修建款层层转包下去，只要拿到了标的，去银行贷款，政府在这件事上应该大开方便之门，还有，建筑材料的赊账，也能充抵一部分现金流，不过就算如此，这还真是块难啃的硬骨头，做得好能赚很多，做不好就会赔个倾家荡产，赵氏集团为什么退出？他们比恒绿更有实力啊。”

“不知道，或许是觉得风险太大，而盈利太低？”张子成也学着分析。

司徒笑摇头，这个项目看似风险高，但对那些根底厚实的大集团而言并不用担多大风险，而且利润也是绝对可观的，最起码，是他司徒笑这辈子甚至下辈子也挣不到的钱。

“你们调查三天了，根据你们的初步调查，发现什么可疑情况没有？”

“暂时还没有，不过新东公司前段时间打了场官司，闹得挺大。”

“和谁打官司，什么时候，为什么打的？”

“一个女教师，花了将近两百万买了新东公司在西区新建的一个楼盘的房子，但新东公司居然没有登记备案，反而一楼多卖又卖给了另外一个人，那对方当然不干，而且人家是全款预付的，要求开发商按购房款的一倍进行赔付，官司打到中级人民法院，好像是新东输了，加上利息精神损失什么的，赔了四百多万。”

“这是什么时候的事情？”司徒笑再次问道。

“今年三月吧，好像，报上也登过。”

“三月？新东的背景和后台老板没有查出来吗？”

“没有。”

“打官司那个楼盘卖了多少房子，只有这一起官司吗？”

“嗯，好像是的。”

“不要好像，去查。”

“笑哥，这个，也要查？”

“是，查三个事情，整个楼盘是不是只有这一起一房多卖，那个女教师的身份和她的家庭成员，看看她的家庭成员能不能和柏铺村地块招标扯上什么关系。”

“啊？这也能和柏铺村扯上关系？”张子成忽地一楞，笑哥不会查案查昏头了吧？人家老师买房和柏铺村招投标，八竿子打不着啊？

“先查来看看，去吧。茜姐，你查的钧鸿公司呢，有什么发现？”

“钧鸿公司这些年业绩平平，主要还是靠早年修建的商业楼在吃老本，钧鸿公司老总李鸿达去年移民加拿大，由于身体不好而处于半退休状态，目前公司主要负责人是他堂弟李青树，但是等他大儿子从美国毕业之后可能会接手公司。”

“替人打工？他多大年纪了？”

“官方报道是五十八，看实际年龄还要大些。”

“他在钧鸿占的股份多吗？”

“这个，钧鸿也是家族式企业，但是有报道说李鸿达比较抠，估计不多，我再查一查。”

“茜姐，顺便查一查李青树最近半年有没有什么习惯上的改变，包括换车、换房，出入场所，身边的朋友聚合，以及投资方向等方面，这些消息从下层的老员工那里就能打听到，如果你觉得问询比较困难就让开然去，打听小道消息他比子成更擅长。”

“好的，司徒。”

“开然，还在查帝景公司吗？现在查到些什么消息了？”司徒笑电话联系了李开然。

“老王啊？我现在在外面和几个朋友喝茶，待会儿再打给你。啊，买车那事儿不急，哥哥我有门路，答应过你的事儿就没问题，保证不会加价提车。嘀——”电话挂了，司徒笑看看电话号码，看来开然已经找到些线索了，正和对方吃饭呢，不用加价提车，倒是一个不错的诱饵，工薪阶层谁不想低价买好车啊。

司徒笑又拨通了另一个电话：“章明，你和朱珠查的乐苑有什么问题没有？”

“笑哥，这家公司很不配合啊，调查令都给他们看了，还是阳奉阴违的，我们连财务报表都没看到呢。”朱珠在另一头抢过电话抱怨着。

司徒笑一愣，糟了，时间太紧，本该让子成和开然一人带一个，然后再让他们合力去查乐苑才对，他们显然没学会从外围查起，这下乐苑老板恐怕要慌，还以为自己公司被抓到什么了呢。事实上，在这些年从海角市迅速崛起的地产公司中，只怕没有几家敢理直气壮地宣称自己是诚信经营，绝没做过违法违规的事，这个道理，章明和朱珠显然没意识到。

不过也好，乐苑的高管一慌，就容易露出马脚，司徒笑提点道：“章明，你们这样，就说我们接到举报，说乐苑公司在财务上和恒绿公司有些交易操作违规，你可以暗示他们那些财务是非公开的、私密的，而且我们警方掌握了一些证据，看看他们的反应，接下来你都知道该怎么做了？”

“明白了，笑哥。”章明在电话一头有点兴奋。

“还有，调查令这种东西，并不是拿来当圣旨用的，先开始都要从外围查起，和那些资深的中低层员工拉拉关系，像朋友一样谈谈家常，你要有了自己的调查方向之后，才向公司高管出示调查令，请他们配合，下次记住了，越是大型的公司，待得越久的员工，就能在无意中吐露越大的秘密。至于如何与他们拉近关系，有机会我让开然教你们一下。”

“知道了笑哥，谢谢笑哥。”

“别嘴上说谢，你真要谢我，下次我要去查什么，不许找借口逃走。”司徒笑最后刺了他一下，章明比较老实，上次想让他陪着去购书城居然借故遁走，肯定是有人唆使，不是张子成就是李开然，这两个都是老鸟。

刚放下电话，就瞥见办公室内老刘接起电话来，他似乎听到什么消息，表情震惊，接着就眼神不善地透过窗户瞪了自己一眼。司徒笑装作目不斜视地盯着电脑，心道：这么快消息就传回来了？看来乐苑的人际关系铺得很开啊，不过还好只到老刘这一级，若是上级打来的电话，老刘的表情不会是这样的。

坐等了一会儿，奇怪，老刘怎么还没来找自己麻烦，浪费了自己想好的一套说辞。难道那个电话不是从乐苑那边传来的？那会是什么事情，算了，还是先研究柏铺村招标的情况吧，还有龙建和卓思琪究竟有没有关系的问题。

司徒笑调出卓思琪的报销清单，重新查阅了卓思琪的简历，今年三十五岁，十年前，在恒绿公司做销售主管助理时被伍文斌相中，两人遂建立关系，于同年十月结婚，婚后不久便有了第一个孩子，却因死胎而不得不提前引产，休养了一年后再次怀孕，便是这八岁的伍永龙。当时的恒绿公司虽远不及现在的规模，但也不能算小公司了，卓思琪能被伍文斌看中，除了她的相貌学历，还有她那干练的办事风格，从销售助理到主管、到经理、总经理、副总裁，她也是一步一步坐到今天这个位置来的。

看着简历上一桩桩成功开发案例，司徒笑认为这个女人其实很有商业头脑，如果不是有什么重大隐瞒，她怎么也不可能放弃那个重要的招标项目而携款移民，究竟她有什么事是不可告人的？这和伍文斌的死有没有直接关系？和柏铺村地块招投标又有没有关系呢？还有和龙建有没有关系？

司徒笑又调出龙建的简历，这两个人除了七月出行时间上出现惊人地相似以外，实在没有任何产生交集的可能，卓思琪是在安儿乐国际妇产医院生的孩子，龙建则是在康乐妇产医院做医生，平时的生活和工作显然也不可能让他们走到一起，难道是自己想错了？

没有任何证据表明两人有什么联系，不过对于没有证据的事情，司徒笑也有自己的办法，他决定，直接去问。

还没有动身，张子成那边就传来了好消息："笑哥，你真是神了，你怎么猜到那个女教师和柏铺村地块投标有关的？那个教师叫邢小英，是一中的一名物理教师，但她老公尤世伟是一名高级工程师。这还不算什么，我接下来又去查了一下，嘿，原来这尤世伟和城建局经济开发办的办公室主任机要秘书尤春是亲戚，是表兄弟，那经济开发办，就是专门负责这个新兴经济区建设工程的，柏铺村地块就是他们的三期工程。这里面到底是怎么回事啊？笑哥，我都糊涂了，你怎么会知道他们有关系的？”

司徒笑躺回转椅上，自己的直觉又一次对了，不过这次可不是猜的，这是经验，他告诉张子成：“子成，你有没有听说过，合法受贿啊？”

“什么？受贿还有合法的？”

“道高一尺魔高一丈，虽然我们国家一直在严厉打击各种收受贿赂行为，可那些商人也在想尽办法钻法律的空子，从明目张胆地送到开后门送，从巨额现金到金卡礼盒，从夫人代收到资助子女国外就读，还有后来的司机路线、保姆路线等等，手法可谓花样百出。发展到现在，那些商人又想出了合法受贿这一招，将过去简单的给钱和收钱转几个弯，它就会变成那些官员的合法收入。比如这次的买楼官司，法律有规定，若开发商一房多卖，那么已经购房的业主可以要求开发商对自己已经支付的购房款进行赔付，金额可达已付购房款的一倍。那么，开发商故意一房多卖，你正规渠道起诉，获得赔偿，算不算你的合法收入？若是双方私下早有谋划，等于是新东送了两百万给尤世伟。”

“啊？还有这一招啊？”

“最常见的其实是古董受贿，因为它最容易操作，而且确实很难定罪，它利用的不过是民间俗称的古董捡漏策略。陪官员去古玩市场走一圈，在朋友的友好提点下，官员掏几十块或者几百块，买了一件不起眼的小玩意儿，回头请专家一鉴定，原来是真古董，拿到拍卖行一卖，几百万就到手了。整个过程中，从卖古玩的小贩，到陪同人，到最后买古玩的买主，可能都是行贿人一手包办的，他甚至可以请相互毫不认识的人来演这出戏，最后警方很难查证，你也就不能说，那不是官员的合法收入。另外还有一些彩票受贿、奖券受贿、拆迁房受贿等等，都是力求将受贿这件事复杂化、合法化，不过这些事情，往往都会由行贿方一手包办，官员只需坐在家里，就能拿到安全、稳当又合法的贿款了。”

“笑哥，那这邢小英买楼索赔的事情，是为了向谁受贿呢？难道受益人是开发办的尤春？”

“不见得，别忘了尤世伟的身份，他和尤春有这么一层关系，我很怀疑他会成为柏铺村地块招投标的评标专家之一，还记得我们前年查的兴和大厦标底泄露案吗？”

“是那个评标专家受贿泄露标底的案子？对啊，当时我就怀疑，文件上明明规定，评标专家需要在投标前两日从评标专家库里随机抽取，他们怎么就知道哪个人会当上评标专家？”

“所以说，这里面水很深，两百万买一个评标专家，相较于三十亿的工程，倒也不贵。”

“这样看来，新东对这个项目也是志在必得，能突然冒头，又能用这么大的手笔去砸评标专家，这新东的后台老板到底是什么来路？笑哥，你说，会不会是赵氏在背后撑腰？”

“没必要，他完全可以自己出面，干吗扶持一个小公司去干这事儿？我怀疑，在背后扶持这家新公司的，就在这地块招投标的剩余四家公司之中。”

“啊？这又是怎么回事？”

“等着瞧吧，事情越来越有意思了，我现在去见卓思琪，你们继续查下去，说不定这次要扯出一群大鱼来，或许得准备好随时联系检察院啊。”

呜呜两声车鸣，卓思琪一手拿着公文夹，一手用车钥匙解锁，正准备打开车门，暗处走出一条人影，吓了她一跳。

“还这么忙啊，卓女士。”

“司徒警官，你们当警察的都喜欢躲在暗处吓唬人吗？”

“如果吓到你了，我很抱歉，不过我想和你谈点私事，不想惊扰其他人。”

“我们之间有什么私事好谈？”卓思琪冷笑，打开车门准备进去。

“龙建。”司徒笑发音清晰标准，等待着自己的直觉给自己带来惊喜。

啪！卓思琪的公文夹掉在了地上：“你，你说什么？”她装作漫不经心的样子俯身去拾公文夹，但司徒笑看得很清楚，她的手，发抖，拿了两次公文夹都没能拿起来。

直觉是正确的，这里面究竟藏着什么秘密？

8

卓思琪的反应比司徒笑预想中还要强烈，宛若惊弓之鸟，司徒笑决定再诈她一下：“那件事，我已经知道了。”

“是吗，不知道司徒警官知道了什么事？”卓思琪压抑着自己发颤的嗓音，回过头来，看着司徒笑。

反观察，果然是精明的女人，上次她就是这样做的，如果自己真的知道了什么，直接说出来就行了，不需要用这种平和的语气，从自己说的一句话，就能得出自己并未掌握全部真相的结论，这是一种侦探的思维。司徒笑没想到，自己竟然在一位看起来娇娇小小的女子身上察觉到这种思维能力。

对视了十来秒，卓思琪越发肯定司徒笑在诈自己，她开始反过来试探司徒笑：“我不知道你在说些什么，如果没别的事，我要走了，我很忙，就像你看到的那样忙。”

司徒笑已经得到了自己想要的答案，尽管还很模糊，但他确定了一点，自己的方向没错，也不理卓思琪的想法，干脆地转身，边走边说：“我相信，你知道这件事情说出来会怎么样，我不需要你告诉我答案，你已经告诉了我答案，下次再见，会是你最不希望去的地方。”

身后传来啪的一声，似乎卓思琪的文件夹又掉了。

卓思琪和龙建肯定有关系，而且不是一般的情人那么简单，她一直在防范的、小心隐藏的，显然就是她和龙建有关系这件事情，这件事背后到底隐藏着怎样的玄机？是不是她认为雇凶杀人的事情暴露了，所以才这样紧张？不对，雇凶杀人我们没有直接证据，是别的事情。

一路上司徒笑都没能想出一个合理的解释，回到警局则被另一件事打断了，小组成员收集的各种资料已经汇总起来。

李开然的资料最为翔实有用，他发现，帝景房地产开发公司先前开发的一品山居、清心小筑等几个楼盘，由于国家调控，一直处于滞销状态，资金回笼很不到位，再进柏铺村地块投标很冒险，他们输不起，但奇怪的是，这家公司的上层表现非常笃定，仿佛这个投标案已稳操胜券，反而是中下层不知情的员工有些人心惶惶。

李开然和几位中层干部套上了交情，从他们口中套问出一些非常有用的信息，从一些高层级别的会议上，或是从高层日常不经意流露出的信息里，这些中层干部嗅到一股味道，他们认为，这次帝景公司参加这个招投标不过是走过场，公司高层根本就无心竞标，事实上就算他们竞标成功，也是后继资金乏力，一旦将钱全部砸进去，就有可能首尾不顾，青黄不接，资金链断掉，整个公司都被葬送。

既然只是符合了竞标条件，其实却无心也无力竞标，为什么还要参与进来呢？这件事就值得人寻味了，那几个中层干部没有透露，但显然，参与竞标这件事对他们公司有极大的好处。

接下来，李开然正式出具调查令进行调查，帝景公司的财务和业务经理也还算配合，因为他们公司一切运转正常，没有任何明显违规行为，但李开然却从中查出了不同寻常的东西。

他们公司运作太正常了，甚至从中找不到为参与大型竞标而进行的各种积极规划和调动，从财务上就能明显地看出，这家公司不过粗略地制作了一份标书，根据标书的要求本该进行的人事安排和财务调动根本没有进行。说白了，这家公司不过是陪太子读书，应邀竞标，而邀请他们的人最有可能是和新东公司一样，在剩余的三家公司之中。

然后是茜姐调查的钧鸿公司，从财务上看这家公司倒是做了一些积极的准备，从人员调动上看也是一心想拿下这块地，但真正的关键还在于司徒笑让茜姐去调查的李青树的私人生活是否有改变。

茜姐在调查中，意外发现李青树的第三任夫人竟然是自己中学同学，两人很意外地重逢了，然后茜姐没费多大劲便掌握到很多李青树的资料，他没有换房，但是换了一辆好车，而且他暗里看中了商业旺铺的一层写字楼，准备盘下，最近三个月他回家的次数有所减少，他的第三任夫人很担心他又像以前那样出去花天酒地，要是过段时间换第四任夫人，她就不知该怎么办了。

据李青树的第三任夫人回忆，李青树年轻时本是个浪荡公子，常常夜不归宿，酒后闹事，后来有一次将别人刺成重伤，判了五年，加上年纪大了，才老实了许多。而这位三夫人便是李青树在牢狱期间对他不离不弃的人，最终修成正果，击败了其余竞争对手。而真正关键问题是，在李青树入狱之后，他表哥断了他的经济来源，李青树无法像以前那样一掷千金，身边的女人也一个个散去。

蛰伏安定了十余年，最近李青树手脚似乎又大方起来，由于家中财产并不由他三夫人经手，所以这位三夫人也不知道钱从哪儿来的，屡次问起，李青树都说他也替公司卖命这么多年了，这次参与了一个大工程，只要工程做下来，他也可以像表哥一样退休了。但是最近一段时间，李青树又变得莫名烦躁起来，动不动就发脾气，弄得他的三夫人日子过得战战兢兢。

茜姐顺藤摸瓜，想查明李青树和哪些人过往较为密切，但进展比较缓慢，除非进行专项立案调查。

章明和朱珠调查的乐苑公司，毕竟经验不足，乐苑公司不知是不是找了什么关系，打了几个电话之后态度就强硬起来，对他们提出的任何要求都采取消极态度，弄得两位新人很难进行下去，但是得到笑哥的提点之后，两人一唱一和，相互配合，还是从乐苑公司的基层员工嘴里打听到一些消息。

从他们探知的消息来看，乐苑公司目前的重点是放在已经拿到手的南三环外那块地的建设上面，对于柏铺村的招投标员工知道得不多，反正不像一个大公司应有的积极。

子成带回来的消息则恰恰相反，新东公司非常积极，专项资金、专门的项目小组，通宵达旦地核算成本，总之很像那么回事。但张子成毕竟是一名有经验的刑警了，他继续深入调查，发现这些积极只是做在表面，专项资金有，但是倒来倒去，很多钱的来历和去向都不明确，账目似乎都做得很粗糙，经不起推敲，子成把他们的财务报表拿给熟悉金融的同事一看，就发现不少破绽。

项目小组虽然工作积极，但仔细一调查，他们做的工作不像是在核算招投标的原料价格、施工队成本、施工时间和利润这些，反倒像黑社会分账，这一笔钱该如何隐秘地送到某人手中，那一笔钱该怎么分配，再结合他们的财务，怎么看都像在进行什么不法勾当。

虽然这些手段有一定的隐蔽性，利用不同原料的相互赊欠，加上一些发票上的手法，将钱捣腾出去，张子成还是看出了问题，但他装作什么都没看懂，只是将情况如实地反馈回来。

就像张子成初步判断的一样，司徒笑马上意识到，这是一条极为重要的线索，对方不知出于什么原因而忽视了扫尾工作，让他们抓到了一条尾巴：“联系检察院，请他们调查柏铺村地块招投标案，我们将尽力协助。”

“笑哥，要专门成立一个柏铺村地块招投标案吗？”张子成嗅到里面不同寻常的味道。

“是的，这个案子太大了，若仅把它作为伍家和卓家连续死亡案件的附属案件来调查，我们人手和精力都不够，而且还可能涉及建委的高层，要查这个案子够你查的，就别想再调查伍文斌和卓震的车祸事故了。”

“笑哥，要不我们就查柏铺村投标案吧，这是大案啊。”李开然欣然请命。

“术业有专攻，案子有先后，我们查的是伍文斌和卓震的车祸杀人案，分清主次，招投标这种大案，自然有人去查，我们通报上去就行了。”

“笑哥，到底是怎么回事啊？怎么我一点都听不懂啊？”

司徒笑看了朱珠一眼，耐心解释道：“初步认为，这是一起围标案，里面同时涉及多宗行贿受贿的关联案件，三十多亿的巨额资产，足以让无数人为之疯狂心动了。在没有明确的证据前，我不想武断地下结论，在这里，我只说一些我个人的想法，至于这些想法是怎么来的，你们要自己去分析和查找。

“首先，柏铺村招投标案总成本预算达到三十多亿，这是一个重大前提，其中的利润在五亿到十亿不等，怎么赚取就要看地产商如何操作和工程的质量方面了。疑点一，最具竞争实力的赵氏集团为什么突然中途退出？疑点二，原本公开招投标，为什么变成了有条件限制的招投标？疑点三，最终参与的五家竞标公司中，为什么有两家公司消极应对？疑点四，一家一年多前才成立的新公司怎么就有了和这些老牌地产大鳄竞争的实力？

“当然，其中还有许多更细的疑点我就不一一说出来了，现在我来说说我从这些疑点能联想到的东西。我们首先从消极应对的两家公司说起，参与竞标是为了利益最大化，尤其是这种大型工程，投入的人力物力都不是小数字，五亿到十亿的利润，再大的公司都不可能轻言放弃，但这两家公司好不容易取得竞标资格，却作壁上观，极为反常，这是最大也是最明显的疑点，通过对两家公司的基本面调查，我们发现，至少其中一家公司的财务状况不足以支撑他们接下这么大的工程，既然如此，为何还要耗费如此精力参与投标，参与之后为何又用这种可有可无的态度对待这次投标?

“而事实上，这种行为模式是有迹可查的，在我们以前破获的地产案件中，就有这样一种模式，我们称之为，‘围标怠工模式’。”司徒笑在白板前画了一圈，写上“围标”二字。

“你的企业有参与竞标的资格，但你自身并没有接下这份标书的实力，在这种情况下，只有一种情况会让这家公司参与这次投标。”司徒笑重重地点上一点，“那就是有别的公司乙找上他们，需要利用公司甲的资质参与投标，然后派遣施工单位挂靠在公司甲下面，一旦公司甲中标，他什么都不用做，净得工程款的百分之一或者更多，所以他们只需要参与竞标使竞标显得更公平，而自身随意做一份标书就好。而真正想拿到工程的公司乙，借着公司甲的名也得到了自己想要的工程。当真正想拿工程的公司把所有参与竞标的企业，统统联合起来，以确保无论哪家公司中标，都是他们自己拿到工程时，这种行为就称为围标。

“两家公司并不能代表全部，你们或许会问，不是还有三家公司在积极参与竞标吗?

“那么我们再来看看这三家公司的情况，首先，是钧鸿，这家公司的主要负责人并不是公司的老总，而是老总的得力干将，还带亲戚关系，这就造成一个问题，公司赚得多，这名负责人不一定拿得多，而公司没拿到这份标，他损失也不大。所以我让茜姐去调查钧鸿公司负责人的生活情况，如果他近期的生活质量有很大改善，只能说明他最近发了一笔横财，或许这人很稳健，没有在生活上表露出过多改变，也不能排除他有被人收买的嫌疑。

“这位……李青树同志，做得很好，他很配合我的推论，迫不及待地将财力表现了出来，换豪车，买旺铺，花天酒地，这笔收入的来源很可疑，现在还没有进一步调查，但我甚至可以推论，那家想要中标的企业许给他股份的好处，为什么我要这么说你们自己去想。

“所以，钧鸿公司的积极竞标举动，我们可以看作它不过是做做样子，是李青树做给他表哥李鸿达看的，到时候没有中标，他也已经努力，只是人家实力更胜一筹，没人能指责他。当然，他有没有将自己公司的标书透露给对手，那就只有他本人和对方公司的联络人才清楚了。

“还有一家公司，也就是我刚才提到的疑点四，这家新东公司，刚成立一年多一点，去年十一月，一口气吃下三大地块，所以别说我们，连老百姓都知道，这家公司背后有很深的背景，有着大的财团和企业在支持，问题是到现在他的幕后东家还没现身，没人知道谁是他们的幕后老板。现在关于这家公司的信息最少，但就是这样也发现了一些问题，这家公司的财务状况非常混乱，公司的管理也缺乏章程，我或者可以怀疑，这就是一家专门为了参与柏铺村地块招投标而成立的新公司。

“这家公司成立可能有两个目的，一、凑足参与竞标公司的数量，按我国法律规定，公开招投标，必须具有一定数量的参与投标公司，这次竞标才算正式合法的；二、负责这次招投标的行贿工作，这要得益于子成调查到的信息，他们用了一些巧妙的行贿手段，使行贿受贿看起来合法化了，买通一个评标专家的底价是两百万，那么这个工程项目的招标负责人呢？工程项目的直接领导呢？他们又该拿多少？这里面还涉及刚才我提到的疑点二，公开招投标只需要符合建筑资质便能参与，但柏铺村的公开招投标却变成了有条件的招投标，本土注册，五亿以上的总资产，这些看似地方保护主义和为了保障工程进度质量的条件，也可能暗含替夺标公司扫清障碍的目的。虽然我不敢打包票，但柏铺村工程招标过程中，有市政官员收受贿赂，可能性还是很大的，相信检察机关能调查出较为明确的结果。

“现在都听明白了吧，柏铺村招投标案牵连众多，涉众面广，资金数额巨大，所以说它是一个大案，企图中标的公司不仅串通所有参与投标的企业，而且可能买通了评标专家和招标方的领导，从上到下一条龙的关系全部打点好了，这样还不中标就没天理了，而在这起招投标案涉及的五家公司中，有实力，有魄力做成这件事的公司只有他们一家！”司徒笑写下恒绿两个大字，在下面画了两道横线。

“还有疑点一呢？笑哥？”李开然发问，其余三个疑点他都知道答案，但疑点一他不明白。

“那是检察机关的事情了，我估计能让赵氏主动放弃这块肥肉，恒绿是下了大血本的，具体怎么做的我也想不出来。但这不是我们要关注的重点所在，我们现在要关注的问题重点是，这起金额巨大的招投标案，和伍文斌的死到底有没有直接关系，而且目前，我们还有一个疑问，恒绿公司将前期工作全部都已经做好了，卓思琪却在这个时候突然改变了主意，就好比一场球赛，前锋球员带球突破接连甩开对方五名拦截球员，最后又以假动作晃过了守门员，面对空门，只差临门一脚了，那名球员却突然把球抱起来跑向观众席，这是为什么？”

“是不是踢进了球就会死？”章明鼓起勇气回答，但没有什么逻辑。

张子成当即反驳道：“那他不踢就是了，干吗抱着球跑啊？”

卓思琪很怕死，她加强了自己的保安，但在卓震出事之前，她可有预感自己会遇害吗？如果是这样，她为何又不向警方寻求援助？而且当警方找上门来时，还那么警惕，不愿配合？司徒笑驱逐着这些杂乱的念想，他需要理清思绪的环境，他告诉自己的组员：“现在不是讨论这个问题的时候，这一两天还是抓紧时间多做柏铺村招投标案的调查，五家公司以及可能涉案的官员，伍家接连发生的命案，或许就是新东公司在许多账目上做得不是很完善的原因，恒绿自顾不暇，新东这边没了真正的领导。这或许可以作为一个突破口，把具体工作分派一下，掌握到具体证据后，还要联系检察院，嗯，章明和朱珠经验还是有些不够，你们要多帮衬一下，去吧，让我安静地想一想。”

将组员各自分配了任务，办公室里安静下来，司徒笑开始独自思考，那个带球逃跑的问题，踢进球会死？那谁还参加比赛，那不是原因。进球能带来什么？财富和名誉，在这种情况下做出非常理行为，那么其理由至少是和将要获取的财富和名誉相当，甚至凌驾其上，死亡的确算一个，但死亡的原因是什么，不会是踢进球那么简单。柏铺村招投标、伍文斌的死、卓震的车祸、龙建，现在手中不是线索太少，而是线索太多，哪一条才真正直抵这个案子的要害呢？

柏铺村招投标代表的是公司，如果一切都是卓思琪单独完成的话，这个女人在商务上的手段的确了得，而龙建代表的是个人，从伍文斌死后，卓思琪的一系列举动来看，她将她自身看得显然在公司之上，从龙建这个方向查，接触到伍文斌之死的可能性比柏铺村招标案更大。

恒绿公司运作了这么多年，且看那些行贿的手段，做得轻车熟路，显然不是头一次干这种事，所以柏铺村招投标案虽然很大，但和伍文斌的死关系不一定密切。不过正是由于有这么一个大案子梗在中间，使得车祸案许多线索绞作一团，得把它们剥离出来，分开来看。

司徒笑清楚，自己一开始是觉得柏铺村招投标案涉案金额巨大，可能与伍文斌的死有关才下令去查的，可当龙建浮出水面之后，龙建与卓思琪在伍文斌死后的一系列举动显然关系更大，重心也随之有所转移。卓思琪为什么在听到龙建的名字后反应那么大？龙建、非法行医、卓思琪、情人、龙建的死、伍文斌的死，司徒笑像在做用词造句一般，试图用一句话将这些关键词串联起来。

非法行医、情人、死亡，司徒笑觉得自己似乎快抓住什么了，正闭目冥思苦想时，有人在他肩头猛地一拍，司徒笑一惊，什么灵感都被拍得烟消云散，回头一看，就看到刘显和同志那张圆圆的胖脸和堆起的满脸和蔼笑意。

9

“司徒，在想什么啊？”老刘似乎心情不错。

司徒笑暗叹一声，看到你老人家，我还能想什么：“没想什么，休息一下。”

“哦，不要太辛苦了，适当地休息一下，你最近在做什么？”

“没……没做什么啊，就看看网上新闻，喝喝茶什么的。”

“哦。”老刘一脸了然，向办公室走了几步，又突然回头，用手点着司徒笑笑道，“好好干。”搞得司徒笑莫名其妙，无缘无故拍我一下做什么，好不容易快找到那种感觉了，现在又什么都关联不起来了。

司徒笑想了半宿，觉得没了心情，遂关上电脑，去高风家蹭饭吃。

除了警局，司徒笑最常去的地方便是高风家，一个并不怎么宽敞，但干净整洁的单身公寓。

到了高风家，意外发现黎晓玲也在这里，黎晓玲热情地招呼着："果然被高风说中了。"

"什么？"

"他说你一旦破不了案，就喜欢来他家蹭饭吃，说他这里安静。"

"我有这样说过？他人呢？"

"厨房呢。"

"你没去伍文俊那里？"

"别提了，和他吵了一架，最近他越来越难以琢磨，整天神神叨叨不知道搞什么，我们已经不能像以前那样说话了。"

"为什么吵架？"

"我告诉他我将他发的那个帖子给你们看了，他很恼火，说不该信警察，又说我成天问东问西，烦我，总之就是些莫名其妙的事情。不谈他了，你们那个案子怎么样？"

"没什么进展。"司徒笑往沙发上一躺，全身都放松下来，真的很轻松，可以闭上眼睛，什么都不想，什么都不做。

黎晓玲却是个坐不住的人，见司徒笑闭目养神，打开电视胡乱按了几下，又关上，去厨房瞅了两眼，偷吃了两块肉，回到客厅，坐在沙发上一跳一跳的，又打滚又伸懒腰，司徒笑没理她，好似睡着了。

黎晓玲一个人摸出手机看微博，忽而说了句："你这个人很无聊耶。"

司徒笑眼皮也未抬一下，黎晓玲继续看，边看边说："真搞不懂，高风怎么会有你这样的朋友，你们完全就是两个性格嘛，除了破案，你真的对别的事都不感兴趣吗？以前有没有交过女朋友啊？是不是经历了一段受伤的感情啊？怎么样，是你甩了人家还是人家甩了你？看你这副德行，多半是人家甩了你吧……"

司徒笑一句话都没说，可黎晓玲浑不在意，一个人看着手机上的各种消息，嘴里的话却没停过。司徒笑受不了了，就像一只苍蝇在你耳边嗡嗡嗡地叫，他睁开眼睛，面无表情地看着黎晓玲。平日，就他这副表情能让小孩止哭，但黎晓玲不吃这一套，指着一条微博消息道："看看，看看，这幼儿园老师竟然因为小朋友不听话，将小朋友拎起来甩出去，造成其昏迷，哎呀，这简直是没人性啊！元芳，你怎么看？"

司徒笑看了看自己身后和左右，没别人啊，不由问了一句："元芳是谁？"

黎晓玲一脸孺子不可教的表情，摇头叹息："大叔，你生活在侏罗纪吗？唉，这个老师太可恶了，还是女的呢，当真不是自己亲生的儿子啊。"

司徒笑被电了一下，突然伸手，握住了黎晓玲的手腕，黎晓玲这次被吓到了："你……你要干什么？"

"你刚才说什么？"

"什么说什么？那个老师吗？我说她没人性，就下得去这死手，那孩子当真不是她亲生的……"

"不是亲生的！"司徒笑的眼中恢复了神采，非法行医、情人、龙建、卓思琪，要将他们串起来还差了一个关键的词，伍永龙！司徒笑一直弄不明白，如果是卓思琪杀了龙建，杀了伍文斌，究竟是什么理由促使她这样做？他一直想不通，没想到黎晓玲一语惊醒梦中人，他激动地摇晃着黎晓玲的手："不是亲生的，我们竟然一直忽略了一个人，伍永龙！"

"你……你是说伍永龙不是卓思琪亲生的？你怎么知道？"

高风端着一盘新鲜出锅的糖醋排骨刚进客厅，就看到司徒笑紧捉住黎晓玲的双手，然后听到黎晓玲的问话，也愣住了。

"卓思琪为什么要杀龙建，杀伍文斌，这是唯一的解释！除此之外，我找不到另外的原因，我不知道卓思琪是怎么和龙建成为情人的，但他们结识的原因，很可能是因为伍永龙。卓思琪第一个孩子是死胎，谁也说不清第二个孩子是否正常，当时她身边只有她哥哥在，而龙建这个人，他之所以要瞒着自己妻子独自外出，未必就是非法堕胎，还有可能非法接生，他在非法买卖人口！这是重大犯罪案件，所以他谁也不敢告诉！而卓思琪如果生的第二个孩子也是死的，她或许有什么病，不能生正常的孩子，那么她瞒着伍家，从龙建这里买婴儿来代替自己生的孩子，就是她隐藏得最深的秘密！藏了这么多年的秘密被人揭穿，难怪她要如此失态！"

高风将菜放在桌上，反问道："如果她自己不能生孩子，干吗不告诉丈夫，夫妻二人去看医生，或是领养一个就好了吧？何必弄成这样？"

司徒笑摇头道："肯定有原因，而且这个原因或许和伍文斌的死有关。"

"我知道那个原因！"黎晓玲脸色有些难看，一手冷汗，解释道，"我听文俊说过，由于卓思琪当时只是恒绿公司的一个员工，而伍文斌已经挣下一份丰厚的家产，伍家老太太为了防止漂亮的女孩觊觎伍文斌的财富，在卓思琪和伍文斌结婚前立下一纸协议，大意是双方进行了婚前财产公证，卓思琪什么时候为伍家生下儿子，什么时候承认她正式获得伍家人的身份，赠予她公司百分之二十的股份，如果她在多少年内都没生下孩子，或被查出有什么病症，伍文斌可以和她离婚，并不会给予股份和财产，卓思琪好像也要自愿放弃夫妻共同财产。"

"还有这种事！"高风大感惊愕。

黎晓玲无奈道："人家有钱人，想法比我们这些老百姓是要多一些。"

"就是这个原因。"司徒笑道，"当伍文斌开始怀疑卓思琪在外面有情人时，卓思琪并不害怕情人的暴露，而是害怕龙建将孩子的事暴露，这样她不仅会被赶出伍家，身败名裂，而且身无分文，索性请杀手将龙建杀了！但伍文斌并不知道龙建已死，还想查下去，卓思琪一不做二不休，连带伍文斌一起干掉，这也是为什么，她一定要做得非常隐秘，让伍文斌的死显得非常自然的原因。只有这样，她才能合理合法地继承恒绿公司，再将公司的可流动资产集中起来，偷偷转移，并想移民，因为只要还在国内，一旦被查出这个秘密，那些财产都将不是她的！只有逃到国外，让人找不到，她才真正拥有那些财富……临门一脚，抱着球跑，那是因为，那个球员根本就没有上场踢球的资格，她是个冒牌货！"

"你要如何证明？"高风冷静道。

"卓思琪、伍永龙、伍文俊都还活着，这就是最好的证明，做个DNA就什么都清楚了。"

"他们未必肯配合吧？"

"有些事情，不需要他们配合，我们自己搞。"说着，司徒笑将目光转向黎晓玲。

黎晓玲眨了眨漂亮的长睫毛："怎么，让我去当间谍啊？"

高风一看那丫头兴奋的样子，就知道这事儿跑不了了，无奈地暗叹，司徒笑什么都好，就是办案时不怎么遵守规矩，要抓他的小辫子，一抓一大把。

司徒笑起身开门，望着黎晓玲，黎晓玲看了看桌上的好菜："现在就走？"

司徒笑道："今天已经刺了卓思琪一下，迟恐生变，要是卓思琪带着伍永龙潜逃就麻烦了。"

"你不是派了人跟着她吗？她怎么逃？"高风问道。

"没有做不了的事，就怕有心的人。不和你说了，我们……"司徒笑才说到一半，被电话打断，看了一眼号码，司徒笑莫名紧张起来，"喂，怎么了？什么！刚刚发生的？你们就待在那儿别动，维护好现场。"挂掉电话，司徒笑一脸灰色："卓思琪和伍永龙，在快餐店食物中毒，被送往医院抢救，高风、晓玲，我们走。"

刚刚有点眉目，关键嫌疑人竟然中毒了，司徒笑全身一阵发冷，仿佛冥冥中有一只代表命运的手，操控着一切，好似不愿意给自己任何机会，一有线索就被掐断。

黎晓玲开着超速车，司徒笑打电话："喂，我是司徒，伍文俊现在在哪里？"

"笑哥啊，他还和以往一样，待在房间里听音乐，窗帘都关着。"

"你们怎么确定他在屋内？"

"亮着灯的，有人影啊。"

"听着，我要你们马上进屋确认，伍文俊究竟在不在屋内！"若说卓思琪为何要杀了伍文斌还值得商榷的话，那么伍文俊想杀了卓思琪却是摆在明面上的事，而且他已经实施过一次计划了，唯一可惜的是没有直接指向他的线索，只能说他有这个想法，却找不到明确的证据，而且复仇这个动机感觉也缺乏一些力度，司徒笑一直认为，伍文俊也有许多秘密瞒着警方，他给出的那些证据都很不充分，他为什么那样笃定卓思琪在外有人，且是卓思琪杀了他哥哥？

挂掉电话，司徒笑一刻不停地又联系了其余人："子成、开然，我要你们两个马上停下手中调查的事情，立刻赶往医院，弄清卓思琪和伍永龙的情况，想尽办法，给我让他们活着！高风正赶过来与你们会合。"

"茜姐，带章明和朱珠去快餐店帮助便衣小队维持现场，联系片警控制群众，如果有可能，快餐店的人一个也别放走。我马上过来与你们会合。”

跟踪监视伍文俊的人打来电话，司徒笑听到电话那头传来气急败坏的声音：“妈的，是充气娃娃，我们上当了。前几天那家伙收了盒快递，靠，跟我们玩阴的。”

“问问老夫人，看她知不知道自己的儿子是什么时候离开的，想办法帮我打听伍文俊现在在哪儿。我怎么想办法！你们自己想办法！”

司徒笑看着黎晓玲：“联系他。”

黎晓玲拿着手机对司徒笑晃：“打了十几遍了，打不通。”

司徒笑用力一拍坐垫，拿出手机又打，接连问了几个电话之后，终于拨通了一个号码：“是徐医生吗？我是警察，现在你们车上的那对母子是我们一个案子里的关键人物，我要知道他们现在的情况。对，我们这里有法医，你可以直接和他通话。”将手机转拨过去，“高风，给你急救车上医生的手机号码，你先与医生联系一下，看有什么补救措施，你到哪里了？”

“快到医院了，好的。”高风详细地询问了几个问题，和医生交流了一番意见，面色也是难看起来，他告诉司徒：“患者唇发绀，瞳孔麦粒状收缩，呼吸紊乱，昏迷，有宿食气息，肌颤……”

“别整那些虚的，说点我听得懂的。”

“别急啊，我会跟你说的，发绀是红细胞携氧能力不足，心动力不足，瞳孔收缩代表毒物直接入脑，中枢神经遭到破坏，常见于大剂量药物中毒，呼吸紊乱是植物神经失控，宿食气息提示消化系统糜烂，有内出血，这是神经毒素中毒的表现，肌颤是神经系统受损，常见于农药中毒。”

“那他们到底中的是什么毒？”

“这种全身中毒现象不常见，要么就是一种我们没有使用过的新型毒，要么就是鸡尾酒毒、混合毒药。司徒，情况很不乐观，发作太快，毒性太猛，虽然医生已经进行了催吐洗胃和对症支持治疗，但如今毒行全身，我担心卓思琪坚持不到我赶去医院。”

“照你这样说，意外中毒的可能性很小？”

“几乎可以肯定，人为投毒。目的也很明确，就是要卓思琪和伍永龙死。”

“那边就交给你了。晓玲，开快点！”

“要不你来？你能把这QQ开到二百公里？”

医院，张子成快步找到李开然：“情况怎么样？”

李开然看了看抢救室的红灯：“进去十多分钟了，一直没动静。”

“灯灭了！灯灭了！”

抢救室门打开，推出一辆白布覆盖的车来，张子成咬着牙，拧着眉心低下头来。负责抢救的医生摇头叹息：“我们已经尽力了。这毒，实在太猛烈，没有找到特效解毒剂。”

和医生一同出来的还有高风，他抓住了推车的扶手：“接下来就交给我了，我的同事很快赶到，相关手续马上办理。”医生点头交代了几句离去。

高风对张子成道：“这边就交给我了，你们过去帮司徒吧。”

“那就拜托你了，开然，我们走。”

刚进电梯，李开然将头伸出电梯门往拐角楼梯处看了一眼。

“怎么了？”

“刚才那人……我看很像伍文俊。”

“什么？追上去看看。”

10

快餐店已被围观的群众和随后赶来的警方围了个水泄不通，司徒笑好不容易才挤进去，这家小店是中西大混杂，既卖盒饭炒菜，又卖汉堡比萨，生意居然还不错，名叫“好滋味”。

司徒笑找到一个负责跟踪的便衣，问道：“当时小店里的人都还在吗？”

便衣道：“还在，不过事发前也走了许多，这里人流量毕竟较大，小店经理和服务人员正在接受盘问，我们的李队在看监控，你看……”

“我自己去监控室。叫那些兄弟们控制好周围的治安，别再生出什么事来。”

见到司徒笑来了，朱珠抱怨道：“这些便衣不知道干什么吃的，明明盯着人，居然被人下毒了都不知道。”

司徒笑正色道："没有人是全知全能的，如果对方是专业杀手，便衣小队很难察觉，换了你我也一样，人家便衣小队的同志日晒雨淋负责盯梢，其工作的难度和意义并不比我们小，朱珠你这种想法可不行。"

朱珠吐吐舌头，哦了一声。

"陈队，你好。"推开快餐店经理室的门，里面包括陈队在内共有五名较有经验的警察，十只眼睛将屏幕盯得死死的，也不知看了多少遍监控了。

"司徒，你来啦，真是见了鬼了，我们几个人反复看了六七遍了，愣是没看出来他们是怎么中毒的！你自己来看，没有人与他们接触过，也没人接触过他们的食物，店里的厨师和负责送食物的服务员我们都问询过了，基本可以排除嫌疑，我算是没辙了，还得你们这些专业的人来啊。"

"陈队长你客气了。"有人让位，司徒笑坐在了电脑前。

这家小店装饰风格很典雅，木质的座椅，木质的吊扇和灯饰，安了两排六个摄像头，基本没有死角，从卓思琪他们进门的那一刻起就被记录下来，伍永龙吃的汉堡，喝的可乐，还要了份薯条，卓思琪自己点了份蔬菜沙拉，一碗南瓜粥，点餐，进餐，都没问题，就如陈队长所言，没人接触过他们，也没人靠近他们的食物，唯一的疑点，就是中途卓思琪离开餐桌，上了次洗手间，那里没有监控。

司徒笑将卓思琪离开座位前往洗手间的画面回放了两次，发现在卓思琪去洗手间的前后时间段，没有人进出女厕，这是怎么回事？到底怎么下的毒？

司徒笑仔细查看了卓思琪母子二人中毒前的表现，一切正常，伍永龙较喜欢吃薯条，吃完还用嘴吮干净手指上的番茄酱，卓思琪也吃了薯条，是薯条的问题？不会，从正常点餐程序来看，是伍永龙和卓思琪亲自在柜台取的，没有与人接触，除非店员在给食物之前就下好了毒，怎么可能预先知道卓思琪会带着儿子来这家快餐店点餐呢？

通常被下毒只有接触式和非接触式两种，从监控上，当时卓思琪他们周围无液体滴落，喷溅，而中毒的又只有他们两人，是挥发性气体的可能性也不大。另一种可能就是卓思琪自己带了毒药，去洗手间时涂抹在手上，再借与儿子相互喂食而给伍永龙下了毒，但这就更说不通了，卓思琪很怕死，爱钱的人通常都怕死，享乐主义者，正值青春年华，如果她为了钱甚至可以杀死情人和老公，那么她绝不会因为自己一句话而服毒自杀。

看来凶手下毒的手段非常巧妙，从监控上竟然看不出什么破绽，司徒笑起身，陈队长在身后有些紧张地询问："怎样，看出什么问题没有？"如果他们看了半天，而司徒笑坐下只四五分钟就发现了问题，那他们也太没面子了。

司徒笑摇头："从监控上很难发现问题，我要出去看看。"从上次车祸的监控就绝对发现不了问题，如果不是请教了电器自动化专家的话，司徒笑自知不可能搞清楚是怎么回事。

"朱珠、晓玲，大家都见过的，认识哦，跟我来一下。"司徒笑带着两人回到好滋味大厅，来到卓思琪他们坐的位置，坐下，观察环境。

母子俩吃得很温馨，笑语嫣然，就算不是亲生的，毕竟养了八年，人都是有感情的，或许是自己那句话刺激到了卓思琪，让她觉得这些年对儿子关心太少，来这家快餐店也应该是为了满足儿子的要求，司徒笑眼中，出现了卓思琪和伍永龙二人吃饭的画面。他抬头看看天花板，又观察着四周的环境，的确没有进行非接触式下毒的可能性。

随后，卓思琪叮嘱伍永龙乖乖坐好吃饭，妈妈上下厕所，起身……司徒笑跟着起身，沿着卓思琪走的路线前进，朱珠和黎晓玲跟在司徒笑身后，不敢大声说话。

推开女厕所的门，从这一刻起，一切都是未知，完全脱离了监控，但可以凭借想象，还原当时的现场。

从时间推断，卓思琪只是小便，当时女厕所没人，按常规和习惯，是推开第一扇槅门，太脏了……卓思琪不会选择这个位置，司徒笑又推开第二扇槅门，是这里，纸篓里的纸巾是监控中卓思琪从包里取出的那个牌子，她没用餐厅提供的卫生卷纸，然后蹲下……

黎晓玲悄悄对朱珠道："他好变态哦。"

朱珠道："小声点。"

然后起身，到这一步都没问题，接下来离开卫生间，司徒笑想了想，扭头问二人道："通常在厕所里面，解手的同时你们还会做些什么？"

黎晓玲冷笑望着司徒，朱珠羞红脸嗫嚅，笑哥问些什么问题，这叫人怎么回答嘛。

“不会做别的事情，解手就是解手，这一点男女都一样。”司徒笑又自己给出了回答。

黎晓玲偏就不让他如意，回答道：“若是在家坐马桶的话，我会用手机发信息、打电话、看新闻啦，或者用笔记本电脑上网也行啊，这种，除了方便以外，做别的什么都很不方便吧。”

司徒笑并未受到影响，若有所思点了点头，朝厕所门口走去，再问：“离开洗手间之前，你们会做什么？”

这个朱珠做了抢答：“哦，当然是先洗手啦，然后，补补妆啊，整一下头发啊，看看衣服理顺没有啊，再出去。”

司徒笑看看环境，厕所大小与店铺的规模成正比，这家小店女厕所有两个蹲位，已经很不错了，但是厕所里没有镜子和洗手池，而是安放在厕所外面的公用走廊上。

司徒笑站在洗手池前，回头张望，监控探头死角！从踏进这条小巷道，站在洗手池前，以及推开厕所门，监控探头统统拍不到。司徒笑往回退了两步，才又看到监控探头，也就是以洗手池向外两步作为分隔线，踏进这条分隔线，就进入了无监控区。在整个无监控区内，都可以下毒，只是凶手如何让毒准确地下在卓思琪和伍永龙两人身上呢？

高风的电话适时响起，“什么？都死了？你那边有什么发现没有？”

“死者牙龈有出血点，口腔黏膜轻度糜烂，初步判定，食物中毒的可能性很大，食物中毒有食物源性中毒，食物搭配混合中毒，以及口手食物接触传播性中毒，还包括餐具餐巾唇红等触口性物品中毒，他们吃过的食物和凡是他们手、口能接触到的东西，都尽量帮我留着。”

“都留着的，就等你们部门的人过来接收呢。”司徒笑挂掉电话，思索高风的话，手、口能接触到的东西都有可能下毒，再回忆起卓思琪和伍永龙相互喂食薯条，卓思琪独自进入洗手间，前后没有人出入……

司徒笑霍然回头，洗手池的洗手液、水龙头把手、厕所门把手，都是能接触到且无监控的。高风打了个电话过来补充一下：“我在她指甲缝隙里发现轻微皮损，由于先前指甲是暗红色而没发现，毒物通过卓思琪的手传播的可能性很大。”

由于刚才司徒笑的问话，朱珠和黎晓玲兴致勃勃地聊起化妆品来，朱珠顺手就要去关厕所的门。“别碰！”司徒笑大喝一声，把朱珠吓了一跳。

司徒笑指着门把手道：“把手、洗手池，这条线，”他用脚画出那条分隔线来，“线里的所有东西，都不要碰，可能有毒，等鉴证科的人来处理。”

鉴证科的同事很快到了，司徒笑返身回到经理室，再看监控视频，不仅限于女性，凡是卓思琪进入监控盲区后，进入或是离开监控盲区的人都有嫌疑。

卓思琪进入盲区后，有三名男子跨过分隔线，一名男子出来，她离开盲区后，到出事前的十分钟，又有五名女子和四名男子踏进分隔线，再先后出来。

重点在卓思琪进入盲区后跟着她进去的那三名男子，第一名男子仅比卓思琪晚几秒进入盲区，在卓思琪出来之前先出来，从监控回退发现他是与一名同伴来这里就餐的，且在卓思琪她们进入餐厅前十分钟就已经抵达餐厅，基本可以排除嫌疑。

第二名男子比第一名男子晚了二十秒左右进入，卓思琪出来后过了四五秒他也出来了，且直接离开了餐厅，他进入餐厅的时间也仅比卓思琪晚一两分钟，穿着像个文职人员，西装领带，男用牛皮小挎包，独自用餐，吃了快餐汉堡加豆浆，来也匆匆去也匆匆，看起来嫌疑最大。

第三名男子却是卓思琪快离开盲区前二十秒踏进分隔线的，此后迟迟未见出来，直到男厕又进去出来四人之后才看到他现身，然后慢条斯理地吃着油炸葱卷，就着调味酱吃干拌面，这种吃法司徒笑倒是第一次见。再回放视频，这名男子是卓思琪他们点好餐之后六分多钟才进入餐厅的。

虽然不知凶手用的什么毒，但毒的猛烈性毋庸置疑，凶手只能是在卓思琪单独在的时候下毒，事后还小心地处理了毒源，否则中毒的就不可能只有卓思琪和她儿子两人。

视频监控中，满足这一条件的只有这三名男性，其嫌疑程度从大到小排列分别是二号、三号、一号。

二号虽然嫌疑最大，但司徒笑的直觉却认为他不像杀手，他衣着太紧，不利于动作，那个小挎包虽然可以装一些工具，但同时也容易成为负担和暴露身份的源头，皮鞋擦得很亮，但跑动肯定不方便。而且在监控中暴露面貌特征时间太长，司徒笑甚至可以从画面中看出他有没有伪装过，司徒笑将黎晓玲叫过来给他做了个心理侧写，他举止动作符合职场男青年特征，黎晓玲的结语是："要么他就是个推销员，要么他就是个表演能力极强的可怕家伙，连日常生活习惯都表演得惟妙惟肖。"

相较二号，表面看上去嫌疑不怎么大的三号反而更可疑，他穿着年轻人时髦的兜帽连体运动衫，在监控中没有面部特征暴露，连手都揣在宽大的运动衫口袋里面，走路姿势懒散，黎晓玲分析不出他的职业特点，像个无业流民。但从他一身的行头看，至少也是白领往上的消费群体，那种平底的气垫网球鞋柔软、舒适，无论跑跳都极为自在，这一身打扮看起来和视频里一些喜爱极限跑酷或跳街舞的青少年无异。

司徒笑当即给朱珠做出一个指示，查二人的身份来历，先查出来的嫌疑便更小。

结果二号嫌犯的身份一查就查到了，他居然是这家好滋味小店的实名制会员，虽然没有更详细的信息，但通过会员能确定他的活动范围，同时也知道了他的名字和联系方式。

至于三号嫌犯，则在小店里查不到任何线索，监控中无数从他身边走过的服务员都回忆不起有这么个人来，只有收银台的一名女服务生还依稀记得，头套下好像是名外国人，虽然还是黄皮肤黑眼睛，但有着中东一带的部分特点，高额高鼻梁，眼窝凹得较深，由于怕不礼貌，她没敢多看，现在想来，居然分不清对方是男是女。

三号嫌犯变成了嫌疑最大的人，"为什么他嫌疑最大啊？"朱珠对此不解。

"你想啊，如果一下子就查到他的身份，说明他是长时间在这附近生活和工作的，怎么又会突然变成一个杀人凶手，处心积虑想要毒杀一个和他并没有关系的女子呢？是不是这个道理？"茜姐开导朱珠。

"可是，他的时间不对啊。卓思琪都快出来了他才进去，而且比卓思琪后出来许多，这样的话，他们连擦肩而过的机会都没有，他是怎么下毒的？"朱珠也非无的放矢，而有自己的考虑。

黎晓玲灵机一动，提醒道："等等，我们是根据他的衣着和体型，先入为主地判断他是名男性，若她是个女的呢？在无监控的盲区，一切都有可能发生。”她又将头转向司徒笑，“元芳，你怎么看？”

司徒笑不知自己为何会得了一个“元芳”的代号，只是分析道：“有这种可能，不过从卓思琪离开盲区后的表现来看，一切都很正常，如果是三号疑犯下毒，一定下得非常隐秘，丝毫未引起卓思琪的注意，那么首先考虑非接触式下毒。”

黎晓玲得意道：“是啊，非接触式下毒肯定需要一个媒介，便是大家日常一定会触碰并且丝毫不会怀疑的东西，诸如餐具、门把手这类，如果嫌犯是女性，那么她完全可以进入厕所之后，在门把手上涂毒，等卓思琪离开，再擦去毒物，确保只有卓思琪一人中毒。我们想到一块儿去了。”

司徒笑摇头道：“这个想法在时间和逻辑上成立，通过观察就能知道女厕所中还有没有人，再计算好时间，在卓思琪离开卫生间前布毒，等卓思琪离开之后再处理掉毒物残留。但在毒性学上却有个问题，若是强腐蚀性毒会被立刻发觉，若通过皮肤黏膜渗透，或需要入口入血才能起效的毒，它的附着能力不会有那么强，卓思琪又不是男人，她离开卫生间之后一定会洗手的。若在门把手上下毒，被水一冲洗，还能残留多少毒性？那样的残留物质，还能致两人死亡，什么毒这么霸道？就算有这么霸道的毒，那么卓思琪在接触毒物之后，首先要触碰的是水龙头，那么下一个洗手的人，也会中毒才对。”

“就你行，杀手不会跟着卓思琪出来，等她洗手后再把水龙头也洗一洗？”黎晓玲不服气地反驳。

“别忘了二号嫌疑人，他是紧跟着卓思琪出来的。”司徒笑提醒。

“他……你，你刚才自己都说了，你们男的上了厕所不洗手的！”黎晓玲开始不讲理。

朱珠逗了她一句：“要是他偏要洗呢？”

“你！好的坏的全让他一个人说了，哼，懒得和你们说。”

朱珠咧嘴一笑，被司徒笑扫了一眼，赶紧保持严肃，一名鉴证科的法医来汇报：“我们已经做了现场取样，相关嫌疑物品也取走了，只需送到实验室进行毒物残留分析，笑哥你还有什么需要我们做的吗？”

“你们先走，我也该去看看卓思琪了。”司徒笑等鉴证法医离开，对朱珠道，“这是两条人命，作为重案组的成员，你要学会尊重你的案子，嘻嘻哈哈，成何体统！”

这句话有些重，朱珠吐吐舌头不敢多言，黎晓玲翘起嘴，不就是刚刚想到的线索又被人掐断了嘛，发什么火啊，一想起线索，她又不免想起伍文俊，追问了句：“你们找到文俊没有？”

司徒笑摇头：“不管你在什么时候，什么地方联系到他，马上联系我。”

话音刚落，张子成就打来电话：“笑哥，我们在医院看到伍文俊了，要不要逮捕他？”

司徒笑道：“把他截在医院，我马上过来。”

11

司徒笑赶到医院时，伍文俊正指着张子成和李开然的鼻子横骂：“你们警察就可以随便限制我的人身自由啊，你敢再拦着我，我向你上司投诉你，你滥用职权！要有证据，你抓我啊！当初请你们查杀我哥哥的凶手不见你们这么卖命，一群窝囊废、饭桶，你们警察统统都是饭桶！”

“我警告你，你够了啊！”张子成也是不能吃亏的主儿，脸红脖子粗地要打伍文俊，李开然在一旁拦着劝阻。

“伍文俊。”司徒笑走上前来。

“哟，当官儿的来啦？”伍文俊嚼着口香糖，嬉皮笑脸的。

“你到医院来做什么？”

“我听说我嫂嫂死了，我赶来奔丧，不行啊？”伍文俊嚼得更起劲了。

“我们警方也才刚接到通知，你是怎么知道的？”

“我在医院有朋友，你以为就你们警察消息灵通啊。”

“你不是对你嫂嫂有诸多不满吗？”

“没错，我是讨厌这个贱女人，我特意来看看她死透没有，恶有恶报，不是不报，时候未到，现在是时候啦。警官，我吊唁亲人，不犯法吧？你手下这两位，凭什么不让我走？就算我有重大嫌疑，你最多依法扣留我二十四小时嘛，把我堵在医院里，算怎么回事儿？”

“今晚七到九点你在什么地方，你来医院见了什么人？”

“你是在审问我吗？我有权不回答吧？不过看在你为这个案子这么卖命的分上，我也可以告诉你……”伍文俊拽长了音调，“不——记——得啦！本来嘛我还记得的，可是这两位警官将我堵在这里问东问西，问得我头昏脑涨，那点点小事情，怎么可能还记得住。”

“伍文俊！”随司徒笑一同前来的黎晓玲实在听不下去了，站了出来。

“晓玲，你也来啦？”伍文俊语气松缓下来。

“是你做的吗？”黎晓玲盯着伍文俊的眼睛。

“哼哼……”伍文俊惨笑一声，“为什么你们都是这样的眼神，用这样的口吻？我哥哥被人谋杀的时候，你们没一个人相信我；现在真凶已经遭了报应，你们又都怀疑我，我长得很像罪犯吗？既然你这样直接地问我，那我也直接回答你，不是，不是！我碰都没有碰过她！”

“那是谁通知你来医院的？你来做什么？”

“有些事，我必须做，晓玲，你不懂，既然连你也不信我，那我无话可说。司徒警官，你要么抓我，要么放我走。”

“伍文俊，你别太嚣张了，我不管你自己承认或不承认，如果是你在背后捣鬼，我一定会找到证据。”

“随便你。”伍文俊扬起那张算是俊俏的脸，“我还是那句话，有证据，抓我啊。”

“别以为人死了就一了百了，死人也会说话的。”司徒笑警告伍文俊，拦住张子成。

“笑哥，就这么放他走了？”

“不然你想怎么样？你们去找院方，拿监控，我回警局一趟。”

鉴证科法医验尸实验室，高风掀开薄膜，卓思琪静静地躺在那里，不仅嘴唇紫得发黑，连唇角也有明显的青紫色血管像树枝一样杂乱地蔓延开来，可谓死得很难看。

高风略有感触道：“人生臭皮囊，生前再光鲜，死了都一样。”

“到底是什么毒，有眉目了没有？”司徒笑也算见过各种死法，但死后如此面目狰狞，太少见了，尤其是两三天前还是个堪称娇艳的美人儿。

司徒笑说过，再见面时，绝对是卓思琪不想去的地方，当时他也没想到，会是在这个地方见面。

“初步分析是一种生物毒素，既有神经毒性又有血液毒性，电解分子式非常复杂，机器还在分析，应该是我们已知毒素的毒物库里没有的一种新型生物提取毒。一部分通过口腔黏膜吸收，直接入脑，造成中枢神经系统的中毒反应；另一部分通过消化道入血，很短的时间内就行遍全身，对肝肾的损害尤为严重。对了，你有没有分析出凶手是怎么下毒的？”

高风不会无故发问，司徒笑眉毛一扬：“还没有，你有什么建议？”

高风笑笑：“你也没想到啊，手法很专业，但说穿了很简单，毒被下在洗手液瓶嘴上。”

“我不明白，那么多人都洗了手。”司徒笑奇怪地看了高风一眼。

高风掀开薄膜另一角：“你看这里，我现在给她做了荧光免疫化学处理，看她的手。”高风给司徒笑戴上特制的眼镜，用光一照，卓思琪的手上出现了斑斑点点的荧光，指甲里和指缝中留存最多。

“什么情况会这样呢？”高风做了个交叉搓手的动作，“所以一开始，我也怀疑是洗手液有问题，但同样会带来这样的困惑，那么多人洗手，怎么就卓思琪一个人中毒了？”

高风又将司徒笑带到另一间物证室：“当我怀疑是生物毒时，就开始给这种毒做生化免疫抗性荧光萃染试验，标靶了毒蛋白的单抗荧光吸附。这些是我同事收集到的当时卓思琪可能接触过的物品，我们全做了荧光免疫化学处理，除了卓思琪和伍永龙使用过的纸巾、食物残留、餐具这些物品之外，其余物品都没发现这种生物毒素，包括她的私人物品、门把手、水龙头，甚至洗手液外层和内装液体。”

“但是毒物不可能无缘无故出现在卓思琪手上，从荧光反应的分布量来看，显然是卓思琪洗手之后才成为带毒者通过她的手将毒沾染到食物和餐具上，并进一步传给伍永龙。于是我又重新仔细地研究了洗手液，喏……”高风又打开荧光手电，将洗手液瓶盖拧开，那洗手液前端弯弯的喷嘴被高风用刀剖开，在喷嘴的内壁，依稀有星光般的点点荧光。

“竟然在这里！”司徒笑明白了。

高风道：“是的，很专业吧，用注射器一类的工具将毒液注入洗手液喷嘴中，当卓思琪洗手时，第一次按下就全是毒液，而一般人洗手喜欢按两到三次洗手液，这样喷嘴里的毒液残留就已经微乎其微了，就算后面再有人洗手，也不会造成实质性损害。而且，若他换一种不带荧光吸附的毒物，我们还真查不出这毒是怎么来的。”

“如果这样的话，他必须保证，下毒后第一个使用洗手液的人一定是卓思琪，我明白了，原来是这样！”司徒笑忽然想到，凶手显然又利用了人们的另一个思维误区，就像黎晓玲提示的那个一样，从穿着和外形上看像个男人，他是否真的就是男人，只进男厕呢？同理，三号嫌犯在卓思琪离开盲区前二十秒进入盲区，谁说他进入盲区就一定是去了厕所，难道他就不可以先占据洗手池的位置吗？算着时间去到洗手池，只需留意女厕的门是否将要打开，从卓思琪开门到抵达洗手池前，凶手完全有时间将毒液注入洗手液喷嘴里，就算这时候有人抢着来洗手，他也只需先按两下洗手液，自然而然地就将毒液回收了，一点破绽也不会留下，果然够专业。

而且，鉴证科那边传回消息，卓思琪的死亡现场没有留下任何有关神秘杀手的指向性线索，指纹、毛发、衣物脱落、鞋印，什么都采不到，监控里面也只能追查到他是从一条小巷出现的，然后消失在了另一条小巷中，除了高风这里，可以说是线索全无。

“看来，伍家是真的惹上杀手了，我们能查到的线索就这么多，别的我也帮不了你更多，就算人人都知道是伍文俊叫人做的，你拿不到证据，又能怎么办？接下来你打算怎么做？”

“既然我有了想法，当然是要求证它，不能因为卓思琪和伍永龙已经死了就算了，首先从卓思琪生产的医院查起，现在DNA能做了吧？”

“我已经在做了，这个不用你说，我说你还查卓思琪和伍永龙的线索，未必有多大收获吧，就算你能证明伍永龙不是伍文斌的亲生儿子，而龙建是个贩卖婴儿的犯罪嫌疑人，那又能怎样，全都死了，而且和伍文俊一点关系都没有。”

“我不知道，或许真的没什么关系，又或许能查到什么别的线索，既然我们都这样推论了，不求证一下，我心里不踏实。”

“只怕未必会如你的意吧，你不是挖到个金元宝吗？那个大案子你不查啦？”

“怎么不查，我还要求证这个招标案和伍文斌的死有没有关系呢。”司徒笑像突然想到什么，赶紧拿起手机布置下去，“子成，你安排一下，由于卓思琪的突然去世，现在恒绿的直接高管除了一个昏迷不醒的，其余全部死了，以涉嫌招投标案为由，给我将恒绿公司的财务全部冻结，账本全部封存，派人去伍文俊家，将与卓思琪和伍文斌有关的物品房间也给我控制起来。对，今晚就办。”

“笑哥，已经很晚了，我们还得有上级的批准，程序上怕来不及啊？”

“那就想办法，让它来得及。”

张子成只能在心里苦笑：笑哥，得按程序办啊，我们不是你啊。

司徒笑拨通李开然电话：“开然，医院监控怎么样？”

“拿是拿到了，但是医院不比别处，很多地方没有监控，那伍文俊又走的楼道，找不到他。”

“继续找，起码要知道他进医院的时间。”

刚挂上电话，又接到刘显和的质询电话，紧接着英姐也打来电话，因卓思琪的死，一时间四方震惊，短短数周，富豪伍家，除了一个伍文俊，几乎就死光了。

当天更晚些时候，黎晓玲那边和她的导师们交流之后，自己对那个下毒的杀手做了一个简单的心理侧写，结论是：谨小慎微，胆大心细；追求冒险，喜欢刺激！这是个和图书城杀手完全不同类型的杀手，明明可以用更为隐蔽的方法悄悄杀死卓思琪母子，他却嚣张地在人流密集处直接下毒。他离开餐厅的时间和卓思琪母子毒发身亡的时间，掐得刚刚好，整个过程精准得好似一台机械，由此推断，他从事的是一种需要长时间、高强度集中注意力的工作，就好比医生上手术台一样。黎晓玲怀疑，他下的毒是他自己配置的，此人有相当专业的医学或化学知识。而与之相对，当他休息放纵之时，就有一种视生命于无物的疯狂。所以才会出现，他行动时一丝不苟，但在选择时机上却胆大妄为的看似矛盾的局面。

由于此人相貌被衣物完全遮掩起来，不辨男女，黎晓玲也做不出更多的侧写，不过面对素来以职业高效著称的杀手，还能得出这么多结论，也真是难为她了。

次日，司徒笑只身前往安儿乐妇产医院，调查八年前卓思琪生产的实情。

八年前的档案还在，但上面明确记载着卓思琪经剖腹产产下一名三千六百克的男婴，当时的主刀医生移民去了新加坡，司徒笑只得找到当时手术的其余相关人员，但时隔八年之久，对于那些每天都要接生若干婴儿的医生护士而言，哪里还记得当时的情况。就算卓思琪是明星，他们也不记得她生的是活胎还是死胎了，更何况卓思琪行事低调，除了有商务往来的，认识她的人不多，一切只能以病历档案为准。

“你这个是八年前的手术，我们哪里还记得，既然档案上写得明明白白是活产男婴，那么就肯定是活产男婴，我不明白你到底想问什么。”医生们都很忙，被司徒笑多问两遍都有些不耐烦，但像陈封麻醉师这么笃定的还是头一位。

“可是，我看这页面和前后的页面不太一样，这纸，好像要新一点吧？有没有可能是医生后来更换了手术记录呢？”

“那我就不知道了，你这是鸡蛋里挑骨头你知道吗？手术记录不能写错字，医生写记录时没办法重新写一张是常有的事儿，八年前不像现在，现在手术记录格式都是定好的，只需要填数字，八年前全靠医生手写，谁没个写错字的时候啊？”

“陈……陈医生是吧，我总觉得你挺眼熟的，我们以前见过？”肯定在哪里见过，司徒笑仔细地辨认着这张脸，是在哪里见过呢？这些天想案子想太多，竟然不能在第一时间想起来。

“我可没机会认识你这样高层的警官，也不想认识你们警察，我很忙，没别的事你可以走了，记得帮我关好门。”

司徒笑走到门口，返身道：“你认识龙建？”

陈封麻醉师的脸色第一次变了，打了磕巴，似乎想说什么，可情急之下竟然说不出口。

“哦，我想起了，你和他是大学同学，我说在哪儿见过你呢，你和他很要好吧？”司徒笑重新走回原位，坐下，“现在，我们应该能好好谈一谈了。”司徒笑眼神锐利起来，没错，在龙建家那张四人合照里，有这位陈封医生的照片，虽然不知他怎么做了麻醉师，但与龙建是大学同学这个关系跑不掉了，否认手术记录似乎成了一种掩饰，那么卓思琪是怎么与龙建联系上的看来找到出处了。

“你有多长时间没和你那位同学见面了？你知道他的近况吗？想擦汗吗？这里有纸巾，有些事，总会被人知道的。”

“你……你说什么，我不明白。”陈封取掉眼镜，擦汗。

“看来，有必要帮你认真地回忆一下了。”

第四章
追根溯源查隐情　赛场无意惹风云

1

冷静下来的陈封，比司徒笑预计中更难对付，他一面擦汗一面一口咬定，自己和龙建已经很多年没见过面了，最近才听说龙建死了。至于其余问题，都以时间太过久远，想不起来为由，生硬地拒绝回答，没说多久，陈封就用工作太忙的理由将司徒笑客气地请了出去。

看来陈封并非如他自己所言的那般毫不知情，估计他就是八九年前，龙建和卓思琪那场交易的亲历者和牵线人。只是可惜时间久了点，原本可能留下的线索和证据只怕早已湮没在时光中，不过没关系，高风那边正在做亲子鉴定，很快就会有最直接的证据出现。

可是令司徒笑没想到，接下来却传来两个不好的消息。

首先是他高估了张子成的能力，张子成没能申请到对恒绿公司彻底冻结查封的调查令，虽然公司直接负责人现都已确认死亡，但公司还有董事会，还有无数项目正在运转，没有恒绿公司整体参与犯罪的证据，是不能彻底查封这家公司的；只能要求对方协助调查，这里面差距就很大，许多数据资料可能被人为改动。

若这件事让司徒笑不快，那么高风的试验结果无异于给了司徒笑当头一棒。DNA比对结果出来了，伍永龙和伍文斌的父权概率达到99.99%，确定是伍文斌的亲生儿子，而和卓思琪的亲权概率则是99.95%，也可以确定是卓思琪亲生的！

司徒笑听到消息之后，愣了片刻，第一反应是："再查一遍！"

高风二话没说，又查了一遍，结果一致，而且不等司徒笑开口，他已完成第三次对照试验，当三份结果如出一辙地摆到司徒笑面前时，司徒笑犹自不甘地询问："会不会……标本弄错了？"

这个问题把高风弄火了，大骂道："你觉得我像是个刚出校门的菜鸟吗？这么低级的错误你也怀疑我？我可以负责任地告诉你，你可以去找，海角市任何一家具有DNA鉴定检测资格的医院或研究所，他们自取标本，自做对照试验，就算特侦处的刘老师来做，也是这个结果！"在他的领域，高风也有底线，发完火之后，高风诚恳地说了一句，"这次是你错了，司徒！"

司徒笑无法相信，别的错误都可以接受理解，可伍永龙怎么会是卓思琪和伍文斌的亲生儿子呢？这是他所有推论假设的基石，如今这块基石瞬间就被高风的三张报告单彻底推翻。

申请了特别调查令，他们已经查过卓思琪的电脑使用痕迹和她去过的大使馆，卓思琪的确在询问各国移民的相关法规。

可如果伍永龙是卓思琪和伍文斌的亲生儿子，那么卓思琪为何突然想移民携款潜逃？龙建和卓思琪到底又是什么关系？九年前的医院出生记录和麻醉师陈封的异常反应又从何而来？基石被推翻了，人也死了，所有的一切需要从头考虑，司徒笑却无法从这些线索中发现其余更有价值的东西。

为了等高风第一手结果司徒笑彻夜未眠，第二日瞪着一双布满血丝的眼睛上班，司徒笑发现同事看自己的目光都怪怪的。

司徒笑来到二组办公室门口时，朱珠正一本正经地给章明上课呢："笑哥提出的推理假设，被高风的实验给pass掉了，我们这个案子的线索几乎都走进死胡同了，笑哥心情很不好，这几天你最好工作积极本分点，别撞笑哥枪口上去了。"

司徒笑推门而进——二组所有成员精神为之一振，全部进入努力工作状态，就算面前电脑屏幕上啥也没有，也拼命按动键盘，装作正认真打文件的样子。

办公室里格外安静，只听到司徒笑嗒嗒嗒的脚步声，大家目不斜视地盯着自己面前的电脑或手里的文件夹，耳朵都不约而同地竖起，听笑哥的脚步声落在哪个人的办公桌前。

司徒笑敲了敲桌面，李开然抬起头来，好像刚看到司徒笑一般：“哎，笑哥，这么巧，有事？”

“伍文俊怎么样？”司徒笑他们没有证据，但他不打算轻易放过伍文俊这最后一条线索，派了李开然和张子成两个老手轮流监视。

“没什么动静，那小子这两天表现挺正常，他肯定知道我们在监视他，这个时候他应该也不会有什么动作的，跑恒绿公司挺勤的。昨天反贪局的人找他聊了会儿，也没看出有什么变化。”

与司徒笑他们的凶杀案不同，无心插柳的柏铺村招投标案在检察机关重视下，立刻取得了突破性进展，牵扯出一大批收受贿赂的官员，暗地里有人嘲笑司徒笑他们是丢了西瓜捡了芝麻，殊不知现在连芝麻也快找不着了。

“继续监视！”司徒笑拍拍李开然的后背，“茜姐，医院监控什么个情况？”

茜姐停下来答道：“找到一些画面，影像不是很清晰，不过那小子似乎每层楼都去过，怎么看也像受过指点，所以单凭这些监控资料我们根本无法确定他去医院的真实目的。那小子本来就是高富帅，每一个和他接触过的护士妹妹都被他逗得眉开眼笑的，唉，人渣啊。”

“多看几遍，要知道120急救车调度出动是根据划定区域原则，以最快的速度抢救生命，伍文俊会提前出现在这家医院，绝对不是巧合，他也不可能只是为了去看他嫂子和侄子最后一眼，他究竟是想做什么呢？”司徒笑思索起来，李开然桌面上有一袋好似糖果包装的牛肉粒，司徒笑拿起一个，剥开糖纸放入嘴里，嚼了几口突然教育道：“上班时间，少吃这些东西，被别人看到不好。”

“是，笑哥。”李开然慌忙将牛肉粒塞进抽屉，同时狠狠瞪了朱珠一眼，臭丫头，害老子挨骂。

朱珠斜睨一眼，吐舌头，将头转过去，不关我的事。

司徒笑跟着道："尤其是朱珠，零食这类东西很容易消磨你的时间，而且分散你的精力，稍有疏忽，线索就从你面前溜走了，对于我们办理的案件而言，有的错误是决不许犯两次的。"

朱珠瞪眼，这也能扯到我头上。张子成忽然道："或许可以走曲线救国的路子。"

办公室的人一愣，张子成坏笑道："伍文俊严防死守，我们可以从他接触过的人进行突破。朱珠，你不是一直对那瞿律师挺上心的吗，听说你们加了微信好友聊天呢？"

朱珠咋舌："成哥，你要不要这么厉害，这事儿你也知道？"

张子成来到朱珠身边："这段时间，伍文俊接触最为频繁的，就是这个瞿律师，怎么样，有没有信心拿下他？"

朱珠不依跺脚道："成哥你别瞎说，人家是警察，被你说得好像那什么似的……"

章明起哄："成哥说得没错啊，为了破案牺牲一下有什么关系？"

朱珠嗔怒："你怎么不去死！"

章明一本正经地调侃道："说真的，什么时候约出来吃个饭。"

"笑哥，真的要我去约啊？"朱珠嘴里说不愿意，脸上却写满窃喜。

司徒笑摇头，反而劝诫道："朱珠，观一面而知心，这个瞿森律师和伍文俊走得那么近，谁也不知道他在里面扮演了什么角色，我不知道你们一直有所接触，但是这样的人，少接触为妙。"

朱珠不甘心道："他也是公事公办嘛，当律师当然就为当事人考虑喽。"

"我也认为这样不妥。"李开然发言，"伍家接连命案，伍文俊自己正在风口浪尖上，如果他和瞿森律师的关系紧密，那么瞿森没理由不知道，这个时候朱珠突然改变态度，只会引起瞿森的警觉，律师这个行当观察力和分析力都很强，我怕朱珠弄巧成拙，瞿森不合作在其次，就怕他给我们假信息或故意误导我们。"

司徒笑想了想："开然说得也有道理，朱珠不要去套问瞿森，我们另想办法。"

朱珠噘嘴，气呼呼地看李开然，李开然坦然以对。

司徒笑略带疲惫道：“最近我思绪有点乱，看问题不是很全面，有什么考虑不周的地方，你们要及时提醒我。”

组员们都沉默了，他们都清楚，当笑哥的假设基础被高风推翻之后，为了重新查找漏掉的疑点和线索，将整个案情分缕清楚，笑哥不知道又要独自熬多少个不眠之夜。如此高强度的压榨脑力和体力，就算司徒笑是铁打的也吃不消。“笑哥，你要注意休息。”还是李开然第一个说话。

这个建议顿时得到其余组员的附和：“是啊，笑哥，时间长一点，总会找到那家伙的破绽的。”

“司徒你也不能太拼了，不然又只能像上次那样强制休假。”

“我看笑哥要是和刘队中和一下就很好。”

“谁叫我？”老刘端着个老板杯出现在队长办公室门口，一面拨弄着额顶不多的几缕长发，一面用舌尖剔牙缝的茶渣。

组员们停止了讨论，各自认真办公，没人接茬，刘显和有点尴尬，笑了笑，向大家鼓励：“反贪局那边对柏铺村围标案可是进展神速，我们也不能落后，大家要加油。我呀，还有五个月就快退休啦，这可能就是我这一生办的最大的一个案子了，大家好好干，这次一定要让他们看看我们重案二组的能力。”

午间食堂，红眼司徒笑与同样红眼的高风碰面了。

高风问道：“怎么，还是没有别的线索？”

司徒笑神色复杂地盯了高风一眼，叹息：“是啊，卓思琪的死将许多突破口都堵上了。对了，你今天忙不？”

“忙得很。”

“忙什么？”

“一起医疗纠纷，说起来还真巧，还记得一周前被你干翻的那头狮子不？被那狮子伤了的司机在医院抢救了三天，死了，因为当时已经脱离了危险期，伤者也恢复了部分神志，然后却突然死亡，所以家属认为是一起医疗事故。”

“应该找卫生局啊？找你们干什么？”

“别急嘛，家属最先申请的是医疗事故鉴定，医委会组织了人手调查了两天，发现死者体内的药物残留不对头，怀疑人为投毒。如果是医院方面的问题，就是医疗纠纷，如果是投毒，那就是刑事案件了，所以要我们这边出马。这里面还挺复杂的，光是赔偿认责问题就让人头大。”

当高风说到认责赔偿的时候，司徒笑心中一动，感觉高风的话好像触及了自己忽略的什么问题，可是这几天烦心事太多，那问题的关键点，他一时竟然想不起来。

只听高风继续说下去：“不过我查下来还真的有些问题，死者肾衰竭，体液内酸性物质超高，我分离萃取了体液内的化学物质，估计是输液配伍禁忌引发了理化反应，一般大医院不会发生这样的事情，就看是疏忽拿错了药还是人为故意造成的。但是我那个同事朱嘉义提出了另一种观点，因为伤者本身就有双肾出血，可能导致衰竭，也有可能是肾功能丧失导致体内酸性物质堆积再引发多器官衰竭死亡。于是问题的关键就是，是输液导致了患者死亡还是患者本身器官衰竭导致了死亡，谁先谁后，整个事情完全是两种性质。”

“谁先谁后……”

“赔偿认责问题……”

尽管中间内容司徒笑大部分没听懂，但这两句话却让他想到了伍文俊赶往医院的一个可能性，扔下碗筷就往办公室跑。“喂，我还没说完呢……”

“子成，将医院监控调出来，每一个和伍文俊有接触的医务人员都再筛查一遍，我要知道，哪些医务人员与卓思琪和伍永龙的抢救手术有关，哪些医务人员能接触到两人的病历记录。”

“茜姐，你帮我查一下我们国家的遗产法，我想弄清楚，卓思琪和伍永龙两人先死后死，遗产的分配和继承问题有什么不同。”

结果很快出来了，按法律定义的第一顺序继承人为配偶、子女、父母，第二顺序继承人为兄弟姐妹，祖父母以及外祖父母。在死亡当事人没有立下遗嘱的情况下，第一顺序继承人继承遗产，没有第一继承人，则由第二继承人继承。

据目前掌握的情况，卓思琪没有订立遗嘱，而她的父母已经去世，如果卓思琪早于伍永龙死亡，那么伍永龙作为第一继承人，将继承卓思琪的财产，跟着伍永龙死亡，由于没有第一顺位继承人，那么他的财产则由他祖母齐老夫人继承。

反过来，若伍永龙先死亡，他的财产自然是他母亲卓思琪继承，然后卓思琪再死亡，这时候由于没有第一继承人，那么第二顺序继承人则是卓思琪那个重伤未醒，却还未死亡的哥哥卓震继承，这笔遗产将与伍家无关。

负责调查分析的茜姐惊愕不已，朱珠更是惊呼道："这么说来，如果卓思琪先死，那么财产全部归伍家，最后都归伍文俊所有；而若是伍永龙先死，那么财产就归卓家，这笔钱和伍文俊就一点关系都没有？"

司徒笑依然冷漠："这就是先死和后死的差别，我们掌握的资料，谁先死？"

张子成马上道："肯定卓思琪先死。"

章明调出资料，肯定了张子成的说法："卓思琪先死。死亡时间晚上十一点零七分，伍永龙死亡时间是晚上十一点十一分。只差四分钟，这里面很难判定有没有问题啊。"

张子成冷笑："不然你以为那晚伍文俊急匆匆跑去医院干什么？"

朱珠恍然大悟："噢！原来他那晚去医院，就是想联系医生护士篡改死亡记录，只要保证卓思琪先死，所有的钱就都归他了！可是，他怎么知道卓思琪母子俩会在那晚遇害？"

茜姐补充道："所以说，如果我们能证实，伍文俊暗中买通医护人员篡改过死亡档案，就能从侧面说明伍文俊和卓思琪母子的死亡案有直接关系，可以作为案件的突破口。噢……难怪监控里面找不到他在抢救室的图像，那小子故布疑阵，想扰乱我们警方视线，隐瞒自己的真实意图。"

有了突破口就能明确侦办方向，就跟第一个把鸡蛋立起来的人或魔术大揭秘一样，或许事后觉得理所当然，原来如此，关键是第一个想到的人。章明不得不佩服道："笑哥，你是怎么想到这一点的？"

"多想。"司徒笑平静地安排下任务，"子成，带章明去和医院的护士们联络一下感情，朱珠和茜姐去一趟通信公司，去找伍文俊和伍文斌近半年的通信记录，叫开然那边盯紧了别放松。"

2

安排好工作，司徒笑却没有一同行动，他找了间静室，打算从头捋一遍整个伍家凶案过程。伍文斌先死，跟着是卓震和他父母，然后是卓思琪母子，就目前的情况看，伍文斌一家才是凶手的主要目标，卓思琪的哥哥和父母不过是池鱼之殃，案件发展到现在，疑点并没有减少，反而越来越多。

指使凶手杀伍文斌的人是不是卓思琪？而杀卓思琪母子又是不是伍文俊指使的？如果是，他们的杀人动机分别是什么？如果不是，那凶手又是为什么而杀人？卓思琪和龙建究竟是什么关系？柏铺村招投标案和伍家凶杀案有没有直接关系？

这几个大问题还有许多地方有待调查，司徒笑将手中的白纸一分为二，在另一方罗列更为细小的问题，那些一开始就有疑虑却一直未能得到解决的问题。伍文俊为什么咬定卓思琪有情人？卓思琪是否想要携款移民，如果是，为什么？伍文俊和杀害卓思琪以及伍文斌的凶手间有无直接联系，如果有，他是什么时候通过什么方式联系上的？

从最后一起毒杀案来看，伍文俊的知情速度明显远超常人，如果他真的是当晚就去医院联系医护人员企图篡改死亡时间，那么作为普通人，不可能在知道自己嫂嫂和侄子死亡的同时就想到了谁先死谁后死这个专业的遗产继承问题，只能说明他早有准备，就等着卓思琪和伍永龙同时死亡。

这一点可以反推回去，伍文俊和卓思琪母子的死有着紧密的联系，从他当晚的态度，他的办事效率，他的充气娃娃伪装，各个方面都是这一假设的佐证，但警方目前却拿不出一个切实有效的证据。就算能证明伍文俊联系医护人员篡改死亡记录，也无法直接证明他与卓思琪的死亡有关。

动机是关键，卓思琪有打算移民的迹象，根据卓思琪和龙建的出行时间，司徒笑当时假设，卓思琪和龙建是情人关系，两人是通过当年卓思琪生产伍永龙时认识的，卓思琪身体有异常，无法正常生育，而龙建非法贩卖婴儿，两人因此认识，但是要发展到情人关系这一步，还不够。所以司徒笑又假设，龙建知道了伍家给卓思琪定下的规矩，那么他就可以用伍永龙来要挟卓思琪，获取更多的财物乃至卓思琪的身体……

以此为论点，当伍文斌开始怀疑卓思琪在外有情人之后，卓思琪为了以防万一，先请杀手干掉了龙建，因为他们每次约会都会在户外进行，所以龙建将死得无声无息，这点很合理。可是伍文斌产生怀疑之后，摆出了不查到底不罢休的姿态，卓思琪干脆又杀了伍文斌，她觉得这两起凶案都被专业杀手处理得非常妥当，而伍文俊又是个绣花草包，恒绿公司在自己和自己哥哥的把持下，她可以稳当地做她的老总，再将股权从伍文俊和老太太手中买过来，恒绿集团就完全掌握在她手里了。

所以，当伍文斌死后，卓思琪还在积极筹划柏铺村招投标的方案，那个时候，她还想将恒绿集团做大做强。但是卓震的车祸绝对是卓思琪没有想到的，这个是不是伍文俊的反击呢，很难说，但无可否认，正是这一次车祸，暴露了凶手实施犯罪的手法，而自己也暗示过卓思琪，伍文俊坚信她在外有情人。

但最终导致卓思琪不得不放弃柏铺村招投标计划，转而考虑移民的，恐怕还是伍文俊放在网上的那份差旅费用清单，卓思琪害怕自己和龙建的关系曝光，进而暴露伍永龙并非伍文斌亲生儿子的事情，这样一来，她雇凶杀害龙建以及伍文斌的事情也会被警方追查出来，她无计可施，只能想办法携款潜逃。

以两个假设为论点，整个案件的前半部分都很符合逻辑，结果没想到，卓思琪母子被人毒杀之后，高风的三份报告单，直接将假设的论点摧毁，而且后来的尸检也证实，卓思琪身体正常，没有无法正常生育的隐忧。司徒笑傻眼了，一切又要从头来过，而这一次，他毫无头绪。他想了各种可能性，没有任何一种，可以比伍永龙不是卓思琪和伍文斌亲生儿子更具说服力，可偏偏伍永龙就是卓思琪和伍文斌的亲儿子，司徒笑被拦在这里，卓思琪为什么要企图移民逃走？你为什么不按常理出牌？

不过幸好，司徒笑手里还有另一条线索。

伍文俊认定卓思琪有情人，并且是杀害他哥哥的主谋，想要报仇，但由于警方无法证明在伍文斌遇害一案中卓思琪有罪，所以伍文俊铤而走险，选择了私自联系杀手报复性杀人。

从表面上看，这是说得通的，可是仔细想一想，伍文俊这个人游手好闲，对公司的大小事务一问三不知，他有能力在这么短时间内就找到这么专业的杀手吗？

在静室中的这番沉思，让司徒笑猛醒到自己忽略了什么，从凶杀案一开始，他们调查伍文斌，调查卓思琪，调查恒绿公司，调查柏铺村招投标案，却忽略了一个人，伍文俊！这个第一报案人，第一个叫嚷着他哥哥被他嫂嫂杀害了，看似不学无术，吃喝打混的高富帅同志，警方对他的基本情况却知之甚少。

他不参与公司事务，整天在哪里游玩？他的人际关系和交往人群是怎样的？从最初的情况看，他的报案行为显得非常突兀而且不合常情，从目前的局面看，整个案件最大的受益人居然还是伍文俊！

事情有些不对劲，作为第一报案人和最终最大受益人，却被自己忽略了，这件事本身就不对劲。司徒笑开始回忆对伍文俊的直观印象，从一开始，以为是一个披着高富帅外衣的花花公子，后来伍文俊的表现，则让人觉得他就是驴粪蛋皮面光，再后来，觉得这家伙不仅是一个草包，而且道德败坏，性格恶劣，根本就是烂泥扶不上墙。

可是，在那嚣张、无礼、无知，还显得有些幼稚的性格背后，有些东西显然被忽略了，作为最了解自己弟弟的哥哥，为什么让自己的弟弟去调查自己的妻子，自己的弟弟有这个能力吗？还是说自己的弟弟很擅长做这种事情？利用酒吧的掩护和地铁的便捷制造不在场证明潜入恒绿公司总部做了什么？那张差旅报账清单是否就是那时候发现的？一张发在网上的帖子，就逼得卓思琪不得不放弃整个公司，打算移民出逃。而在卓思琪中毒后，又用快递的充气娃娃骗过了经验丰富的便衣警察，并且马上赶到医院联合医生修改死亡记录，一环扣着一环，毫无破绽！

伍文斌是一个没有任何家世背景的普通打工者，在如此年轻的年纪，就一步步建立起自己的地产王国，成为海角市炙手可热的地产大亨，他的能力和智力毋庸置疑。那么，作为同卵双生的双胞胎弟弟，智商又没有明显的缺陷，怎么可能只会像小孩子一样叫嚷，我哥哥是被嫂嫂偷人杀了的，不是杀手就是死士……

黎晓玲并不是一个爱慕虚荣的简单女人，高风应该算是较为优异的警队法医，可黎晓玲明显更乐于和伍文俊相处，就说明这个人有某种能够吸引黎晓玲的气质，只是黎晓玲当局者迷，并未发现……

这人究竟是一个狂妄又无能的败家子弟弟，还是一个心思缜密，演技惊人的阴谋大师？如果是后者……司徒笑开始为自己这一想法感到战栗，如果说卓思琪根本就没想过要杀伍文斌，或者龙建，如果这一切，从始至终，与杀手有联系的，只是伍文俊……

人生如戏，全靠演技，这个无能且花天酒地的弟弟，无疑已经骗过了卓思琪，骗过了黎晓玲，也骗过了自己和每一个参与调查这起案件的警员！

还是那个问题，关键是……动机！

从主观层面而言，至少目前认识和基本了解伍文俊的人，包括他的家人和朋友，都觉得伍文俊和他哥哥关系很不错，只是对那个嫂嫂有所不满；从客观上讲，伍文斌正在将恒绿公司发展壮大，持有大笔股份、每年有不少分红的伍文俊完全够他奢侈花销，而且只会越来越多，如果说他在这个时候对哥哥全家下手，夺得了整个恒绿集团的产业，多少有点杀鸡取卵的嫌疑，而且这种大型集团公司，债务和流水账目通常成正比，现在又被警方查来查去，最终伍文俊到手的钱说不定还没他哥哥在的时候他手里的股票值钱。

杀人是要有动机的，尤其是杀一个对自己很不错的同胞亲哥哥，如果说恒绿集团陷入了巨大的债务危机，司徒笑还可以假设是伍文斌为了逃避债务而买凶杀了自己亲弟弟，再利用同胞的面部特征骗过了自己的老婆和母亲。但伍文斌死的时候恒绿集团正处于上升势头，柏铺村的招投标更可以令他们资产大增，就连卓思琪接手后都忍不住想挽起袖子接着大干一番，而且要瞒过卓思琪和齐老夫人哪有那么容易，伍文斌是真死了，如果是弟弟下的手，那么是什么原因呢？

柏铺村招投标案在整个伍家连环凶案里面，究竟有没有那么重要，司徒笑始终持怀疑的态度，没错，围标案牵涉金额巨大，牵扯面极广，可这里面和伍文俊的关系不大，从目前掌握的证据来看，还没有发现伍文俊和围标案有任何直接关系，三个与围标案有关的重要经手人，伍文斌、卓思琪、卓震，两死一昏迷，线索断在这里，不知道检察机关他们那边有没有什么新线索。不过伍文俊和卓思琪的死肯定有某种联系，因此司徒笑认为，肯定有什么地方是警方忽略了的，伍文俊的雇凶杀人动机应该和家庭内部矛盾有关，而柏铺村围标案则是伍文斌或卓思琪和卓震等人主导的、为了扩大恒绿公司资产而进行的违法案件。

司徒笑重新理清了思路，除了找出伍文俊教唆或暗中勾结医护人员篡改死亡记录的证据之外，还有两件事需要确认：一是伍文俊和伍文斌两兄弟的关系是否真如大家所看到的那么好；二是卓思琪和龙建到底是什么关系，如何产生的关联！

从哪里下手？先做周边排查吧，龙建的案子发生得更早，过去的时间越长线索越容易被忽略，先从龙建周边下手！

手机响起，司徒笑接听，电话是章明打来的，好像他们在医院里遇到了一点麻烦，张子成和护士吵起来了，场面有些失控，章明见势不妙，打电话向笑哥求救。

司徒笑没想到这只老鸟居然也会惹祸，当他赶到医院时，看到一群人围在那里，两个小姑娘相互搀扶着，一个抽抽泣泣，另一个满脸怒色地斥责着什么，张子成就像个斗败的公鸡，脸红脖子粗却没能还口。

司徒笑靠近过去，只听那苹果脸的小姑娘正利索地翻着嘴皮子："你们警察凭什么可以随便打人啊？捉奸捉双，捉贼捉赃，你一没有人证二没有物证三没有文书四没出示证件，你欺负一个手无寸铁的女孩子算什么本事。再说了，你也不瞧瞧自己那副尊荣，贼眉鼠眼，尖嘴猴腮，穿上警服也像地痞流氓，让大家评评理，谁见了你不是心生警惕避而远之，警方调查，民众配合那是义务，不是责任，你态度诚恳行为端正我们配合一下本来也没什么大不了，你态度恶劣，行为下流，我们不配合又怎么啦？我们公民也有我们公民的人身权利。退一万步说，再怎么样你也不能打人啊，还打一个女孩子，你是不是人啊，是不是男人啊！"

小姑娘一口气说下来，连个停顿都没有，张子成根本就没有反驳的机会，难怪憋成一张猪肝脸。章明倒是抓住机会，趁小姑娘换气时的停歇，插了一句："你……你不要搞人身攻击啊！"

殊不料，这一句立刻惹火烧身，那个扶着好友、出来仗义执言的小姑娘将头一转，对准了章明立刻开始了狂轰滥炸："人身攻击？人身攻击怎么了？你们人都打了，我们说两句都不行啊？只许州官放火不许百姓点灯啊？你别以为你在一边不开腔不吭声就与你无关，你那是为虎作伥，纵容你的同事欺压老百姓，看你年纪轻轻，油头粉面，没想到也是蛇鼠一窝，沆瀣一气，也不是什么好鸟！办事不按章程，说话没有礼貌，如果警察都像你们这样子，那我们老百姓还有什么指望。警察不为民做主，不如回家卖红薯，你看看你们，长得人高马大，吃得皮光水滑，是我们老百姓养活你们啊，你们拿的是纳税人的钱啊！警察打人，你以为你们是城管啊，当我们小叶子是无证小摊贩啊？这么多双眼睛看着，难道你们还想不承认哪？一看就是作威作福惯了，不知悔改，难道你妈妈没有教过你礼义廉耻四个字怎么写吗……”

章明如同胸口被重锤连续击中，脸色一白，身体摇晃连退几步，靠上护士站柜台才稳住身形。司徒笑一看这场面，自己不出面不行啊，那小姑娘是只朝天小辣椒啊，这嘴皮子翻得就跟练相声似的，章明和子成完全没有招架之力。

司徒笑挤出人群，向前迈了一大步，章明和张子成立刻看到了救星般喜出望外：“笑哥。”“笑哥。”

看章明那小样都快哭了，真是丢人，司徒笑瞪了他一眼，回头出示证件道：“不好意思，我是警司司徒笑，他们俩是我的手下，他们是奉我的命令前来调查一宗案件的相关情况，现在这个情况我不是很清楚，不过这里是公共场所，围了这么多人也影响医院的正常工作开展啊。不如我们找个安静的地方聊聊，让大家都回去吧。如果他们有无礼的地方，我代他们向你们道歉，如果他们违反了警规警律，请放心，回头一定严格处分他们。”

小辣椒看了看司徒笑，只觉得这位警官长得比那两位更高大，一看面相就不是善茬，看起来好凶恶的样子，小心肝颤了两下，却依然倔强地嘟着小嘴道：“如果不是大家看着，还不知道你的手下会做出什么出格的举动呢。”

原本那些患者及家属和医护人员就想多看看，听小姑娘这样一说，更加不想走了，司徒笑沉声道：“我都已经替他们道歉了，你还想怎样？”

司徒笑注意到，小姑娘搀扶着的那位小护士轻轻拉了拉小姑娘的衣服，似乎想息事宁人，就这样算了，但小辣椒可没那么好相与，柳眉一挑，微圆的苹果脸上写满了不服气：“你道歉有什么用，出手打人的又不是你，就是因为你老是这样护着你的手下，所以他们才骄横跋扈，目中无人，颐指气使，今天那个打人的警察不道歉，这事儿可没完。”

司徒笑暗叹一声“厉害”，这小辣椒去搞辩论肯定行，就抓住这一个破绽，只攻击你的痛处，这叫得理不饶人。司徒笑将脸一虎：“子成。”

张子成心不甘情不愿地站出来：“笑哥，我就轻轻碰了她一下，我可没打她。”

“子成……”司徒笑看章明在一旁欲言又止，已经猜出七八分来，“你看人家小护士长得多水灵，是你这么粗糙的老手可以碰的吗？碰坏了怎么办？”

张子成听出了笑哥的言外之意，办案要紧，你一大老爷们儿和一小姑娘较什么劲儿，服一下软死不了人，只能很没面子地道歉了：“对不起，刚才情绪有些激动，不小心伤到你了，没，什么大碍吧？是我的错，对不起，请你原谅。”

那个叫小叶子的小护士低声道：“没……没什么。”小辣椒将下巴昂得高高的，像只得胜的小公鸡。司徒笑让章明清场：“都散了都散了，警察办案，没什么好看的，回病房去。”

司徒笑走上前去，尽可能显得和颜悦色：“你们叫什么名字啊？”

小辣椒转动眼珠，以一副我不怕你的表情坚毅道：“我是重症监护室的吴爽，她叫叶小曼，我们刚到医院不久，没做过你们说的那些龌龊事。”

“对不起，请稍等一下。”将两个小姑娘安顿下来，司徒笑再去找章明、张子成了解情况。待他走开后，吴爽才不住地轻拍胸口：“吓死我了，吓死我了……那个警察看起来好凶，就站在面前都压得我喘不过气来。”

叶小曼怪嗔她道：“那你还和人家顶嘴。”

“我那是和他们讲道理嘛，有理走遍天下，本来就是他们不对，小叶子你就是太善良了，人善被人欺，马善被人骑，会哭的孩子有奶吃，刁民才有公平公正的待遇。人家对我们好，我们才对人好，人家凶你，我们凭什么不能凶回去。”

3

司徒笑在路上了解了一些情况，现在让张子成再简单描述了一遍，果然，叶小曼是卓思琪死亡时的记录护士，张子成他们查到之后，见小护士年轻，张子成就想向章明传授一下问询的技巧和经验，又和章明开过玩笑说你小子还没有女朋友怎样怎样，在问询过程中，言语里就少了一份尊重，多了一丝轻佻。

小护士被吓住了，什么都不肯说，张子成有些挂不住面子，问询演变成质询，语气越来越严厉。这时候那个小辣椒吴爽不知从哪里杀出来，立刻为她的好朋友打抱不平，将张子成痛骂了一顿，张子成总不能在章明面前失了身份，于是双方有些失控。

在争执过程中，张子成不想和两个小丫头发生太多纠缠，手脚幅度过大，无意中就推了叶小曼一下，就如司徒笑所说的，人家小护士哪里经得住张子成这个大老粗推一下，而且那个小辣椒人缘挺好的，振臂一呼“警察打人了”，立刻就围了很多患者和家属过来，后来的情形就发展成司徒笑看到的那样了。

“笑哥，你是没听到，那小丫头骂得可难听了，我也不知道怎么回事，就随便挥了挥手，我真不是故意的。”张子成在私下喊冤。

“你不暴粗口人家会骂你？要说长相，她怎么不骂我？”司徒笑看了张子成一眼，意味深长道，“情绪不要带到工作中，跟我来。”

一间单独病房内，司徒笑让叶小曼坐床上，自己拎了个矮陪护凳坐下：“我的两位同事呢，可能没把事情解释清楚，我来说一遍，三天前，你们这里接收了一个中毒的急救患者，她叫卓思琪，来的时候是母子两人同时中毒，分开抢救，根据我们掌握的资料，当天晚上卓思琪的抢救记录和死亡记录，都是你做的，对吧？”

“嗯。”

“那天晚上，还有一个高个子男人，和我差不多高，或许比我还要高一点，从视频上看，他和你聊了很久，不知道你还有没有印象。”

“我知道，你们问的是伍大哥，你同事说他……”

“我们暂时不管我同事是怎么说的，先听我说完，伍文俊，也就是那个伍大哥，死者卓思琪是他嫂子，另一个死者伍永龙则是他侄儿。根据我们掌握的监控情况，死者抵达医院之前他就已经到了医院，所以我们警方现在是感到很不可思议，为什么那个时候他会在医院？他来医院做什么？所以这方面，你提供的信息对我们来说很重要。希望你能认真地回想一下，他当时和你说了些什么，有什么举动是让你觉得奇怪或是不可理解的。”

“这个么……真的没有啊，当晚伍大哥说他有一个朋友出了事故，问有没有送过来急救，我帮他查了记录，没有他说的那个人，后来我从抢救室出来之后，伍大哥还没走，他说他又收到消息，他嫂嫂出了事被送来抢救了，他也说了他和他嫂嫂关系不是很好，但毕竟是唯一的亲属，他看了抢救记录和死亡记录，这点我们医院是没法拒绝的……”

“他有没有说他从哪里收到的消息？”

“没有，这种大事总有人通知他吧？”

……

司徒笑铁青着脸，带着张子成和章明离开第一人民医院，他们询问了卓思琪和伍永龙的抢救医生和护士，伍文俊果然都与他们有过接触，但司徒笑他们得到的回复大同小异，伍文俊先以他有一个朋友可能重伤送来抢救为幌子，搭上关系，然后又以亲属的身份要求查阅死亡记录。

问题的关键在于，警方于当晚封存的死亡记录没有修改痕迹，据两位抢救医生回忆，卓思琪的确死于十一点零七分，伍永龙死于十一点十一分。

不管是年纪还是个体差异原因，总之现在出现了这样一种可能性，那就是卓思琪确确实实早于伍永龙死亡，这样一来，伍文俊在第一时间知道了这个结果，就不再需要联系医务人员为他篡改死亡记录了。

又一条可能的线索被掐断了，顺着这条线索查下去，无法将伍文俊和卓思琪的死连接起来。

“真是没天理啊！连老天都帮着那个浑蛋？”张子成不满地嘟囔。

“笑哥，有没有可能他事前就和医生护士联系好了，在抢救过程中医生护士就改了死亡记录呢？”章明提出自己的想法。

小伙子在成长，有想法很不错，虽说有时候这些想法显得很没经验。张子成没有嘲笑章明，司徒笑更是耐心地解释道：“可能性有，但是很小，思想面要更宽一点，首先是医护人员的反应，如果事前联系，他们就在撒谎，不可能每个人心理素质都那么好，我们是分别问的五个人，在这种情况下要将口供对得天衣无缝，事先得排演很多次，你认为普通的医务工作者在面对我们的突击询问时能做得到吗？那小护士还能理直气壮地把你和子成痛骂一顿？

“再者来说，伍文俊不是神仙，他不可能事先知道卓思琪要在某个时刻带伍永龙出去吃东西，也就是说，他不能确定卓思琪在什么时候、什么地点中毒或出别的事故，所以，他也不可能知道，卓思琪会在什么时候被送到哪个医院，是否死了，是否要进行抢救，也不可能知道当晚会是哪个医生哪个护士值班。他只能事后处理，还得赶在我们警方之前，从监控上看，他抵达医院的时间虽然早于卓思琪他们抵达医院的时间，但晚于卓思琪母子中毒的时间。我也只能够推测，伍文俊得到卓思琪母子中毒要被送往医院抢救之后，产生了修改死亡记录以确保自己获得遗产的想法，当他发现不需要篡改时，他完全可以什么都不做。”

“那会不会是我们考虑得太过复杂了呢？那个小护士不是说伍文俊原本是以为他的一个朋友出了事被送来抢救吗？”章明小心地提出第二个问题。

张子成忍不住笑了一下，司徒笑将两人拉进车，开车道：“太多巧合了。”

章明一想也是，那么巧就正好在卓思琪快被送到那家医院之前他的朋友出事了也在那家医院抢救，而且医护人员不都说根本没有那个人吗。

“而且，如果是事实，他为什么要买个充气娃娃来骗过警方的跟踪人员？他在监控里的表现又该如何解释？”司徒笑随意补充了两点，章明点头，越发诚服。

张子成在后座低声告诉章明：“小子，这样跟你说吧，要是笑哥他有什么没想到的地方，肯定也不是你我能够想出来的。”

“那我们岂不是一点线索都没有了？”章明无奈地发现了这个事实。

“查还是要查的，伍文俊说的那个叫刘飞的朋友，想办法查一下到底有没有这个人，和他关系如何。不要小看这些可以忽略不计的小细节，有时候说不定可以牵出你意想不到的大线索。”说到这儿，司徒笑心中一动，拨通手机，“喂，茜姐，我是司徒，你们还在通信公司吗？对，你们顺带帮我查一下，龙建和卓思琪两人的通信记录，今年全年……在他们那儿能查到的统统调出来，你们还记得手机号和身份证号码吗？”

章明完全呆住，这没资料谁记得住啊？司徒笑报了两人的身份证号码和手机号码，让茜姐记下，章明叹服，问道：“笑哥，接下来我们查什么？”

“查卓思琪的社会关系。”司徒笑面无表情地说出侦办方向。

“啊？”章明一脸惊愕，不仅是因为想不出卓思琪的社会关系和这个案子以及她的死亡有什么关系，更关键的是，作为一个有了相当身份地位的女企业家，她的社会关系岂是复杂二字所能形容，这个工程可谓浩大。

司徒笑还不满意，接着又道：“还有伍文斌、伍文俊、卓震，统统都筛查一遍。”

“查……查什么？”章明磕巴了。

“查他们的社会关系网，我要按照亲疏和往来密切程度将他们的社会关系网按金字塔式分级排列，然后……嗯，暂时先做好这个。”

“笑哥，就……就我们三个人查？”张子成也不淡定了。

“不，子成你带着章明去查，我还要查点别的东西。”司徒笑说完，从后视镜里看到两张张成圆形的嘴一言不发地望着自己。

“其实也没你们想得那么困难，反贪局的同志已经替我们做好了初步人物关系网图，他们调查这些是很有经验的，我已经以资源共享的名义向他们发了请求，所以先送你们回局里，待会儿资料会传送过来，但是他们的侦办要受到限制，关系网图也不是以亲疏来划分的，肯定会有许多遗漏，接收资料后，子成你要再带章明去恒绿公司进行家访式问询，还有齐老夫人那里，你要教会章明如何从与员工及家属的对话中吸收有营养的信息，明白吗？”

“知道了，笑哥。”张子成大声回答，又不怀好意地含笑看着章明，低声问这个新人，“准备好跑断腿没有？”章明脸色惨淡。

将张子成他们送回警局后，司徒笑只身来到龙建家里，关于龙建此人，最初出现时只是708凶杀案里一个普通受害者，而他与伍家连环凶案的关联更是全凭司徒笑突如其来的直觉。

司徒笑从卓思琪生前的反应判定，龙建此人，不说和伍家凶杀案有关，至少是和卓思琪有关的，在一头乱麻的案情中，司徒笑总觉得龙建这个人是个关键，而目前警方又对这名受害者的基本资料掌握得太少了。

上次让高风来帮忙调查，自己意外发现卓思琪生产时的麻醉师就是龙建校友，如果说龙建买卖婴儿，卓思琪出于对伍家财产或是自身地位的保障进而与龙建通过陈封搭上线，这就说得通，可是高风的报告单又将这条线掐断了；或者，龙建掌握着什么治不孕不育的秘方？

司徒笑一直觉得，龙建和卓思琪的关系是伍家连环凶案的一个关键节点，解开这个疙瘩，案情起码会更明朗一些。

司徒笑非常清楚，案件发展至此，由于那些该死的杀手进入，导致许多线索就此中断，现在自己无法找到一条具有明确指向性的线索，记得冷处说过，如果一个案件陷入了死胡同，那么就得向前回溯，一直回溯到案件的起源，将其中可能遗漏过的每一个细节都重新筛查一遍，所以接下来，又将是新一轮的大海捞针似的排查。

茜姐曾开玩笑说，别看重案二组破案多，我们真正拿手的三板斧是：看花眼，跑断腿，说破嘴。至于那些什么坐在轮椅或是躺在床上，某天睁开眼张口说出一句："我知道了！凶手就是你！"那绝对是电影动漫。

"孟庆芝女士，你好。"

"你是……司徒警官？我老公的案子有眉目了？"孟庆芝将手在围裙上揩了揩，将司徒笑请进屋。

"我们正在努力追查，前段时间我们有位同事来做了些补充问询，但是我那位同事没什么经验，可能给你添了些麻烦，我这次来，主要是替我那位同事的鲁莽道歉，顺便了解一下，嗯，你们有什么困难的地方需要帮助没有。"

孟庆芝低头微摇："没有，日子还得过呗，如果你们能早日破案抓住凶手，我……我就……很感谢了。噢，对了，我给你倒茶。"

"谢谢，不用，我不喝茶的。准备晚餐了啊？"司徒笑说着，拿起桌上的菜，熟练地帮忙择起菜叶来。

"是啊，萍萍要放学了。不用不用……"孟庆芝也坐下来择菜。

司徒笑从脑海里调取资料：龙萍萍，十四岁，初二女生。

“没关系，这事儿我常做。那个……她爸爸的事情，萍萍还好吧？”

“伤心了一段时间，我们娘儿俩，不管怎么说，也算熬过来了。没想到司徒警官你也常干家务啊？”

“叫我司徒好了，我妈走得早，那时候弟弟很小，我一个人带弟弟，习惯了。哎，孟姐，能叫您孟姐吗？”

“看你的年纪应该不比我小吧？”

“我长相显老，还不到三十呢。”

“看你办事挺老练的，当家早啊，都是不容易的人啊。”

“孟姐，我可不可以把这件警服脱下来？待会儿萍萍放学回来，我怕她看到我这身装扮又勾起什么不好的回忆。”

“放这儿好了，没想到你心这么细，和你长相可真不一样呢。”

“孟姐你这是夸我呢，还是在批评我啊？”

“哎，孟姐这是夸你呢，成家没有啊？”

“还……没呢。”司徒笑被问住了，赶紧道，“孟姐和龙建大哥是什么时候认识的呢？”

“我们啊，认识倒是很早就认识了，读初中的时候就知道他，”孟庆芝微笑着回忆起以往，“大我两个年级，那时候他可不是什么好学生，在海角二中……”

“啊，孟姐你们也是海角二中的学生啊。”

“怎么？你也是？那我们还是校友？”

……

“成绩不是很好，但是后来居然上了中专，也不知道他是作弊还是怎么考上的，他很聪明的，我们那时候可和现在不一样，上个中专比上大学还难……

“他呀，中专没毕业，读了两年就自己跑掉了……”

“咦？这张照片就是龙哥他们在中专的同学？”

“哪啊，这是他上医科大的同学，中专没毕业，家里出了点问题，他父母离婚，他老爸给他找了个新妈，在那个年代可不得了，他和他父亲闹僵了，就搬出来一个人住。”

“那时候龙哥生活很艰苦吧，他靠什么生活呢？”

“到处打工呗，他说那时候为了活下去，什么苦都吃过，后来觉得实在不行，才一面打工，一面自学考试，要不他参加工作时间能那么晚。”

“噢，这算突然醒事了。”

“可不是。”

“那龙哥是啥时候才参加工作啊？”

“我想想，我们再见面那会儿，九五年吧，他还在读书，九六、九七年才去的康乐，那时候康乐医院还是个小医院，你看，那一年他都了三十三了，我们九八年结的婚，那时候我一个月工资也就三百多块钱，还好他打工有点积蓄，不然能不能读到大学毕业还没个准儿呢。”

“噢，我以为龙哥会找他父亲资助他读大学的。”

“没有，他那个人很傲的，他和他父亲基本上就算断绝关系了，后来公公去世，如果不是我劝着，他都不想去参加葬礼。唉，如果不是他这性格，后来拆迁的时候，我们何至于过得那么苦。”

“说到拆迁，我记得孟姐说当时多亏了龙哥找到亲戚借了一笔钱？”

“可不是吗，我家在农村，家里亲戚也凑不出什么钱来，他呢性子倔，说什么死也不会向老头子开口，幸亏还找到了亲戚帮忙，不然当时都不知道该怎么过了。”

“就是现在你们住的这地方吗？我看这房子挺不错的，当时花了多少钱啊？“

“二手房，我们翻新装修过的，当时买是三千？对，三千一平方米，你不知道，在当时看来，这价格买二手房老贵了，那时候新房也差不多三千五不到四千，加上翻新花了差不多五十五万呢。因为这地方离学校近，所以一直没搬，就住下了。”

“龙哥后来有没有说过是找的哪个亲戚？这笔钱他有没有提过是已经还了还是怎样？”

“这个……倒没有，这些事情他都不让我过问的，我们家里是小事儿我做主，大事他拿主意。”

“噢，那孟姐你管账吗？”

“你说工资吗？他的工资本儿倒是在我这里，不过我也没管那么严，工资卡在他手上，他啥时候想用钱自个儿去取就是了。”

“看来孟姐挺放心的，龙哥也不是个乱花钱的人，这么说来，龙哥打工时还攒了一些钱啊，那时候大学读下来起码也上万吧？他在哪儿打工呢？”

“不知道，确实有点积蓄，他说什么都干过，建筑工、推销员什么的，不过我认识他的时候他都没打工了，我也没怎么问，二三十年前的事儿哪能记得。嗯，该做饭了，萍萍快回来了。”

“我来，我来，没关系的……”

“司徒，就在这儿一起吃晚饭吧。”

“这个不行啊，孟姐，我来帮你切菜。”

“别跟你姐客气。”

“真不是客气，待会儿还有事儿，萍萍回来的时候，我差不多就该走了，还要去接同事到别的地方。下次吧，下次有机会一定尝尝孟姐的手艺。对了孟姐，龙哥平日都爱和哪些人来往啊？他那些同学和他关系很好吧？”

“你说照片上那些啊？早些年来往倒是很密切，后来都结婚了，有工作有家庭，来往就没那么多了，他和他单位上的几个同事关系不错，呃，陈思汉，他们医院麻醉师，刘志刚，检验师，还有王博、朱靖宇他们几个，都是他们单位上妇产科医生的老公，有时候没事儿就一起出去喝酒打牌，大概……他们每周都有聚会吧。”

“那照片上这几个同学现在都在干什么呢？也都是医生吧？”孟庆芝后面说的那些，在做社会关系调查时，警方已经做过常规调查，不过照片上的人时间久远，工作人员没有查得很细。

4

“嗯，最高那个，叫陈封，原来是市妇幼保健院的麻醉师，后来去了安儿乐医院，他走得好，人家那是国际贵族医院，在那里生个孩子，没一二十万根本生不下来，你说他们工资能低吗？很黑很瘦的是王维敬，十年前去了天涯市联系就少了，以前在第三人民医院做B超，那个胖胖的叫张开彬，好像去了云南，自己开了个小诊所，好多年没联系了。”

“哦，那这位陈医生就在本市啊，他也不常联系啦？锅锅锅，给你菜……”

“陈封……有联系吧，但是联系得都少了，我记得，他儿子出国读书之后就联系少了。”

“咦？这和人家儿子出国有什么关系？”

“唉，还不是我家那口子，整天没事就叨叨，看人家陈封多好，都是妇产医院，人家那待遇，他儿子出国是高消费学校，听说老贵了，我就记得这事儿，后来联系就少了，现在人家儿子在美国工作，绿卡什么的早都拿到了，听说还娶了个外国媳妇，哥斯达黎加还是哪里的……”

“大概是什么时候啊？”

“这个我得算算，陈思成比萍萍大十岁，今年二十四，他是十四岁去澳大利亚读高中，十年前。好了，菜放锅里炖一会儿，萍萍回来刚刚好。司徒，就留下来吃个晚饭吧。”

“这个今天真不行。”

“哟，你还真讲纪律啊，坐吧，坐。”

“与纪律原则无关，能留下吃，我肯定不会跟您客气。这就是龙哥和他同学的照片啊，孟姐，龙哥有没有其余照片什么的……哦？有电子相册啊，我看看……我想转一个到我网盘行吗？看看能不能找到些有用的线索。”

“孟姐，龙哥除了时不时出去走走，还有别的什么兴趣爱好没有？喝酒，打牌，那些不算。”

……

“对了，孟姐，上次我那个同事来，他说你有段时间还怀疑龙哥在外面养了小情人？”

“唉，或许年纪大了吧，你知道，女人过了四十难免有些疑神疑鬼的，这些年龙建外出的时间多了些，那些街坊邻居闲言闲语偶尔会听到，家里条件好些了，又……这个还真不好说。这样说吧，或许是我们女人的敏感吧，你说他隔三岔五就有事外出，有时候下班很晚不回来，然后打电话说和谁谁打牌呢，你要打到那人那儿去问，他那些朋友回答是，但总觉得他们在帮他打掩护，这谁都会起疑心的，是吧，司徒？”

“嗯……邻里街坊的话呢，不可全信，有些就是好事之徒，唯恐天下不乱。至于朋友打掩护这事儿吧，孟姐反对他常和那些朋友打牌吗？不反对啊？不反对的话也有可能喝酒，或是别的事情，其实，在外面有没有小三呢，最大的破绽就是躲着家里人发短信和接听手机，言语支吾，说话含糊，如果这种事情经常发生并且越来越严重，那就比较可疑，尤其是夫妻之间。”

“啊，我想起来了，有两次，我发现他有另外一部手机。”

“嗯？这事儿孟姐你没提过啊。”司徒笑忽然认真起来。

“唉，都是好几年前的事了，只有两次，都是他出行前我无意间在他的背包里看到的，他倒是从来没在我面前含含糊糊地接听电话什么的……”

“等会儿孟姐，你说龙哥有另一部手机放背包里，两次都是出行前看到的？那两次看到的时间你大概还记得吧？”司徒笑凝眉，开始追问下去。

“嗯，七月，因为其余时间他不用准备那么大的背包。”

“你确定吗？孟姐？”

“……确定。这个是不是说明龙建他……”

“这个倒不一定，不过有些忽略的小细节可能对我们整个案件的侦破思路上起到一定的帮助，那么，龙哥走了之后，你有见到那部手机吗？”

“没有，他所有的东西我都清理过，没有那部手机。你们拿来的遗物里面也没有。都这么多年了，我想他可能扔了吧？”

“最后一次看到，是多少年前？”

“五年……还是六年？这我真记不清了。”

“那孟姐你还能记得那手机什么样吗？”

“翻盖……的吧？不是很大，黑色的，有个小天线，别的就……”

“龙哥每次出行前都让你帮他整理背包吗？”

“不，他都自己整理，那两次是我无意中看到的。”

“那你就没问过他？”

“没有，我觉得如果他想说，他会自己告诉我的。”

“那手机号码这些……”

“不知道。”

“好吧，谢谢你想起这个小细节，”司徒笑想了想，拨了一个号码，孟庆芝拿出自己的手机，司徒笑道，“这是我的电话号码，孟姐把它记下吧，如果你有什么需要帮助的地方，尽管拨这个号码，如果你还想到什么遗漏的地方，不管是大是小，可能的话，也请你尽量告诉我，好吗？”

“好。”孟庆芝用手机记下号码。

“我回去再查一下，看有没有可能是现场搜索有遗漏或者物证登记处理部门的疏忽。”

“那就麻烦你了。”

“不麻烦，这本来就是我们该做的事，对了孟姐，上次我那位同事说你有记账的习惯？”

“是啊。”

“嗯，我可不可以把你家的账本儿借回去研究一下。”

“那种东西，对案子有帮助吗？怎么想到要看那个？”

“这还是上次你拿账本出来提醒了我，我那位同事说你看看哪天早上没有订奶就知道那天龙哥在外面没回家，我想用账本将龙哥这些年的出行时间做个整理，不知道可不可以。”

“这个当然可以，我买菜记账的本子又不是什么私密事儿，你坐会儿，我给你找。”孟庆芝的声音从房间里传来，“不过司徒啊，这可费神了，近一两年我还记得些，你要一点一点去找，这可记了十五年呢。”

孟庆芝抱出三本厚厚的笔记本，放在桌上：“十五年的，都在这儿了，我上周刚换了新的，这能有帮助吗？”

“只能找找看，我觉得从龙哥的出行时间或许能发现一些别的线索，真是谢谢啦，孟姐。”

“这有什么谢不谢的，几本笔记，我也想早点抓住那个凶手。”

“孟姐，我还想了解一下，龙哥接触的同事朋友中，有没有哪些家境特别好的？”司徒笑一面将三本厚笔记塞进装制服的大口袋一面问道。

孟庆芝已经不知道司徒笑究竟想问什么了，想了想，配合地回答道：“要说家庭条件好的，除了陈封，应该数王维敬，听说当时去天涯市开了家小诊所，现在据说都快做成大医院了。”

“是家什么医院？”

“这哪知道，十年前就少有联系了，就龙建偶尔提起，好像他还劝过龙建辞掉这份工作去他那里帮忙，我没同意。”

“这个王维敬，能联系上吗？”

“我联系不上，手机烧掉了。”

这时候传来钥匙开门声，“妈，我回来了。”门打开，司徒笑望去，一个留着齐刘海的高挑女孩儿推门而进，眉目如画，身段娉婷婉约，给人感觉家有小女初长成，若不是肩挎那个巨大的沉重书包，会更有亭亭之姿。

龙萍萍看到家里的陌生人愣了愣，孟庆芝赶紧介绍道：“萍萍，这是司徒叔叔，是……”

“是你爸爸的朋友。”司徒笑自我介绍。

“哦，司徒叔叔。”龙萍萍应了一声，“我写作业去了。”将自己关进了小房间。

“快初三了，学习挺紧的。”孟庆芝解释了一句。

“我差不多该走了，孟姐。”司徒笑看时间，起身，自己想了解的东西也都问到了。

“真的，留下来吃饭吧。”

“真不了，我同事还等着呢。”司徒笑和孟庆芝告辞。

龙萍萍在房间里听着外面的对话，心想这男的是谁呀？怎么妈妈老想留人家吃饭？难道妈妈对他有什么想法？可他也长得太……

回到警局，茜姐和朱珠已经先行返回。“东西拿到了。”茜姐指了指桌上一沓打印纸，正忙着收拾东西准备下班回家照顾孩子。

“资料可不少啊。”朱珠正对着梳妆镜看自己的睫毛，“那个龙建还好一点，伍文俊和卓思琪简直就是通信大王，我敢打赌他们每个月话费都在一千以上。”

“准备走啦，茜姐？”司徒笑拿起桌上分成三份的资料，在张子成的办公桌上还有几份资料，想来是他们与反贪局的同志取得了联系，将资料打印出来了。

“是啊，还有事吗？”

“有点儿，你先回去吧，待会儿我打电话通知你。”

“那我先走了，拜拜。”

“茜姐再见。”

司徒笑走到朱珠面前，慎重道：“朱珠，有两个任务要完成，一个简单的，一个难一点，你选哪个？”

“当然要简单的喽。”朱珠露出“这还用选”的表情。

“很好。”司徒笑从包里拿出那三本厚厚的笔记，解释道，“建个电子表格，将这些流水账按年月日进行表格录入，你看要多少时间？”

“笔记？”朱珠质疑地拿起其中一本，翻开一看……“笑哥！你杀了我吧！我不活了！”

朱珠像被蜇了一样扔掉第一本笔记，翻开第二本，赶紧再扔掉，翻开第三本，好家伙，三本笔记记得是密密麻麻，满满当当，十五年的分量，这要输入电子表格，朱珠觉得自己肯定得输到人老珠黄。

“怎么？有困难？”司徒笑不笑不怒，在朱珠看来就是没心没肺，这哪是有困难，这是难于上青天好不好！这叫简单的？“那难一点的那个呢？”

“两个人，卓思琪和龙建，子成他们从反贪局拿到了卓思琪和伍文斌的社会关系简网，我需要通过卓思琪的通信记录，剔除掉那些已实名认证的手机号码，找出陌生号码。龙建也是一样，另外还需要根据记账目录，找出他每次出行前后几天的通信记录。”

朱珠傻眼了，龙建还好说，那卓思琪每天几百个电话，对比关系简网找出不在她人际网络中或没有进行实名认证的陌生号码？这是什么工程！

难怪笑哥说建立电子表格是简单的活儿，那个只需要照着录入就可以了，这个通信记录，要是看花了眼，又要从头来过！

司徒笑还在不紧不慢地追问：“选哪个？”

朱珠哭丧着脸：“笑哥，我不是干这个的料啊，我可不可以不选……要不……让章明去干！”

“章明他们有别的事要干，我计划的是你和茜姐一人做一件，你是新人，让你先选。”

朱珠眼中泪光涟涟，只看那三本笔记的厚度，她就真的想哭，这个新人的脑子飞速地运转起来，如何才能让自己摆脱这份重任，朱珠也知道，笑哥手里就这么几个人，总不能推给老刘去做吧。朱珠终于下定决心，咬牙道："我选简单的，给我半年时间，保证完成任务！"

司徒笑摇头："没有半年，一周如何？"

朱珠眼睛一凸："笑哥，你看看，你看看，这每一页都记得密密麻麻的，我要一个字一个字地录啊，我就是机器人不吃不喝，一周也不可能录得完啊。这是文职人员的工作好不好，笑哥，这专业不对口啊，肯定没效率的，半年我都不一定能完成。"

司徒笑皱眉道："我还想越快越好，要是三四天能做完就更好了，专业不对口？"

朱珠以为笑哥要发飙了，开始用眼角瞟门口的方向，谁知道司徒笑想了想，拿起笔记本和通信记录资料："走，朱珠，我们去找专业人士。"

"啊？"朱珠一脸疑惑跟了上去。

王克生正在浏览网页，看见司徒笑赶紧站了起来："哟，笑哥，怎么有空来我们这儿？"

偌大的电子信息技术部十几台电脑，就王克生一个人在，朱珠以前超羡慕网络警察的工作，她觉得在这儿可以正大光明地玩网游。

司徒笑将笔记本递给王克生，问道："把里面的内容全部录入电子表格，需要多久？"

王克生拿过来翻了翻，笑道："这事儿你算问着人了，金钱决定效率，看你能给什么价。"

朱珠跳出来道："哇，你趁火打劫啊，同事帮忙还要收钱？"司徒笑同时问道："能有多快？"

王克生摊开手："这可不是打劫，是给人家钱的，嗯，看你们急不急。"

司徒笑追问："三天能完成吗？"

王克生又笑了："三天？一天都算慢的，只要你钱给够，一个小时……不，两个小时就能全部录入。"

朱珠又一次瞪大眼睛："你就吹吧，你以为你是神啊。"

王克生反驳道："不然打个赌，输了请吃一个月午餐。"朱珠看了看这瘦猴精似的人，没底气："不跟你赌。"

司徒笑也觉得很不可思议，就算专业，打字录入也要一个字一个字输入啊，而且还不能有错误，团队合作？王克生哪里找那么多人来？“怎么做？”

“找专业打手。”王克生解释到，网上有这么一群人，以此为生，也有称水军，有称打手，各自有各自的团队，有的是自发组成的，有的是以营利为目的，“前一个小时呢，我用扫描仪将笔记每一页都扫描成电子图片，如果你们肯帮手呢，三本同时扫，速度会更快。然后把相片打包分发给打手团队就行了，他们自己有分工，一个人负责几页，然后在谷歌的docs上合作在线文档表格，拿出来就是按页码整理好的电子表格了。”

朱珠怀疑道：“有这么神速？”

“嘿，你还别不信，你知道市场上盗版书怎么来的？我告诉你，就算网上没有电子版，新书只要一出版，一买到手，马上照成电子图片分发下去，只要这个团队打手够多，一百万字的小说不用半个小时，他们能给你全部变成电子文档，稍加校对，就可以进印厂印书了。”王克生登录自己的QQ，打开几个超大QQ群，问司徒笑，“怎么样，笑哥，做不做？”

司徒笑道：“做。”朱珠笑得很诡异。

“越快越好。”司徒笑又补充了一句。

“如你所愿。”

三人分开扫描，待王克生将扫描资料分包下去，司徒笑请二人吃饭，席间司徒笑又问起王克生对通信记录的筛选有没有什么好办法。

王克生问朱珠：“你们拿到的都是打印清单？没有拷贝原始电子档案？”

朱珠道：“有啊，拷了个小优盘。”

“那就好办了。”王克生看起来很瘦，但是很能吃，“原始数据库都有整理筛查的功能，和电子表格相似，只要有原始数据库备份，我们可以进行通信分类整理，将出现过的相同号码按次数多少排列，也可以将通信时间分为一分钟以上和一分钟以下进行筛选，这样就可以过滤掉一些广告号码，一些经过电脑伪装进行转号处理，或是群发群呼的号码也都可以筛选出来。”

司徒笑思路豁然开朗，点头称赞道：“不愧是专业人士，看来以后少不了打扰你们部门。”

王克生不好意思道："犯罪手法在日渐翻新，高科技的东西越来越多，我要是一天不上论坛，都会落后他们好大一截。"

司徒笑没了心思吃饭，三五口囫囵咽了，拉着王克生就要去研究通信资料。

首先是伍文俊的，卓思琪死亡前半个小时，伍文俊接到一通电话，通话时长一分二十秒。

王克生飞速敲击着键盘，解释道："通过数据库加码密匙，我能进入移动公司外包的后台数据库查找原始资料，我们有优先权；事实上这些通信公司网络公司就该把后台开放给我们警方，省得我还要找后门这么麻烦。"

电话号码很快查出来了，实名认证的机主正是伍文俊口中所说的那个叫刘飞的朋友，才刚二十。

其余号码按通信频率划分出来，接听拨打最多的就是黎晓玲，其次是律师瞿森，近两个月两人电话交流很频繁，已经超过和黎晓玲的交流次数；然后和他大哥伍文斌在世时交流也不少，接下来就是其余一些朋友，以男性居多，年龄分布都在十七八至二十七八之间，这些人里面，刘飞居首。

让司徒笑没想到的是，伍文俊和他嫂子卓思琪居然几乎没有电话沟通，仅有的几次通信都是在伍文斌死后。

王克生正要将数据下拉，司徒笑阻止道："停一下，你们看这里。"

顺着司徒笑手指的方向，是伍文俊和伍文斌兄弟俩的通信记录，朱珠瞪大了眼睛，没看出什么来呀？

5

"伍文斌还活着的时候，伍文俊几乎每天都要和他哥哥通两三次电话，但是这个地方，接连三天兄弟俩没有通信，这三天可能发生了什么？"司徒笑分析道。

朱珠看怪物一样看了司徒笑一眼："笑哥，两三天不打电话很正常嘛，就是两口子还有几天不联系的呢。"

司徒笑摇头道："你仔细看，这半年以来每天都保持着两三个电话的频率，突然有三天的空白，你不觉得很奇怪吗？而在这之后，通话频率略有反弹，但通话时长缩短了，前面呼出和接听次数几乎对等，在这之后呼出的次数却占了更大比例。给我的感觉，像是因为什么事情，惹得他哥哥生气了，有一段时间都不爱搭理这个弟弟。小王，给我将伍文俊同一时段的通话记录另外建档调出来。"

"没问题。"王克生敲击几个键盘，同一时段伍文俊所有通信记录立刻另外成表，排列开来。

司徒笑仔细看着这些在常人眼里寻常无比的数据，一面冷静地分析，一面喃喃自语："奇怪，和晓玲的通信频率有所降低，与他那群小朋友的通信频率有所增加，看来很有必要去找这个刘飞谈一谈。"

朱珠在一旁道："表上这几天他只和刘飞联系了两次嘛，和晓玲联系了有六次，和其余这些什么什么的，联系都比刘飞多啊？"

司徒笑道："看问题不能只看表面，你仔细看看时间，联系刘飞，是在头一天晚上十点，同一天他与他哥哥通信是在晚上八点左右，随后是他哥哥下班回家的时间，不排除兄弟俩进行过某种谈话的可能。在这之后，他第一个联系的就是刘飞，接下来半个小时内，他又联系了四五个年轻小伙子，这些人的共同特点是什么，男性，年轻，他们聚在一起的目的是什么，吃喝，玩耍，你看，第二天凌晨一点、两点，他都还在联系更多的年轻人，这是一次典型的消夜聚会，和自己一起玩耍的兄弟们狂欢一夜，或者是因为某些变故，需要发泄排遣一夜。

"这个时候，他首先联系谁，就表明谁在他心中较为亲近，关系更密切，这一点，从他在医院里向护士说是自己兄弟刘飞出了事故，才赶到医院可以进行佐证。而一般情感上的问题，或是生活上的问题，我觉得他首先应该考虑向晓玲倾诉，然而他完全没有考虑和晓玲联系，头一晚可能是太晚了，但是后面三天的通信，也都是晓玲找的他。所以，这次他和他哥哥之间发生的事情，他不想告诉晓玲，但是不介意告诉自己的兄弟，对一个正常男性而言，这种事情，应该是和另一个女性有关！至于为什么只联系了刘飞两次，你想一想，如果两人在一起相处，还需要通过电话联系吗？约定发泄或是狂欢的地点，一次，到了地点，找人，第二次，足够了。”

王克生也露出了看怪物的目光，就这些数据，能看出这么多东西，传说中的笑哥，当真不是盖的。

朱珠目光熠熠，这正常人看了也会忽略过去的数据，竟然能藏着这么多东西，这恐怕不是刑侦警察所谓的经验所能概述的吧，难怪老爹死乞白赖地要把自己塞进重案二组，叫自己跟笑哥好好学习。

司徒笑看了看这段通信的时间：“五月九号，四个月前？”

朱珠大声提醒道：“都快六个月了好不好，笑哥，什么四个月前？”

“还记得伍文斌的死亡日期吗，九月十日，随后伍文俊请求立案调查，怀疑他哥哥被人谋杀，那时候他说，他哥哥怀疑他嫂子在外面有人，让他帮忙暗中调查，时间是四个月前，与通信记录上他与他哥哥中断了三天通信联系，时间较为吻合。”

“笑哥你的意思是说，他和他哥哥因为他嫂子的事情吵了一架，所以他哥哥三天都没理他？”朱珠觉得越发不可思议起来。

“还有没有别的可能性？你再想想。”司徒笑对朱珠的想法很不满意。

朱珠嘟着嘴，睁大眼睛，摇头，波浪卷发一蓬一蓬的像水母。

司徒笑有些无可奈何：“还有一种可能，伍文俊未必对我说了实话，五月时，他哥哥或许并没让他去调查他嫂嫂有没有在外面偷人，而是说了别的事情。小王，调出伍文斌和卓思琪同时段的通信记录。”

王克生调出通信记录，并成四列进行日期同步比对，司徒笑指着屏幕道：“首先是卓思琪，下午五点打给了伍文斌，通话时长一个多小时，与日常行为有差异，其后伍文斌打给了卓震，卓震的通信记录呢？”

朱珠卖萌，意思是笑哥你没安排，见司徒笑脸色不对，转眼道：“要不我再去跑一趟？哎呀，今天太晚了，人家都下班了，只能明天去了。”

司徒笑转向王克生，问道：“你能帮我查出来不？”

王克生犹豫道：“理论上是……没问题，只要他们都在一个后台数据库里面，但程序上，这个，好像……不太合规矩。”

朱珠跳出来表现一下：“哎呀，帮个小忙嘛，笑哥请你吃饭。”

司徒笑则说：“如果很麻烦，就不用了。”说着，拿出手机给张子成打电话，让他旁敲侧问一下卓思琪或恒绿公司总部在五月九日左右有什么特别举动。张子成和章明根据李开然留下的关系网已经搭上一名恒绿中高层的干部，正在外面请客吃饭。

在司徒笑通话的同时，朱珠一直变着法地游说王克生，王克生经过了一番犹豫和挣扎，才警告朱珠道："好吧，我可以帮你们查，但是你绝对要保密，不可以说出去。"他极不放心朱珠，总觉得这么大一个把柄被这么个不学无术的丫头捏住了，以后会很麻烦。

卓震的通信记录被调了出来，朱珠开始埋怨王克生："有这技术你不早说！害我和茜姐跑老远，你良心坏坏啦！"她一下一下地戳着王克生脊梁骨，王克生汗毛直立。

司徒笑对着日期看数据："这几个号码身份查一下，嗯？都是公司高管啊。卓震打给了公司高管，在之前也在频繁联系公司高管，那么卓思琪和伍文斌的通信很有可能与恒绿公司有关，这件事怎么会引起伍文俊和伍文斌兄弟间发生问题呢？"

朱珠异想天开道："唉，王克生同志，你能不能把他们的谈话内容找出来啊？"

王克生翻了个白眼："怎么可能，又不是美国。"

"奇怪。"司徒笑又发现了疑点。朱珠忙问："怎么了？"

"你们看，卓震、伍文斌，在通话之后都联系了其他人，间隔时间很短，说明他们商议的事情很重要，可是卓思琪与伍文斌通信之后却不再有电话联系了，直到晚上十点五十，中间隔了有三个小时，三个小时没有与任何人进行通信联系，这对卓思琪的通信频率而言，很罕见。"

"或许见什么人去了？"朱珠现学现卖。

司徒笑摇头道："女强人通常是女忙人，就算与什么人会面，也不会中断通信联络，会有人打过来找她的。若说手机没电，似乎有点巧合，朱珠，五月九日作为关键时间节点记下来。我们接着往下找。"

伍文俊的通信记录翻到头了，王克生问："接下来看谁的？"

司徒笑道："不急，我们再看一遍。朱珠，这里面还有许多疑点，你能看出什么来？"

朱珠知道，这是笑哥给自己布置考题了，她努力地睁大了眼睛，可是除了通话时间、通话时长和一大堆乱七八糟的电话号码，她什么也看不出来，笑哥说的很多疑点，朱珠只看到很多主叫被叫，省外省内。

不过好在司徒笑也清楚朱珠的能力，没有过分为难，开导道：“我们看到的不只是数字，首先记住关键的电话号码。小王，电子表格新增一栏，将已知号码的机主名字对应在号码前面显示。其次，关键的时间节点需要与案情相结合，就目前我们接触的这个案件来说，除了五月九日，还有九月十日，伍文斌死，九月二十八日，卓震车祸，十月四日，购书城有凶手跟踪卓思琪，十月二十五，卓思琪死，虽然在这些明确的时间节点上，看不出伍文俊的通信记录有什么异常，但是，将这些时间节点标红之后，你就能看到，每一次节点都是一个拐点，伍文俊的通信目标、通信频率都在拐点出现后有所改变。而这些改变，又暗含了他的心理和行为变化，对不起，等一下。”

司徒笑说着，接了个电话，挂掉手机后，点头道：“五月十一日，柏铺村招投标项目立项，卓思琪、伍文斌、卓震和伍文俊的这次四人通信联络，发生在立项前两日。伍文斌三人商量的事情，应该与立项有关，而伍文斌、伍文俊兄弟俩当天商谈的事情，或许是从立项事件引申出去的。朱珠，你觉得在这种时候，他哥哥突然怀疑自己老婆偷人，并让自己弟弟去调查妻子，这种事情的可能性有多大？”

朱珠嗤笑道：“这怎么可能，肯定是伍文俊瞎编的。”

“在证据不充分的情况下，还是不要太过决断。”司徒笑思索，三个小时的通信空白，伍文俊说他哥哥怀疑嫂嫂偷人让自己帮忙调查，三天兄弟失联，伍文俊的发泄式聚餐，这中间一定有什么联系，还需要更多的线索！

把伍文俊的通信记录又看了一遍，还没看完，电脑上就有信息传来，王克生惊喜道：“他们弄完了。”朱珠对表看时间：“咦？加上吃饭，真的不到两个小时啊！”

“龙建家庭支出总额按月统计。”

“开始喝早餐奶的时间。”

“每次出行会少一盒鲜奶，以此确定龙建出行时间。”

“对照龙建出行通信记录，查出行前两天和出行后的联系人，联系时间和地点。”

“看出什么问题来没有，朱珠？”

“呃，嗯，龙建他们家里的支出有点高？”

“不是有点高，而是很高，他们家里的支出主要在饮食、出行、子女教育，日常添加和消耗这些方面，月平均在四千以上，对于普通工薪家庭而言，这笔支出算是很高的了。”司徒笑用手指着电子表格上一栏一栏的项目，继续说道，“而且账目上不包括龙建自身聚餐和娱乐费用，也不包括家庭储蓄和理财投资费用，通常这一部分会占到普通家庭收入的三至六成。”

朱珠惊奇道：“咦？这么说这个龙建收入很高啊？他的工资哪儿有那么多！”

司徒笑道：“没错，按这个比例推论，龙建的收入是他工资的五至十倍，这笔收入已经超出灰色收入的范畴，是暴利，而暴利往往偏离于法律，所以我觉得有必要查下去。”

“可是，龙建的这些问题和伍家的案子没多大关系啊？”朱珠不由得多问了一句。

“问得好。”司徒笑称赞了朱珠一句，“所有的一切，都建立在龙建和伍家的案子有某种特殊关联这一基础上。他们之间的联系我们没有任何直接的证据，如果最终我们也不能将这一特殊联系找出来，不管龙建触犯了什么样的法规，对伍家的案子也是没有帮助的。朱珠，你能意识到这一点，不跟着我的思路走，有进步。”

朱珠一脸憨笑，心头溢出说不出的欢喜。

“现在暂定龙建收入有问题，接下来我们看他的出行方面，漫游地点，天涯，天涯，天涯……大多数是在天涯市，紧密联系人的号码相同，而且即便回到家中，这种紧密联系也要持续一段时间，看规律，三到五天不等，然后突然中断联系，也有回家当天就中断联系的情况。今年上半年，一月、三月两次，四月、五月，综合往年出行时间，没有什么规律，唯有七月的出行是规律的，而且七月出行前后没有漫游号码，没有频繁联系人，只是固定与家人联系。”

“是否可以推论为，他用平时的出行来掩盖七月的偷会情人？”朱珠受到表彰，工作积极性高涨。

“嗯，可能有一部分这样的原因，不过倒可以分开来看，平时的出行更多像是进行非法行医，他需要联系帮手，而行医地点在不在本市更具隐蔽性，而七月单独出行更倾向于幽会。不过从目前掌握的通信记录上看，龙建和卓思琪的通信记录上都没有直接联系，他们有别的手机和号码。就算我们知道这个事实，在没有找到手机及号码前，还是无法将他们联系起来的。”

“我们不是可以查到实名登记下的所有号码吗？”朱珠拍打王克生的肩。

“在你们去通信公司前我已经叮嘱茜姐了，但是没有，他们在这方面做得倒是挺到位。好了，今天就查到这里，我看克生也很累了，今天耽搁你这么久，真是不好意思，朱珠，收好资料。还不准备走吗？克生？”

王克生扶了扶高度数眼镜，嘿嘿笑道：“我再上会儿网。”

司徒笑让朱珠先走，他还要理一理线索，办公室又只剩他一个人和一台电脑，龙建的问题，看来还得去趟天涯市，这边伍文俊也不能放松，想到这里，司徒笑给黎晓玲拨了电话。

“司徒？这么晚打来，是不是伍家案子有什么发现啊？”

“我想问一下，你对伍文俊这个人是怎么看的？能不能做一个较为详细的心理侧写？”

“为什么突然问这个？你该不会怀疑他吧？”

“……”

“那好吧，让我想一想，伍文俊这个人呢，我个人倾向于他具备典型的温室型人格，这估计应该属于我国特产吧，较为以自我为中心，说话有时候会不顾及他人的感受，缺乏应对突发事件和较大压力事件的经验，受不得委屈，受不了挫折，但在没有遭受委屈和挫折的时候又觉得自己无所不能，世界就应该围绕自己旋转，理所当然。”

“你……你这不是敷衍我随口编的吧？如果伍文俊是这样的人，我实在想不出你能够和他友好相处的道理。”

“哎呀，人都有两面性嘛，温室型人格都是因为他全家都宠着他，大部分都是被惯出来的，他本身还是想对朋友好的，我和他在一起是因为他很好玩的，他喜欢追寻刺激和有挑战的体能项目，并以此彰显自己的强大，他也很渴望突破自己性格的缺陷，并不是那种……那种坏得没救，他心并不坏，只是缺乏社会阅历和足够的处世经验，有时会显得比较偏执。这也不能怪他呀，他哥哥什么都想帮他做，不让自己弟弟亲自动手亲自参与，然后又怪自己弟弟没经验没能力，这搁谁身上都会很憋屈的，这种保护式的我都是为你好，真是害人不浅。”

“你的意思是说，由于过度保护，缺乏足够的人生经历，所以导致了他的性格有一定偏执，这种偏执会让他做出过激行为吗？”

“要看过激程度，偶尔发泄式的吼叫一番还是有的，难道你认为他会因为这个原因杀了他哥哥嫂子？这个，是不可能的。”

“伍文俊的那些朋友，你认识多少？”

“嗯？看来你真要查他，好吧，你有没有听说过CES，中国星极限俱乐部，文俊是这个俱乐部的发起人之一，也是最大的赞助人，里面聚集了一群十七八到二三十岁的年轻人，都是极限运动发烧友，文俊的朋友大部分都在里面，我偶尔也会去玩。你要从多方面了解文俊呢，不妨去那里查查。”

“刘飞这个人你认识吗？”

“中国星理事，他就是活动组织人，和文俊关系很好的，不过……因为他们关系太好了，所以我觉得你查不出什么来。”

中国星？极限运动？司徒笑不禁想起708案的凶手在楼间纵跃，跟踪卓思琪的杀手在书城攀爬的身影，不由问道：“怎么可以加入中国星？”

黎晓玲在电话那头笑道：“啊？哈哈，你就别想了，大叔。中国星看似松散，但要成为他们正式成员，考核超严格的，我都过不了，那对极限运动的掌握需要相当熟练，你想，他们那些活动都是组织方和赞助人资助的，等于免费请你到处玩，想去的人还不多了去，你在某项极限运动上没有过人之处，他们才不会接纳你呢。”

外松内紧？司徒笑觉得这个组织越发可疑起来，继续追问：“伍文俊的智商怎样？”

“挺聪明的，虽然没有做过智力评估，但有时候心理咨询我会让他做一些智力测试题，智商在一百四五十没问题。”

“你们最近联系还多吗？”

“嗯，没多少联系了，他们家出了这事儿，还剩下那么大个公司，他好像一下子就收敛了性子，整个精力都放到公司上去了，那些不懂的都要重新学嘛，不过我想他学起来应该还是蛮快的。”

一心扑在工作上？伍文俊？司徒笑想起李开然说的话“这几天没什么动静，他跑恒绿公司倒挺勤的……”哥嫂死了之后，突然想力挽狂澜？振兴家业？不，伍文俊没有这个能力，如果他真想在公司干点成绩，就不会去玩什么中国星了，他也没有这种兴趣，否则他哥哥死了之后，他也不会是那种态度。

“晓玲，你觉得，伍文俊在这个时候突然要发愤图强，想振兴公司，正常吗？”

“呃，这个倒是和他平时的表现有些不符，不过绝境之中总能激发人的潜能吧？应该……是这个原因吧？”

“听你说话的口气就缺乏足够的底气，事过反常必有妖，伍文俊显然是想做什么事情，这件事情和恒绿公司应该没多大关系，但是又是藏在公司内的，还记得卓震车祸的时候吗？那天晚上伍文俊也应该偷偷潜入了恒绿公司，对了，伍文俊不是发了个帖子，揭发卓思琪公差偷情吗？还贴了报账清单，如果我没记错，那帖子是在卓震车祸之后发出的。如果是这样，我想，伍文俊应该是在恒绿公司找什么东西，那东西是被卓思琪藏起来的，估计是在某台电脑里。晓玲，想办法帮我探探口风，让我们的调查更有针对性。”

“喂，我有什么好处？你让我出卖我朋友啊。”

“为了正义！”

“大叔，你很有搞笑的天赋哦。我真是好奇啊，为什么这样你都不笑的？”

挂了电话，司徒笑又打给李开然：“开然，有个叫中国星的极限俱乐部，你从外围了解一下这个俱乐部的组织结构、成员和活动范围。对，越详细越好。”

6

做衣服很简单，四个步骤，设计、裁剪、缝纫、装饰，恩恩虽然小时候做过布口袋，后来也学过什么十字绣、织毛衣什么乱七八糟的东西，不过都是浅尝辄止，叫她去做万圣节布偶娃娃估摸着还行，要做服装那是绝对业余中的业余。

不过这并不妨碍恩恩教会艾司，反正有“度娘”这位大师傅，恩恩只是代为搜索，略加提点，艾司的优点早已被开发出来了，这家伙学什么都很快的。

至于工具呢，剪刀、尺子什么的都有，缝纫机也不贵，电动的也才几百块，去找社团大伙儿凑凑，再从艾司债务里挤一点出来也就够了，听说苏姐姐家里就有一台，搬家应该没拿走，能借来用用更好；装饰呢，手工缝，艾司补衣服很拿手的，至于什么锁边皱褶，这些莫名的东西交给艾司去自学，这么大个人了，得学会自个儿解决问题。

于是，艾司的时间安排变得更紧凑，几乎能与恩恩她们的学业媲美了，每天四点起床，尽管天天见的大宗采购已经不需要艾司负责了，但忠伯本店的一些小采购和恩恩她们一天的吃食，艾司还是要准备的，他也习惯了乘着漆黑的夜色，骑着小三轮车或摩托，与那些大叔大妈在早市见面。

早市上批发蔬菜的大叔大妈们也已经记住了这个相貌很俊俏的少年，他货比三家，记忆力很好，砍价精准，不少批发商是看着这少年以极短的时间，从对选菜一窍不通到对蔬菜的产地、来源、质量优劣都如数家珍，甚至不少精明的小商贩都偷偷跟在艾司身后买菜，只要艾司挑选过的菜，那肯定是今天质量上乘的菜。

五点多就将菜贩回小店，然后六点左右回家，准备早餐和叫醒任务。

恩恩她们上学之后，艾司必须用很短的时间将家里收拾干净，物品归类放好，然后抽出时间向“度娘”学习如何裁切衣物，设计图纸，十一点之前就得赶到忠伯的小店去帮忙。

在小店一直要忙到下午三点，然后是去周老师的幼儿园和小朋友玩一个小时，匆匆地又要回到小店，准备晚上的快餐和恩恩她们的特供食品。

晚上八点之前到苏姐姐家，与餐后娱乐活动结束了的大胖、小胖进行面对面的交流，本来黄家只是希望艾司能让黄明荃不那么惹人气，但艾司哥哥来了，小明显然不可能一个人乖乖地玩，反正教一个也是教，教两个也是教，艾司就一块儿教上了。

很显然，黄明荃的学习成绩都是次要的，因为这大胖也很聪明，艾司看了看，对于小学一二年级的课程，聪明的大胖不需要费什么脑筋去记忆，只要把基础打牢固就好，而且黄家人也更希望大胖得到的是为人处世方面的教育。

艾司呢，主要负责用小朋友能听懂的话告诉他们一些做人的道理，不过这些道理言传身教的先师则是恩恩，所以大胖、小胖常听到艾司哥哥这样教育他们："恩恩说过，学而时习之，不亦说乎。意思是什么呢，意思就是说我们学到一种游戏的玩法，小朋友就一定要亲自参与去玩一下，那会感到很快乐的。哎，对了，明天我们要不要做巧克力香皂，要不要艾司哥哥教你们，恩恩有教过我哦，很香很香哦，我爱洗澡皮肤好好，哦哦哦哦……

"恩恩说过，一切敌人，都是纸老虎。

"恩恩说过，要怜爱世人。

"恩恩说过，众生平等。

"要相信恩恩说的话啦，恩恩说过，相信她，得永生。"

总而言之，艾司成功地将黄家大胖、小胖引导上了一条从善之路，两人之间会为了获得称赞而形成良性竞争，黄家奶奶和爷爷看着两个孙子一天比一天懂事，大感欣慰，每天脸上都笑开颜。

每次家教完，艾司都搭乘地铁回家，在那地下走廊都要停一下，听夕诗姐姐拉上一两曲，而这个到处游走的街头艺人似乎也开始对这一通道的地下铁情有独钟，每天都在同一个地方固定演奏。

艾司会尽力不去激怒这位坏脾气的夕诗姐姐，每次都静静地聆听。艾司发现夕诗姐姐除了小提琴，萨克斯、电吉他、手拉风琴、架子鼓等多种乐器也都要得有模有样。

每次只要夕诗姐姐不问，艾司都不会直接给评论，而是以票价来表达自己的看法，这个曲子吹得不错，给五元，那首和弦拉得不好，给两块，赛夕诗只需要看每曲结束之后艾司给多少钱，就能大致知道自己对这种乐器的掌握程度和表达力度了。

两人偶有交流，赛夕诗是个很孤高的人，对自己说得很少，不过她很快就发现这个眉眼都生得很好看的少年没什么心计，何止是没心计，简直就是一泓清泉，只要赛夕诗开口问他，他自个儿就像百灵雀一样叽叽喳喳地将高兴的不高兴的全抖出来了。

而且赛夕诗更是发现，这个艾司对音律可以说一窍不通，他自己不仅五音不全，甚至连简谱都不识，他所听到的乐章，剥去了一切杂质，是谱曲者和演奏者用灵魂表达出来的东西，他真的是用心在聆听。这种心灵与心灵的对话，灵魂上的交流与感悟，赛夕诗自问是做不到的，所以她感到很不可思议，这个连简谱都不识的男孩是怎么做到这一点的呢?

事实上没几天，赛夕诗就喜欢上了这个有一双大眼睛、时不时提出一些幼稚问题的小弟弟，音乐不会骗人，只有拥有一颗纯洁若水晶的心，才能与音乐的灵魂产生共鸣。

艾司听曲子的时间不多，每次就听那么三两首，每次说上几句话，然后就要去地铁口和杨聪碰头。在忠伯、周老师和苏姐姐那里帮忙或打工，都是一个月结算一次工钱，所以艾司目前只从忠伯那里拿过一次钱，而周老师和苏姐姐还没给过艾司钱，唯有大头这里，每次打完，当场给钱。

当然，每次赌斗和组织方给出的奖励都是经杨聪的手再转给艾司的，这个整天喊着“好兄弟讲义气”口号的大头，如今开始风光了起来。衣服不再破破烂烂，开始有品牌了，皮鞋也变得锃亮了，原本乱糟糟的头发如今也像广告词一样了：“飘柔，就是这么自信。”

头一周，艾司总共打了两场比赛，毕竟青瓦街龙场这样的比赛不是天天都有，组织者习惯于经常将场地换来换去，有铁丝网做围栏的算好场子了，更多的时候就是在地上画个圈，或几个人站在四角就算场地。如果离家太远，得晚回家的，艾司也不会去，一般在摩托车十五分钟内能到达的地方艾司才会分一些时间出来。而且就算有比赛，艾司也不一定能找到对手，这就全要靠大头去运作。

大头也希望艾司能狠狠地KO对手，但艾司说什么也不愿对别人挥拳相向，任大头说破了嘴皮，将奖金吹到天上，艾司也坚持原则，不为所动。不过想到第一场的爆冷平局，大头杨爷是何许人也，小眼珠一转，顿时有了计较，你不想打别人是吧，那好，你就尽量地躲，如果每一场都能拖到平局，钞票同样是大大地有。

既然制定好了策略，大头便让艾司尽量表现出弱势，给对手造成一种只需要再打一拳就能把他打趴下，每次这个小子不过是运气好到了极点才逃了过去的错觉。同时大头也不遗余力地向别人诉说自己这个小表弟的弱点，脑子不太好使，智力停留在儿童阶段，从小就体弱多病，风吹能倒，因为脑子不好使，所以反应也不是很灵活……

每次对赌时，大头还是一副犹豫闪躲、不敢应战的表情，似乎下了莫大的决心，才拿出唯一的家底和人家赌上一场。平局之后，大头又会挂上那副标志性的傻笑："嘿嘿，侥幸，侥幸。"跟着就是大呼小叫地对自己的小表弟嘘寒问暖一番，好像自己的小表弟随时都会不行了一样。

艾司也在这两场打斗中学到了很多，被人击打，什么地方最疼，什么情形最难躲避，没有亲身经历很难体会；在什么时候躲最好，怎样去躲最省力最有效，艾司必须用场上的每一分每一秒来计算和学习。每当危机迸发的时候，艾司会产生一种似曾相识的感觉，但意识深处又有另外一种强烈的感觉将它压制了下去，不再回想。

在第二次赌斗时，大头给艾司选择的对手还是比较到位，太低了不行，若选个鸡蛋选手艾司还是老躲来躲去，容易露馅；太高了又怕艾司躲不过，就算挨过了十分钟，大家也会觉得，在这么牛叉的对手面前居然还能平局，这小子肯定不简单。第一次挨过去可以说是对手大意了，小表弟很扛打而且运气好；接二连三可就不行，再说细水长流的道理大头还是懂的，如何引起对方的兴趣，让对方肯下注和自己赌，大头杨爷没吃过猪肉，还没见过猪跑吗?

大头给艾司挑选的第二个对手是小刀级的，在他看来这个级别对艾司来说刚刚好，一来让艾司熟悉场上节奏，熟悉对手的攻击速度和力道，既能少受伤，而他躲来躲去的狼狈模样也能麻痹大多数人的心理；二来今后还有发展空间，在这个级别上没人赌了咱们再去找更高级别的对手，总有人不信邪想要成为打破怪现象的第一人。

用杨聪自己的话来说，这其实是个技术活，想要从平局中获得大量分红，就必须让下注的人不停地相信，这一局肯定输或是肯定赢，一次两次不难，但每一次都要做到，观众又不是傻子。而大头明里暗里进行的各种宣传和表演的目的就只有一个，让那些看过艾司打斗的人都觉得，这小子明明差一点就输定了，就差那么一点点，换了谁谁谁和他对决，肯定分分钟就赢了。

就好像那些赌徒盯着骰子，刚开始开一两次大，觉得不服气，继续押小，接连开了六七把大，顿时眼睛都输红了，就不信邪，还是押小……然后再开十五六把大，那赌徒梗着脖子掏出家底，还是押小，总想着一把赢了就全捞回来。

大头就希望能达到这样的效果。

但要达到这样的效果除了大头的卖力宣传和观众的赌徒心理，还有一个不可或缺的因素，那就是艾司不能输，但又要很惨，看起来好像马上就会输的模样。

为此，大头还专门研究了那些被打败的人，被打倒时的各种惨，然后再对艾司施以言传身教，被打倒时如何做出各种夸张的表情和动作让观众相信你马上就快不行了，这一点大头以前毕竟做过职业乞丐，在扮演惨这方面很有经验。

大头告诉艾司说这样做并不违反比赛规则，只是让对手在出拳的时候会下手轻一点，这不是欺骗，而是演出，更能激发起观众的共鸣，大家觉得你演得好，就会多多地给赏金。

艾司是个好学生，学起来非常快，所以第二场虽然艾司并没有第一场被打中的次数多，但观众却看到了拳拳到肉的视觉效果，非常亢奋。这小子看上去虽然不高大也不强壮，但皮肉糙实，筋骨够板结，显然至少也要算作沙袋一级，不是鸡蛋。

这一次，艾司从大头那里分到了六百块，有钱拿真的好开心，身上那些小小的瘀青也都很值啦。

只是这样，艾司回到家便在十点左右了，以前恩恩她们回家，书包一放就开电视，自有艾司削好水果伺候着，什么ABCD和1234也有艾司去抄誊，现在艾司去做家教，恩恩觉得能有额外收入总归不错，抄誊什么的也费不了多少时间，还是自己做吧，通常婉儿在学校就做完作业了。

而恩恩现在是一门心思放在即将到来的万圣节晚会上，硬是从密不透风的作息时间里挤出时间去彩排，就算艾司晚上回家晚一点，或是一身泥污，走路姿势奇怪，恩恩都不太在意，她唯一关心的是，做万圣节的服装和道具，你学得怎么样了，什么时候可以开始做？

艾司表示，自己很努力地在学，而且已经根据恩恩她们的要求，将几套主角的服装设计图画出来了。通过恩恩三人的审查，基本满意，艾司也很高兴，觉得自己能正大光明地帮到恩恩，而且到了那一天，还可以给恩恩一个好大好大的惊喜。嗯，艾司还要更努力才可以，就这么决定了！

7

到了十月底，艾司设计的道具服装第四版已见雏形，在大头的牵线下他总共打了五场比赛，最少一次拿了三百，最多一次有近一千，但是今晚，大头说给他联系到一个岩石级的对手，这是艾司自第一场之后，再次将对手从小刀提升到岩石级。

听说岩石级的拳手无论是出拳速度还是力度都远在小刀拳手之上，上次伤到的腰骶现在还有点疼；而恩恩对那件公爵服还不是很满意，还要做些修改和调整，艾司两头烦，不过还好苏姐姐、周老师和忠伯这三处没什么大的变动了。

骑着摩托，这是送今天最后一处外卖，然后自己就可以到点下班去和大胖、小胖玩一会儿，还有听夕诗姐姐的歌，听了身上就没那么疼了。

天天见外卖快餐如鲜花绽开一般覆盖了海角市大部分地区，这次这位贺先生居然住在西郊，本来是另一个伙计去送，不过那伙计说那地方不是很熟，怕找不到路，艾司便自告奋勇接了下来。

其实艾司对西郊也不是很熟，不过至少来过一两次，对于陌生的路段艾司有着格外的兴趣，现如今海角市大大小小的路段艾司都已经摸得差不多了。

巨大的绿野草地，星罗棋布的独栋别墅，艾司在独立环岛一般的住宅区门口停下，去警卫亭签到表示自己是送外卖的。

“哇，富人区耶。”艾司如今也知道小栋小栋的两三层小楼是最高级的，那些看上去宏伟高大的电梯公寓反而要便宜许多。

“是啊，”小区保安一面核对信息一面说着，“像你我这样的，干一辈子，在这里买个厕所都买不起。”

“哈。”艾司骑上摩托，他要保证盘装的炒菜和汤送到客户手中时像刚出锅一般热气腾腾，鲜香不失。

找到地址，按响门禁。

“谁？”

“贺先生吗？您订的天天见营养膳补套餐到了。”

“哦，还真是十分钟之内送到啊。”贺柱德漫不经心地打开门，却一眼就认出了艾司：是那个小子！

不过他的第一反应却是不停地在心里嘀咕：他没认出我，他没认出我，他没认出我……

艾司似乎并没多看贺柱德一眼，毕竟贺柱德现在的模样和那天在图书城装的傻子差距很大。“放在这里可以吗？”“嗯，好。”艾司将菜肴摆盘，去掉隔膜，浓郁的菜香立刻弥散出来，令人嘴馋。

不过贺柱德此刻却希望这个小子赶快离开。

“承蒙惠顾。”艾司一只手夹着餐盘，近乎九十度鞠躬，这是那家风投公司派出的顾问给天天见提供的售后服务建议，但整个天天见能做到并坚持做下来的只有艾司。

饭菜摆放整齐，正在顺手的位置，走之前还鞠躬离开，就冲这态度，贺柱德便习惯性地拿了一张十元钞票当小费。

艾司接过小费，再次鞠躬：“非常感谢，希望下次天天见。”离开。

贺柱德不知犯什么邪，待艾司出门之后去听门角，他想确认艾司没有把自己认出来。

如果艾司骑上摩托便离开，自然是什么事儿都没有，可艾司出门之后，偏偏回望了一眼，自言自语了一番：“这不是图书城外的乞丐大叔吗？原来当乞丐这么有钱。”

贺柱德顿时怒火中烧，手一伸，从沙发下摸出一把大枪，要将这小子连同他的摩托车轰个稀巴烂，不过当他打开门，摩托车早冒着尾烟突突突地开远了。

贺柱德愤愤地摔上门，始终义愤难平，他自个儿也觉得奇怪，为什么每次一见到这小子就气不打一处来。好像每次看到这小子，这小子都极大地羞辱了自己吧？还是这小子长得太帅了？你个那么矮又做不了影星模特儿，你一送外卖的你脸长那么对称干吗，鬼大爷让你眼睛长那么大的？这年头，你送外卖的顶着那么大一双眼睛卖什么萌啊你？

偏偏还要用那副卖萌的表情，那种幼稚的语气，说出羞辱自己的话来！士可杀，不可辱啊！

贺柱德余怒难消地将枪扔在墙角，伸出筷子夹了一大口菜，妈的，这味道还真他妈不赖，又夹了一筷子，臭小子，别让我再遇到你，扒拉了两口饭，整个人对自己刚才的失控又感到可笑，当杀手这么多年了，居然对一个毛头小子动了脾气，人家不就是识破了自己的伪装吗，还真越活越回去了，哼……

贺柱德又夹了一种菜，忽然觉得海角市挺没意思的，已经有一个组织了，警察里也有他妈的厉害角色，听说还有个特侦处。

一想起自己上次想去打探一下那个神秘组织，结果却被吓得灰溜溜逃了回来，贺柱德就不禁哑然失笑。对方显然只是想警告自己，稍微释放了一点杀气，那感觉，就像掉进了无边地狱，那到底是杀了多少人才形成那样浑厚的杀意，海角市有这尊大神存在基本也没啥好想的了，再待几天就回去吧，这地方，鬼神混杂，不是一个发展组织的好地方。

无聊，晚上去看看街头赌斗拳赛吧，看看比起正规地下黑拳擂台有什么不同，贺柱德扒着饭，筷子伸个不停。

做完家教，夕诗姐姐今天弹了首悲伤的曲子，艾司听了情绪低落，惴惴不安地跟着大头去了一个新的擂场。

这是市区内的拆迁房片区，一座古香古色的四合院，不过院墙已经被砸得七零八落，围成的四方院落就成了比赛用的擂台。点上篝火与火把，拖来大功率音响，周围已经被平移得差不多的瓦砾堆上有各式的越野车和皮卡，这里就和南方新兴工业园区一样，紧邻市区，交通四通八达，来去自如。

艾司的新对手绰号“蝎子”，个头倒是与艾司差不多，不过体重是艾司的一点五倍，臂展比艾司长出十厘米，光头，额上有一道白疤，就像被人开了第三只眼一般，不过是白眼，肌肉高高鼓胀，就跟发酵之后的馒头一样。

大头一面给艾司分析对手一面警告：“你要当心的是，这个家伙的下盘攻击很猛，看到他的大腿没有，就跟老树疙瘩似的，听说他能踢弯钢管，千万别被他碰到，就跟蝎子尾巴似的，碰你一下你就没救了。”

“大头，我觉得今天晚上精神不是很好啊，要不就不比赛了。”

“哎哟，我的小祖宗，这个时候可千万不能说这话，你的钱和我的钱都已经押上去了，你要是这个时候退出，得，以前打的全白费，全完了，我们又从零开始。我倒是无所谓，烂命一条，走到哪儿有口饭吃都过得下去，不过你想要存够那个数…… 我看是没希望了，我劝你还是等明年吧。”大头很狡诈，他将自己手里的资金拿来不停加大与对手的赌资，同时怂恿艾司将他得到的那部分钱拿出来，偷偷地找第三方人去押平局，也就是说只要艾司能坚持打完十分钟获得平局，那么他们的资金最少增加百分之五十，赌斗最低赔率是一赔一点五。

就算艾司输了，也有一成的赌资利润分红，可若艾司弃权，那就什么都没有了。

艾司有点不高兴：“我都说不拿那个钱去找人押注了。”

“我这还不都是为了你好，是谁嚷嚷着要在两个月凑够十万块的？若不是你想要那笔钱，我会拉你来打这种比赛？这里有多少人是我当年的老仇家，我得担多大风险你知道吗？”大头说得脸不红心不跳，如今不管说什么都要将“我都是为了你好”挂在嘴边，苦口婆心，语重心长。

“我觉得他比以前那几个人都凶啊。”艾司忧心忡忡。

“怕什么，你能躲过去的，只要坚持十分钟，上，记住，十分钟！”大头给艾司打气。

翻过坍塌的砖墙，来到场上，艾司看到，对面那壮汉露齿一笑。

蝎子底气很足，他看过两场小鸡崽的比赛，对艾司身体的灵活性和闪躲套路都有所了解，并且，还知道一些足以令他战胜对手的秘密，或者说是小鸡崽的破绽。

所以，就算大头不用言语激怒，他也会让自己背后的经纪人押上巨额赌资的，这一场，他赢定了！

观战的人群中，有一位有着水锈肤色的大叔拿牙签剔着牙，漫不经心地四处打逛，忽然一愣，上场的，不是送外卖那小子吗？这年头，送外卖的也能打黑拳了？还真是冤家路窄，我倒要看看，这小子究竟是什么来头。

比赛开始，蝎子稳步将艾司逼到角落，他的臂展足足比艾司长了十厘米，也就是说每只手都比艾司多出一个拳头的长度，换言之，他和艾司同时出拳，他能结实地砸中艾司，而艾司的拳头距离他的身体少说还有四五厘米。

艾司对着空气胡乱打了两拳，然后双手护住头部，以拳手的姿势进行闪避；这也是大头提供的策略之一，你总不能老躲，让别人发现你不会还手那你只会死得很惨，就算你不会对着别人出拳，那么，摆出一个出拳的姿势也好啊，对着空气打，打墙，打铁栏，这总可以吧？如果你都不出拳，那就没资格参加这样的拳赛，也不会有钱拿了。

蝎子依然不惧，他早就发现这小子虽然出拳呼呼有声，但从来就没真正触碰到过对手，只是吓唬对方或是用来增加自己躲避的空间和机会。

当然也不排除对方在示弱诱敌，蝎子试探着将身体送到艾司的拳头面前，果然，艾司的出拳范围顿时受到很大限制。蝎子心中暗爽，不知道出于什么原因，很显然这小子不能对别人真正出拳，面对一个只挨打不还手的对手，自己还打不过，那蝎子的名头算是白叫了。

蝎子这个绰号的由来，一是他眼睛很毒，更多的是他出手很毒，在施压紧逼之后，忽然退后几步，让艾司有喘息的机会，跟着就是一击蓄势待发的高鞭腿。

这是蝎子发现艾司的第二个破绽，这小子很爱颜面，就是不管怎么打他，他都死死护着自己的脸，唯恐脸上受伤，蝎子在那两场拳赛中发现，好几次，艾司为了不让脸上受伤，都用身体的其余部位去挡对手的拳头，反而受到更严重的打击。

果然，这记高鞭腿踢出，艾司立刻架起双臂护住自己的侧面，因此胸腹之下都失去了防护能力，而蝎子这一记高鞭腿没用上全力的，踢到一半，陡然缩了回来，同时另一条腿发力，整个身体凌空翻腾，旋转了七百二十度，再猛地踢出一脚，准确命中艾司腰侧。

这一招有个名头，叫旋风踢，是蝎子的绝招，借助全身旋转的力道，一脚踢出，威力比鞭腿只高不低，而踢中的部位正好处于艾司的肋骨和髋骨之间，人体唯一没有骨骼保护的内脏所在。

这一脚要是踢得狠了，可以踢破对手的脾脏或肾脏，对手会因剧烈疼痛或失血而很快休克，若不能及时治疗则会很快死亡。

不过蝎子的脚掌接触到艾司腰际时，明显感到对方腹部肌肉收缩，整个腰腹肌肉板结成一块，由全身分散消化掉了这一脚的力道，显然要踢破对方内脏不太可能了，饶是如此，蝎子也很肯定，中了这一脚，绝对不好受。

远处观战的贺柱德也倒吸一口冷气，这一脚踢得狠啊，那外卖小子要倒霉了。

艾司被这记旋风踢踢得足不离地地横移了近一米远，顿时面色惨白，大汗淋漓，倒在地上捂着腰侧滚了几圈，一时半会儿，竟然站不起来。

若蝎子在这个时候心慈手软等对手爬起来他就不叫蝎子了，呵呵大笑中，一个旋身踢蓄势，再接一个踵落，以猛象抬腿下扑践踏之势，重重地踏住了艾司脊梁正中，艾司整个人被踩得像一只濒死的蛤蟆，伸长了四肢趴在地上。

还不够，蝎子站定位置，抬起右脚，像足球运动员开定位球一般将腿高高后扬，显然是打算将艾司的头当球踢了。

观众都发出了尖叫，觉得这一场已经尘埃落定，小鸡崽大势已去，大头闭上眼睛不敢再看。

当威胁足够大时，身体便做出了本能的反应，所以这一刻，艾司做了个奇怪的动作。

他借由双臂发力，力道由臂及胸，由胸到腰到腹，再从腹至臀至腿，层层力道叠加递进，使得双腿像蝎子尾巴一样高高扬起，余势未竭，就好像有人拎着他的双腿不断往上提往前推，腰腹臀也离地而起，胸也离开了地面，整个人脚上头下地倒立而起，就像一扇平放在地的门板呼的就立直了，跟着向反方向又趴了下去。

蝎子本来计算好了这一脚的力度和追击范围，就算艾司向远处侧翻滚，他也能追上去并踢中他的头部，然后结束这场赌斗，可谁知道这小子他不是侧翻滚，而是整个身体倒转起立，就像后空翻的逆向动作，他从未见过如此诡异的动作，这大力一脚自然踢到了空气上。

观战的贺柱德一双眼睛瞪得老大，嘴里叼的牙签掉在地上兀不自知，天哪，自己看到了什么？这是哈桑倒悬！好标准的杀手基准动作！

难道那个外卖小子是杀手？没道理啊，这很不科学，杀手会参加这种地痞流氓似的街头赌斗？还被别人打得那么惨，能做出这么标准的哈桑倒悬，必须是那种大的杀手集团，并且是从小就开始培训的杀手才具备的基本功吧？

难道他是那个组织的人？可是据自己了解那个组织顶多就算一个杀手组织吧，连公司都算不上，更遑论集团，可是，在特侦处遇到的那位……难道这送外卖的和那人是一伙的？他们是哪个集团的？到海角市来做什么？

如果说别的动作可以说是碰巧或相似，但这哈桑倒悬可不是碰巧就能做出来的动作，一个稍加训练的人可以做出后空翻并接直接趴地上的动作，可谁能由趴在地上，转为逆向后空翻，再站立起来？这不是训练就可以做到的，里面有很特殊的技巧。

就像近代搏击术是综合了拳击、柔术、摔跤、空手道等多种技艺，形成了独特的踢、打、摔、缠、拿等格斗技巧；而空手道又是从唐手演化而来；跆拳道是吸纳了唐手、空手道和其余各种格斗技巧演化；擒拿格斗是吸收了竞技体育和特战实训演化出来的徒手控敌制敌术；而俄罗斯人从不带武器的防身术演化出了桑博格斗，每一种技巧都有着它们清晰的来由和传承。

哈桑倒悬，便是那些具有历史的杀手组织传承下来的实战性技巧动作，倒悬在空中时双腿是可以展开攻击的，而高手更是能以头杵地，再解放出双手进行远程击杀，在出其不意攻击敌人的同时，最大限度地保证了人体最重要的器官——大脑的安全，尤其是在枪林弹雨中。

在翻腾的同时，以身体的侧面对着敌人，使身体暴露在空中的面积最小化，而且动作结束时整个人已经恢复起立状态，这是一个攻防一体的动作。虽然那个送外卖的因为受伤，翻过来后没能站起来，而是往前直挺挺地倒了下去，但是整个动作的时机掌握得刚刚好，不是从小就练，绝对做不到这么标准，贺柱德很肯定自己的眼力。

8

事情变得有意思起来了，艾司死里逃生，最为紧张的便是大头，刚才那一瞬间他的心真是提到胸坎儿上了，直到听到身旁的人大声呼喝才敢睁眼看。

艾司翻了个个儿，由趴着变成仰躺，跟着侧翻了几次，算是暂时脱离蝎子的攻击范围。

不过对有备而来的蝎子而言，已经受到重创的艾司确实不构成威胁，他每次都佯攻艾司面门，实际的落拳点则是软肋、腿弯、前胸后背，他每一拳都很重，艾司像个沙袋一般在场中打着旋儿，一次次被打倒，但依然死死地护住头。

围观者的狂热尖叫由最初的兴奋，到高潮，再渐渐冷却，不是不够激烈，而是在那个小个子身上，渐渐弥散出一股悲壮的气场，感染到那些观战者。

蝎子的拳有多重，只看他的胳膊有多粗就能想象出来，让大家想象不到的是，那个小鸡崽，是如何在这样的重击下，一次又一次爬起来的，究竟有怎样的意念支撑着他那坚韧的神经，兀自不肯倒下昏迷。

为蝎子叫好的观众渐渐少了，他们开始将关注的目光投向失败的一方，在心中揣度，这一次，那小子到底还能不能站起来？

艾司苦苦支撑，默默计算着时间，绝对不可以倒下，我不能输，为了恩恩的惊喜，虽然很疼，很想哭，但只要想到恩恩会高兴地笑起来，就还坚持得住啦。

又一次扶着破壁站了起来，观众中开始有零星的叫好声了。

贺柱德肯定了一个事实，这小子肯定受过类似杀手的训练，普通人在这样的重击下早就因为过度疼痛而昏迷过去了，昏迷是人体意识对身体的自我保护；只有杀手，对他们而言，一旦昏迷过去就意味着永眠，所以，那些真正顶尖的杀手都会接受某种特殊的训练，其过程之残酷不足为外人言，其结果就是，无论受到多么严重的伤害，只要还没断气，只要他们不愿，他们就不会昏迷。

这一点，就连那些从战场上活下来，身经百战的特种兵也做不到，因为它完全违背了生物的生存本能。

就好比有一种刑罚，就是让人不睡觉，一旦犯人陷入睡眠，就用冷水或噪声和其他各种方法令其醒过来，通常不超过七十二小时，再顽强的犯人也会意志崩溃，为求一睡而坦白交代。

但对杀手而言，有时候为了埋伏暗杀目标，杀手们往往蜷曲在一个常人难以想象的微小角落，三五天乃至一周或更长时间，不吃不睡，很是平常，他们往往仅需要一点水来维持基本生命体征。

最极端的例子，莫过于敌人没有走进既定目标，而又没有人通知这些杀手，他们会保持着那种清醒的意识，生命体征越来越微弱直至死亡。

贺柱德自己是做不到的，但他在古籍上读到过，那种被称为“不死意志”的东西，会在具有最优素质的杀手身上体现出来。

贺柱德觉得不可思议，顶尖杀手才具备的素质，居然会出现在一个送外卖的小鬼身上，这，这简直就比明珠掉进牛粪里还要夸张。

不过，一旦确定艾司受过类似训练，接下来打斗，在贺柱德眼里就很有意思了。那踉跄的步法避开了蝎子的连环套拳，看起来歪歪扭扭，但每一步都是精准的埃尔文走位；那看似无力的反击，每次都只打到空气，却依稀有着脱胎于咏春的痕迹；这一次没避开，却是小三跳，应该是源自戚家拳的八拳吧；反身的劈靠也是故意打不中的？这不是形意拳转腕兜手吗？

所谓外行看热闹，内行看门道，贺柱德开始认真观看，就不难发现，看似普通的躲避还击，却暗含了八极、八卦、螳螂、五行、空手、跆拳、泰拳、柔术、盖尔塔……糅合世界各地技击术之长，再加以提炼整合，那绝对是一套非常精准有效的杀人技法，虽然各个组织流派和传承有所不同，但它们有个统称——杀人拳。

正因为看到了这一点，贺柱德才感到可笑可气，那小子这一招明明可以圆融贯通地换成下一招，而下一招又有几十个后手可接，他偏偏这时候断掉，唉，在躲避的时候稍加反踢就可以重创对手，他居然这样躲，不挨打才怪，哎呀，果然……

贺柱德如何不气，就算谈不上秒杀对手，以那小子的身手对上这样的敌人，也就分分钟的事，他却打得畏首畏尾，甚至根本没有一个要击倒对手的清晰思路，许多招式也用得似是而非，完全就是在躲避的同时做出一些无意识的本能反击动作，这些动作还做得不连贯，好像生恐打到对方了一样。

要说是戏弄观众挑逗对手也绝对不是，因为那小子自己都摇摇欲坠，早就被打得不行了，为什么会这样呢？很简单，明明一拳递出去就能重伤对方，偏偏本能反应到一半，要自己收拳，变向，结果打不到对方不说，反而自己空当大开，漏洞百出。

这哪里是在打拳，这就是送给人家打，贺柱德看得一肚子气，开始思考这个小子是不是脑子有毛病，这已经不能说是在丢杀手的脸了，这是在践踏杀手这个职业！

更夸张的是，那小子还拼命护着自己的脸，你那张小白脸有必要那么在意吗？人家都说要命不要脸吧，贺柱德还是第一次看到，要脸不要命的人！

Shit！贺柱德暗自叹息，KO！

到底还是没坚持住，艾司没能躲过蝎子这一脚，被直接踢到了后脑勺，那个地方受到重创会让人失去平衡感，这下应该站不起来了。

艾司像个被人抛飞的沙袋，重重地扑跌在地还啃着尘土滑行了一段距离。

蝎子站在原地回气，他也没想到这个小子居然这么扛打，自己这打人的都累得没什么劲了，那小子居然还能站起来。这一次，自己可是使出了最后的全力，该结束了吧？

大头拨开人群，挤到艾司倒地的地方，哭丧着脸："艾哥，快睁开眼睛啊，你可得起来呀，这，这，这，马上时间就到啦，只要再坚持几秒钟，艾哥，你起来呀，快起来啊！十分钟你都坚持过去了，最后这几十秒你可不能倒下啊！起来啊！"

"嗤……"一捧细微的尘土化作了烟雾扩散，是艾司鼻孔吹出的气卷起了它们。

艾司觉得头好沉，眼皮像被胶水粘住了，怎么使劲都睁不开，好想就这样睡一觉，好累好累，可是，在这里倒下去，那十万块就化为泡影了，没了十万块，送给恩恩的惊喜就做不到了……艾司又睁开了眼睛，手指微微地动弹了两下。

大头一看有戏，立刻铆足了劲儿大喊："站起来！站起来！"

"喂，小鸡崽，站起来！站起来！"又一个尖嘴猴腮的家伙在旁边跟着喊，并不是所有人都认定蝎子一定赢，也有那么几个人壮着胆子押了平局，这一场由于双方实力悬殊，押艾司赢和平局的赔率都很高。

"站起来！""站起来！"还有几个人跟着喊，他们手里拽着组织方开出的手写赌票，满手都是汗。

"站起来！站起来！"

"站起来！"

"站起来！"……

似乎受到那种悲壮气氛的鼓舞，越来越多的人开始加入这个行列，他们并不清楚，最先吼的那几个人，只是在意手里的押金，他们跟着喊的原因，是他们觉得，自己可能将要见证一个奇迹的发生。

"站起来"这三个字，像有了一种魔力，飞快传遍整个废墟，人们发出鼓点一般的节奏，此起彼伏如浪赶潮涌，就连组织方的大喇叭评说也忍不住跟着吼了两声："站！起！来……站！起！来……"

是谁？谁在喊？是在叫我吗？艾司眼前一片模糊，瞳孔无法对焦，所有的画面都像水墨画中被晕染开来的意境。

艾司，站起来哟，你行的！

你能做到的，加油啊，艾司！

是恩恩在叫我吗？恩恩让我站起来呢！力量至虚空生成，信念压榨出最后一丝体力，艾司的手微颤，缩拢，双肘向上撑成M形，手臂发力，将贴地的胸口，一点一点向上拔高。

蝎子在距离艾司三米远的地方，正以马步蹲裆，双手扶膝的姿势喘气，眼看着那小子已被打得像条死鱼，被周围的人一起哄，喊了几声，居然又扑腾了一下。

"不是吧！这样也行！"蝎子像看怪物一样看着艾司，虽然他还能走上去补上一脚，但他也清楚，这一脚踢或不踢，效果都差不多，自己的力气也用光了，现在光抬腿也是一件费力的事情。

艾司双膝跪地，手臂刚刚伸直，那大喇叭就立刻喊了起来："时间到……平局！”赌斗规矩，只要一方没有完全倒地，就不算分出胜负。

“呀！……耶！”大头和另外那几个押了艾司平局的难兄难弟顿时有了农奴翻身做主人的喜悦之情，兴奋得难以自已，搂抱，舞蹈，挥拳……而那些押错了，赌输了的人居然同样感到非常振奋。

贺柱德面无表情，不死意志，好可怕的不死意志！

那小子，究竟是一个怎样的人呢？他为什么要来打这种拳？为什么要送外卖？他究竟想做什么？贺柱德开始对艾司产生好奇，各种问题就一个接一个地冒了出来。

艾司听不到场外的欢呼声，模糊的视野渐渐聚拢，但依然是泛着涟漪的水中倒影，他只记得那一个声音，自己得站起来，不能在这里倒下。

蝎子率先回过气来，毕竟他没有受伤，只是力气耗尽了，他静静地看着自己的对手，艾司还是以跪伏的姿势趴在地上，两只手臂像无法承重的木条，不住地来回颤动，但他就是不愿松手，不肯倒下。

于是蝎子走了过去，这个素来以心狠手毒著称的拳手，向艾司伸出了手，将艾司架了起来，让他重新站立，与自己同样的高度，平视着对方。末了，蝎子嘴角扬起，肯定道："等你伤好了，我还要和你打一场，你不要不还手，否则就是看不起我！记住了！”也不管艾司有没有听清，昂着头翻过了破墙。

大头赶紧冲过去，将艾司扶到舒适的空地休息，自己急不可待地去找组织方要钱去了。组织方也特意派了个医生模样的人来摸摸捏捏，询问了一下，确定艾司没有出现大的伤残隐患才离开。

贺柱德在一旁默默地关注着这个小家伙。

这时候，几个面色不善的小混混用眼神商议了一番，其中一人靠了过来。

“喂，小鸡崽，刚才看你打的那场，真爷们儿，不赖啊！被打了那么多拳，是不是全身剧痛啊？来，抽根烟，小弟我真的很仰慕你。”

艾司的视线已经恢复，看着递过来的纸烟摇摇头："我不抽烟，恩恩不让的。”

贺柱德面露寒意，那只香烟是加过料的，具有很好的止痛效果，不过一旦吸上两三次，就会渐渐……上瘾！曾经有无数好苗子，刚刚迈入地下黑拳这个市场，就这样给毁掉了，变成给毒贩子卖命，而且运动生涯大大缩短，死得很早。这些人的用心极其险恶。

那个小混混也不泄气，不停地和艾司套着近乎，一脸崇拜的模样，没多一会儿，大头用衣服反兜着一大包东西回来了，一双小眼睛笑得眯成缝，不过一看到艾司身边的小混混，顿时将小眼睛瞪圆了："金三儿！滚远点啊！老子警告你！别随便碰我的人！"

那个叫金三儿的小混混鄙夷地"切"了一声，看了艾司一眼，悻悻离开。杨聪赶紧警告艾司："那家伙对你不怀好意，他想让你吸毒品，一旦吸上那玩意儿，你这辈子就完啦。"

其实就在几天前，大头也考虑过要不要让艾司吸点加了料的香烟，不过想了想，这小子已经这么好控制了，没必要缩短一只金鸡的下蛋时间啊，所以当他看到有人居然敢抢先下毒手，顿时怒气冲天。

艾司困倦地瞅了大头一眼，喃喃道："没有啊，就上次和你在大楼顶上，恩恩不让的。"

大头一看艾司精神不行，要是这小子这次被打得斗志全消，那也是得不偿失，赶紧拿点实在的好处诱惑一下艾司，顿时眉开眼笑地说道："好了，不说那些破事儿，你看看，看看，这次我们发啦！哈哈！"大头掀开衣兜，里面满满的都是钞票！

"平局赔率一赔五，一赔五，你发啦！"大头激动得有些语无伦次。

"真的？有多少？"艾司精神稍微好了点，看看大头的衣兜，可是里面以十元、五十元票面居多，百元的较少。

"这个？"大头看看自己衣兜，道，"这是我给你押的赌资和分红，一共七千，"说着他压低声音在艾司耳边道，"你那一万给你打卡上的。"

"什么卡？"

"银行卡喽，你千万记住，这事儿不能对别人说，不能曝光的。"大头一脸神秘。

其实虽然这是连地下黑拳都算不上的街头赌斗，但由于有组织方，所以还是有规矩的，那就是，上场选手和其经纪人不能在组织方押注胜负，经纪人只能和赌斗方的经纪人自行约定，愿意拿出多少钱的对赌，再交到组织方手里，赢方全得，平了各自返还，他们是不能在组织方开出的盘口给自己的拳手下注的，这样会有恶意扭曲比赛结果的嫌疑，这是组织方坚决禁止的事情。一旦发现，没收所得，驱离拳场还算轻的，打断拳手的手脚才算普通惩罚。

但是大头什么人啊，老江湖来着，他们的做法就是通过一个中间人，牵线进行匿名联系第三方，由第三方进行盘口投注，到时候追查起来线索就会断在第三方那儿。不过风险也很大，第三方靠不靠谱就是风险的关键，要是他拿了钱不投或投了不返还盈利自己跑路了，大头他也没辙。所以投注金额的控制很关键，根据第三方的实力来控制投注金额，艾司如今的全部积蓄两千元，刚好能让对方在拿了钱不认人还是建立长期合作关系这上面犹豫不决。

现在大头衣兜里的七千块由于有不少零钞，所以看上去还是很多的，大头要数出其中的两千交给艾司，十块五十的还是要数半天，大头乐得合不拢嘴，感觉很有一种坐地分赃的豪迈。

当然，至于是不是平局艾司分红就两千，那百元大钞是否真的就那么少，那就只有大头才知道了。大头……一向是要拿大头的！

艾司自然提出好兄弟讲义气，要平分这两千零钞，那打卡里的一万也要和大头平分，大头则是很讲原则地要按规矩来，按规矩经纪人最多拿三成，毕竟是拳手在台上拼命赚来的钱，所以这两千自己拿六百就好了，至于押注的事吗，因为是自己出的主意，自己也要担风险的，那个要求平分……那就却之不恭了。

不过大头告诉艾司，中间牵线的人和第三方投注者是要抽头的，所以到手肯定没有一万那么多，七八千是少不了的。这才刚开始，下次要是下大点，投注五千，那不是赔两万五？要想想未来，小伙子，你很快就是十万元户啦！

贺柱德远远观望着，那个小矮子看起来年纪也不小了，应该是很早就涉足社会的老江湖吧，倒还守点规矩，至少也得是一二十年前的老江湖才能做到讲义气，现在这些年轻人，早都已经无底线了。贺柱德一度动过念头，若是那小矮子也和那小混混一样，想对那外卖小子下手的话，他老人家毫不介意，将那小矮子的性命抹掉。反正对贺柱德而言，杀个把人就和普通人做一两次呼吸没什么区别，不过看在大头还有几分讲义气的情面下，贺柱德决定先观察一段时间，他自己尚未理解，为什么突然会对那些可能对外卖小子不利的人动了杀心。

听了大头画的大饼，艾司也跟着“嘿嘿”傻笑。笑完之后想想还有哪儿欠缺，忙道：“可是，我没有银行卡，是打你卡上吗？然后你把钱取给我？”

大头想了想道：“也不是不可以，不过，我们以后的钱会越来越多，你全都要现金吗？很不安全的，会被偷掉。”

艾司指尖对指尖，纠结道：“可是，我没有身份啊，恩恩说，没有身份，办不了银行卡啦。”

大头小眼珠转动，笑道：“以前是没钱，现在好歹你也是个有钱人啦，身份，我可以给你弄一个！”

9

大头告诉艾司，身份证分三种，根据档次的不同价格也不同，由于自己也有较长时间没接触这个行当了，具体的行情要打听过才知道，到时候由艾司自己选择。

第一档最简单，就是一张卡片，上面有头像地址身份证号什么的，但是很假，只是外表像，拿给人家看看可以，如果想住店或去银行或机构办事，需要验证身份证，那是肯定通不过的，这一种显然不是艾司需要的，可以直接过滤掉。

第二种则是直接借用，找一个和艾司相貌有六七成相似的人，然后制售身份证的人有办法搞到那个人的真实身份证，到时候遗失的人会去补办，而他原有的身份证同样可以使用，这种被行内称为壳身份的身份证比第一档就要高级许多，价格也会高许多。

第三种最高级，也最贵，几乎没有破绽，那就是打通派出所的关节，直接从民政户籍处给你上户籍，造一个身份，至于需要的什么证明文书材料之类，自有制售方给你办理，到时候派出所内的关键人员也心知肚明，会睁一只眼闭一只眼就给你上了，若是上面查下来，你提供的证明材料都在，他顶多就是一工作疏忽过失，他拿了钱，也说得过，他就会利用职务之便挣点外快。

更夸张的是，只要你钱使够，别说造一个身份，就连你祖上谱系，从出生到目前的人生经历、就读学校、人生简历、学历，什么都可以给你造。

大头是建议艾司用一个壳身份，价格适中，也好用，可艾司不是很乐意，他不愿意改用别的名字，叫艾司好好的，为什么要用别的名字，而且自己老家在海角市纳凉镇石桥村，这是恩恩说过的，婉儿和雅欣也都这么说的。

大头对艾司纠结这个不是很满意，“那……就要多出一点血了，再看吧，如果价格行我就跟你联系，如果太贵了，我觉得你还是用个壳身份比较好，就办个银行卡嘛，我都可以给你办了然后给你用就是了。”

“嗯……”艾司摇头，还是坚持，要么不要身份，要身份一定要自己的身份，艾司将所有的钱都拿给大头，希望能办到最好的那种，大头说这点钱还不够，但是他来想办法。

艾司拖着浑身的伤痛骑摩托车回去，贺柱德叫了辆车远远跟着，他很清楚那个小子不会有大的问题，虽然看起来被打得很惨，不过都是一些组织伤、挫伤，如果那小子真的接受过类似杀手的训练，那么他的肌密度和骨骼密度都会远大于常人，像蝎子那种拳手的全力攻击，想让那外卖小子骨裂都做不到。

要说严重，可能最后那一击造成的脑震荡比较严重。

看着艾司归还了摩托，一步一拐地往家走，贺柱德也下了车，远远跟上，可没跟多久就被艾司给发现了，好像有怪叔叔在跟着自己，在熟悉的小弄左右一拐，居然把贺柱德给甩掉了！

贺柱德停在艾司彻底消失的地方，这小子不仅轻易地识破了自己的伪装，这反跟踪意识也出奇地强，这要还说他没受过特殊训练，打死我也不信！哼，小子，别以为这样你就能逃掉了，我贺柱德要找的人，还没有说找不到的！

回到家，艾司发现恩恩她们三人都没看电视，而是围着电脑嘀嘀咕咕不停，艾司就知道，肯定又有什么新的活动安排。

果然，恩恩先问了一下艾司服装道具设计得如何了，跟着就下了命令："这个周六，给忠伯请个假，帮我们拿衣服，在学校后院墙等我们，明天带你去看地点。"

"有什么活动吗？恩恩？"艾司又好奇了，周六是恩恩她们加课的时间呢，已经好多个周六周日恩恩没有安排活动了。

"中国民艺秀啊！"雅欣在一旁激动道，"中国民艺秀的公开海选，十一月赛场就在我们海角市举行，已经报名参赛好一阵子了，我们今天才知道，这个周六就是公开海选的最后初赛，周日就是复赛，整个十一月要选出四轮周冠军，最后还要选出一轮月冠军参加全国大赛呢！"

"中国民艺秀！"艾司虽然对综艺类节目不是太感兴趣，但在恩恩她们的熏陶下，也还算知道这档节目，它是类似于英国达人美国偶像一类的综合类选秀节目，旨在发掘业余表演类人才，表演方式多种多样，吹拉弹唱、说学逗舞、独门绝技，什么都可以表演，可以以个人或团体名义参加，通过表演打动评委和感染观众，以投票方式决定是否晋级。

这款节目和其他选秀类综艺节目最大的不同就在于，在你表演之前，需要先说出自己的参赛目标或者说是自己最渴望实现的一个愿望，说完愿望之后，会直接有一轮计入总成绩的投票，也就是说，且不管你的表演能力如何，只要你有个好愿望，也可以在一定程度上打动观众和评委。

周冠军、月冠军和全国总冠军，各自有三档不同的资金奖励，这笔奖金，由大赛的赞助企业提供，用来帮助参赛选手实现他们的人生愿望。

艾司对节目规定和内容不是很清楚，但也知道有这么一档节目，和《中国好声音》《中国好曲艺》《中国好舞蹈》并称为四大综艺选秀节目，很是火爆。

恩恩其实一直都想站在真正的舞台上尽情地表演吧。艾司知道，恩恩是很渴望上舞台的，雅欣、婉儿，看她们眼冒星星地期待，好像女孩子都特别想参加这种节目吧？

"周六，不是要上课吗？"艾司替恩恩她们担心。

"这你不用担心。"恩恩神秘微笑，"山人自有妙计。"

雅欣直接道："我们已经在网上报名了。"

"你们全都要去啊？"

"嗯，这个，婉儿去不了啦。"恩恩略带惋惜，婉儿表示没有关系，其实恩恩她们的计划很简单，逃课就好了，只是三个人不能全逃，得有个人留下来给另外两人打掩护，品学兼优的婉儿自然是留下应付潘二爷的不二人选。

婉儿恬静地说："到时候，你们一定要将我那份也好好表演。"

三个女生满怀憧憬地展开讨论，艾司忍着痛去对伯爵服进行修改。

周六很快就到了，艾司身上的伤痛也好了许多，一些瘀青的地方都退了颜色，早已和忠伯请好了假，早早便拎着两个购物袋去了学校后院，袋子里一包是恩恩要换的衣服，一包是雅欣的。

恩恩和雅欣也在学校里展开了行动。

上了第一节课，她们开始执行A计划。

敲开潘二爷办公室的门，恩恩捂着小肚子，一脸难受的表情："潘……潘老师，我肚子疼得厉害，那个，生理期，我想请假回家休息一下。"

潘二爷瞟了恩恩一眼，又扫向雅欣："你呢？是要送她回家吗？"

雅欣也皱着眉头，一脸便秘的表情："潘老师，您也知道，我们女孩子，经常会一起来啦。"

"哦……你也生理期！"潘二爷露出了然的表情，突然拔高音量，"这个月你们已经生理期三次啦！你们是不是想告诉老师，你们是属于那种天天排卵的生物啊？"

恩恩一愣，用询问的目光看向雅欣："这招我们已经用过两遍了？"

雅欣疑惑地回望回来："不知道啊，不记得啦，或许，真是这样？"

一看两人的表情，潘二爷就更加肯定了，用手指着二人："装！还装！还不给我回去好好上课！真是的！两个女孩子家，成天不学好，天天想着怎么逃课！你们多向婉儿学学啊，你们三个关系那么好的，你们两个怎么能这样呢？你们知不知道，你们这一届，是我教的那么多学生中最差的一届，男生如此，你们女生，你赵雅欣，还有你冯恩恩，你们两个就是典型的代表……"

请假没成功，被潘二爷好一阵数落，果然正大光明地逃课是行不通的，没有老师会开通行便条，离开潘二爷的办公室，恩恩给雅欣使了个眼神：执行B计划！

上课铃声响起前，恩恩给教导处打了匿名电话："喂，你好，是海角二中吗？请问潘素清老师在吗？我是教育局的，马上让她来接电话，有很重要的事要告诉她，是，我等她。”

然后就看着潘老师从办公室出来，急匆匆地下楼去了，她需要从这边教学楼三楼下去，然后在那边的教学楼爬上五楼，上课铃声响了。

恩恩和雅欣相互搀扶着，拦住了来上课的英语老师：“陈老师好，我们肚子疼，已经跟潘老师请过假了，要回去休息，潘老师让我们和你说一声。”

陈老师通情达理：“去吧，好好休息，平时注意身体，还是要多锻炼啊。”

“嗯，知道了，陈老师。谢谢陈老师，再见了陈老师……”

婉儿在教室里隔着窗户向两人挥手，两人露出大功告成的欣喜，挥手再见，一溜烟地跑下楼去了。

没有老师开出的假条，肯定不能走正门了，不过恩恩早有准备，她和雅欣都不像婉儿那样文静，那都是运动的主儿，本身穿的就是牛仔裤，撸起袖子，搬来石头砖块，立刻干起了翻墙的活儿。

雅欣先翻上院墙，又拉了恩恩一把。

原本墙上被学校用水泥浇过玻璃碴子，但是早就被那些男生磨平了，这条暗道在学生们当中已经不是秘密。

院墙另一边，艾司早已依照嘱咐，将五十米外的垃圾箱挪了个位置，放在恩恩她们要跳的下面，恩恩、雅欣这样的运动健将自然是平安着陆，随后三人上了公交，直奔电视台而去。

海选现场人满为患，塑料小凳早被人坐完了，有的就坐地上，大部分站着，其实海选天天都在进行，恩恩她们已经是最后一批了，这个时间点也是她们最无奈的选择，名额有限，周日就会淘汰掉大部分名额，进行海选的复试了。

恩恩她们进卫生间换衣服去了，艾司在候选区等着，偌大的大厅里人挤人，行动不便，有一个通往里面的大门，有工作人员守着，一直在叫着编号，叫到谁谁就进去。

这被指定为南方分赛区的报名比赛地点，不少人怀揣着梦想不远万里前来报名参赛。

进来的入口处则有几张长桌椅，几名工作人员坐在那里，桌子上是一摞摞的表格。

艾司好奇地过去看看是什么表格，一名工作人员问道："你在网上报名了吗？"

"没有。"

"嗯，那坐这儿，填一下资料。"工作人员递过一支写字笔。

艾司皱眉："我也要填？"

工作人员道："到这儿来的每个人都要填。"

艾司便坐下来，开始认真地填，姓名：艾司……一会儿，指着身份证号一栏对工作人员说："这个，我没有。"

工作人员看了看，无所谓道："哦，我们这个没有年龄限制的，你没有身份证不填就是了。"

艾司点点头，又一项一项地填下去，填完了，恩恩她们还没出来，应该是在洗手间里化妆吧，婉儿将她的大小瓶子都贡献了出来，估摸着恩恩、雅欣不在脸上抹个一二十层是不会出来的。

工作人员看了看艾司填的表格，又在电脑上嗒嗒嗒输入了些资料，然后挥挥手说："可以啦，过去排队吧，叫到你号码就进去。"将表格递还给艾司，上面用马克笔写了个大大的213号。

艾司摸不着头脑，我只是来给恩恩她们拿衣服看包的，我也要进去吗？对了，进去的人怎么都没有出来啊？

艾司开始好奇，那个有工作人员把守着的门里面究竟是怎样啊？

那个叫号的姐姐叫号时快时慢，平均三五分钟一个人，有时候一分钟不到就叫下一个了。艾司见那姐姐说得嘴都干了，旁边十来米远就是饮水机和桶装水，这几步路的事儿，都没人给姐姐送水喝呢。

这次出来前，恩恩特意叮嘱艾司，这是大场面，不许像在家里一样看着什么都新鲜，要有礼貌，讲文明，不要给她们丢脸。

艾司跑过去用一次性纸杯接了水端给那个叫号的姐姐："姐姐，喝水。"

叫号的工作人员看了艾司一眼，微微一笑，接过水杯，确实口干了，喝了几大口："谢谢，你是来报名参赛的？"她看艾司拿着表格，上面写着

213号。

艾司摇头："我叫艾司，陪恩恩她们来的，来给她们打气助威，恩恩唱歌很好听的，雅欣跳舞也很不错哦。"

远处有工作人员站了起来，那位姐姐将纸杯还给艾司，继续叫号，工作时间禁止交谈。

恩恩和雅欣总算化完妆出来了，一人扔给艾司一大包衣服，艾司关心道："穿这么少，不冷吗？"

恩恩和雅欣都换上了漂亮的薄纱裙，只是现在都已经深秋了，艾司怎么看都觉得很冷。将外套给恩恩她们披上，很多报名选手都在里面穿了精心准备的演出服，外面穿外套。

恩恩白了艾司一眼："很少吗？这里面有空调啦，怎么会冷，你没看人家穿得更少。"

艾司偏头看去，的确，其余的报名参赛者，有的女孩子穿得几乎像比基尼一样，而男的也有好几个赤裸上身，露出八块腹肌，不过还是有不少奇装异服，大家都想凸显自己的个性，给初赛评委老师留下深刻的印象。

艾司收回目光，还是觉得最奇装异服的就是雅欣了，从来不穿裙子的她居然会穿裙子，可是……就像恩恩她们的死敌评说的那样，雅欣没胸没屁股，穿上裙子就跟套个笔筒似的。

艾司中恳地评说道："雅欣你穿裙子不好看啦，还是穿牛仔裤吧。"

雅欣露齿而笑："没事儿，我里面有穿健美裤，不影响我的发挥。"

艾司面露难色，白纱裙里面套黑色健美裤，这样看起来更怪啊，这裙子是婉儿的好吗，婉儿可真是牺牲大啊。婉儿穿上跟仙女似的，可换了雅欣穿上……这……这这，很像巫婆啊！

没多久，到恩恩了，艾司和雅欣在背后支持和鼓劲。

过了一会儿，雅欣也进去，艾司在背后支持和鼓劲。

又过了一会儿，那位叫号的工作人员大喊："213号，213号！谁是213号？"

按规矩，连叫三次没有到，也没人解释的，就视为自动放弃，可那个叫号的姐姐顿了顿，又叫道："艾司！艾司！"

艾司举手："我，这儿。"

那位姐姐招手："快过来。"

艾司拎着两包衣服挤过去，那位姐姐道："准备一下，马上该你进去了。"

"我也可以进去？"艾司很惊喜。

里面传来声音，似乎在叫下一个，那位姐姐让开门口，对艾司道："进去吧。"

艾司喜滋滋，拎着包就冲进去接恩恩、雅欣她们去了，没听到那姐姐在外面叫："喂，你手里拿的什么东西，喂……"

10

冲进门内之后，是一道厚厚的帷幔，艾司从帷幔里露出个头来探头一看，好家伙，帷幔背后居然是一个巨大的剧场舞台，观众席上空空如也，不过舞台上还坐着三位年纪不小的叔叔阿姨，先前进去的那些人一个都不见了，什么情况？

艾司以为找错路了，转身就想回走，但门内的另一位工作人员已经在身后推他："赶紧的，进去，后面还很多人等着呢。"

艾司便拎着两包衣服走到了舞台上，好多灯光把这个舞台照得好漂亮哦。

刚才艾司探个头出来，三位海选老师就已经看到了，现在这么个造型，拎着两大包衣服张头张脑地边走边看，三名评委相互看了几眼，皆认为这是个准备表演滑稽剧的参赛者。

艾司走到舞台正中，这里有一个话筒，艾司认识，恩恩她们K歌时会用到的，他手里拎的包也不放下，站在话筒前，正对着三位海选老师："叔叔好——"刚说完，立刻被自己的声音给惊吓住了，没想到舞台上的声音是这样的，艾司像受惊的小鸡一缩脖子，看看周围没有突发情况，这才壮起胆子将头凑回话筒前，将话说完："阿姨好。"他一发出声音，又把自己给吓了一跳。

三位评委都露出了轻松的微笑，这名参赛者倒是不错，还没叫他表演呢就已经进入角色了，相貌倒也还说得过去，虽然穿着很随意，也没有特别化妆，不过就这样已经很上镜了。尤其那声“叔叔好，阿姨好”，还没有参赛选手这样叫他们呢。

没想到，艾司接着又问了一句：“请问，恩恩在哪里？”

第一位男评委三四十岁年纪，探身，笑道：“应该是由我们来问你吧。”

“哦。”艾司有些为难，“可是，我也不知道恩恩她们去了哪里啊，我看见她们进来的，全都不见了。”说着，他抬头张望天花板，又打量舞台地板和身后的舞台景观，想看看哪里有可以藏人的地方。

第三位男评委年纪已有五六十，头发花白，他清了清嗓子，亲和道：“好了，虽然你入角色很快，但我们还是要按程序来，请告诉我们，你的愿望是什么？”

愿望？艾司一愣，要找恩恩还得先回答这个问题？艾司开始冥思苦想起来，其实，自从恩恩问过自己将来想要做什么之后，艾司一直在思考有关于未来啊，梦想啊之类的问题，问题的关键是，越思考，艾司的愿望就越多，尤其在认识了明明、七七、苗苗以及其余小朋友之后，艾司的愿望就更多了。

“我有好多好多愿望。”艾司先将大实话说出来。

“哦，那你最想实现的愿望是什么呢？”老年评委耐心追问。

最想实现的啊，艾司稍加思索，马上有了答案：“我希望所有的学生都可以不用去上学，躺在被窝里有吃不完的零食和看不完的动画片。”

年长的评委顿时被雷倒，两名年轻评委却是笑了起来，那名年轻的女评委居然忍不住想要赞叹，这也是当年自己的愿望啊，她开口道：“其实刚才我不是很喜欢你，你居然叫我阿姨。”

这个艾司很有经验了，马上改口：“姐姐好。”

这位三十左右的女评委顿时喜上眉梢，年长的评委则是思考后继续追问：“如果孩子们不上学，就吃零食看动画片，他们没学到知识，什么都不懂，又怎么养活自己呢？”

“不上学也能学会读书写字啊？”艾司不是很理解，“学会了读书写字，不就能学会别的东西了吗？不懂的问题就问百度啊，恩恩有说过，买东西就找阿里爸爸去淘宝，有问题就问百度，玩游戏就和小企鹅玩。有百度、有阿里爸爸、有小企鹅和我，我们就是快乐的一家人。”

年长评委无法接着提问了，还是第一次听到有人说度娘、阿里爸爸和小企鹅是快乐的一家。

年轻的男评委顾及老评委的感受，接过话题道：“虽然你这个愿望，估计和你差不多年纪的同学都会喜欢，但是不太现实啊，我们换个能实现的好吗？”

能实现的？艾司很想说他要给恩恩……可是，打住，恩恩说过这个绝对不可以告诉任何人的。那么，还有什么自己想要实现的愿望呢？

三位评委面面相觑，来报名的哪个不是早就准备好了一套说辞，这小子似乎正在想，应该不是紧张怯场，他是真的刚开始想。

评委们的时间是很宝贵的，尤其在后面还有那么多报名选手的情况下，那名年长男评委正准备提醒一下艾司，如果没想好的话不妨先下去，以后想好了再来报名参加。

没想到艾司很快又有了新的愿望：“我希望恩恩能站到中国民艺秀决赛的舞台上去，让所有的观众都看到她的表演。”艾司觉得这个愿望肯定能实现，恩恩唱歌唱得那么好，跳舞也很好看的，肯定能进决赛吧。

“谁是恩恩？”女评委问，“也是来报名参加比赛的选手吗？她的编号是多少呢？”

“198。”艾司记得恩恩的编号。

“哦，你说那个小女生啊，看得出来她很喜欢唱歌，但是今天发挥得不是很好，所以，只能等下次有机会再来吧。”女评委做了个无奈的手势。

“等等。”年轻的男评委打断道，“你是说你的愿望，就是希望那个198号选手，能够站在决赛的舞台上，为全国的观众表演对吗？”

女评委也反应过来了，这位选手的梦想是希望另外一位落选的选手重新回到舞台，她不禁好奇二人的关系了：“那么，她和你是什么关系呢？”

“恩恩……就是恩恩啊，我们住在一起的。”艾司咧开嘴笑了笑。

“哦，青梅竹马！”女评委显然误解了艾司的意思，她开始觉得这个愿望有意思，背后肯定有故事，于是又忍不住提出了一个附加条件，“如果，让她回到舞台的代价是你不能参加我们这个节目了，你愿意吗？”

“愿意啊，恩恩跳舞跳得可好看了，和婉儿一样好看，恩恩唱歌也唱得可棒了。”艾司回答得非常干脆，而且，自己本来就没参加这个节目啊。

女评委对艾司的表现很满意，开始在心里为艾司加分，看了看电脑上的资料，因为要比恩恩小，所以艾司在年龄一栏填的16岁。才16岁啊，女评委在心里回忆，为什么自己16岁的时候没有遇到这么好的小男生，碰到的都是些人渣。

年轻的男评委也在心里想：还真没看出来，看来这个愿望倒是值得期待。唯有年长的评委不是太满意，现在的年轻人，已经越来越搞不懂他们了。

“好了，我们已经清楚了，你的愿望是希望198号选手回到我们中国民艺秀的决赛舞台上，那你至少也要进入决赛才可以，你现在可以为我们表演了。”女评委用“我很看好你哟”的眼神给了艾司一个暗示。

“表演什么？”艾司却愣住了，怎么回事？说了梦想还不作数，还要表演？还要自己进入决赛，恩恩才能进入决赛？这是什么逻辑？这位姐姐盯我那一眼是什么意思？

年长的评委准备打岔让艾司走人了，但两个年轻的评委却饶有兴致，男评委解释道：“表演你最擅长的啊，你该不会想说你什么都不会吧？”

“我会做菜。”要说会，艾司现在会的东西可就多了，但要说拿手还是做菜。

“做菜啊，可惜我们这个不是饮食类节目啊，做菜不能在舞台上表演吧？”男评委还是认为艾司想表演滑稽剧，不过需要评委的配合，就像说相声也得有个捧哏的，“你手里拿的是什么呢？”

“这是衣服，这包是雅欣的，这包是恩恩的。我是跟她们拿衣服的。”

男评委有点犹豫了，这也不像表演滑稽剧的啊，若说刚开始还有点滑稽剧的风格，像盘家常小炒，现在的表演就像被嚼过的骨头，没什么味道。

“哦……”女评委有些着急了，这个看起来很顺眼的小男生该不会真的没准备节目就跑来报名参加了吧？那到底是来干啥的啊？她提醒道：“你就帮他们拿衣服？除了炒菜，你自己就没点什么绝活？就那种一般人很难做到的，大家也没咋看到过的。”她对艾司期望值很高，就直接略过了寻常的唱歌跳舞。

“一般人做不到的？”艾司嘀咕了一句，“啊，这个可以，我可以跳起来用嘴接飞盘。”

男评委嘴里发出一声“哔哟——”，摇头，老评委也在摇头，准备叫下一个人上场了。

艾司接着又道：“还可以这样。”他将一左一右两个装衣服的购物袋举到身前并拢，然后再拿开，三位评委顿时发现，台上那小伙子似乎有些不一样了，但怎么个不一样又说不出来。

还是女评委眼尖，一手捂嘴，一手指着艾司额头笑了起来，就刚才那么一下，艾司头上多了个假刘海，像块西瓜皮一样遮住了前额。

事实并没结束，艾司将购物袋挡在身前向下移动，然后再将手向两侧展开，这次由于效果非常明显，三位评委都看出了不同来。

艾司原本穿的是一件灰色外套，现在换作了一件桃红色的宽松加厚女式外套。

男评委调整坐姿直立上身道：“你……你怎么做的，再做一遍。”原来这小子不是表演滑稽剧是表演魔术啊。

艾司想了想，双手平展拎着两个购物袋，然后上举，两个购物袋并拢，向下，再向两侧展开平举，很是自然地用两只手画了两个圈，身上的衣服又换了。

这次是蓝色牛仔服，明显有些紧，不太合身，男评委点头：“不错，不错。”

女评委对艾司微笑，轻轻地鼓掌，有这样的表演今天算过关了，年长的评委也有些诧异，刚才可是瞪大了眼睛紧紧盯着台上，愣是没看出来艾司是怎么把衣服换掉的，不过这节目顶多通过今天的初选，要想通过复选进入周冠军决赛只怕还不够。

守门叫号的姐姐也露出了笑容，艾司进去已经超过五分钟了，通常情况下，超过五分钟才叫下一位的，都能进入海选复赛。

三位评委让艾司从舞台另一边出去，出了门，艾司才接到恩恩她们的电话：“婉儿打电话说，最后一节课被潘二爷临时征用了，我和雅欣刚才一直忙着赶时间，挤公车，还赶得及去上最后一节课，现在才抢到一个座位，你待会儿自己把衣服拿回去，不要在外面玩，听到没有？哎呀……你坐到我手了，把屁股抬起来！就这样，拜拜。”

晚上，没有比赛的艾司会提早一点回家，对自己设计的服装进行最后的裁剪和装饰物的缝补。

时间差不多了，听到恩恩她们三个叽叽喳喳地回家了。

“气死我了，居然没有收到复赛邀请短信，我觉得自己发挥还可以啊……”恩恩一肚子埋怨，“被二爷骂得狗血淋头，差点就请家长了，这样都没被选上，真是不划算。”

“你知道的，现在什么海选秀选，还不都是潜规则，谁让你又不被他们潜，选得上才怪。”雅欣的声音最大，一点都不怕吵到邻居。

“好啦好啦，是他们没眼光，还有机会的，下次再去吧。”也就婉儿温柔的声音能平息两人的怒气。

听到掏钥匙的声音，艾司就两三步蹦跳过去把门打开：“恩恩、婉儿、雅欣，你们回来啦！”

雅欣正撇着嘴：“我是没跳好啦，谁知道那么大一个舞台，就三个人在那儿看，上台就瘆得慌。”

“咦？今天怎么这么早就回来啦？衣服做得怎么样了？”恩恩将书包扔到沙发上，就去检查艾司的工作去了，从苏姐姐那里借来的电动缝纫机，一地的线头布片。如今中国民艺秀是没戏了，恩恩决定将精力放到万圣节的舞台剧表演上，还有四天就会公演了。

“差不多喽，按你的要求改过了，你可以穿上试试。”艾司拿起一件公主服。

雅欣一把抢过去：“我先试试。”

“死丫头，还给我。”恩恩追了过去。

艾司告诉婉儿：“婉儿，我手机收到短信，电视台叫我明天还要去呢。”

“什么！”婉儿抓过手机，看了看短信内容，立刻朝卧室喊道，“喂，你们别闹了，艾司被选上了，他要参加明天的复赛！”

“什么！”“什么！”两个疯丫头从卧室跑了出来，一个比一个叫得大声。

“你怎么会被选上了？”

“你什么时候报名参赛了？”

“我……我不知道啊，有个姐姐在那里，有很多表格，让我填，我就填喽。”

“哇，有没有搞错，你表演的什么节目？”

“没有啊，他们就问了我几个问题，好像，让我做别人不大容易做到的事情，我只是想知道恩恩你们到哪里去了嘛……”

“问的什么问题？”

“你说了你的愿望是什么？”

“什么别人做不到的？你做了什么？”

三个女生连番发问，艾司一时有些应接不暇。

等将事情原委和经过弄清楚了，三个女生都是又惊又喜，没想到有心栽花花不开，这无心插柳的……三人一合计，决定全新包装一下艾司，愿望需要润色，节目也要重新编排准备，只有一晚的时间，明天大家都去给艾司加油助威，那短信上可是清楚地写着：“带着你的亲友和梦想，前来参加……”

11

第二天复赛的大剧场，就不止三名评委了，偌大的观众席座无虚席，那些参加复赛的选手亲友以及主办方要求的嘉宾济济一堂，还多了一名主持人。

艾司走上舞台，有些紧张，第一次面对这么多人，这可比买天天见盒饭的人多多了。

“我有很多愿望，但我此刻，最想实现的愿望是，希望恩恩、雅欣和婉儿，她们能与我一起站上这梦想的大舞台，为所有的观众，献上最优美的歌声、最动人的舞蹈……她们是三个很美丽很可爱的女孩子，一直生活在一起，这次有的因为错过了报名，有的则因为紧张错失了参加的机会，但她们一直在努力，并用自己最大的努力和热情……我希望她们的美丽，能为所有人绽放……”

“加油！艾司——”人群中有高亢的女生尖叫。

远处有人却皱眉。

“那……不是那外卖小子吗？”姚菁视力好。

“难道昨天冯恩恩逃课，就是为了这小子？”陈静宜扶了扶眼镜。

“我就知道，他和矮矬子那伙人肯定有一腿。不是让你探听一下那外卖小子的背景吗？打探得怎么样？”陶慧颖坐二人中间，她们自有办法弄到入场券。

“不行啊，阿慧，找不到他，时间不对，不过我知道，他是在那天天见最老的门店送外卖的。”姚菁没完成任务，有点心虚。

陶慧颖嗤之以鼻：“废话，一开始他就在那儿送外卖的好不好，而且从一开始送外卖我就觉得他不对，你没看见他看矮矬子的眼神都和别人不一样，他的活动范围，应该就在我们学校附近。对了，听说矮矬子她们几个不也在学校附近租的房子住？你说……会不会，那送外卖的和她们住得很近啊？”

“所以说，她们租房子的时候就认识了？”陈静宜开始分析，“可是，矮矬子不是喜欢文风吗？难道和这外卖小子也对上眼了？不对，这外卖小子和文风没的比，矮矬子逃课多半是自己来报名参赛，只不过，哼哼……百分之百是落选了，正好这外卖小子不知凭什么被选上了，她们想看复赛，就从外卖小子那里要来了亲友团的资格，应该是这样。”

“嗯，有道理。”陶慧颖表示认可，“不过矮矬子看不上送外卖的，我看那送外卖的对矮矬子好像挺上心啊，你没听到他刚才说什么吗，他的梦想是想让矮矬子重新参加比赛。”

“是啊，他连大嘴巴和婉儿的名字都知道，难道那家伙还想通吃？”姚菁附和。

“所以才让你们想办法接近那个送外卖的嘛，这事儿，必须得让文风知道，哼哼……”

艾司表演的也不再是换衣服了，作为一名厨师，他很自然地向大家表演了刀功，他扬起片刀，在空中挽了几个刀花，轻松写意，如大师行将挥毫泼墨。

一张朴实的桌案，一个木盘子，一块白嫩豆腐，一根黄瓜，镜头放大，大屏幕令每一位观众都能像欣赏近景魔术一样欣赏到艾司的刀功。

黄瓜放在豆腐上面，唰的一声，轻轻片过，黄瓜没有变化，豆腐也没有，大家会觉得是不是选手失手了，还是在试手呢？可紧接着，又听到唰的一声，麦克风距离桌案很近，声音很清脆，那声音不像寻常居民家切菜时夺的一声，而像刀客迎风一斩，唰！

“唰唰唰唰……”艾司刀头向下，然后轻轻向后拉，手腕圆滑得像在用筷子搅拌鸡蛋。

不到三十秒，表演完毕，主持人拿着话筒上前：“想必大家还不知道刚才这位选手究竟做了什么，请看。”

礼仪小姐拿来一个盘子，主持人小心地将完整的黄瓜拨进盘子里，那根看似完好的黄瓜立刻变成了整齐的一片一片的小圆片，而豆腐完好无损。

观众报以热烈掌声，这已不仅需要好的刀功了，这需要一种刚中带柔的腕力，而且主持人还发现，这些黄瓜片厚薄惊人地一致，拿来工具一量，全都是准确的三毫米厚度。

接下来艾司又表演了一个切豆腐丝，将轻轻一捏就碎的豆腐，感觉拿在手上都会散掉，要切成丝状，谈何容易。

艾司用刀从豆腐边上切开，先将其切做薄薄的片状，然后再切细丝，整个过程偌大的演出剧场都安静下来，唯恐台上的选手打一个喷嚏，豆腐丝就变成了豆腐渣，舞台上的音乐也变得紧张而急促，就像魔术即将产生变化的那一瞬间。

艾司顺利完成，主持人拿来一个装满水的玻璃盆，艾司将切好的豆腐小心倾倒进去，豆腐立刻变作丝状，差不多每一根有一毫米粗细的直径，虽然和真正的丝线还相差甚远，但已经很不容易了。

三位评委也很满意，上一次表演的是近乎魔术的换衣术，这一次则是实打实的真功夫，看来这个小伙子通过复赛进入周赛是没有问题了，评委和观众的打分都一致通过。

最兴奋的还是恩恩，艾司真的是帮她们出了风头，让她们与有荣焉，最关键的是，如果艾司还能拿出什么绝活，拿到周冠军，乃至月冠军，就能实现愿望，让她们也站在舞台上表演，那可是面对全国观众的电视表演，不是学校小舞台上的小打小闹。

当然其余选手也各自有极为优异的发挥，大家在为艾司高兴之余，也为即将进行的周冠赛感到紧张。这次共有四十名选手或组合获得周冠赛资格，每十人一组进行周冠赛对决，将经历十进八、八进六、六进三，三次淘汰，最终只有三名选手能杀入月冠赛。

除非那一期的选手表现都极为优秀，经三名评委和大多数观众一致认可，才可能出现四人或更多人同时晋级的现象，不过由于选手在表演前都要自报节目并进行分组甄别，所以那种情形出现的概率极低。

由于艾司顺利晋级，恩恩她们很高兴，决定庆祝一番，地点自然是忠伯的天天见总店，庆祝嘛，当然就要尝艾司的拿手好菜，顺带向忠伯忠嫂吹嘘艾司今天是多么给力。

忠伯听了不禁唏嘘，直赞艾司已经青出于蓝了。

可是福祸相依，艾司的意外参赛是顺利晋级了，但隔天送外卖时却被人堵在了半道上。

“哟，这不是送外卖的小哥吗？怎么，又亲自给恩恩她们送外卖啊？”陈静宜穿得像个中年妇女，戴着老气横秋的眼镜出现在校园小路上。

“老处女！”艾司心里咯噔一下，上次开运动会遇到的妖精和这次遇到的老处女，都是恩恩她们的死敌来着。至于这个外号嘛，当然是恩恩她们在私底下邪恶的叫法，按恩恩她们的说法，这位喜欢穿得成熟又爱戴眼镜装深沉的同学，指不定哪天就读到博士的后面去了，四十岁之前肯定都不会有男人要她。

艾司想从一旁闪过去，陈静宜不让道：“别急着走嘛，咱们聊会儿。”

“聊？聊什么？我赶着送外卖呢。”按照恩恩她们的嘱咐，艾司不能和万人骑一干人等有过多的交集，以免——近墨者黑！

“哦——你很急啊？你怕我？”陈静宜双手抱胸，就挡着路不让艾司走，“我又不会吃了你。昨天，我去看中国民艺秀的海角选拔赛，我看到台上有个人很像你耶。”

“我，那个……其实……”艾司想晃点老处女，但又觉得这样做不对，一时不知如何应对。

“我听到台上那个说，他希望和什么恩恩、雅欣、婉儿一起表演，那个人的野心很大呀，这是想通吃的节奏啊，送外卖的，你的脸为什么那么红啊？那个人不会真的是你吧？”

“……是我！”艾司咬牙应了下来，“可是，不是你想的那样！”

“哟……那是怎样的呢？”陈静宜步步紧逼。

艾司六神无主，眼珠乱转。

“你说，这一箭三雕，一个送外卖的同时爱上三个高中女生，用他的人格魅力进行——征服！应该很励志哦？我们把它编成小说故事，在校园小广播里天天播报，播它个七八十集，同学们应该很感兴趣哦？”

老处女果然不是省油的灯，艾司把心一横，问道：“你到底想怎样？”

“没怎样啊？”陈静宜摊开手，“一早我就说过啦，只是想和你……聊聊。”

艾司没辙，就和陈静宜聊了几分钟，陈静宜东拉西扯地谈家长里短，艾司完全找不到她说的方向和重点，不知道她到底要和自己聊什么，有些无关紧要的问题，就在半威胁半诱骗的情况下做了模糊的回答。最后，在得到陈静宜不会到处乱散播谣言的承诺之后，艾司落荒而逃。

回教室陈静宜就将今晚打探到的情况做了汇报：“他们的确很熟，就和我们预料的一样，那个外卖小子最在意的人是——矮矬子。而且根据我的观察，那外卖小子的脑子好像不太好使。”

“哦？”陶慧颖和姚菁都被这一新发现勾起了兴趣。

“怎么说呢，当然也不是说他笨，总之就是，感觉很幼稚！”陈静宜思索了一下，确定道，“没错，很幼稚。就是不管你跟他说什么，他都信以为真，很好哄。但是对我们的敌意很大，不知道矮矬子给他灌输过什么思想，比如我随便给他说个什么事情，他第一反应都是，你是骗人的，不过，如果给他解释几句，他能自己分析，他会质疑，你不是骗我的吧？你们也该和他多聊一会儿，很好玩的。”

“谁有那闲工夫和他玩啊，你打听出来，他和矮矬子之间到底发展到哪一步没有？”

“没有，只要一提到矮矬子，他的防范就很严密，不过只要东拉西扯和他说别的，他的弱点就很明显。我有个表弟，今年六岁，对很多事情似懂非懂，偏偏很想装出一副小大人的模样，什么新鲜都想去尝试一下，这外卖小子给我的感觉，和我那表弟……很像！”

“你是说，他只有六岁的智商？”

“不对，他的理解能力很强，应变能力也很强，他的智商绝对不止六岁，我的感觉是，他的情商只有六岁，就像幼儿园的小朋友一样，你对我好，我也对你好，他不会去思考你是出于什么目的对我好，他没有那样的心机。如果取得他的信任，你说谁是坏人，他就憎恨，你说谁是好人，他就亲近，我觉得是这样的。”

“好啦，管他什么智商、情商，你有没有什么办法，通过这个送外卖的，让矮矬子出丑？”

“这个不着急，我跟他约定了，每天晚上来学校送外卖之后，陪我聊几分钟，而且不许告诉矮矬子，如果他敢不这样做，我就会把他和矮矬子的绯闻编成谣言，传得满天飞，让矮矬子在学校里活不下去。像他这样的人，如果没有忘记这个约定，他一定会遵守的。给我几天时间，我会从他嘴里套出一些有用的信息。”

“哇，厉害，不愧是我们的智囊军师耶，那就全靠你了。”

当天晚上。

“回来了。咦？艾司，怎么闷闷不乐的？”

“没什么啦，恩恩啊……那个，你们的衣服都准备好啦！”

“真的，我看看。”

“昨晚你不是已经试过了吗，该我穿啦。”

“艾司不是已经晋级周冠赛了吗？你应该高兴才对啊，你不用为恩恩她们没进入复赛而不开心，我们都会为你高兴的。”

“婉儿啊，如果，如果有人威胁我，我该怎么办啊？”

“嗯？谁威胁你呀？怎么威胁你的？”

“没有啦，我是说如果，嗯，艾司觉得这个问题好复杂哦。”

“这个啊，那就看别人怎么个威胁法啦，最好的办法，就是不要给人有威胁你的机会。艾司，你是不是做什么坏事被别人抓到啦？”

“没有啦，艾司没有做坏事。对了，婉儿，有个事我可以悄悄地问你吗？嗯，你不要告诉恩恩哦。”

“嗯，这样啊？那我要先听听你问什么事。”

“如果，我是说如果，同学里传哪个男孩子很喜欢恩恩，恩恩也很喜欢那个男孩子，其他同学会不会笑话恩恩，恩恩会不会哭啊？”

“嗯？你是不是听到了什么啊，艾司？同学之间都是乱说啦，你不用当真的。”

“如果是真的呢，会怎么样？”

“现在学校虽然不是那么严格，但是还是不提倡啦，同学还是应该好好学习，如果这个喜欢那个，那个喜欢这个的，就没办法好好学习了，那样子老师就会很生气，父母也会很生气，学习成绩不好，同学也会看不起的啦。”

“哦……”

“婉儿快来，试试你这件怎么样啊，真的很好看哎！”

“哎，来啦。艾司，有什么事要说出来，不可以藏在心里哦。”

“嗯，知道啦婉儿，谢谢你。”

第二天中午，陈静宜又拦住艾司去路，聊了几分钟之后，觉得摸到一丝脉络，陡然抛出一句：“你知道吗，有一个个子很高的同学，一直在纠缠恩恩哦，他可是你的敌人呢。”

敌人！艾司一愣，恩恩说你们才是敌人呢，怎么又多了一个？

“恩恩没给你说过？”陈静宜一看艾司的反应，立刻猜到一些，马上道，“唉，恩恩也很喜欢那个男同学呢，如果他们俩要是好上了，恩恩就再也不会理你了。”

“你！你骗人！”艾司急了，手脚顿时冰凉，恩恩怎么会不理我，不可能的！

点到你的死穴了，送外卖的。陈静宜察言观色，暗自得意：“不过那个男同学呢，其实花心得很，他对其他女同学也经常纠缠不清，他还经常欺负恩恩，好几次恩恩哭得都很伤心哦。”

“你胡说，你胡说。”艾司想起婉儿的告诫，不要给对方威胁你的机会，掩耳疾走，他在心里安慰自己，这是恩恩她们的敌人，她是在造谣中伤恩恩，可心底却隐约觉得不安，恩恩也问过，如果她被人欺负了，自己要怎么保护她呢，恩恩问过的，难道除了万人骑，真的还有人欺负恩恩？

“别跑嘛，我还没说完呢。”

“我不听，我不听……”艾司捂着耳朵越跑越快。

陈静宜在后面大声喊道："别忘了我们的约定哦，晚上再见！"

在校内一处阴暗的角落中，一个阴影渐渐与周边的阴影脱离，就仿佛一团影子从另一团影子上生长出来，慢慢变成一个人形，那薄风衣里包裹的沧桑中年，不是贺柱德又是谁。

贺大叔看着艾司和陈静宜分开的地方若有所思，这小子果然有问题，是头部受过什么创伤吗？不行，还得再多观察一段时间。

大叔望着校内奔走打闹的学生，仿佛受到青春气息的感染，不禁勾起了幽思："死老头子，如果老子给你的暗夜行者找了个继承者，哪天我去地狱找你的时候，你不会再对我瞎叨叨了吧？什么刺客五祖，什么上千年的暗杀传承，没想到当年你吹过的牛，说不定老子还有机会再吹一遍。"

与此同时，另一地点，九道阴影。

"眼镜。"

"反贪局已经开始查柏铺村围标案，我们的计划很顺利，只要伍文俊继续配合，就不会有什么问题。"

"小枪。"

"我已经和帕猜联系上了，第一次合作很成功，我现在正开辟第二条东南亚贩毒通道，以确保特侦处没有精力来插手海角市内发生的其余案件。"

"小蛮。"

"我这边一切都好，就等小梦了。"

"小梦。"

"我还在试配呢，另外就是，卓震很稳定，我可以保证他及时醒来。"

"你们两人要抓紧，等伍家案子结束，第三步计划也很关键。金刚！"

视频里叫金刚的阴影魁伟如山，异常高大，标准的爱尔兰口音："亚联这边很乱，陈孝康正在用武力维持秩序，其余各个堂口都在观望试探，尤其是徐元朗、徐振业和洪泽岫三个最近的堂口，很多小动作，一切都按照我们的计划在进行。"

"大枪，你那边怎么样？"

"我已经选好了三处地方，真的要……要弄这么多吗？"

“嗯，这是以防万一，不得已的下策，每一个计划都要考虑到失败的风险，有准备和没有准备是完全不同的。”

“好的，头儿，按你的意思办。”大枪收起手机，他戴了一顶钟形帽，帽檐遮住了半张脸，竖起的风衣衣领遮住了另外半张脸，中间一副墨镜遮住了眼睛，背着一个硕大的背包，卷起小半截牛仔裤，混在海角市街头人群中，一身十足的背包客打扮，他时不时地抬头打量，似乎是一名对什么都好奇的外来旅客。

他径直走进地铁通道，人流中无人注意到他，只见他左转右转，不知怎么就走到了地铁检修通道口，直接打开了铁门，闪身在门后。

从门的另一端出来，已经在地铁的隧道内，大枪测算了一下距离，找了个地方，从背包里取出一个方形物体，左右各有一个矿泉水瓶大小的圆柱形碳素瓶，中间有一个好似计时装置的显示屏，下面是线路板，无数电子元器件，一台老式手机，被固定在线路板中央。

大枪在操作的时候显得异常小心，终于将这个东西装置在某个电路检修箱内，按下红色按钮，显示器上的红灯，开始微微闪烁。

大枪将这老旧的电路检修箱关上，一切如常，没人知道里面多了个东西，红灯正一闪一闪。

《猎杀档案3：怪味师徒》即将出版，精彩预告：

艾司的惊人天赋逐渐显露出来，无论是学习技能还是和人相处，他把自己的能力化作善良和热情去帮助、感染身边的每一个人，而这一切都被暗夜行者贺柱德看在眼里。贺柱德能否达成心愿：将天真的艾司变成冷面无情的杀手，成为自己的接班人？

伍文斌一家的连环死亡，越发证明所有的死亡案件并不是意外事故那么简单，恒绿集团的账目问题和伍文斌孩子的出生真相都随着卓思琪母子的死亡成为了秘密。所有线索串联在一起，疑似指向一桩由巨额的投标项目而引发的财团纠纷。眼前的困局远比想象中的复杂，司徒笑能否抽丝剥茧找出犯罪集团的漏洞？

敬请期待《猎杀档案3：怪味师徒》！

熊猫君激发个人成长

多年以来，千千万万有经验的读者，都会定期查看熊猫君家的最新书目，挑选满足自己成长需求的新书。

读客图书以“激发个人成长”为使命，在以下三个方面为您精选优质图书：

1. 精神成长

熊猫君家精彩绝伦的小说文库和人文类图书，帮助你成为永远充满梦想、勇气和爱的人！

2. 知识结构成长

熊猫君家的历史类、社科类图书，帮助你了解从宇宙诞生、文明演变直至今日世界之形成的方方面面。

3. 工作技能成长

熊猫君家的经管类、家教类图书，指引你更好地工作、更有效率地生活，减少人生中的烦恼。

每一本读客图书都轻松好读，精彩绝伦，充满无穷阅读乐趣！

认准读客熊猫

读客所有图书，在书脊、腰封、封底和前勒口都有“**读客熊猫**”标志。

两步帮你快速找到读客图书

1. 找读客熊猫君

2. 找黑白格子

马上扫二维码，关注“**熊猫君**”

和千万读者一起成长吧！